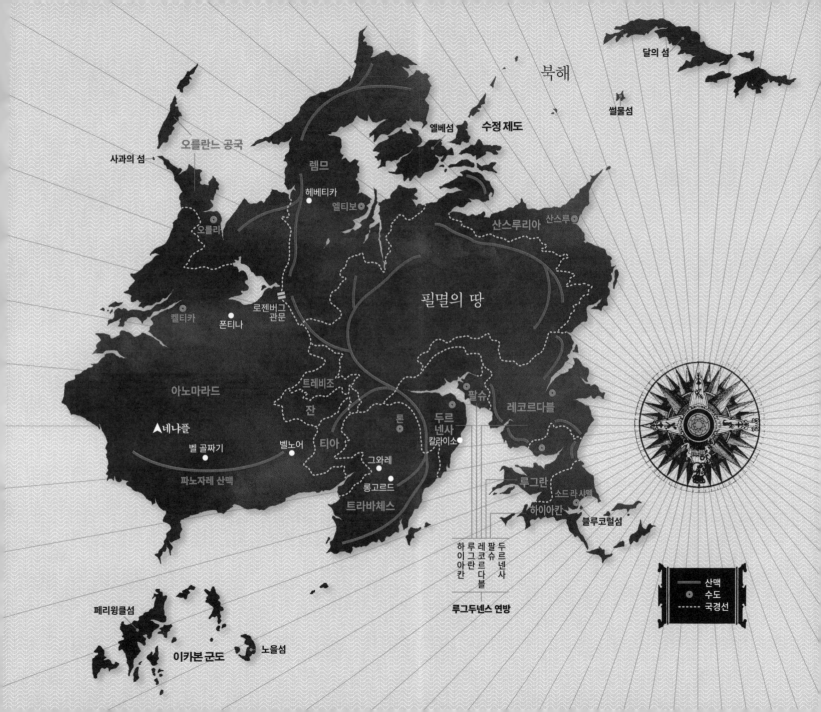

북해

달의 섬

썰물섬

엘베섬

수정 제도

오를란느 공국

사과의 섬

렘므

헤베티카

엘티보

산스루리아

산스루

오를라

필멸의 땅

켈티카

폰티나

로젠버그 관문

아노마라드

트레비조

잔

팔슈

레코르다블

네냐플

론

두르 넨사

칼라이소

벨 골짜기

벨노어

티아

그와레

롱고르드

루그란

소드 라 샤텔

하이아칸

블루코럴섬

트라바체스

파노자레 산맥

하이아란칸

루그란다블

레코르다블

팔슈

두르넨사

루그두넨스 연방

페리윙클섬

이카본 군도

노을섬

산맥

수도

국경선

CHILDREN
OF THE
RUNE
DEMONIC

1

전민희 장편 판타지

1

룬의 아이들

데모닉

CHILDREN
OF THE
RUNE
DEMONIC

엘릭시르

2

막

BAREFOOT

……악마란 놈이, 어린애가 태어나는 순간 귓전에 비밀스러운 말을
속삭이고는 검은 입김을 훅 불어넣는다는 거야.
그러면 그 조그마한 녀석은 태어나자마자 말을 하고, 한 살도 되기
전에 글을 읽고, 다섯 살이 되면 손에 잡히는 책마다 통째로 외워버리
게 되지.
그뿐이 아니고말고. 손에 잡히는 악기를 단번에 연주하고, 시인들처럼
시를 써대고, 화가들처럼 그림을 그리고, 심지어 천사들도 눈을 내리
깔고 지나갈 정도로 잘나빠진 얼굴도 갖게 된다니까.
악마가 맨 처음 귓가에 속삭여줬던 비밀의 말을 기억해내지 못하는
이상, 녀석의 운명은 그 새까맣고 꼬리 달린 놈의 손아귀에서 벗어날
수가 없단 말이지.
아, 좋은 것만 잔뜩 줬는데 무슨 문제가 있겠냐고?
이봐, 악마가 선물만 주고 그냥 가는 존재일 리가 있겠나…….

바람직하지 않은 출항

"오늘밤에 배를 띄우자고? 차라리 아까 나온 수프에 코를 박고 죽으라고 하지. 그러면 적어도 코만 적신 채로 죽을 수가 있잖아?"

근방에서 다섯 대째 뱃일을 해왔다는 사내를 찾아냈지만, 역시 단칼에 거절당했다. 벌써 네 명째였다. 그리고 그자의 말은 옳았다. 따뜻하다 못해 더운 주점에서, 노릇한 넙치구이를 곁들인 밀맥주가 근사한 냄새를 풍기고 있는데 손님들이 하나같이 제정신인 이유가 뭘까? 배경음악 때문이다. 싸구려 악단처럼 엉덩이를 차서 쫓아버릴 수도 없는, 사나운 장대비소리.

벌써 닷새째 내리는 비였다. 풍랑이 몰아치는 바다보다는 나을지도 모른다. 하지만 닷새 동안 사냥감을 삼킨 뱀처럼 퉁퉁하게 불어난 블루엣 강의 어귀가 지척이었다. 용틀임하며 물을 뿜어대는 강 때문에 바다 밑에 없던 해류가 생겨났으니 웬만한 배는 남쪽으로 떠밀려 가게 된다. 질베르 만 입구에는 바다 여왕이 낳은 마흔 명의 딸, 악명 높은 암초 공주들이 버티고 있었다. 경험 많은 뱃사람일수록 이런 날 출항하자는 말을 귓등으로도 안 들을 게 뻔했다. '돈이라면 얼마든지 내겠다'고 해봤자 돈주머니로 뒤통수나 맞지 않으면 다행이다. 하지만 프란은 계속되는 거절에도 눈썹 하나 까딱하지 않았다.

"그럼 두 배 내겠소."

새 돈주머니가 절그럭 소리를 내며 테이블에 얹혔다. 먼저 꺼낸 주머니도 만만한 무게가 아니었다. 안전한 계절에 배를 열 번 띄워도 받을까 말까 한 돈이다. 이자는 바람직하게 미친 걸까? 뱃사람 티밀은 저도 모르게 아랫입술을 한번 핥으며 프란을 훑어봤다.

겉모습은 멀쩡해 보였다. 키가 훤칠하고 전사 같은 손을 가진, 그러나 얼굴은 희고 깨끗한 사내다. 걸친 옷이며 망토, 장화도 말끔했다. 아니, 정확히는 마련한 지 얼마 안 된 듯했다. 하지만 엊그제 길을 나선 애송이 같지는 않았다. 나이도 나이였지만 눈빛이 그랬다.

"거참, 왜 그리 서둘러? 여기 마님이 좋은 술을 파는데 목구멍에 들이붓고 눈 한번 깜빡이면 이틀이 날아가고 없거든? 세 병쯤 마시면 날이 싹 개어 있을 거야. 어때?"

"오늘밤에 가야만 하오."

"어휴, 그것참 답답한 양반이네. 배가 암초를 들이받으면, 배 밑바닥에 구멍이 뚫려. 구멍이 뚫리면 말이지, 배란 놈이 가라앉아. 배가 가라앉으면, 배에 탄 놈들이 짠물 들이켜고 토실토실한 고기밥이 되거든? 고기들은 금화에 관심이 없어. 그러니까 내가 이 맛있게 생긴 돈주머니를 움켜쥐고 오늘밤에 배를 타고 나가면 십 년 뒤에 어느 낚시꾼 놈한테 횡재나 갖다 바치는 꼴이 된다 그거야. 이런 것까지 다 일일이 말로 해야 돼?"

뜻밖으로 프란이 소리 내어 웃었다.

"친절한 설명 고맙소. 내가 열세 살에 처음 배를 탔을 때도 누군가가 그런 조언을 해줬던 것 같군."

잠깐, 그럼 이 사내도 뱃사람이란 말인가? 티밀이 콧잔등을 찡그렸다.

"얼씨구? 뱃놈이면서 이런 날 배를 띄우자고 해?"

"내가 새로운 제안을 하겠소. 당신의 배를 사지. 하지만 혼자 배를 저어 갈 수 없으니 당신을 고용해야 하겠소. 이 돈은 일당이오. 배 산 값은 여기 있소."

프란이 세 번째 돈주머니를 테이블에 얹자 무거운 나머지 한쪽 다리가 짧은 테이블이 덜컥 기울어졌다. 티밀은 미끄러지는 주머니들을 본능적으로 움켜잡았다. 얼마가 들어 있는지도 모르는 판에 금화가 바닥에 쏟아져 이웃 테이블의 놈팡이들이 재빨리 한두 닢 챙겨서야 곤란하지 않겠는가?

프란이 말했다.

"좋소. 거래는 성립됐소. 준비를 갖추고 나오시오. 배에 가서 기다리고 있겠소."

"자, 잠깐. 난 아직……."

티밀이 뭔가 말하려 하자 프란이 일어서며 말했다.

"잊지 마시오. 배를 샀으니, 선장은 나요."

그러더니 가방을 집어 들고 성큼성큼 나가버렸다. 문이 열렸다가 닫히는 사이 요란한 빗소리가 주점 안을 울리다 사그라졌다.

뱃놈들이 일곱 살부터 잊어선 안 되는 규칙이 있다면, 선장이 출항을 결정한다는 사실이다. 혼자 남은 티밀은 힐끗거리는 이웃들에게 눈을 부라리며 돈주머니들을 그러모아 염소 가죽 자루에 쑤셔넣었다. 자루 주둥이를 오므려 짊어지더니 자신에게 쏠린 눈들을 향해 소리쳤다.

"오늘밤에 뱃놈 티밀이 암초 공주들한테 장가들러 갔다고 전해라!"

한 시간 뒤, 프란과 티밀은 바다 위에 있었다. 사방을 둘러봐도 불빛 하나 보이지 않았다. 보이든 안 보이든 온 바다에 그들 둘뿐임은 의심할 필요가 없었다. 이런 멍청이들이 설마 셋이겠어?

돛대 하나짜리 작은 배였지만 빗발이 워낙 거세어 돛은 올리지 않았다. 두 사람은 천천히 노를 저었다. 고물 쪽에 아교로 붙여놓은 램프가 깜빡일 때마다 잉크처럼 검은 물이 부풀었다 가라앉았다 했다.

"이봐, 느껴져? 배가 서서히 남쪽으로 떠밀리는 것 말이야."

티밀이 노질을 잠시 멈추더니 말했다. 그러자 프란이 고개를 들어 티밀을 봤다. 그의 표정을 본 티밀이 씁어뱉듯 덧붙였다.

"선장님."

"너무 걱정 말게."

프란이 대꾸하더니 손을 물에 넣었다. 아까부터 줄곧 되풀이한 행동이었다.

티밀이 말했다.

"아, 거, 나도 뭘 하는지는 아는데, 지금처럼 비가 많이 왔을 때는 소용없다고…… 소용없슈, 선장님."

프란이 대꾸하지 않자 티밀은 도로 노를 잡는 수밖에 없었다. 둘은 다시 힘껏 노를 젓기 시작했다. 흠뻑 젖은 이마를 무의미하게 훔치며 티밀이 뇌까렸다.

"암초 공주님들이 꽃단장에 바쁘시단다."

말은 그렇게 했지만 티밀은 고생 없이 살아온 인상에 뱃사람으로는 더더욱 보이지 않는 프란이 능란하게 노를 젓는 것에 내심 놀랐다. 해류 속에서 함께 노를 저을 때면 조금만 호흡이 안 맞아도 표류하기 십상인데 프란은 티밀의 호흡을 전혀 놓치지 않았다.

말로만 선장이 아니라 침로도 알아서 정했다. 잔뜩 흐려서 달도 별도 보이지 않는 이런 날에는 노련한 뱃사람도 방향을 분간하기 힘든데 망설임도 없었다. 물론 그렇게 해서 어딜 갈 작정인지는 아직도 모른다. 하지만 이 정도로 자신 있게 나아가는데 설마 목적지가 없지는 않겠지? 자살하려는 길에 동반자로 끌고 나온 건 아닐 거 아냐?

"그래서 우리 어딜 가는지나 좀 압시다?"

"멀지 않네."

"근처에는 사람 사는 데가 없는데. 설마 이런 날씨에 낚시하러 가슈?"

프란은 힘껏 저은 노를 당겨 올리고 또다시 손을 물에 넣었다. 그러더니 말했다.

"머잖아 도착할 테니, 가서 보게."

인근에 섬이 여럿 있긴 했지만 모두 무인도였다. 암초 공주들의 이모, 고모쯤 되려나? 그 정도로 풀포기도 드문 바위섬들이었다. 어장을 이룬 곳은 있어서 어부들이 가끔 들르긴 하지만……. 티밀은 곧 달리 생각했다. 그의 경험으로 보건대 프란은 뱃사람이 아니었다. 그렇다고 군인이나 장사꾼 같지도 않았다. 용병도 아닐 것이다. 무엇보다 엊그제 새로 구한 듯한 옷가지만 걸친 것이 미심쩍었다. 정체를 숨기려고 일부러 갈아입었기 때문이라면? 낚시 같은 평범한 용건은 절대로 아니겠지? 이런 사람이라면 빈 바위섬에 비밀을 숨겨놓았을지도 모를 일이다. 흉흉한 날씨에 배를 띄우자고 우겨댄 것을 생각하니 더더욱 의심쩍었다.

프란이 불쑥 말했다.

"돈주머니는 항구에 두고 왔나?"

"그야 두말하면 잔소리 아뇨."

"잘했군."

이 말은 무슨 뜻이지? 티밀이 미처 생각을 정리하기도 전에 프란이 노를 잡고 방향을 틀며 외쳤다.

"힘껏 젓게! 우현 5도로 변침!"

티밀은 시킨 대로 노를 저으면서도 어이가 없었다. 조타도 없는 조각배 주제에 5도 변침이 웬 말인가? 그런데 대략 우현 5도에 도달했을 무렵, 해류에 저항하며 억지로 나아가던 배의 움직임에 갑자기 탄력이 생겨났다. 정체 모를 손이 밀어

주기라도 하는 것처럼 일순간 쭉 나아가다가 도로 멈칫하자 프란이 다시 소리쳤다.

"한 번 더, 우현 5도!"

이번에는 물의 저항이 거셌다. 노를 잡은 티밀의 팔뚝 근육이 꿈틀대며 부풀었다. 겨우 거기까지 방향을 틀자 배를 밀어주던 힘이 돌아왔다. 프란이 노를 놓자 티밀도 팔에 힘을 빼고 숨을 몰아쉬며 말했다.

"이건 뭐야? 인어라도 나타났나?"

돛을 내렸으니 바람은 아니었다. 하지만 해류일 리도 없었다. 이곳의 해류에 대해서라면 속속들이 안다고 자부해왔다. 이 지점에서 갑자기 튀어나온 힘이 뭘까?

북쪽으로 밀어주는 느린 해류, 만에 부딪혀 돌아 나오는 빠른 해류, 섬들과 부딪혀 갈라지는 잔가닥들, 그리고 블루엣 강에서 흘러나오는 물까지, 십여 갈래나 되는 해류가 뒤얽힌 이곳이다. 그런 해류들은 계절과 날씨에 따라 바뀌니만큼 정확한 충돌 지점을 찾는 것은 불가능하다고 알려져 있다. 그러니까…… 아니, 설마?

이자가 충돌 지점을 찾아낸 건가?

"저쪽이네."

프란이 한쪽을 가리켰지만 어차피 아무것도 보이지 않았다. 빗발 너머로 뭔가가 떠오르기까지는 조금 더 시간이 걸렸다. 티밀도 꽤 눈이 좋았지만, 눈치를 챘을 때는 이미 산 윤곽이 눈높이까지 올라온 뒤였다.

"설마, 왕의 섬인가?"

프란이 티밀을 봤다.

"이 근방 사람들은 그렇게 부르나?"

"그야 뭐, 옛날얘기가 있지 않슈? 켈티크 1세가 맨 처음 자기 땅이라고 선언한 데가 여기라든가, 뭐라든가. 근처 섬들 중에서 좀 덩치가 큰 놈이기도 하고. 돌덩어리뿐이라 쓸 데는 전혀 없지만."

프란이 희미하게 웃더니 고개를 끄덕였다.

"그렇지."

"뭐 잡히는 게 없어서 어부들도 안 올 정도 아뇨. 사실 오기가 힘든 것도 있지. 해류가 영 안 도와주는 위치다 보니까. 그나저나 아까 그건 뭐였슈? 혹시⋯⋯."

티밀이 물으려 하는데 프란이 다시 노를 잡으라고 눈짓하며 질문을 막았다.

"저기로 들어가도록 하세."

어둠 속이라 아치 형태의 바위 밑 수로로 배를 끌고 들어가 기란 쉽지 않았다. 둘은 한참 동안 기를 쓰고 노를 저었다.

겨우 아치를 통과하자 올려다보기만 해도 오싹해지는 절벽이 한동안 이어지다가 갈라진 틈새가 나타났다. 이 크기의 배가 간신히 지나갈 법한 너비였다. 프란이 그쪽을 가리키자 티밀이 버럭 소리를 쳤다.

"아니, 이보쇼 선장! 저런 데로 들어갔다가 배는 어찌 돌릴 참이오?"

"걱정 말게."

"걱정이고 나발이고, 배를 못 돌리면 집에 못 간다는 걸 알고는 있는 거요? 이게 무슨 헤엄쳐 돌아갈 거리도 아니고, 이 섬에는 뗏목 만들 나무 한 그루 안 자라는 거 모르슈? 우리 이제부터 이 섬에 살림 차리는 거요?"

"그럴 일은 없으니 시키는 대로 하게."

조금 전, 프란이 해로를 찾아내던 솜씨를 보지 못했더라면 티밀도 말을 듣지는 않았을 것이다. 저 좁은 수로가 넓은 만으로 이어질 가능성이 없지는 않을 테지만, 모르고 뛰어들기에는 정말 위험천만한 지형이었다. 한 번 더 자살행의 동반자가 된 게 아닐까 추리해봤지만 프란의 얼굴은 진지했다. 이제 와서 다 포기하고 돌아갈 것이 아니라면 하자는 대로 해보는 수밖에 없었다.

"젠장, 악마의 목구멍으로 기어 들어가는 기분이네."

"어떻게 알았나? 저 수로의 이름이 꼭 그렇다네."

티밀이 헛웃음 소리를 냈다.

"맞혔는데 상품이라도 주시려우? 난 내 목숨을 꼭 돌려받고 싶은데."

"음. 생각해보지."

생각해보고 죽일지 살릴지 결정한다 이거야? 하지만 따지고 들기에는 이미 수로에 뱃머리를 들이민 뒤였다. 둘은 한동안 수로를 타고 나아가다가 마침내 막다른 곳에 이르렀다. 그 무렵 비가 잦아들기 시작했다. 먼저 절벽을 휘둘러본 티밀이 떨리는 목소리로 물었다.

"이게 끝이요? 정말로?"

프란이 고개를 끄덕이더니 자리에서 일어났다. 그는 티밀처럼 절벽을 살펴봤지만, 티밀과는 달리 곧 찾던 것을 발견했다. 프란은 절벽 한구석에 튀어나온 돌부리를 붙잡더니 뒤를 돌아보았다.

"따라오게."

"뭐라굽쇼?"

프란은 더 말하지 않고 몸을 솟구치더니 적당한 돌 틈을 찾아내어 손발을 밀어넣었다. 그런 식으로 젖은 절벽을 순식간에 십여 걸음이나 올라갔다. 이어 왼쪽으로 두 발짝 옮겨가 뭔가를 찾는 듯 두리번거렸다.

그러고 있자니 등뒤에서 난 뱃놈이지 산꾼이 아니고, 일생 기어 올라가본 곳은 돛대 꼭대기밖에 없으며, 사람이 올라가야 하는 곳에는 모름지기 밧줄이라는 인류 최고의 발명품이

매어져 있어야 하는 법이라는 둥 으르렁대는 소리가 점점 가까워져왔다. 티밀이 가까이 오기를 기다려 프란이 말했다.

"이거 받게."

"뭐요?"

"인류 최고의 발명품."

정말로 밧줄이었다. 이게 어디서 나타났지? 하늘에서 동아줄이 내려온 것도 아니고……라고 생각하며 올려다보니 정말로 밧줄은 절벽 꼭대기에서 드리워져 있었다. 각도 때문에 배가 있던 위치에서는 보이지 않았을 뿐이었다.

"이게 대체 어디서 왔슈? 누가 걸어놓은 거요?"

"올라가보면 알겠지."

"그거, 당신도…… 아니, 선장님도 모른다는 뜻은 아니죠?"

밧줄을 잡은 프란은 훨씬 빠르게 올라가기 시작해서 대답은 들려오지 않았다. 기를 쓰고 뒤따라간 티밀도 간신히 절벽 꼭대기에 이르렀다. 그리고 전혀 기대하지 않았던 광경과 맞닥뜨렸다.

"이, 이게 어떻게 된……."

먼저 올라간 프란은 그곳에 있었다. 결박된 채였지만.

프란을 둘러싼 자들은 아홉 명이나 되었다. 모두 휜 칼이나 곤봉, 단도 따위로 무장하고 있었다. 머리에는 각양각색의 두건을 둘렀다. 절반은 맨발, 나머지는 가죽 샌들을 신고 있었다. 그들은 해적이었다.

우두머리가 어깨에 두른 띠를 보자 다리가 후들후들 떨렸다. 십여 년 전, 딱 세 시간 안에 무자비하게 해안을 노략질하고 마을 촌장의 머리를 말뚝에 박아놓은 다음 사라지기로 유명했던 '왼손잡이 이고리'의 패거리다. 주먹만 한 원숭이의 해골을 매단, 바로 그 어깨띠다.

마침 눈이 마주친 우두머리가 티밀을 손가락질했다.

"야, 저놈도 같이 묶어."

해적 둘이 달려들어 손목을 돌려 묶고 걸으라며 엉덩이를 한 대 걷어찼다. 티밀은 프란의 얼굴을 멍청하니 쳐다볼 뿐 항변 한마디 못 했다. 하려 해봤자 할말도 없었다. 왜 하필 여기에, 무얼 하러, 누굴 만나게 될지, 아무것도 몰랐는데 뭔 소릴 하며 살려달라고 빌어야 할지는 알겠는가?

어처구니없게도 프란 역시 아무 항변을 하지 않았다.

이놈들은 몇 명일까? 주위를 두리번거려봐도 소용이 없었다. 한밤중인데다 해적 패거리가 든 횃불들이 눈이 아플 정도로 환해서 몇 걸음 밖의 풍경을 다 묻어버렸다. 티밀은 차선책으로 생각을 해보려 했다. 왼손잡이 이고리는 켈티카 앞바다에서 오래전에 사라졌다. 왕명으로 사면을 받는 대신 남부로 떠나기로 했다고 들었다. 그런데 어째서 떠나지 않고 이런 데서 진을 치고 있는 걸까?

하지만 왕 대신 티밀이 따질 것도 아닌데 어쩌라고?

평소 생각 없이 살던 터라 뭘 추론하려 해도 두서가 없었다. 이대로 몸통 대신 작대기뿐인 꼴이 되는 걸까? 그렇게까지 날씬해지긴 싫은데. 왕의 섬이 해적 소굴이란 걸 항구 마을 사람들이 알면 얼마나 놀랄까? 하지만 살아 돌아가야 그런 얘길 해주겠지?

잠깐, 혹시 지금까지 몰랐던 이유가…….

"어이, 이보쇼."

이런 와중에 선장이라고 불러봤자 한 대라도 더 걷어차이는 것밖에 좋은 점은 없겠지 싶었다. 한 발짝 앞에서 걷고 있던 프란은 대꾸하는 대신 어깨만 으쓱했다.

"이럴 줄 알았던 거요?"

"글쎄."

"글쎄라니? 이런 줄 알았으면 난 절대로 여기 안 왔슈."

"그랬겠지."

"잠깐, 그 말은 알고도 나한테 숨겼다는 소리요?"

말이 길어지자 해적 하나가 티밀의 뒤꿈치를 걷어찼다. 둘은 입을 닥치고 풀포기조차 드문 돌무더기 황야를 가로질렀다. 앞서 가던 횃불 여섯 개가 너울거림을 멈추자 티밀은 앞을 뚫어져라 보았다. 그는 곧 눈을 둥그렇게 떴다.

"저게 뭐야? 저게…… 왜 저기 있어?"

티밀은 잘못 보지 않았다. 잘못 볼 수가 없었다. 희미한 윤곽이라지만 뱃사람이 배를 못 알아보겠는가?

배는 황야 가운데 덩그러니 놓여 있었다. 돛대가 셋이나 달린 대형 범선이었다. 저런 배는 진수하고 나면 땅으로 돌아올 일이 없거니와, 실은 처음부터 물 위에서 건조해야 하는 배였다. 그런 배가 해변에서 백 걸음도 넘게 솟아오른 절벽 꼭대기에 올라와 있으니 눈이 튀어나올 지경이 아닐 수 없었다. 날아서 오기라도 했단 말인가?

"여기서 멈춰! 기다린다!"

우두머리가 명령하더니 혼자서 배를 향해 달려갔다. 그러고 보면 해적들의 행동도 티밀의 상식과는 좀 달랐다. 손목 하나쯤 잘리고도 낄낄대며 허세를 부리기로 유명한 놈들이 농담 한마디 안 했다. 외양만 아니라면 왕의 기사들인가 싶을 정도로 태도도 엄숙했다. 어디서 해적왕이라도 납셨단 말인가?

잠시 후, 배 쪽에서 새롭게 두 명이 달려오더니 기다리던 해적들에게 귀엣말을 했다. 그러자 이번에는 해적들이 눈이 튀어나올 것처럼 놀랐다.

"뭐야? 그게 정말이야?"

새로 달려온 자들은 해적이라기보다는 귀족 비서처럼 반질반질한 차림새였다. 하지만 해적들과 허물없이 수군대고 있어서 뭐가 뭔지 더더욱 알 길이 없었다. 하여간 해적들은 태

23

Prelude

도가 돌변했다. 그들은 즉시 프란과 티밀의 손을 풀어주더니 어물거리면서 비서같이 생긴 자들을 따라가라고 손짓했다. 포로에서 손님 대우로 돌변한 것은 틀림없었지만, 해적들도 헷갈리는지 절을 하려는 것처럼 허리를 굽히다가 갑자기 발가락 사이를 긁는 등 전반적으로 갈팡질팡했다.

하지만 한 명만은 처음부터 끝까지 놀라지 않았다.

"수고 많았네."

프란은 인사까지 건네고 나서 비서 두 명을 따라 걷기 시작했다. 티밀이 얼른 따라붙으며 물었다.

"이게 어찌된 거요? 오해라도 풀렸슈? 그나저나 수고라니? 엉덩이 걷어찬 수고라면 내 친히 갚아드릴 수도 있는데."

"그럴 기회가 올지도 모르지."

일행은 뱃전에 걸쳐 설치된 배다리에 올라섰다. 바다도 없이 땅에 연결되어 있으니 배다리라고 불러도 되나 싶기도 했지만, 어차피 달리 부를 이름도 없었다.

보아하니 배는 이 자리에 꽤 오래 머물렀던 듯했다. 배다리 판자 틈으로 풀이 돋았고, 흘수선에 남은 소금기를 따라 검은 이끼가 무늬를 그리고 있었다.

올라가는 동안 갑판 위는 점점 소란스러워졌다. 막 갑판이 내려다보이는 위치에 서고 보니 대략 백 명 가까운 남녀가 다양한 꼬락서니로 그들 쪽을 뚫어져라 보고 있었다. 어색한 주

티밀은 고개를 홰홰 저으며 프란 뒤에 달라붙었다.

"아니, 아뇨, 아닙니다. 하고 싶은 것 없슈. 전 대만족입니다요. 제 인생은 최고입니다요."

일어난 이고리는 갑판 가운데로 가서 칼을 뽑아냈다. 구경하던 사람들이 비켜나자 가운데 널찍한 공간이 생겼다.

칼을 도로 꽂은 이고리가 프란 쪽으로 다가가자 티밀은 한 발짝, 아니 다섯 발짝 물러났다. 실은 열 발짝 물러나고 싶었지만 갈 데가 없었다. 프란과 마주선 이고리는 잠시 후, 씨익 웃었다.

"잘 봤네. 과연 아르님이군."

그러더니 손을 내밀었다. 프란은 그 손을 마주잡으려 했다. 그때 선수루 쪽에서 목소리가 들려왔다.

"그 손을 잡아서야 아르님답다고 할 순 없겠지."

모든 사람의 눈이 선수루로 쏠렸다. 선수루 너머에서 선장 모자가 먼저 나타나고, 이어 한 남자가 모습을 드러냈다. 검은 해군 재킷, 백발이 섞인 금발, 훤칠한 키. 한 손에 쥔 짧은 지휘봉 끝에는 붉은 보석이 붙어 있었다. 갑판 위의 모두가 한순간 자세를 바로잡았다. 어디선가 외침이 울렸다.

"선장님께 경례!"

사람들이 일시에 오른손을 올려붙였다. 남자도 한 손을 들어 보이고 천천히 계단을 내려왔다. 그가 프란 앞으로 오자

이고리가 얼른 비켜섰다. 남자와 마주선 프란이 말했다.

"오랜만입니다, 히스파니에 숙부님."

티밀은 입을 딱 벌리면서 생각했다. 숙부라고?

프란의 숙부, 히스파니에는 나이를 짐작하기 힘든 얼굴이었다. 눈가에 굵은 주름이 잡히고 뺨에도 서너 줄 그어졌지만 얼굴 윤곽은 조금도 흐트러지지 않아서 몇 걸음 떨어져서 보면 삼십 대 중반의 젊은이 같았다. 실제로는 마흔에서 쉰 사이, 또는 그 이상일까?

수려한 눈썹 아래 눈은 짙푸르고 깊었다. 희끗해져가는 금발이 곧은 이마에 흐트러져 있었다. 이 나이에도 이런 얼굴이니 젊어서는 얼마나 잘생긴 사내였을지 짐작도 가지 않았다. 숙부라고 불렀으니 조카일 텐데 프란은 그와 달리 머리가 검었고, 숙부처럼 빼어난 미남자는 아니었다.

히스파니에의 눈이 프란을 머리부터 발끝까지 훑었다. 그리 친절한 눈빛은 아니었다.

"여기까지 찾아올 만한 일이 있었으리라 믿는다."

목소리는 냉담하게 들릴 정도였다. 프란이 대답했다.

"있었습니다."

"내 너에게 길을 일러준 것이 숙질 간에 정담이나 나누자는 의미는 아니었다. 네가 데려온 자의 입을 어찌 막을지 잘 생각해보아라."

"이미 생각해두었습니다."

쓸데없는 상상력을 발휘한 티밀이 움찔했다.

"글쎄. 이고리가 악수를 청한다고 믿을 정도로 순진해서야 그리 쓸 만한 해결책을 가지고 있을 것 같지 않은데."

프란의 입가에 미미한 웃음이 떠올랐다.

"저도 악수를 하려고 생각하지는 않았습니다."

숙부는 조카를 다시 훑어보았다. 프란은 당당한 체격이었지만 히스파니에의 키도 만만치 않아서 숙질 간의 눈높이는 거의 비슷했다.

"좋다. 따라오너라."

히스파니에가 돌아서서 선수루로 올라가자 프란이 뒤를 따랐다. 뒤에 남은 티밀이 쩔쩔매며 소리쳤다.

"저기, 저는, 저를, 저 혼자 여기에 두고 가면 어쩔……."

뒤늦게라도 따라가려 했지만 뱃전 쪽으로 물러섰던 사람들이 돌아오면서 계단 앞이 가로막혔다. 사람들은 당황한 티밀을 둘러싸고는 낄낄댔다.

"손님 대접을 다시 시작해볼까?"

히스파니에와 프란은 선수루 끝, 뱃머리에 섰다. 뱃머리 너머로 밤바다가 보이지는 않았다. 달과 별도 흔들리지 않았다. 선수상은 퇴색했고 갑판의 아교도 벗겨졌다. 전쟁이 끝나

고향에 돌아온 군인처럼 배는 흙 위에 누워 있었다.

사람들은 히스파니에를 선장님이라고 불렀다. 하지만 이 잠든 배에는 선장이 필요 없었다. 그들도 선원처럼 보이지 않았다. 비록 바다 위와 다름없는 예의로 선장을 대했지만, 항해는 끝이 났다.

하지만 이곳은 나무 한 그루 없는 무인도였다. 누구든 여기에 정착해 살 순 없었다.

"프란츠."

히스파니에의 목소리는 조금 전보다 훨씬 젊게 들렸다. 거느린 자들 앞에서 내던 목소리와는 달랐다. 프란, 아니 프란츠 폰 아르님이 대답했다.

"갑자기 찾아와 죄송합니다."

히스파니에가 몸을 휙 돌리더니 프란츠를 위아래로 훑어봤다.

"죄송이고 뭐고, 이 근사한 꼴은 다 뭐야? 아노마라드 국왕의 오른팔이신 프란츠 폰 아르님 공작께서 보석 달린 웃옷 하나 안 걸치고, 흰 말 대신 낡아빠진 돛배를 끌고서, 그런 꼴로 뭘 하러 다니나? 설마 내가 모르는 사이에 가문이 망한 건 아니겠지?"

프란츠가 고개를 저었다.

"그야 물론 아닙니다."

"수행할 종자들은 어딜 갔나? 공작 각하의 귀하신 지체가 상할까 염려도 안 된단 말인가? 그놈들은 여행 준비도 똑바로 해놓을 줄 모르더란 말이냐? 걸친 것들은 틀림없이 오다가 여관 빨랫줄에서 슬쩍했으렷다?"

"사람들의 눈을 피하느라 수고가 들기는 했습니다."

"그런 수고는 왜? 가문에서 쫓겨난 해적 숙부한테 대관절 무슨 볼일이 있어서?"

프란츠가 고개를 숙였다가 들며 말했다.

"숙부님, 제가 숙부님을 존경하는 마음은 열세 살 이래로 조금도 변하지 않았습니다. 제가 숙부님 배의 심부름 사환이 되고 싶어 했던 것을 아시지 않습니까?"

히스파니에가 한쪽 눈을 찡그렸다.

"정말로 시킬까 생각하기도 했었지. 두고두고 웃음거리였을 테지만."

"그랬더라면 저도 지금보다는 나은 공작이 됐을 겁니다."

프란츠는 열세 살 무렵, 숙부의 배에 처음 탔다. 그리고 바다와 선원들과 그 모두를 쥐락펴락하는 숙부에게 완전히 매료되어 배에 남을 뻔했다. 하지만 프란츠의 아버지, 즉 당대의 아르님 공작은 그 생각에 찬성하지 않았다. 그래서 프란츠는 결국 성으로 돌아갔고, 다시는 숙부의 배를 탈 기회가 없었다.

히스파니에가 쥐고 있던 막대로 난간을 탁탁 두드렸다.

"나도 알아. 어쨌든 가문에는 공작이 한 명쯤 필요하니까 말이야. 하지만 오 년쯤 배를 타다가 돌아갔어도 시간은 충분했잖아. 형님은 살 만큼 살았으면서 쓸데없는 과잉보호는. 지금 네 꼴을 봐라. 내 옆에서 몇 년 더 배웠으면 이고리 같은 놈은 지금쯤 네 구두의 먼지나 핥고 있을 게다."

"걱정이 되셨던 거겠죠."

"아, 걱정이야 됐겠지. 네 녀석이 나랑 지내는 재미를 알아버려서 돌아가지 않겠다고 할까 봐 얼마나 겁이 났겠어? 말이야 바른 말이지, 내 배를 타고 돌아간 녀석이 성에 처박혀 허수아비 상대로 칼질이나 하고 있으면 참 재미가 있었겠다. 헛소리나 적힌 책들은 또 어떻고? 너, 그래서 족보인지 연보인지, 일곱 권짜리 그거 다 외웠어?"

프란츠의 얼굴에 당황한 기색이 서렸다.

"아뇨."

"거봐라. 그런 걸 네가 왜 외워? 인간들이 주제를 알아야지."

히스파니에의 우아한 눈썹이 찌푸려지고, 입가는 비웃듯 올라갔다. 그는 겉모습처럼 고상한 성미는 아니었다. 프란츠가 천천히 고개를 끄덕이며 말했다.

"숙부님께서 다섯 살에 다 외우셨던 책이지요."

히스파니에가 움찔하더니 곧 이어 말했다.

"외우긴 뭘 외워? 읽으라기에 그냥 읽었지."

"읽으면 다 외우시잖습니까?"

"무슨 전설 같은 얘기를 지껄이는 게냐. 어려서야 머리가 좀 좋았지. 이젠 늙었어."

"한번 본 것은 다 외우시고, 이십 년 전의 대화도 고스란히 기억하시고, 방금 배운 언어로 사흘 만에 협상문을 쓰시는 분이죠. 검을 쥐고 져본 적이 없으시고, 돛대에는 백기를 올려본 적이 없으시죠. 화가보다 그림을 잘 그리고, 악사보다 리라를 잘 타는 분이죠. 그리고 한번 보면 다시는 잊지 못할 모습을 하신 분이죠."

히스파니에는 즉시 헛웃음을 터뜨렸다.

"뭐? 어처구니가 없네. 네 낯뜨거운 찬송가를 듣고 있자니 내 몸이 쪼그라들어 사라질 것 같다. 누가 그런 소릴 해? 설마 형님은 아니었을 텐데."

프란츠는 웃지 않았다.

"제가 연보란 것은 외우지 못했습니다만, 결국 다 읽기는 했습니다. 읽고 나니 왜 아버지께서 그걸 외워보라 하셨는지 알겠더군요. 아버지인들 정말 외우리라고 생각하시지는 않았겠지요. 저는 평범하니까요. 아니, 어쩌면 혹시나 하고 시켜보셨을지도 모르지만……. 어쨌든 저는 아니었습니다."

"걱정 마라. 네가 그걸 못 외웠을 때 형님은 기뻐서 춤이라

33

도 추고 싶었을 테니까."

프란츠의 뺨이 살짝 떨렸다.

"네. 그때는 몰랐습니다. 하지만 이제는 압니다. 숙부님께서 왜 가문을 떠나셨는지도요."

"내가 아르님 이름을 버린 건 너희 모두한테 진절머리가 나서야. 난 이런 데가 어울려. 형님은 아노마라드 국왕이라는 멍청이의 오른쪽에 서 있는 게 어울리고. 공작 각하와 해적 두목이 형제로 지내봤자 무슨 좋은 일이 있겠어? 넌 양쪽 다 해먹을 수도 있었겠지만 결국 내 아들이 아니라 형님 아들이니 형님이 하던 걸 하는 편이 어울리는 거지."

시큰둥하게 지껄이면서도 히스파니에는 프란츠의 얼굴을 주의깊게 살펴보았다. 프란츠가 말했다.

"처음엔 저도 아버지께서 연보를 주신 뜻을 헤아리지 못했습니다. 제가 그걸 다시 꺼내 읽기 시작한 건 작년부터의 일입니다. 그 속에 한 가닥 희망이라도 들어 있기를 바랐죠."

프란츠에게 작년 초에 무슨 변화가 있었는지 히스파니에도 알고 있었다. 동시에, 그는 알아차렸다.

"너 설마, 작년에 태어난 그 아이가……."

프란츠가 느리게 고개를 끄덕였다.

"네."

히스파니에의 표정이 홱 바뀌었다. 비웃음이 사라지고 냉정함이 돌아왔다.

"확실해? 정말로? 뭘 봤지?"

"조금 전에 숙부님을 불쾌하게 했던 이야기를, 제가 무엇을 보고 확신했겠습니까? 아시다시피 숙부님 외에는 수백 년 전에나 있었던 일입니다. 말 그대로 전설이었습니다. 숙부님을 둘러싼 이야기조차 사람들은 그저 소문으로 여겼지요. 하지만 적어도 제게는, 이제 전설이 아니게 되었습니다."

히스파니에는 한참 동안 말이 없다가 불쑥 한마디 내뱉었다.

"데모닉."

프란츠는 대답하지 않았다. 그 또한 입속으로 되뇌는 중이었다. 데모닉. 아르님 가문에 대대로 내려오는 저주이자 가장 찬란한 빛.

옛이야기이려니 여기던 존재를 당대에 마주하게 될 줄은 몰랐다. 그것도 제 아들일 줄은 더더욱. 어려서 처음 들었을 때는 그냥 흥미진진하기만 했다. 가문에 아주 가끔씩 무시무시한 천재가 태어난다, 그들은 뛰어난 행적을 남기지만 오래 살지는 못했다더라, 남들이 수백 년 살아도 다 못 할 일을 십 년도 안 걸려 해내니 당연한 일이지.

그렇게 무신경할 때가 행복했다. 돌이켜보면 우스운 일이었다. 왜 남의 이야기라고만 생각했을까? 자신은 어쨌든 데모닉이 아니니까? 주위에 한 명도 보이지 않으니까?

물론 숙부 히스파니에가 데모닉이라는 이야기를 듣긴 했다. 그러나 어린시절에 보았던 숙부는 혼을 빼놓을 듯 근사한 존재였을 뿐이다. 과거에 몇몇 데모닉들이 미치거나, 귀신들리거나, 일찍 죽었다고 들었지만 가까워봐야 수백 년 전의 일이 아닌가? 이제는 그저 옛이야기다. 그 일을 비극으로 전해줄 사람들은 죽고 없었다.

히스파니에의 목소리가 프란츠를 현실로 불러냈다.

"그 아이가 데모닉이더란 말이지. 드디어 다시 태어났단 말이지. 생각보다 빨랐군. 왜지?"

프란츠에게 하는 말이 아니었다. 허공을 향해 묻고 있었다. 듣고 있던 프란츠의 얼굴에 경련이 돌아왔다.

"숙부님 말고는 그게 어떤 건지, 아무도 모를 겁니다. 그래서 찾아왔습니다. 제게 해답을 주십시오. 이 아이를 어떻게 키워야 하는지, 어떻게 해야 죽지 않고 성인이 되어……."

"죽는다고? 대체 무슨 소릴 하는 게냐?"

"데모닉의 평균 수명은…… 열다섯 살에 불과하지 않습니까?"

히스파니에의 미간에 날카로운 주름이 잡혔다.

"네가 그걸 어떻게 알지?"

프란츠는 고개를 숙였다. 그런 채로 말했다.

"숙부님, 말씀드렸다시피 제가 연보를 다 읽었습니다. 그

안에 많은 표식을 남기셨더군요."

히스파니에는 프란츠를 잠시 바라보고 있었다. 뭐라 말하기 힘든 표정으로 그가 말했다.

"너도 찾아냈군. 하지만 표식의 대부분은 내가 한 게 아니야. 한 명이 한 것도 아니고. 누가 처음이었을지 그런 건 몰라. 네가 그걸 발견할 줄은 몰랐는데. 부모 된 자의 마음이란 만만치가 않군."

연보에 남겨진 비밀스러운 표식은 하나같이 데모닉의 수명, 탄생 주기, 그리고 무엇보다 오래 살아남은 데모닉의 특징을 알아내려는 안타까운 분투였다. 연도를 따져보고, 탄생일을 비교하고, 혈통을 계산한다. 첫째인지 막내인지, 여자인지 남자인지, 어디에서 태어났는지, 언제부터 발현되었는지……

그런 무의미해 보이는 정보를 그러모아 앞날을 추측하려는 집요한 노력은 누구로부터 시작되었을까? 다음 대는 또 어찌 그걸 알아보았을까? 보통 사람은 지루해서 들춰보기조차 싫어하는 연보를 샅샅이 읽은 자들은 단 하나의 비밀을 얼마나 간절히 알고 싶었을까?

"연보의 표식대로라면 데모닉으로 태어난 아이의 평균 수명은 열다섯, 열 번째 생일을 맞지 못하고 죽을 확률은 열 중 여섯, 장차 광증을 일으킬 확률은 열 중 여덟, 가문을 물려받아 아르님 공작이 된 데모닉은…… 한 명도 없었습니다. 저는 어찌해야 합니까? 엘자는 이 아이를 낳다가 거의 죽을 뻔했습니다. 탄생부터가 기적이었던 아이입니다."

히스파니에의 눈이 냉소적으로 가늘어졌다. 프란츠가 계속 말했다.

"제게 남은 유일한 희망은 숙부님뿐입니다. 제발 가르쳐주십시오. 어떻게 해야 제 아들을 구할까요? 어떻게 해야 숙부님처럼, 살아남을 수가 있습니까?"

히스파니에가 뱃머리를 떠나더니 선수루를 한 바퀴 돌았다. 조금 전, 농담 섞인 신랄함을 보일 때와는 대조적으로 그림자가 드리워진 얼굴이었다. 이윽고 프란츠 앞으로 돌아온 히스파니에가 말했다.

"네가 정확히 알고 싶은 것이 무엇이냐? 데모닉으로 태어난 아이를 잘 키워내는 방법이냐? 아니면 할 수만 있다면 데모닉다운 삶을 거부하는 방법이냐?"

"저는…… 그저 그 아이를 잃고 싶지 않은 것뿐입니다. 방법은 무엇이든 상관없습니다."

"그 말은, 데모닉이 아니라 평범하게 태어났더라면 차라리 좋았을 텐데, 그런 뜻이냐?"

프란츠는 바로 대답하지 못했다. 아니, 답은 정해져 있었지만 쉽사리 입 밖에 낼 수 없었다. 히스파니에의 입가에 조소가 떠올랐다.

"네가 대답을 안 해도 알겠다. 가장 냉정한 대책을 말해줄까? 포기하고, 자식을 한 명 더 낳아. 두 번 연달아 태어날 일은 설마 없겠지."

"네?"

"너도 알다시피 거의 네 대에 한 번쯤 태어난다니까. 그렇게 따져보니 이번엔 좀 빨랐네."

그렇게 말하는 히스파니에의 입술에도 비틀릴 정도로 힘이 들어갔다. 아직 얼굴조차 모르는 어린애지만, 자신처럼 데모닉으로 태어났다는 아이의 일에 그도 냉정할 수만은 없었다. 하지만 프란츠의 표정은 뭐라 말할 수가 없을 정도였다.

"포기하라고요? 해주실 이야기가 정말 그 말씀뿐입니까?"

히스파니에가 말을 잇지 않자 프란츠는 눈을 잠시 감았다가 떴다. 한 가닥 희망을 걸고 찾아왔는데 그조차도 사라졌다.

"엘자는 아이를 더 낳지 못합니다. 이번에도 목숨과 바꿀 각오로 시도했던 일입니다. 먼저 태어났던 딸아이는……."

아르님 공작의 맏딸, 이브노아 폰 아르님은 평범하지 않았다. 정신의 성장이 다섯 살에서 멈춰버렸다. 그랬기에 목숨을 걸고라도 두 번째 아이를 낳으려 했으리라. 하지만 이번에도 부부는 작위를 물려줄 자식을 얻지 못했다. 데모닉은, 단 한 번도 가문을 이은 적이 없으니까.

아주 오래전에는 사람들도 놀라고 부러워하고 칭송했으리라. 모든 것을 저절로 잘하는, 그래서 어떤 것도 배울 필요가 없는, 기묘할 정도로 찬란한 아르님 가문의 핏줄에 '데모닉'이라는 경멸 어린 별명을 붙이지도 않았으리라. 하지만 데모닉들이 천재성만큼이나 일그러진 삶을 남기고 떠나기를 반복하자 사람들은 두려워하기 시작했다. 그리고 부모들은 숨기기 시작했다. 또 한 번 데모닉이 태어났다는 사실을.

히스파니에도 어려서는 자신이 데모닉임을 숨겨야 한다고 믿었다. 그 결과 지금도 그 사실은 거의 알려져 있지 않았다. 히스파니에의 목소리가 저도 모르게 날카로워졌다.

"두 아이를 낳았는데 둘 다 가문을 물려받기는커녕 멀쩡하게 어른이 될지조차 모를 지경이라니, 내게 왜 이런 일만 일어나는가 싶은가? 이브노아의 일은 나 또한 유감이야. 하지만 데모닉은 어쨌다는 거냐? 다른 사람도 아닌 나한테 와서 자식이 데모닉이라서 괴롭다고 떠들어?"

프란츠는 당황했지만 곧 서서히 얼굴이 펴졌다.

"제 걱정이 기우라면 저도 정말 좋겠습니다. 그렇다면 숙부님께서는 아이를 살릴 방법을 아시는 거군요?"

히스파니에는 잠시 바다를 바라보다가 이윽고 코웃음을 쳤다.

"넌 내 입만 쳐다봐도 되겠지. 하지만 난 그럴 수가 없어.

난 내 힘으로 가능한 일과 아닌 일을 잘 알아. 프란츠, 넌 내가 성공한 데모닉으로 보이느냐?"

"물론 그렇습니다."

히스파니에는 고개를 저었다.

"오래 살았다는 관점으로만 본다면 그럴는지도 모르지. 하지만 내가 가문의 역사를 들춰본 바에 따르면, 나는 대부분의 데모닉과 달랐어. 중대한 특징 하나가 없거든."

프란츠로서는 처음 듣는 소리였다. 그는 숙부가 얼마나 엄청난 인물인지 잘 알고 있었다. 그런 숙부에게 없는 것이라니?

"그게 무엇인가요?"

히스파니에는 프란츠의 얼굴을 빤히 보더니 고개를 흔들었다.

"지금은 알려고 하지 마. 네 자식이 오래 살길 바란다면 더더욱. 하지만 난 언젠가는, 그 애가 아니더라도 누군가는 그 힘을 갖고도 성공한 데모닉이 될지도 모른다고 생각한다. 내 희망 같은 거지. 하지만 넌 바라지 않겠지? 위험천만한 실험 따위는 싫겠지?"

프란츠가 고개를 끄덕였다.

"솔직히 말씀드리자면 그렇습니다. 저의 바람은 그 아이를 잃지 않는 것뿐입니다."

"지금은 그렇겠지. 아니, 부모라면 응당 그렇겠지. 하기야 벌써부터 아이한테 물어볼 수도 없는 일이겠고. 그럼 하나만 묻자. 내가 방법을 알려주면 그대로 그 아이를 키울 수가 있 겠나?"

"뭐든지 하겠습니다. 아니, 하고야 말 겁니다."

"그렇게 쉽게 대답할 일이 아니야. 그리고 나도 나 자신의 경험 말고 근거는 전혀 없어. 물론 원한다면 최선을 다해 가 르쳐줄 거다. 왜냐하면, 네가 내 조카이기 때문이기도 하지 만, 무엇보다도 그 아이가 데모닉이기 때문이야. 그 아이가 만약 일찍 죽지 않고 자라 어른이 된다면, 난⋯⋯."

히스파니에가 깊이 숨을 들이마셨다가 내쉬더니 말을 이 었다.

"일평생 고대해마지않던, 진짜 대화 상대를 갖게 되거든."

그 말이 무슨 의미인지 진정으로 알 사람은 히스파니에 자 신뿐이리라. 데모닉은 기괴할 정도로 온갖 방면에 뛰어난 천 재였다. 그러므로 동시에 고독하기도 했다. 데모닉에게 대등 한 우정을 나눌 누군가가 있었을 리 없다. 자신을 깎아내어 세상에 맞추는 도리밖에 없었으리라.

"제발 그렇게 되기를 바랍니다. 제가 어떻게 하면 좋을까 요?"

"그 아이를 내게 보내."

프란츠는 바로 대답하지 못하고 눈을 조금 크게 떴다.

"여기로…… 말입니까?"

히스파니에가 고개를 끄덕였다.

"그래. 여기서 자신이 누구인지 전혀 모르는 채로 자라는 거야. 제 이름도 모르고, 데모닉이 뭔지도 모르고, 자신이 아르님 공작의 후계자라는 사실도 모른 채로. 네가 하고 싶었다던 사환 노릇이나 하면서. 열다섯 살이 되면 돌려보내주마."

"그럼 그동안 저나 엘자도 만나지 못하는 겁니까?"

"먼발치에서야 볼 수 있겠지만, 부모라는 사실을 밝혀선 안 되지."

"정말…… 그런 방법뿐입니까? 저도 아이가 역대 데모닉들이 어떻게 됐는지 미리 알아봤자 좋을 것이 없다는 점은 동의합니다. 데모닉에 대한 사람들의 선입견을 피하는 것도 도움이 될지 모릅니다. 하지만 부모까지도, 부모의 존재조차도 독이 될 뿐입니까?"

히스파니에가 다시 한번 코웃음을 쳤다.

"너 자신을 돌아봐라. 네가 여길 왜 찾아왔는지도. 넌 네 자식을 두려움 없이 바라볼 수 없어. 네 두려움은 그대로 그 애에게 전염될 거다. 내가 가장 피하고 싶은 것이 바로 그거야. 자신을 두려워하는 것."

프란츠는 시선을 뱃전 너머로 돌린 채 생각에 잠겼다. 마음속 고뇌를 반영하듯 미간에 깊은 주름이 잡혀 있었다. 히스파니에는 웃옷 주머니에서 파이프를 꺼내 들며 기다렸다.

"그건 안 되겠습니다."

히스파니에가 파이프를 채우고 불을 붙였을 무렵, 프란츠가 한숨을 토하듯 대답했다. 히스파니에는 이미 예상했던 듯 그저 파이프를 빨았다.

"다른 건 다 감수할 수 있습니다만, 엘자는……. 저는 아마도 그때까지 살아 있겠지만, 가뜩이나 몸과 마음이 다 쇠약해진 엘자가 아이를 그렇게 떼어놓고서 견뎌낼지 장담을 못 하겠습니다. 아니, 틀림없이 몇 년 버티지 못할 겁니다."

히스파니에도 뱃전으로 와 기대어 섰다.

"어찌될지 모르는 미래니까, 어머니의 목숨과는 바꾸지 못한다 그건가. 그렇다면 할 수 없지."

"정말 죄송합니다. 다른 방법은 없습니까?"

히스파니에는 신경질적으로 파이프를 빨더니 내뱉었다.

"이게 무슨 식당에서 디저트 고르듯 하려고 드네. 좋다, 두 번째 방법. 가문 전체가 켈티카를 떠나서 어디 적당한 시골로 들어가라. 너희 가문에 대해 왈가왈부할 자들이 없는 곳에서 아이가 조용히 자라게 해. 아무것도 가르치지 말고 그냥 놀게 해. 가정교사 같은 것도 들이지 말고. 다 소문의 온상이니까. 할 수 있겠나?"

프란츠는 이번에도 쉽사리 대답하지 못했다. 히스파니에도 이유를 알고 있었다. 왕국의 수도 켈티카를 떠나면 어떻게 되는지를. 그러면 국왕의 총애를 잃게 된다. 국왕 엘반트 3세는 변덕스럽고 자존심이 강해서 연회 초대, 축일의 문안 등을 거르는 귀족은 상대가 어떤 가문이든 제멋대로 무시했다. 특히 기분에 따라 아무때나 여는 모임이 가장 까다로웠다. 갑작스러운 부름에 응하지 못했다가는 곧바로 초대받지 못하는 위치로 밀려났다. 그래서 지방 귀족들조차 켈티카에 임시 저택을 마련해놓고 영지로 돌아가지 못한 채 전전긍긍하며 지냈다. 일부는 아예 형제에게 영지의 관리를 맡기고 켈티카에 머물며 왕의 손짓만 바라봤다.

심지어 아르님 가문은 지방에 영지조차 없었다. 켈티카의 비취반지 성이 공식적으로 유일한 근거지였다. 건국 공신 출신으로 왕족이 아닌 두 공작 중 하나라고는 하지만, 나머지 한 명인 폰타나 공작이 광대한 지방 영지를 가진 것에 비해 아르님 공작이 가진 건 성 하나뿐이었다. 폰타나 공작이라면 왕의 부름을 무시하더라도 살 길이 막히지는 않을 것이다. 실제로 그자는 여전히 제 영지에 머물고 있다. 하지만 아르님 공작이 켈티카를 떠난다는 것은 이름뿐인 공작으로 전락하기를 각오한다는 의미였다.

프란츠의 침묵이 길어지자 히스파니에의 입가가 비틀렸다.

"둘 다 못 하겠다 그건가? 아이 혼자도 못 보내겠고, 부모와 함께도 안 되겠고, 그러면 그냥 거기 앉아서 무슨 일이 일어날지 기다려보든가. 그런데 내가 최근 보기로는 켈티카가 그리 안전한 곳은 아닌데 말이야. 온 대륙의 귀족들이 몰려들수록 더더욱."

"그게 무슨 뜻입니까?"

"말 그대로야. 위험하다고. 비단 주머니에 너무 많은 구슬이 들어 있어. 아니, 됐어. 그 말은 잊어버려. 아직 아무 증거도 없으니까. 어쨌든 내가 말한 방법이 가문과 후계자를 맞바꿔야 하는 선택이란 건 나도 알아. 선택은 네가 해라. 하지만 이건 잊지 마라."

어느 쪽도 선택할 수 없었기에, 프란츠는 바로 대답하지 못하다가 결국 물었다.

"무엇을 잊지 말아야 합니까?"

"우리 가문을 누가 세웠는지를. 누가 첫 번째 '아르님 공작'이었는지를."

건국 공신인 초대 아르님 공작, 이카본 폰 아르님은 바로 데모닉이었다. 그것도 이 세상에 처음으로 나타났다던 데모닉이다. 그러나 그후로 태어났던 데모닉은 하나같이 파멸했다. 일찍 죽고, 광기에 휩싸이고, 집을 뛰쳐나가 행방불명이 되었다.

프란츠가 고개를 저었다.

"초대 공작께선 위대한 분이셨지요. 제 아들이 그런 분처럼 되기를 언감생심 바라겠습니까? 다만 저는…….."

"안 바라긴 뭘 안 바라? 이왕 데모닉으로 태어났는데 데모닉 이카본처럼 되지 못할 건 뭐냐? 오히려 뛰어넘을 생각을 해야 하는 것 아니냐?"

상상도 못 해본 이야기에 프란츠의 표정이 어리둥절해지더니 이내 쓴웃음이 떠올랐다.

"좋은 말씀입니다만…….."

히스파니에가 다시 막대기로 뱃전을 땅땅 두드렸다. 동녘이 밝아오고 있었다. 불그레한 하늘 밑으로 절벽의 검은 윤곽이 드러나는 중이었다.

"이래서 데모닉이 아닌 놈들하고 얘기할 때 골치가 아파. 그게 정확히 어떤 건지, 절대로 모르거든. 언젠가 한 명쯤은 만날 줄 알았는데 한 명도 없었고, 다 늙고 나니 갓난아이 하나가 나타났군. 좋다, 프란츠. 아이의 이름은 뭐냐?"

"조슈아입니다."

"조슈아."

히스파니에는 입속으로 이름을 한번 굴려보더니 희미하게 입가를 실룩였다. 그 이름이 마음에 들었다. 남부의 전통을 따른 이름이었다. 가문이 북부로 오기 전, 근원의 바다가 있는 곳. 아르님 가문은 오랫동안 자손에게 그런 이름을 주지 못했다. 프란츠가 무슨 생각을 하며 아이의 이름을 지었을지 알 듯했다.

"너, 나하고 내기 하나 할 테냐?"

"네?"

히스파니에가 막대를 팔 사이에 끼우더니 프란츠에게 손을 내밀었다.

"난 말이다, 멀쩡히 살아 있는 데모닉 대화 상대를 꼭 가져야겠어. 그런데 네놈은 날 도와줄 생각이 없잖아. 하여튼 누가 형님의 아들이 아니랄까 봐. 하지만 예전에도 그랬듯 결국 내 아들은 아니고 네 아들인 거지. 그러니 네가 알아서 십 년간 키워봐라. 그 정도면 너도 제정신을 차리고 안 되겠다 싶을 테니 그때 내게 보내. 대신 보낸 날로부터 그 아이, 데모닉 조슈아의 미래는 내가 정한다."

내기라기보다는 유예에 가까운 것이었지만 프란츠는 그렇게까지 말하는 숙부의 마음을 이해하고도 남았다. 얼굴조차 본 적이 없는 어린아이인데도 숙부는 조슈아의 미래에 진심으로 관심이 있었다. 물론 한 핏줄이기도 했지만 어쩌면 또 다른, 설명하기 힘든 유대감이 있는지도 모른다. 이 세상에 오직 둘뿐인 데모닉으로서 숙부는 조슈아를 지켜주기로 결심했다. 그 누구도 데모닉 히스파니에가 이 같은 결심을 하도록 만들 수는 없을 것이다. 어린 데모닉 조슈아 외에는.

"고맙습니다, 숙부님."

프란츠는 히스파니에가 내민 손에 그의 손을 얹었다. 그리고 절을 했다. 동시에 마음속에 어떤 속삭임이 다가왔다. 어쩌면 숙부는 이 아이의 탄생을 기다렸는지도 모른다고.

프란츠가 알기로 숙부에게는 자식이 없었다. 조슈아에게도 평범한 자신이 해주지 못할 부분을 채워줄 두 번째 아버지가 필요할지도 모른다.

"인사는 됐고, 나중에 엉뚱한 소리나 마라."

히스파니에는 재킷 안쪽에서 네모진 것을 꺼내 프란츠에게 건네주었다. 받고 보니 질긴 양피지 봉투였다. 앞면에는 아무런 글자도 없었고, 뒷면에 붉은 인장 하나만이 찍혀 있었다. 아르님 가문의 문장인 키 모양에 사슬이 감긴 형태의 인장이었다.

"나는 곧 이곳을 떠난다. 그 뒤로는 네가 나를 찾기 어려울 것이다. 조슈아의 열 번째 생일이 오기 전에 이 봉투에 네 결정을 적은 편지를 넣어 이벨란드 항만조합 앞으로 부쳐라. 오래 걸리긴 하겠지만 결국 내게 닿게 되어 있다."

"알겠습니다."

프란츠는 더 묻지 않고 봉투를 품에 집어넣었다. 히스파니에가 떠보듯 물었다.

"십 년 동안 너는 조슈아가 데모닉이라는 사실을 숨길 작정이겠지?"

프란츠가 순순히 고개를 끄덕였다.

"그럴 겁니다."

"좋은 생각이 아니지만, 내가 참견한다고 네가 따르지는 못할 테니까."

"아닙니다. 숙부님의 충고라면 뭐든 귀기울일 준비가 되어 있습니다."

"그래, 그렇겠지. 그래봤자 데모닉이라는 말을 듣는 순간 사람들이 짓는 표정을 서넛만 보고 나면 결심이 흔들리겠지만 말이야. 하지만 분명히 알아둬. 눈앞의 적들을 피하겠답시고 예기銳氣를 숨겨도 증오자는 나타난다. 그자들은 평범한 인간이지만 증오의 힘만으로도 종종 데모닉을 파멸시켰지."

프란츠는 묵묵히 생각에 잠겼다. 데모닉이라는 사실을 숨기며 길러야 하는가, 밝혀야 하는가. 히스파니에는 프란츠에게 결정을 맡겼지만 결국 프란츠가 처음 말했던 대로 하리라고 느꼈다. 평범한 인간은 결국 그 길을 택할 수밖에 없기 때문이다.

데모닉이 네 대에 한 번쯤 태어났기 때문에 부모와 자식이 동시에 데모닉이었던 적은 한 번도 없었다. 그리고 많은 데모닉이 일찌감치 죽거나 가문을 떠났으므로 새로 태어난 데모닉이 다른 데모닉의 도움을 받은 예도 없었다. 조슈아는 실로 예외적인 경우였다. 같은 시대에 살아남은 데모닉, 히스파니에가 있는 것이다. 그것이 조슈아의 미래를 바꾸게 될까?

히스파니에가 이윽고 덧붙였다.

"할 수만 있다면 조슈아를 성 밖에서 키워. 기숙학교 같은 곳에 보내는 것도 괜찮겠지. 그 성에서 자란 데모닉이 잘된 예가 없어."

"왜 그렇습니까?"

"설명하기 어렵지만, 어쨌든 그래. 일찍 성을 떠난 데모닉들이 오래 산 것만은 분명한 사실이거든. 그리고 하나 더, 돌아가면 창고에서 옛 그림을 모조리 꺼내서 홀에 걸어놔라. 되도록 오래되고 사람이 많이 그려진 걸로."

"그건 왜입니까?"

"하라면 해둬. 대비책을 많이 써둬서 나쁠 건 없어."

히스파니에와 프란츠가 선수루에서 내려가보니 어느새 갑판에는 술잔치가 벌어져 있었다. 티밀은 거나하게 취해서 갑판 구석에 잠들어 있었다. 프란츠가 흔들어 깨우자 티밀이 중얼거렸다.

"살려주세요……. 있는 거 없는 거 다 뒤져 가지시고 제발 집에만 보내주세요……."

"그 말 진심인가? 아참, 다 놔두고 왔던가?"

티밀이 퍼뜩 눈을 떴다. 프란츠의 얼굴을 본 티밀이 벌떡 일어나 프란츠의 팔을 붙들며 말했다.

"여기가 어딘지 이제 알았습니다요. 이런 엄청난 해적 소굴…… 아니, 점잖은 분들의 소굴에 저 같은 놈이 와보다니 이만저만 영광이 아니지만…… 그러니까 소굴은 아니고 그런 분들께서 상도의의 진정한 뜻을 논하시는 토론장에 감히…… 이게 뭔 소리냐, 뭔 소린지 저도 모르겠지만 하여튼 전 집에 가야 합니다요. 제발 살려주십쇼, 어르신. 왜 하필 제가 걸린 건지 모르겠지만, 아니지, 여러분의 초대는 정말 감사합니다만…… 한 달이나 여기서 즐겁게 지낼 순 없습니다요. 집구석의 딸년이 철이 없어서 그렇게 오래 안 돌아가면 아버지가 물에 빠져 뒤진 줄 알고 집이고 세간살이고 다 팔아먹을 것 같습니다요. 그러고 나면 마누라는 제 살 길 찾아 날아갈 것 같고 혼자 남은 저는 배 한 척과 단둘이 외롭게…… 아니구나, 그 배도 벌써 악마의 목구멍에 처박혔지."

프란츠가 빙그레 웃더니 말했다.

"아까 철이 없다던 딸아이 말인데, 나이가 어떻게 되나?"

"뭐시냐……. 열 살인뎁쇼."

열 살짜리가 어떻게 해야 집과 세간살이를 팔아먹을지는 말한 당사자도 몰랐으므로 곧 티밀은 뒷머리를 긁어대기 시작했다.

"그 말대로라면 자네 딸은 대단한 재주가 있군. 괜찮다면 그 아이한테 일을 시키고 싶은데 어떤가?"

"네, 물론…… 자, 잠깐, 방금 뭐라굽쇼?"

"품삯은 아까 자네한테 지불한 정도면 괜찮겠나?"

티밀의 눈이 커졌다. 정확히는 금화처럼 동그래졌다. 눈이 금화 모양으로 변했다고 해도 될 정도였다. 하지만 그도 아버지였으므로 곧 조심스럽게 의혹을 제기했다.

"그러니까…… 저희 집구석에서 굴러다니고 있는 열 살 먹은 망나니를 데려다가 대체 무슨 일을 시키시려고 그런 어마어마한 돈을 지불하신다는 겁니까?"

"글쎄. 일단은 공부가 좋겠군."

티밀의 얼굴에 온갖 생각이 나타났다 사라지는 것이 뻔히 보였다. 그런 돈을 주고 아무 재주도 없는 어린애를 데려갈 사람은 인신매매 상인밖에 없으며 저 해적 두목을 숙부라고 부르고 있는 이 작자의 정체도…… 하는 추리에 이르렀을 무렵, 프란츠가 말했다.

"내 집은 켈티카이니 여기서 멀지 않네. 혹시 비취반지 성이라고 들어보았는가?"

"성요?"

"모른다면, 블루엣 강을 타고 올라와 눈에 띄는 아무 부두에서든 아르님 공작의 집이 어디냐고 물어보게. 같은 곳이니까."

티밀은 잠시 굳어졌다가, 다시 프란츠의 얼굴을 찬찬히 훑어보았다. 성의 이름까지는 몰랐더라도 공작이 무엇인지 모를 리는 만무했다. 더구나 켈티카 근교에 살면서 아르님 공작의 이름을 모를 수는 없었다. 건국왕과 함께 아노마라드를 세웠다던 초대 공작 이카본. 수도 앞까지 밀려온 렘프 군을 세 번이나 물리쳐서 '켈티카의 수호자'라고 불렸던 웨일란드 폰 아르님, '푸른 반점'이라고 불린 전염병이 수도로 번지자 성을 대피소로 내놓고 평민들까지 들여보냈던 로레인 폰 아르님, 조합을 세우려다가 적국 내통 모의라는 오해를 받아 참수대로 보내질 뻔했던 상인 스물두 명을 직접 변호해서 살려낸 아델리스 폰 아르님, 밀밭 화재를 일으킨 자들을 찾을 때까지 수도 봉쇄령이 내려진 '밀밭 반란' 때 밀가루 자루로 성벽을 보수해서 빈민들을 먹여 살린 아르투르 폰 아르님. 이들의 명성으로 이름난 아르님 가문이 아닌가. 평민들에게 가장 인기가 있는, 그래서 최근에는 오히려 국왕이 좋아하지 않는다는 소문까지 자자한 공작이 설마…….

"설마, 그럼 당신이 아르님 공작님의…… 비서이신 건가요?"

프란츠는 그만 웃음을 터뜨리고 말았다. 이어 고개를 끄덕이며 말했다.

"그런 걸로 해두세나. 내가 편지를 써줄 테니 그걸 가까운 학교에 가져가 보이면 아이의 입학금과 수업료를 면제해줄 걸세. 우선 아이가 스무 살이 될 때까지 고용하는 걸로 하고 일을 잘하면 연장하도록 하지. 수업료는 내 쪽에서 낼 것이고, 아이의 품삯은 별도로 자네에게 보내주지. 학교는 어디가 가장 가깝나? 테트라풀?"

"테트라풀요?"

언감생심 생각도 못 해본 학교의 이름이 나오자 티밀의 입이 벌어졌다. 프란츠가 이어 말했다.

"다만 내 제안에 관심이 있다면 기억하게, 티밀 벨겐. 오늘 자네가 본 모든 것을 누구에게든 발설해서는 안 되네. 나를 만난 것도, 이곳에 왔다는 사실도, 이곳에서 본 모든 것도. 만약 한 가지라도 입 밖에 낸다면 제안은 무효가 될 것이네."

티밀은 무슨 뜻인지 알아들었다.

"그럼요. 꼭 그러겠습니다요. 당연히 그래야죠."

프란츠와 티밀은 배에서 내려 처음 왔던 곳과 반대쪽에 있는 작은 만으로 안내받았다. 그곳에는 티밀의 배가 이미 와 있었다. 그것 또한 어떻게 한 것인지는 수수께끼였다. 두 사람이 배에 오르자 히스파니에가 말했다.

"오랜만인데 근사하게 대접할 시간이 없어서 유감이군."

티밀은 절대 그렇지 않다는 것처럼 고개를 내저었다. 이 이상 근사한 대접을 받았다가는 머리와 목이 계속 이웃 노릇을 할 수 있을지 의문이었다.

프란츠가 답했다.

"꿈에 나오곤 하던 배를 다시 타본 것으로 충분했습니다."

"그런 말을 해도 너한테 물려주진 않는다. 내 배는 데모닉으로 태어난 녀석의 것이야. 십 년 뒤에 꼭 멀쩡히 살려서 데리고 와라."

프란은 고개를 숙여 보이는 것으로 대답을 대신했다.

두 사람은 곧 노를 잡았다. 동녘 하늘이 훤했다. 두 사람이 탄 배가 멀어져가자 히스파니에 곁에 서 있던, 비서처럼 생겼고 실제로 비서였던 스틸튼이 말했다.

"드디어 어르신께도 후계자가 생기는 겁니까? 어떤 도련님일지 무척 궁금한데요. 아참, 어르신과 비슷하려나."

히스파니에가 고개를 저었다.

"그건 몰라. 역대 데모닉들의 성격도 제각각이었거든. 얌전한 모범생에서 거만한 미친놈까지, 담백한 예술가에서 음험한 모사가까지, 별놈 다 있었어."

"그래도 공통점은 있었겠지요."

"그래, 있었다. 막판엔 다 돌아버렸으니까."

"에이, 어르신은 예외잖아요. 어르신께서 잘 가르치면 그 도련님도 괜찮겠죠."

"그게 다가 아니야. 어렸을 때는 좀 까다로운 문제가 있거
든."

히스파니에는 입안이 쓴지 자꾸 입맛을 다셨다. 스틸튼이
히스파니에의 재킷 주머니에서 대담하게 담배쌈지를 끄집어
내어 제 주머니에 넣으며 킬킬 웃었다.

"저도 알 것 같은데요? 그나저나 전 어르신의 어린시절을
보지도 않았는데 왜 알 것 같죠?"

히스파니에는 스틸튼의 뒤통수를 한 대 때린 다음 담배쌈
지를 도로 가져왔다. 그리고 재킷을 추스르며 말했다.

"아주 먼길을 돌아올 것 같아 걱정이야. 하지만 오기만 해
라. 나한테 끝내주는 계획이 있으니까."

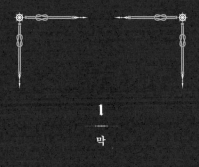

1

막

ANOTHER

아르님

"사람들은 그분이 바다제비의 알에서 깨어났을 거라고 말했습니다. 그 새는 알을 너무 늦게 낳으면 둥지를 버리고 바로 북쪽으로 날아가버리거든요. 혼자 깨어난 그분은 절벽에서 마을까지 천천히 걸어오는 동안 아이의 모습이 되어서 그 문을 두드린 다음 '안녕하세요. 뭐가 먹을 것이 없나요?'라고 했던 거죠."

❧

프란츠 폰 아르님 공작이 해적 숙부 히스파니에를 만나고 돌아온 이듬해, 975년. 데모닉 조슈아는 두 살이 되었다. 그리고 아노마라드 왕국에는 천지개벽할 사건이 벌어졌다.

공화주의자들의 비밀 조직인 '민중의 벗'이 반란을 일으켜 국왕 일가를 인질로 잡고 켈티카를 봉쇄했다. 공화주의자들의 계획은 용의주도했다. 가장 먼저 켈티카로 들어가는 모든 관문이 막혔고, 곧이어 근교의 거점 도시들에서도 같은 반란이 동시다발적으로 터졌다. 켈티카를 둘러싼 영지의 4분의 1이 공화주의자들의 손아귀에 떨어지는 데 걸린 기간은 고작 닷새. 그와 함께 수천 명의 귀족들이 켈티카에 고스란히 갇혔다.

반란의 주모자가 누구인지 밝혀지자 놀라지 않은 사람이 없었다.

"뭐라고? 미친 공화주의자 놈들을 이끈 자가 당스부르크 백작이라고?"

북부 아르슬레브의 영주인 당스부르크 백작은 왕가의 먼 친척이었다. 그런 그가 공화주의자였다니?

당스부르크는 오랫동안 제 영지 안에서 공화파 세력을 키워왔지만 아무도 그 사실을 몰랐다. 국왕의 어리석음이 큰 도움을 준 결과였다. 그간 엘반트 3세가 벌여온 변덕스러운 절대군주 놀이에 휘말린 귀족들은 모조리 켈티카 사교계만 바라보고 있었다. 그 놀음에 뛰어들기를 포기한 지방 영주들은 사람들의 관심에서 완벽히 밀려났다. 그런 상황이니 통풍에 시달리느라 열 발짝도 걷기 싫어한다는 당스부르크가 제 영지에서 뭘 하든 화젯거리가 될 리 없었다.

당스부르크는 은둔자처럼 보였지만 왕가와 귀족들의 관계가 어떻게 돌아가는지 아주 잘 이해하고 있었다. 그는 더 많은 귀족들이 영지의 관리를 포기하고 켈티카로 몰려들도록 기다렸다. 그리고 그는 물론 통풍 환자도 아니었다.

엘반트 3세는 사병을 없애고 국왕에게 군대를 바치는 자들을 좋아했다. 그런 식으로 하루아침에 소속이 바뀐 병사들은 지휘 체계가 뒤흔들리고 녹봉 지급 방식도 엉망이 되곤 했다. 당연히 미래가 불안해 뒤숭숭하고 불만이 높을 수밖에 없었다. 다시 말해 그 당시의 그들은 국왕의 군대도 귀족의 군대도 아니었다. 그런 자들이 지키고 있던 켈티카 또한 누구의 땅도 아니었을는지 모른다.

당스부르크와 공화파는 지방 영주들까지 모조리 쫓아 올라올 수밖에 없었던 엘반트 3세의 탄신일을 노렸다. 탄신 축하연은 야외에서 사냥 대회를 겸해 열렸다. 그날 밤, 당스부르크는 이른바 '그믐밤의 배신'으로 불린 사건을 일으켜 국왕 일가를 사로잡았다. 엘반트 3세는 그날, 통풍 때문에 가마에 실려와서 절도 제대로 못 하던 당스부르크가 얼굴도 찡그리지 않고 성큼성큼 걸어오는 모습에 큰 충격을 받았다고 전해진다.

영주들이 켈티카에 갇혔음이 알려지자 각 영지에서는 누구나 예상 가능한 사건들이 벌어졌다. 내부 반란이었다. 영지를 임시로 위임받았던 친족들은 이 사건을 하늘이 내려준 기회로 보았다. 아버지의 미움을 받던 둘째, 남편의 폭력에 시달리던 부인, 전대의 재산 분배에 불만을 품었던 조카 등등이 너도나도 제 몫을 찾아 덤벼들었다. 어린 계승자들이 연달아 피살되고, 가신들끼리 대치하고, 암투와 역반란이 뒤따랐다.

영주가 하루아침에 두세 번씩 바뀌고 너도 나도 저들이 옳다고 하니 병사들은 누구를 따라야 할지 몰랐다. 지휘관의 개인적 판단에 기대다가 얼떨결에 용병단이 되는 경우까지 있었다. 이런 상황에서 누군가가 단합해 켈티카로 진격하자고 외쳐봤자 대꾸할 자는 한줌도 되지 않았다. 켈티카 탈환은 점차 지지부진, 허무한 메아리가 되어갔다.

귀족들은 초기 대응에 완전히 실패했다. 겨우 구성된 군대가 켈티카 근교에서 국지적인 소모전을 벌이고 있을 무렵 엘반트 3세가 당스부르크를 재상으로 임명했다는 발표가 났다.

"그래? 국왕 폐하께서도 포기하셨다 그거야?"

"폐위가 아닌 걸 보면 당스부르크도 완전히 공화주의자는 아닌가 보네?"

"재상만 바뀐 것뿐이잖아? 누가 재상이든 우리하고 별 상관은 없지 않나?"

"그럼 뭐 이대로 살아도 되는 건가?"

어느새 사람들은 낯선 상황에 적응해갔다. 단, 켈티카에 갇힌 귀족들을 제외하고.

공화 반란 초기, 켈티카의 수많은 귀족들이 저택을 빼앗겼다. 그들은 연행되어 경계가 엄중한 탑에 수용되었다. 몇몇은 재빨리 당스부르크에게 붙어 지지를 표명하며 살아남았다. 하지만 반란 당일과 이후 며칠 사이에 피살된 자가 몇 배나 많았다. 그런데, 둘 중 어디에도 속하지 않은 예외가 있었다.

반란 후 첫 사흘은 뒤집힌 세상에 신바람이 난 자들을 위한 축제날이었다. 그런 자들이 떼를 지어 성과 저택들을 돌아다니는 가운데 한 무리가 아르님 공작의 비취반지 성에 들이닥쳤다.

그들도 첫날에는 공화정부의 선언문을 여기저기에 붙이고 큰소리를 치는 정도로 시작했다. 그러다가 흙발로 고급 양탄자를 짓이기는 데 재미가 들리자 유리창을 박살내고, 가로막는 자들을 두들겨 패고, 값나가는 것들을 약탈하고, 살인과 방화마저 서슴지 않기에 이르렀다. 사람들은 이들을 공화 폭도라고 불렀다.

비취반지 성은 왕국 초기부터 있었다던 육중한 성을 반지 모양의 푸른 숲이 둘러싸고 있었다. 그 숲을 '울새의 숲'이라고 불렀다. 성과 숲 사이에는 아름답기로 이름난 미로 정원이 펼쳐져 있었다. 성에 들이닥친 자들은 당장 정원부터 짓밟았다. 정교하게 깎은 나무들을 갈퀴로 후려치고, 장미가 조각된 의자를 연못에 던지고, 덩굴에 불을 놓고, 정자를 박살냈다. 그러느라 정작 성에 도달하기까지는 많은 시간이 걸렸다. 그만큼 정원이 넓었다.

성 입구에 도달한 폭도들은 성문 앞에 혼자 서 있는 남자를 발견했다. 프란츠 폰 아르님 공작이었다. 폭도들이 정문을 통과했을 때부터 일찌감치 소식을 전해 들었을 그는 놀랍게도 빈손이었다. 심지어 성문은 활짝 열려 있었다. 폭도들은 이미 몇 번이나 귀족들의 피를 묻힌 바 있는 낫과 쇠스랑 따위를 꼬나들고 있었다. 그들이 공작을 빙 둘러쌌을 때, 아르님 공작이 입을 열었다.

"켈티카가 위험에 처했을 때마다 이 성의 문은 늘 활짝 열려 있었소. 나의 조상들은 이 나라를 세웠을 때부터 켈티카 시민들을 보호하는 것을 가문의 의무로 여겨왔소. 나 또한 그럴 것이오. 그대들이 위험에 처했다면, 안으로 들어오시오. 아르님 공작이 그대들을 보호할 것이오."

사흘 동안 켈티카를 휩쓴 폭도들이 귀족의 성문 앞에서 머뭇거린 것은 그때가 처음이었다.

여럿이 뭉쳐 다니며 기세등등했지만 사실 그들의 주력은

블루엣 강 주변에 집이랄 수도 없는 누더기 굴을 짓고 살던 빈민들이었다. 머리글자도 쓸 줄 모르고 단추 달린 옷조차 입어본 일이 없는, 부모도 모르고 제 자식이 누구인지도 모르는, 평균 수명이 스물 몇 살인 자들이었다. 공화파조차 그들을 켈티카 시민으로 여겼는지는 불분명했다.

그들은 아르님 공작을 따라 비취반지 성으로 들어갔다. 그리고 성안의 가장 큰 홀을 차지했다. 공작은 이가 들끓는 그들에게 하얗게 세탁한 침구를 내주고, 만찬을 베풀어 한 식탁에서 식사를 했다.

소문이 퍼지자 비슷한 처지의 빈민들이 꾸역꾸역 비취반지 성으로 몰려왔다. 홀 두 개를 내주고도 자리가 부족해지자 그들은 정원으로 나가 멋대로 정원수를 베어 임시 거처도 짓고, 연못에 빨래도 해서 말리고, 숲에서 땔감을 모아 끼니도 지었다. 그런 식으로 정원은 그들의 마을이 되어갔다. 아르님 공작과 공작부인은 얼기설기 지은 오두막과 천막이 들어찬 정원을 산책하며 그들과 평화롭게 이야기를 나누기도 하고 부족한 물자 문제나 다툼을 해결해주기도 했다.

공화 반란, 아니 혁명 이레째가 되던 날 공화정부는 이러한 약탈 행위를 엄중히 금지한다는 포고를 내렸다. 그 무렵 비취반지 성에서 벌어진 일에 대한 소식은 켈티카 전역에 쫙 퍼져 있었다. 반면 다른 귀족들의 성은 대부분 약탈과 파괴를 피하지 못했다. 어찌 보면 공화정부가 빈민들의 한풀이를 해주려고 의도적으로 늦게 포고를 내린 게 아닐까 싶을 정도였다.

이후 공화파 지도자 몇몇이 연달아 찾아와 비취반지 성의 상황을 둘러보고 돌아갔다. 그렇게 십여 일이 흐른 어느 날 밤, 당스부르크가 불쑥 찾아와 아르님 공작과 면담을 청했다. 직접 맞이하러 나온 아르님 공작은 곳곳에 더러운 이불이 널린 무도회장을 지나쳐 2층의 집무실로 당스부르크를 데려갔다. 그들이 지나가는 동안 아무데나 앉은 빈민들이 반색하며 인사를 보내는 사람은 그들이 얼굴을 알 리 없는 당스부르크가 아니라 아르님 공작이었다.

유행 타는 장식 없이 예스러운 공작의 집무실에서 두 사람은 마주앉았다. 차는 공작부인 엘자가 직접 내왔다. 엘자는 상대가 누구인지 알면서도 스스럼없이 환영 인사를 하더니 곧 아래층에서 빵을 나눠줘야 한다며 가버렸다. 성의 화덕은 빵을 한 번에 백 개씩도 구워냈지만 이즈음에는 하루 종일 불을 때도 모자랐다. 엘자는 건강이 좋지 않아서 하루에 거동할 수 있는 시간이 얼마 되지 않았지만 빵만은 늘 직접 나눠주러 가곤 했다. 사람들은 어느새 엘자가 낮잠을 자는 시간에는 알아서 조용히 할 정도가 되었다.

당스부르크는 공작의 테이블에 놓인 물건들을 잠시 관찰하다가 입을 열었다.

"전부터 소문은 들었지만 아르님 가문의 전통은 역시 만만치가 않군요. 이런 행동은 말로는 쉬워도 실제로 해내기는 무척 어렵지요. 그렇기 때문에 당신 같은 사람은 어찌 보면 공화국의 친구이되, 달리 보면 가장 큰 적일 겁니다. 그런 당신을 우린 이대로 내버려둘 수가 없습니다. 그래서 당신에게 한 가지 제안을 하고자 합니다."

그날 그들 사이에 무슨 이야기가 오갔는지는 이후로도 자세히 알려지지 않았다. 이후 몇 년이 흐르는 동안, 고립된 켈티카에 남은 귀족들은 소리 없이 사라지거나, 공개 처형되거나, 감옥이나 다름없는 레르뷔 궁전에 갇히거나, 공화국의 말단 관리 따위가 되어 자존심을 버리고 살아남는 길을 택했다. 그러나 아르님 가문은 그중 어느 길도 가지 않았다.

프란츠와 엘자 폰 아르님 부부는 여전히 비취반지 성에서 살았다. 그들은 자유롭게 켈티카를 돌아다녔으며, 공식적으로 어떤 직위도 받지 않았다. 사라진 것은 '공작'이라는 칭호 하나뿐이었다. 공화국 아노마라드에서 그들은 기묘한 배려를 받는 '아르님 부부'로 불렸다. 약탈금지법에 따라 성은 더이상 훼손되지 않았다. 그들 가문은 본래 성 말고는 달리 영지가 없었으므로 몰수당할 재산도 없었다. 한 해가 흐르자 빈민들은 비취반지 성을 나와 도시 외곽에 정착했다. 그 또한 많은 사람들이 여전히 저들끼리는 '공작 각하'와 '공작부인 엘자'로 부르는 공화국 시민 아르님 부부의 배려로 이뤄진 일이었다.

켈티카 밖의 귀족들은 저까짓 허술한 공화국이 몇 년이나 가겠느냐고, 번거롭게 손을 댈 것도 없이 저절로 무너질 거라고들 떠들었다. 그러나 의외로 공화국은 오래 버티었다. 태어나서 공화국밖에 본 적이 없는 아이들이 어느새 여섯 살, 일곱 살이 되었다.

공화 6년 가을, 아르님 부부의 여덟 살 먹은 아들 조슈아 폰 아르님이 모나 시드 학교에 입학했다. 모나 시드는 전통 있는 음악 학교로, 전원이 기숙사 생활을 했다. 들리는 소문에는 아이가 음악에 재능이 있어서 그 학교를 택했다고 했다. 몸이 약해 다른 것은 가르치지 않는다고 했다. 작고 예쁘장하고 놀랄 만큼 노래를 잘하는 아이라고, 사람들은 딱 그 정도만 알고 있었다.

왕국 시절이라면 공작의 후계자가 검술도 승마도 배우지 않고 가정교사 하나 없이 여덟 살이 되었다는 얘기가 어처구니없는 미친 짓으로 소문났을 것이다. 그러나 불행인지 다행인지 공화국에서는 대놓고 떠들 화제가 아니었다. 오히려 아르님 씨가 공화국 시민답게 아들을 키우는 모양이라는 칭찬 아닌 칭찬을 들었을 뿐이다. 하지만 몇몇 사람들은 은밀히 수군거렸다.

"아르님 공작이 하나뿐인 아들을 가수로 키우려 한다지? 그런데 그게 대체 말이나 되는 소리야?"

어쨌든 조슈아는 모나 시드 학교에 입학하자마자 그 학교의 유명한 합창단에 들어가더니 곧 솔리스트가 되었다. 합창단의 첫 공연이 열리고 나자 보고 온 사람들이 또 다른 소문을 퍼뜨렸다.

"아르님 공작의 아들, 그 아이가 어마어마하게 노래를 잘한다던데? 그날 관객 몇 명은 진짜로 기절했다던데?"

조슈아가 노래를 잘한다는 이야기가 퍼질수록 작은 소문들은 그에 묻혔다. 조슈아가 세 살 무렵 잠깐 만난 사람과 나눈 대화도 그대로 기억한다든가, 어느 책 내용을 물어보자 고스란히 외워서 말해줬다든가, 처음 본 악기를 잠깐 만져보더니 십 년은 배운 것처럼 연주했다든가, 누군가가 장난삼아 정원의 꽃이 몇 송이냐고 묻자 최근 오 년 동안의 증감 추이로 대답해주었다든가 하는 이야기들은 과장이나 우스갯소리이겠거니 여겨졌다.

그 모두는 조슈아가 어렸을 때의 이야기였다. 최근의 조슈아는 노래 외에는 어쩐지 평범한 아이가 된 듯했다. 이 무렵, 데모닉이 무엇인지 기억하는 사람은 거의 없었다.

미터만 선생의 상급 고전문학 수업에는 스물아홉 명의 학
생들이 들어와 앉아 있었다. 열넷, 열다섯 살이 넘은 키 큰 아
이들 속에 아홉 살 먹은 조슈아 폰 아르님도 앉아 있었다. 흐
트러짐 없는 단정한 자세로.

수업 내용은 열다섯 살에게도 까다로웠다. 보통의 아홉 살
이라면 집중은커녕 십 분도 되지 않아 몸을 비틀며 잘못 들어
온 날벌레라도 찾으려고 두리번댔을 게 뻔했다. 하지만 조슈
아는 그러지 않았다. 얌전하게 내리깐 시선은 책을 향하고 있
었다. 그렇지만 미터만 선생은 조슈아가 책을 보고 있지 않다
는 걸 알고 있었다.

"자, 다 읽었겠지? 그러면 약강 5보격 루그란 송시에 대해
누군가가 이야기해보자. 릭 해밋, 해볼까?"

일어선 릭이 숨을 크게 들이쉰 다음 말했다.

"에, 루그란 송시의 가장 큰 특징은, 야, 약강 5보격이라는
것입니다. 약강 5보격이라는 것이 뭐냐 하면…… 루그란 송
시의 특징 중 하나로…… 루그란 송시란…… ."

릭이 다시 약강 5보격이라는 말을 반복하기 전에 선생은
다른 쪽을 보았다.

"그만. 조슈아 폰 아르님, 이어서 해보겠나?"

조슈아는 자리에서 일어나 예절 바르게 고개를 숙여 보인
뒤 말했다.

"네."

선생들은 똑똑한 아이를 가르치고 싶어 한다. 가르침을 잘 알아듣는 것은 물론이고 채근하지 않아도 쉽게 암기하며, 때로는 진도를 앞서가기도 하는 아이 말이다. 선생과 토론까지 나눈다면 더할 나위 없을 것이다. 이런 학생을 만나면 선생들은 자기가 아는 걸 하나라도 더 가르쳐주고 싶어 어쩔 줄 몰라 한다. 흡사, 오줌 마려운 강아지처럼.

조슈아가 루그란 송시의 유래와 특징을 설명해나가는 동안, 미터만 선생은 자기 쪽이 아홉 살짜리가 된 것처럼 창밖을 흘끔거렸다. 조슈아의 설명은 자신이 지난 시간에 한 설명과 완전히 똑같았다. 끄트머리의 어투만 슬쩍 고쳤을 뿐.

"좋아. 그러면 방금 한 설명에 맞는 시를 예시해봐라."

지난 시간에 배운 시들 중 하나를 암송하기만 해도 될 테지만 조슈아는 그러지 않았다. 잠시 눈을 내리깔고 입속으로 계산해보더니 곧 송시 하나를 즉석에서 지어냈다. 다른 학생들이 인상을 찡그리며 눈짓을 주고받았다. '적당히 해도 될 텐데.'

뭘 해도 그들을 조롱하는 듯한 녀석이었다. 조슈아가 지난 수업을, 지지난 수업을, 실은 모든 수업의 모든 내용을 외웠음을 보여주기 싫어서 새로 시를 지었다는 사실을 그들이 이해할 날은 앞으로도 오지 않을 듯했다.

"아주 훌륭해."

미터만 선생은 건성으로 칭찬했다. 조슈아가 뭘 해내든 그가 기뻐한 일은 한 번도 없었다. 거의 모든 선생이 그렇듯이. 이상한 일일까? 그렇지 않다. 선생들이 바라는 똑똑함에는 정도란 것이 있다.

"그럼 릭 해밋, 또 다른 송시를 예시해볼까?"

릭은 조슈아를 흘끔거리며 뭐라 더듬더듬 외웠지만 곧 말문이 막혔다. 그러자 미터만 선생은 얄밉게도 조슈아를 다시 불렀다.

"릭이 틀린 부분부터 외워보겠나?"

조슈아는 일어섰지만, 자신에게 쏠린 눈을 죽 둘러본 다음 말했다.

"저도 기억이 안 납니다."

미터만 선생과 조슈아의 시선이 마주쳤다. 잠시 강의실이 고요해졌다. 미터만 선생은 모욕이라도 당한 것처럼 얼굴이 붉어졌다.

"기억이 안 난다고?"

조슈아는 침착한 표정으로 고개를 약간 숙여 보였다.

"네. 죄송합니다."

학생이 단지 모른다고 했을 뿐인데, 반드시 외워야 하는 부분도 아니었는데, 침묵이 흐르는 동안 미터만 선생의 얼굴은 굳어지다 못해 파르르 떨릴 지경이 되었다. 학생들은 어깨를 움츠린 채 눈치를 보고 있었다. 이윽고 미터만 선생이 책상을 탕탕 두드리더니 말했다.

"전원, 다음 시간까지 약강 5보격 루그란 송시를 한 편씩 지어 온다. 릭은 두 편, 조슈아는 세 편을 지어 와라. 모두 외워 낭송할 수 있도록 준비해라. 오늘 수업은 이것으로 마친다."

책을 집어 든 미터만 선생이 바람을 일으키며 나가버리자 여기저기에서 한숨과 불평 소리가 터져 나왔다. 시를 외우라는 것도 아니고 지으라니!

릭이 벌떡 일어나 외쳤다.

"야! 이게 누구 탓인지 모르진 않겠지? 조슈아 너, 내 것도 지어 와라? 응? 듣고 있냐?"

조슈아가 대답하지 않자 다른 학생이 소리쳤다.

"야, 누구 약강 5보격 루그란 송시 하나 지어봐라. 제목은 '재수없는 아르님'."

그러자 한 녀석이 벌떡 일어나 읊기 시작했다.

"외우라면, 외우지, 무슨 놈의, 잔말이, 많을까? 알면서, 모르는, 척하면, 기분이, 좋을까? 시 짓기는, 좋아도, 외우기는, 싫다, 이건가? 거참, 까다로워, 비위도, 맞추기, 어렵네."

약강 5보격에 전혀 맞지 않는 엉터리였지만 친구들을 웃기는 데는 아무 지장이 없었다. 어떻게 놀려대든 아홉 살 꼬마가 눈이라도 빨개지기는커녕 눈썹 하나 까딱하지 않는다는 점만이 아쉬울 따름이었다. 어쨌든 한바탕 웃고 신이 난 학생들은 릭과 어깨동무를 한 채 낄낄거리며 밖으로 나갔다. 문밖에서 떠드는 소리가 멀어져갔다.

"다음 시간은 음악이지? 오늘 그룬트 선생은 누구한테 노래를 시킨 다음에 손수건으로 눈물을 찍어낼까요?"

"글쎄다? 난 저언혀 모르겠네?"

"그럼 박자를 셀 때 누구한테 대신 피아노를 치라고 할까요?"

"이야, 그거 엄청 어려운 문제네……."

학생들이 모두 강의실을 나간 뒤 조슈아는 느지막이 책을 정리해 나왔다. 기다려주는 사람은 아무도 없었다. 당연히 그럴 줄 알았다는 것처럼 그는 텅 빈 복도를 천천히 걸어갔다.

두터운 책 두 권을 껴안은 팔목은 빈약하기 짝이 없었다. 품이 넓은 소매 밖으로 살짝 드러난 손등에는 파란 핏줄이 도드라졌다. 다리까지 덮이는 검은 튜닉 속에 파묻힌, 인형처럼 작디작은 아이다. 그 아이의 머릿속에서 수억 개의 톱니바퀴로 짜맞춘 우주가 돌아가고 있건만.

우아한 아치를 그리는 눈썹, 별빛 나는 눈, 작약 같은 입술을 가진 조슈아를 보면 처음에는 누구나 호감을 품었다. '친해지고 싶다, 도와주고 싶다'. 하지만 그리 오래가지는 않았다. 사람들은 천재를 보면 놀라워하지만, 좋아하지는 않았다. 그렇다고 그들이 원하는 대로 적당히 능력을 감추면 오히려 화를 냈다. 전자는 못 본 체해서 자존심을 지키면 되는데 후자는 대놓고 바보 취급을 당하는 느낌이 드는 걸까?

조슈아가 아이답게 말간 얼굴로 "모르겠는데요"라고 말했을 때 잠깐이라도 속았던 사람들일수록 나중에 진상을 알면 더욱 분통을 터뜨렸다. 그런데도 조슈아는 그 짓을 꾸준히 포기하지 않았다. 히스파니에의 비서인 스틸튼이 그 꼴을 봤다면 '어린 데모닉이란 재수없게 구는 게 특징이로군요?'라고 말하고 뒤통수를 한 대 더 맞았을지도 모른다.

음악실 앞까지 온 조슈아는 들어가기 전에 잠시 귀를 기울였다. 안에서는 온갖 소음이 쏟아져 나왔다. 먼저 들어간 학생들이 돌아다니며 떠드는 소리, 웃는 소리, 피아노 건반 소리, 쿵쿵대며 뛰는 소리, 창문 여닫는 소리.

조슈아는 귀가 예민했다. 아름다운 소리만이 아니라 소음과 잡음에도. 어수선한 소리가 서서히 몇 갈래로 정리되며 머릿속 톱니의 일부가 되어 돌아가기 시작했다. 마치 기묘한 오케스트라인 양 인과를 가진 불협화음으로 변했다. 조슈아는 잠시 눈을 감았다. 그런 채로 머릿속에서 음악실 안의 풍경을 떠올렸다. 안에 있을 사십여 명이 움직이는 동선을 한꺼번에 그려보았다. 누군가는 처음부터 자리에 앉아 있고, 누군가는 책을 펼친다. 누군가는 피아노를 두드리며 춤을 추고, 누군가는 무대에 올라가 낄낄대며 장난을 친다. 이윽고 그들 모두가 한 명 한 명 자리에 앉아간다…….

조슈아가 머릿속에 그린 광경은 실제 음악실에서 벌어진 상황과 극히 일부가 다를 뿐, 거의 똑같았다. 심지어 각각의 인물이 누구인지도 대부분 일치했다. 그간의 수업에서 되풀이해서 본 시시한 풍경들이 저절로 정보값이 되어 머릿속에 들어간 까닭이었다. 하지만 조슈아는 굳이 확인해보려 하지 않았다. 그저 그려볼 뿐이었다. 그리고 그 안에 자신도 넣어보았다. 언제 어디서 나타나 어떻게 걸어갈지, 누구의 곁을 스쳐 어디에 앉을지. 그런 식으로 무의미하게, 어마어마한 정보 처리력을 낭비했다. 그리고 생각했다.

저 불협화음 속으로 들어가고 싶지 않아.

이 소음이 사람들의 존재를 뚜렷이 그려주듯 조슈아 자신도 하나쯤 그려 넣고 싶었다. 새로운 자신은 저들의 어떤 시선에도, 어떤 말에도 아랑곳하지 않고 자신만의 세계 속에 고요히 앉아 있으리라. 왜냐하면 그는 조슈아처럼 불완전하지 않으니까. 제 존재만으로도 완전한 세계를 창조하고 그 안에 여유 있게 머물 테니까. 그리고 나면 자신은 저기로 들어가는 대신 몸을 돌려 영영 떠나도 좋을 텐데. 언제든, 어디로든.

하지만 그것만은 데모닉 조슈아의 능력 밖이었다. 단지 상

상 속의 자신과 지금의 자신을 불완전하게 겹쳐보는 것이 고
작이었다. 그를 흉내낸다. 그런 것처럼 행동한다.

이윽고 조슈아는 음악실 안으로 미끄러져 들어갔다. 가장
눈에 띄지 않을 동선으로, 존재하지 않는 것처럼 최소한의 소
음만을 내면서.

모든 아이가 천사는 아니다

아름다운 것, 악의 없는 것, 강한 것, 현명한 것, 사랑받는 것,

그중 어떤 것도 우리를 천상으로 보내줄 순 없네.

❧

이브는 세상에서 가장 행복한 소녀였다.

일단 그녀는 예뻤다. 또래라면 누구나 부러워 쳐다볼 고운 금발이 굽이치며 어깨를 덮었고, 눈은 까만 별처럼 빛났다. 복숭앗빛 도톰한 뺨과, 윤기가 흐른다 싶을 정도로 매끈한 목덜미를 갖고 있었다. 자그마한 입술에서는 빛이 감돌았다.

요정처럼 날씬한 이브는 춤을 잘 추었다. 무도회장에서든 정원의 잔디밭에서든, 기분만 내키면 사람들이 넋을 놓고 쳐다볼 정도로 우아하고 날렵한 춤을 추곤 했다. 때로는 맨발이었다. 그러나 개의치 않았다.

이브의 부모는 부자였다. 사람들이 우러러보는 가문이라고도 했다. 그러나 이브는 그런 점을 잘 몰랐다. 실은 이해하지 못했다는 쪽에 가까웠다. 다만 사람들이 자신을 아껴준다는 것만은 알았다. 이브에게는 예쁜 드레스며 모자, 구두와 같은 것들이 언제나 넘쳐났다. 이브의 식사와 간식을 준비하는 요리사가 따로 있었고, 이브가 어질러놓은 물건들을 줍느라 하녀가 뒤를 따라다녔다. 이브만을 위한 의사도 있고 간호인도 있었다.

아버지와 어머니는 이브를 극진히 사랑해주었다. 아버지는 찾아오는 손님들을 제쳐놓고 가장 먼저 이브의 이야기에 귀를 기울여줬다. 어머니는 피곤하다며 곧잘 누워 지냈지만 이브의 일이라면 지체 없이 일어났다. 그들 중 누구도 이런저런 공부를 하라며 괴롭히지 않았다. 그래서 이브는 날마다 즐겁게 놀았다.

이브가 행복하다는 것은 의심의 여지가 없었다. 좋아하는 것은 모두 가졌고, 싫을 만한 것은 몰랐다. 태어나서 한 번도 궁전 밖으로 나가본 일이 없는 공주님처럼 가난과 고통, 죽음

같은 것은 물론이고 실패로 인한 좌절, 자기보다 나은 누군가에 대한 질투, 좋아했던 사람의 배신, 가질 수 없는 것에 대한 집착, 미래에 대한 두려움, 그 모두를 알지 못했다. 느낄 능력이 없었던 것이다.

나가고 싶지 않고, 밖에 무엇이 있는지도 알고 싶지 않을 정도로 아름다운 유리 궁전. 그곳이 이브노아 아일첸브리스 폰 아르님이 살고 있는 세계였다.

이브노아의 세계에는 중요한 두 남자가 있었다. 누구를 더 좋아하는지는 몰랐지만, 둘 다 정말로 좋아한다는 것만은 분명했다. 그중 한 명은 약혼자였다. 이브노아는 여섯 살에 이미 약혼을 했다. 약혼자의 이름은 테오스티드 다 모로였지만 그의 아버지도 테오스티드였기 때문에 어려서부터 다들 테오라고 불렀다.

"이브, 손 이리 줘봐."

이브노아는 생긋 웃었다. 테오라면 늘 그렇듯 무언가 재미있는 것, 좋은 것을 주리라 의심치 않았다. 이브노아가 왼손을 내밀자 테오가 조그마한 종이 꾸러미를 쥐여주었다.

"뭐야?"

이브노아가 손을 펴보려 하자 테오는 씩 웃으며 고개를 흔들더니 이따가 보라는 듯 옷 주머니를 가리켰다. 이브노아가 종이 뭉치를 주머니에 넣자 사람들의 박수 소리가 울렸다. 공연이 시작될 모양이었다. 이브노아가 따라서 손뼉을 치며 칭찬을 바라는 강아지처럼 테오를 쳐다보았다. 테오의 입가에도 엷은 미소가 떠올랐다.

이브노아와 테오가 앉은 곳은 켈티카에서 두 번째로 큰 극장의 객석이었다. 오늘 이곳에선 모나 시드 학교의 학생들이 합창과 연주를 선보일 예정이었다. 모나 시드의 정례 연주회는 아노마라드가 왕국이었던 시절, 국왕 부처도 관람하곤 했던 유서 깊은 공연이었다. 막이 스르륵 오르자 하얀 가운에 진한 남빛 케이프를 두른 소년들이 날개 편 새와 같은 모양으로 늘어서 있었다.

이브노아가 손뼉을 치며 말했다.

"저기, 저기 중에 있을 거야!"

테오가 애매하게 웃으면서 손가락을 들어 조용히 하라는 신호를 보냈다. 이브노아는 입을 다물었지만 그리 오래가지는 않았다. 소년들이 노래를 부르기 시작하자 다시 소리를 질렀다.

"너무 멋있어!"

테오는 난감한 표정으로 주위를 둘러보며 양해를 구했지만 실은 익숙한 일인 듯했다. 이브노아는 테오의 질책 어린 시선에 조용히 했지만 몇 분도 되기 전에 또 탄성을 올렸고, 사람

모든 아이가 천사는 아니다

들을 가리키며 웃고 무릎을 두드리거나 큰 소리로 무언가 말했다. 결국 사람들은 경고하기 위해 돌아보는 것을 포기했다. 그런 이브노아를 인내심 깊게 말리는 사람은 테오뿐이었다. 그는 싫증도 내지 않고 화도 내지 않았다.

이윽고 합창단의 스무 명 남짓한 소년들이 노래를 멈췄다. 솔리스트의 목소리가 둥근 천장에 메아리쳤다.

당신이 따라간 하얀빛
내게도 그 빛이 보이네

어둠 속에 머무르던 세월
저주 가운데 몸서리친 때

나아갈 내일 없는 줄 알았고
나의 손 잡을 이 없다 여겼네

그러나 보소서 밝은 빛이여
마침내 내게 온 저 빛이여

기도로도 다할 수 없는 환희가 세상 끝날까지 이르리

내 안의 어둠을 몰아내었네

내 눈의 눈물을 거두네

조그마한 체구에서 믿기 힘들 정도로 정교한 소프라노가 흘러나오자 사람들은 넋을 놓았다가, 곧 흥분 어린 속삭임을 주고받았다. 본능처럼 자연스러운 발성에 소름 끼치도록 고운 목소리였다. 심지어 발그레한 뺨을 가진 인형처럼 예쁜 아이이고 보니 감탄하지 않는 사람이 없었다.

이브노아는 흥분했다. 자리에서 벌떡 일어나려는 것을 미리 준비하고 있던 테오가 간신히 제지했다. 솔리스트는 이브노아의 동생 조슈아였다. 음악의 수준을 이해하지 못하는 이브노아라 해도 감동할 이유는 충분했다.

합창이 마무리되자 1부 레퍼토리가 끝났다. 두 번째 순서가 시작되기 전에 잠시 휴식 시간이 있었다. 합창단이 질서정연하게 퇴장하고 나자 이브노아는 서두르려고 치맛자락을 발목까지 끌어올리며 말했다.

"테오, 조슈아한테 가보자! 얼른!"

테오는 바로 대답하지 않고 다른 일을 하는 체하며 시간을 끌었다. 이브노아가 몇 번이나 재촉했지만 "잠깐만" 하고 말할 뿐이었다.

지금쯤 분장실에는 꽃다발이며 선물들이 밀려들고 있을 것이다. 아르님 부부는 오지 않았지만 그들 가족을 잘 아는 사람들이 몰려와 한바탕 북새통을 이룰 것이 뻔했다. 그 틈바구니에 서 있어봤자 자신의 가치만 떨어질 뿐이다.

테오는 자기에게 유리한 전장을 고를 줄 알았다. 그는 이브노아에게 공연 전에 주머니에 넣은 것이 뭔지 확인해보자고 말했다. 이브노아가 종이 꾸러미를 꺼내 펴보자 새끼손가락에 끼는 조그마한 반지가 나왔다. 반지 안쪽에는 무어라고 글자가 새겨져 있었다. 공부를 하지 않아 글자를 잘 읽지 못하는 이브노아는 내용을 궁금해하며 읽어달라고 졸라댔다. 그것이 기껏해야 반지를 만든 장인이 남긴 표식에 불과할지라도, 테오는 일부러 말을 빙빙 돌리며 이브노아를 안달나게 만들었다. 테오가 내용을 읽어주었을 즈음엔 휴식 시간이 끝나 있었다.

합창단의 단원들은 그룬트 선생님이 지휘를 끝낸 뒤 왜 항상 손수건을 꺼내는지 알고 있었다. 본인 말로는 합창단의 노래에 감동해서라지만, 예전엔 그런 적이 없었다. 조슈아가 합창단에 합류하고부터 생긴 버릇이었다. 그룬트는 공평함을 중시해서 절대 내색하지 않으려 했지만 소년들은 바보가 아니었다. 합창단에 오래 있었던 단원들은 선생이 보지 않는 틈을 타 코끝을 부채질하며 역겨워하는 표정을 짓곤 했다.

신입생들은 그런 분위기를 알기에 아직 일렀다. 이날 네 명의 신입생은 관객으로서 공연을 보러 왔다. 워낙 고상한 집안이라 연습에도 잘 나타나지 않는다는 꼬마 솔리스트의 목소리를 처음 들은 그들은 다들 흥분했다. 그중 한 명, 열두 살의 토미손 구겔호퍼는 흥분 이상의 무언가에 사로잡혀 1부가 어떻게 끝났는지조차 기억하지 못했다.

토미손은 고작 몇 달 전에 노래를 시작했다. 가난한 농부의 아들인 그의 재능을 발견할 만한 사람이 주변에 없었던 까닭이다. 우연한 기회에 모나 시드 학교의 주임 선생 눈에 든 그는 학비와 숙식을 모조리 학교에서 지원해준다는 파격적인 조건으로 입학이 결정되었다. 최근 몇 달 동안, 토미손은 일생 처음으로 화려한 칭찬과 격려를 들으며 발이 한 뼘쯤은 허공에 뜬 기분으로 이곳까지 왔다. 자신감이 생긴 그는 그 유명하다는 모나 시드의 합창단에도 자기보다 노래를 잘하는 아이는 없지 않을까 하고 꿈같은 희망도 가져보았다.

토미손은 꿈같은 희망이 깨져 괴로워하지 않았다. 저 조그마한 아이의 목소리에서 노래를 알았던 날로부터 늘 그려오던 신세계를 봤던 것이다. 제 목소리가 아니어도 상관없었다. 그런 목소리가 존재하고, 그걸 들었다는 것만으로도 감격스러웠다. 그래서 토미손은 정식 단원들이 싫어할 것을 뻔히 알면서도 분장실로 달려가 단원들 틈에서 조슈아를 찾아냈다.

모든 아이가 천사는 아니다

조금 뜻밖이었다. 아이는 다른 아이들과 말 한마디 나누지 않고 외따로 놓인 의자에 가만히 앉아 있었다. 발밑에는 사람들이 다녀간 흔적, 즉 꽃바구니와 선물이 수북했지만 건드린 기색도 없었다.

"저……."

조슈아와 눈이 마주친 토미손은 흠칫 놀랐다. 무표정한 눈이었던 까닭이었다. 무표정한 것이 죄가 되진 않지만 지금만은 아니었다. 오늘 막 음악의 왕국에 초대받은 손님인 토미손은 이해할 수 없었다. 방금 전에 그토록 아름다운 노래를 불렀던 당사자가 저렇게 권태로운 얼굴이라니?

"왜?"

상대의 목소리를 듣자 조금 전의 감격이 엷게 되살아나 토미손은 당황했던 것을 잊었다. 그는 열성적으로 말했다.

"나, 나 말이야, 네 노래가 너무 좋았다는 거야. 내 평생 제일…… 아참, 나, 난 토미손이야. 새로 들어왔어. 나 처음 보지? 난, 그러니까…… 너 같은 목소린 처음이야. 그건, 음……."

기분이 말로 잘 표현되지 않아 토미손의 이야기는 어설펐다. 조슈아는 여전히 무표정하게, 그러나 인내심 깊게 들었다.

"그, 그래, 난 열두 살인데, 노랠 잘한다고 해서 선생님이……. 하지만 여기 와선 네 노래를 들은 것만으로도 좋은 거야! 모나 시드에 와서 정말 잘됐어. 너무 좋았는데, 너 때문에 더 좋아졌어. 정말이야. 믿어주겠지? 넌 몇 살이니? 언제부터 노래했니? 부모님도 노래를 부르시니? 우리 부모님은 농부라서, 내가 뭘 하는지도 모르시지만, 난, 나도 너처럼 노래를 잘하고 싶어. 어떻게 연습하면 될지……. 넌 정말로 열심히 했겠지? 노래를 얼마나 좋아하면 그렇게 될까?"

거기까지 들은 조슈아가 불쑥 말했다.

"나, 노래하는 거 그다지 안 좋아해."

"뭐…… 뭐라고?"

토미손이 눈을 크게 떴다. 믿을 수 없는 말이어서 잘못 들었으려니 싶었다.

"노래하는 거, 그냥 그렇다고. 싫어하진 않지만 너 같은 열정은 없을 거야."

괴상한 이야기가 되풀이되자 토미손은 말문이 막혔다. 조슈아는 안타깝다는 듯한 눈으로 토미손을 보고 있었다. 토미손은 조슈아의 눈빛을 이해할 수가 없었다.

"그럼 넌 어떻게 그렇게 노래를 잘하게 됐어?"

"그렇게 잘하지는 않아."

"무슨 소리야! 그럴 리가 없잖아!"

"아냐. 몇 번 들으면 질리는 목소리야. 너무 매끈해서. 너도 더 듣다 보면 알걸."

그 말은 숫제 수수께끼였다. 뭔가 착각하는 게 아니냐고 하고 싶을 정도였다. 지금 말을 하고 있는 사람이 그 노래를 한 당사자가 아니었다면. 어떻게 그 노래에, 아니 스스로에게 저렇게 가차없는 말을 하지?

토미손이 멍하니 바라보고 있자 잠시 후, 조슈아가 조그맣게 중얼거렸다.

"미안해."

토미손은 뭔가 잘못되고 있다는 기분이 들어 고개를 흔들었다. 이럴 땐 무슨 말을 해야 하지? 그때 조슈아가 토미손에게서 시선을 떼더니 의자에서 뛰어내렸다. 조슈아가 가려 한다는 것을 깨달은 토미손은 정작 하려던 말을 못 했음을 깨닫고 부지불식간에 조슈아의 어깨를 붙들었다.

"잠깐만……."

그 순간, 어깨를 붙든 손에 굉장한 거부감이 전해져와 토미손은 얼른 손을 뗐다. 곁에서 다른 단원들이 수군거리는 소리가 들려왔지만 아무도 끼어들지는 않았다. 그러나 조슈아가 돌아서서 말갛게 빛나는 눈으로 토미손을 올려다보자 토미손은 목 아래까지 치밀어 오른 말을 하지 않고 견딜 수가 없었다.

"난 네 말, 찬성 못 하겠어. 네 노래는 완벽했어. 네가 별로 노래를 사랑하지 않는다고 해도, 그거랑은 상관없이 완벽했다고. 그리고 나는 노래를 사랑하니까 네 노래를 들어서 만족했어. 평생 만족할거야. 난 정말이지, 천사의 목소리라고 생각했어! 엔젤릭Angelic이라고 말해도 좋을까?"

'엔젤릭'이라는 말을 할 때 토미손의 눈빛은 진심이어서 조슈아의 눈도 약간 흔들렸다.

이윽고 조슈아는 손을 내밀어 허공에 어설프게 떠 있는 토미손의 손목을 잡더니 내리게 했다. 그리고 웃었지만 그건 꼭 어른들의 쓴웃음처럼 보였다.

"방금 세상에서 나랑 가장 어울리지 않는 단어를 말한 것 같아."

모든 아이가 천사는 아니다

토미손

그와 같은 피조물을 만든 이는 신일지도 모르고, 악마일지
도 모르고,

신의 손길에 악마의 농간이 끼어들었을지도 모른다.

오직 분명한 것은 그가 존재하는 이상 신이든 악마이든 존
재할 수밖에 없다는 사실이다.

오, 불합리한 절대자의 역사役事여!

그들의 입김과 의지 없이 그와 같은 피조물이 태어날 순 없
으니,

그런 까닭에 나는 종교를 갖게 되었다.

조슈아가 입에 달고 다니는 '모르겠어, 못 해'는 처음 만난 사람에게 쉽사리 통했다. 그런데 최근 한 명만은 그렇게 되지 않았다. 조슈아가 자기 노래에 탄복한 사람들에게 주로 써먹는 레퍼토리를 듣고도 넘어가지 않다니. 심지어 확고한 반론을 펴다니.

하지만 그 결과 조슈아의 숭배자로 낙인찍힌 토미손은 최근 온 학교의 웃음거리가 되어 있었다. 역시 데모닉과 엮여서 뭐든 좋은 일은 없었다. 토미손도 그 사실을 아는지 그가 짠 시간표는 조슈아와 전혀 겹치지 않아 교내에서 둘이 마주칠 일은 거의 없었다. 먼발치에서라도 조슈아가 보일라치면 토미손이 일부러 비켜 갔다. 하지만 합창단에서만은 그럴 수가 없었다. 연습 때 조슈아와 토미손이 나타나면 단원들 사이로 짓궂은 눈짓이 퍼져나갔다. 하지만 기대에 어긋나게도 둘은 눈을 내리깔고 서로를 아는 체하지 않았다.

"야, 너 공연 날 분장실까지 쫓아가서 조슈아한테 천사의 목소리가 어쩌고저쩌고했다면서? 아, 듣기만 해도 내가 다 창피하다."

합창단원들의 연습실이자 공연장인 모나 홀 앞에서 토미손은 한 선배한테 붙들렸다. 토미손은 최근 반복해왔듯 눈을 내리깔고 짧게 말했다.

"제가 듣기에는 좋아서요."

"야, 그만한 나이에 그 정도 노래했던 선배가 한둘이었을 것 같냐? 하지만 알다시피 변성기란 게 오거든? 어휴, 고작 노래 한 번 듣고서 걔가 온 세상에서 최고인 것 같았어요?"

모나 시드에 토미손처럼 솔직한 아이는 거의 없었다. 토미손도 슬슬 느끼는 중이었다.

"나중에 선배들 노래를 들어봐라. 음악이 얼마나 깊고 넓은 세계인데, 예쁜 목소리만 믿고 연습도 안 하는 녀석이 감히 넘봐? 그런 녀석은 목소리만 조금 변하면 바로 그만둬. 뭣보다 너무 기교가 들어가서 몇 번 들으면 질려버리는 목소리거든?"

조슈아가 직접 했던 말이기도 했지만 토미손은 아직도 인정할 수가 없었다. 게다가 듣고 있자니 점점 기분이 상했다. 자기와 아무 상관도 없는데도 저절로 이런 말이 나왔다.

"하지만 그 애가 솔리스트잖아요."

레너드라는 이름의 선배는 흥, 하고 비웃었다.

"그야 콩알만 하고 예쁘장한 애가 솔리스트를 해야 돋보이니까 그렇지. 선생들 머릿속이란 게 다 그래."

레너드가 갑자기 모나 홀 안으로 들어가더니 입구 앞에 붙은 초상화를 가리켰다.

"너, 모나 시드가 무슨 뜻인지는 알아? 이 학교를 세운 여자, 천재 가수. 이 특대 초상화의 주인공."

토미손이 돌아보니 초상화 속의 여자는 젊어 보였지만 머리만 잿빛이었다. 레너드는 계단식 객석 위로 올라가며 말했다.

"여긴 그런 사람들을 위해 만든 곳이야. 조슈아처럼 발만 살짝 담갔다가 가버릴 녀석이 아니라. 혹시 너도 그럴 참이냐?"

"그건 아니지만……."

대답하려다 보니 선배의 말을 수긍하는 느낌이 들어 토미손은 갑자기 목소리에 힘을 주었다.

"저도 그렇고, 조슈아도 노래를 그만두지는 않을 거라고 생각해요. 그런 목소리는…… 절대로 그만둘 수가 없어요. 그래서는 안 돼요. 음악을 위해서라도……."

레너드는 어처구니없는 표정으로 토미손을 내려다봤다.

"뭐야? 뭘 위해서라고? 조슈아가 노래를 그만두면 음악이 손해를 보기라도 한다는 뜻이냐? 이거 완전 대가리가 어떻게 된 놈이네."

지나가던 학생들이 슬슬 입구 근처에 모여 둘의 설전을 구경했다. 한 명이 거들었다.

"놔두세요, 선배. 우리가 뭐라고 할 필요도 없어요. 조슈아한테 직접 가서 얘기하라죠. 음악을 위해서 제발 노래를 그만

두지 말아달라고 무릎 꿇고 빌어보든가. 그래봤자 그만두겠지만."

레너드가 빠른 걸음으로 도로 내려오기 시작하자 토미손은 겁이 났지만 이제 물러설 수도 없었다.

"왜냐하면, 제 평생에 다시는 듣지 못할, 그런 노래였으니까요. 존경할 이유는 그것으로 충분해요."

계단을 마저 내려온 레너드는 잠시 토미손을 쏘아보고 있었다. 미간에 희미한 동요가 번져 있었다. 그걸 감추듯 몸을 홱 돌린 그가 입구로 나가며 말했다.

"아아, 그래. 네가 뛰어난 취향을 갖고 있다는 건 잘 알았다. 그럼 레슨이라도 해달라고 열심히 뒤따라 다녀봐. 사실 조슈아 걔가 잘하는 건 노래뿐이 아니거든. 너희도 알지?"

다른 학생이 싱글거리며 말을 받았다.

"맞아. 조슈아가 제일 잘하는 건 노래가 아니야. 실은 다른 데 비범한 재능이 있지. 그거라면 역대 모나 시드를 다녔던 누구라도 무릎을 꿇어야 할걸. 그리고 기꺼이 너한테도 가르쳐줄 것 같아. 보아하니 너도 좀 타고난 것 같은데. 싹수가 보여."

"그게 뭔데요?"

선배들은 한꺼번에 웃음을 터뜨리며 토미손의 앞을 떠나갔다.

"남들의 미움을 사는 재능!"

　오후 수업이 끝난 시각, 모나 시드의 학생들은 삼삼오오 쿠키 홀로 모여들었다. 수업이 없을 때 차와 간식, 그리고 여흥을 즐기는 그곳의 이름은 본래 자습실이었다. 하지만 학교 내 다른 장소들이 주로 무슨무슨 홀, 이라고 불리는 까닭에 이곳에도 그런 별명이 붙었다. 여기에 와야 새로운 소문도 접하고 누군가가 만든 재미있는 사건에 끼어들 수가 있었다.

　요즘 쿠키 홀에서는 체스가 유행이었다. 공화 혁명 이후 모나 시드에는 공화당원 아이들이 많아졌는데 체스도 그들이 퍼뜨린 놀이였다. 금세 쿠키 홀에는 체스판이 몇 개나 놓이게 되었다.

　학교에서 체스를 가장 잘 두는 학생은 공화정부 고관의 아들인 티몬 레이놀드였다. 학업 성적은 평범했지만 이런 종류의 게임에만은 능란했다. 그는 또한 과격 공화파 이론에 심취해 아무데서나 토론을 벌이는 버릇이 있었다. 그리고 무엇보다 옛 귀족 출신 학생들을 싫어했다. 그가 보기에 공화정부는 켈티카에서 어정거리는 귀족 나부랭이들을 모조리 처형하거나 감옥에 처넣어야 했다. 저렇게 놔두는 이유를 모르겠다고 버릇처럼 친구들 앞에서 뇌까리곤 했다.

　그러나 최근 공화정부는 주위의 거점을 하나하나 잃어 이제는 켈티카를 지켜내기도 버거운 상황이었다. 시민병 수준으로 방어선이 유지되는 것도 켈티카가 천혜의 요새인 덕택이었다. 밖에서는 왕당파 귀족들이 결집해 빠르게 군대를 불리고 있었다. 아직 분열해 있어서 그렇지 그들이 손을 잡고 켈티카를 공격한다면 승산은 없는 거나 마찬가지였다. 이런 까닭에 요즘 공화정부는 살아남은 귀족들에게 섣불리 손을 대지 않았다. 대책 없이 적들의 신경을 건드릴 시기가 아니었다.

"공화정부가 겁을 먹어서 그렇다니깐! 아버지도 그러시더라고. 이렇게 주춤거려서는 혁명의 대의가 흐려져서 민중도 우릴 미심쩍게 보게 된다고 말이야. 지도자들이 너무 우유부단해!"

쿠키 홀 중앙의 테이블은 공화당원 자식들의 지정석이었다. 다른 학생들은 그쪽에 잘 접근하지 않았다. 체스를 두면서, 식어가는 차 한 잔씩을 앞에 놓고 그날도 티몬과 친구들은 격론중이었다. 친구 하나가 고개를 갸웃거리며 말했다.

"켈티카 시민들의 지지는 충분하잖아?"

"켈티카가 전부냐? 켈티카가 수도긴 하지만 아노마라드 전체로 보면 이 테이블 위의 찻잔 하나, 요 정도 아니냐? 남부나 동부의 민중까지 일어나게 하려면 이런 소극적인 태도로는 안 돼."

"그럼 어떻게 해야 되는데?"

"당연히 혁명을 퍼뜨려야지! 봉기를 일으키면 지원하겠다고 선언해야 해! 그래야 민중이 신바람이 나서 귀족 놈들의 뒤통수를 후려갈길 것 아냐?"

"그게 말은 좋지만……. 사실상 지원하러 갈 방법이 없잖아. 그리고 귀족들도 이제는 전처럼 쉽게 뒤통수를 얻어맞지 않을걸. 과격하게 굴다가 켈티카마저 위험해지는 거 아냐? 현재 국경에서는 총력 대치 양상이라고. 이런 상태로는 오래 못 버텨. 사람들은 지치니까."

"의지가 약하니까 지치는 거지! 지금이 얼마나 중요한 시기인데 그런 소릴 해? 당장 지원하러 못 가는 게 문제야? 어쨌든 한뜻이라는 걸 보여줘야 하잖아! 지금 다른 도시의 민중이 켈티카에서 우리가 어떻게 사는지 알면 부러워서 못 견딜걸? 그 마음을 이용해야 해. 먼저 모범을 보이면 저쪽에서도 혁명이 얼마나 신나는 일인지 알게 되겠지!"

"모범을 보인다면?"

"그야 물론 아직도 켈티카에서 활개치고 다니는…… 귀족 놈들부터 잡아넣어야겠지?"

티몬은 자신만만하게 말을 마쳤지만 친구들은 서로 눈치를 살폈다. 왕국 시절부터 명문이었던 모나 시드에는 적지 않은 옛 귀족 학생들이 있었다. 그리고 귀족도 공화당원도 아닌 학생도 많았다. 귀족 출신들은 의기소침하여 다른 학생들과 잘 어울리지 않았지만, 평범한 학생들은 옛날에는 감히 책상을 나란히 할 수도 없었던 그들을 어려워하기도 하고 무서워하기도 했다. 그리고 귀족의 특권이 철폐되긴 했지만 재산은 일부 몰수에 그친 터라 빈부 격차가 완전히 사라졌다고 보기는 어려웠다.

체스는 이미 뒷전이었다. 티몬의 말을 곱씹던 친구들 중 자일즈가 고개를 끄덕이며 말했다.

"하긴. 나도 학교에서 그놈들을 보면 기분이 나빠지더라. 눈빛만 봐도 다른 애들을 무시하는 것이 느껴지는데다 말투며 억양은 또 얼마나 고귀하시냐? 점심 먹은 것이 넘어올까 봐 대답을 못 할 지경이지."

다른 학생이 고개를 갸웃거렸다.

"글쎄. 난 특별히 모르겠던데. 그 애들은 오히려 문제를 일으키지 않으려고 조심하고 다니지 않아?"

"그게 대수야? 솔직히 같은 데서 공부하고 있다는 자체가 기분 나빠. 더 웃긴 건 아직도 귀족 애들 앞에서 겁먹고 굽실거리려는 녀석들이 있다는 거야. 그놈들은 시대가 바뀐 것도 모르는 모양이지?"

거기까지 말했을 때 토미손이 쿠키 홀로 들어왔다. 그는 둥근 테이블 곁을 지나쳐 찻잔들이 놓인 곳으로 걸어갔다. 자일즈가 그를 보더니 한 건 잡았다고 생각했는지 큰 소리로 말했다.

"아, 저기도 한 명 있군. 입학하자마자 공작 가문의 귀한 도련님을 존경하게 됐다던데?"

토미손은 조슈아가 공작 가문 출신이라는 것도 몰랐다. 그래서 자기 얘길 한다는 것도 깨닫지 못하고 선반에서 빈 찻잔을 집어 들었다. 따뜻한 물을 얻으려고 난롯가로 가는데 등뒤에서 다시 비아냥대는 소리가 들려왔다.

"그렇게 충성을 바치는데 소공작께서 뭐라도 해주시나 모르겠군? 조만간 기사 서임이라도 받는 것 아냐?"

자일즈는 히죽히죽 웃다가 벌떡 일어나 토미손의 뒤를 따라갔다. 토미손이 찻물을 따라 들고 돌아서는 순간 자일즈가 과장스럽게 궁정식 절을 했다. 토미손은 선배의 행동에 깜짝 놀라 차를 엎지를 뻔했다. 자일즈가 싱글거리며 물었다.

"이번에 작위를 받게 되셨다면서요? 하사받은 영지는 어딘가요?"

"무슨 소리예요, 선배?"

기사니 작위니 하는 말은 이제 금기어나 다름없었으므로 토미손은 당황해서 얼굴이 붉어졌다. 자기 농담이 불러낸 반응에 만족한 자일즈는 손가락을 뱅글뱅글 돌려 보이며 비웃음을 그치지 않았다.

"그 정도로 아낌없는 충성을 바치고 있는데 소공작께서 작위 하나 내려주지 않는단 말인가요? 그것참 속 좁은 주군이로구만."

오해를 받을까 봐 마음이 급해진 토미손이 소리쳤다.

"공작이 누, 누구예요? 난 그런 사람 몰라요. 나, 난 촌뜨기여서 귀족 같은 건 전혀 몰라요!"

그때 티몬이 다가와 자일즈의 어깨에 손을 얹었다.

"그쯤 해둬. 주군이니 작위니, 그런 말은 장난으로라도 듣기 싫다."

이어 영문도 모른 채 겁에 질린 토미손을 봤다.

"네가 조슈아 폰 아르님을 존경한다고 했다는 신입생이군. 세상엔 알량한 혈통이나 믿고 설치는 녀석 말고도 존경할 사람이 많다고 생각하지 않나?"

"네…… 네?"

토미손이 상황을 깨닫기까지는 긴 시간이 걸리지 않았다. 그는 조심스럽게, 그러나 순진하게 되물었다.

"조슈아가 귀족이에요? 고, 공작……이었나요?"

티몬은 어이가 없어 픽 웃었다.

"이름 가운데 '폰'이 들어가는데도 귀족인지 모를 정도로 한심한 녀석이었다니. 네 말대로 촌뜨기가 맞구나. 어쨌든 모르고 그랬다는 거니까 오히려 사정은 낫군. 그럼 이제 그 녀석이 귀족이란 걸 알았으니 존경이니 어쩌니 하는 말은 하지 않겠지?"

토미손은 눈을 크게 떴다가 깜박거리며 의아한 얼굴이 되었다.

"그게 관계가 있나요? 전 단지 그 애가 뛰어난 솔리스트이기 때문에⋯⋯."

티몬의 미간이 찌푸려졌다.

"상황 판단을 못 하는군. 촌뜨기라서 세상이 어떻게 돌아가는지도 모르나? 그 녀석은 썩어빠진 귀족이라고 말했잖아!"

토미손은 드디어 선배의 의도를 눈치챘다. 그러나 그는 물러나는 대신 이렇게 말했다.

"조슈아는 귀족이지만, 노래는 훌륭하다고 생각하는데요."

티몬의 눈썹이 꿈틀거렸다.

"그 말, 후회하지 않을 자신 있나?"

티몬은 토미손을 처음 본 것처럼 행동했지만 실은 일찌감치 그에 대해 조사해보았다. 토미손이 조슈아와 딱히 친하지 않다는 것도 알고 있었다. 그가 토미손에게 관심을 갖게 된 이유는 물론 조슈아 때문이었다. 티몬은 귀족 출신이라면 다 싫어했고, 고위 귀족일수록 더 싫어했다. 모나 시드에 귀족 출신이 여럿이어도 공작 가문은 조슈아 하나뿐이었다. 그것만이라면 단지 뒤에서 빈정거리는 정도로 그쳤겠지만 조슈아는 지나칠 정도로 눈에 띄었다. 무시하려 해도 도저히 그럴 수 없을 정도로 뛰어난 머리에, 예쁜 얼굴에, 합창단의 가장 뛰어난 솔리스트인 그의 나이는 고작 아홉 살인 것이다!

공화국에서 마땅히 축출되어야 할 존재인 귀족이면서 그렇게 뛰어나다는 것은 이만저만 불쾌한 일이 아니었다. 티몬은 귀족과 평민이 같은 가치를 타고난다고 믿어 의심치 않았다. 그런 생각을 극단까지 밀어붙인 결과 능력조차 같아야 할 것처럼 생각되었다. 귀족이 평민보다 훌륭해 보이는 까닭은 그들이 부당하게 차지한 재산과 권력으로 지식을 독점했기 때문이고, 무엇보다 생계에서 해방되어 뭐든 배우고 익힐 여유가 있기 때문이다. 그러나 조슈아의 월등함은 '봐라, 귀족은 본래부터 이렇게 훌륭하게 태어나지 않느냐'라고 역설하는 듯했다. 존재 자체로 학생들의 가치관을 흐려지게 하는 잘못된 사례였다.

조슈아에 대한 소문이 들려올 때마다 티몬은 이를 갈며 저러니까 귀족들을 감옥에 처넣어야 한다고 되씹었다. 그런 티몬에게 농민 출신이면서 조슈아 같은 아이를 아무 생각 없이 추종하는 토미손 같은 녀석은 참을 수 없도록 역겨웠다. 저런 꼴을 막기 위해서라도 공작의 아들 따위는 하루빨리 학교에서 추방해버려야 한다!

그때 토미손의 목소리가 들려왔다.

"귀족이든 아니든 음악에는 음악만의 기준이 있어요. 노래는 노래일 뿐이고요. 조슈아는 제 친구도 아니고 저한테 관심도 없죠. 하지만 전 그 애의 노래를 평생 마음속에 간직할 겁니다."

"이런 바보 같으니. 조슈아 폰 아르님은 존재만으로도 해를 끼치는 공화국의 적이야!"

"공화국엔 아름다운 예술이 필요 없습니까, 선배?"

"공화국은…… 공화국 자체로 충분히 완벽해!"

토미손은 둥근 테이블에 두다 만 체스판이 놓인 것을 흘끔 보았다.

"그렇다면 공화국엔 선배가 좋아하는 체스 게임도 필요 없겠군요. 아닌가요?"

티몬에게 후배가 말다툼으로 도전하는 것은 실로 오랜만이었다. 더구나 갓 입학한 까마득한 후배였기에 티몬의 얼굴은 더욱 일그러졌다.

"체스? 그래, 말 잘했다. 네 녀석의 썩어빠진 노예근성을 내가 뜯어고쳐주지. 이리 와서 앉아. 선배의 명령이다."

티몬은 둥근 테이블로 돌아가 체스판을 끌어당겼다. 하던 게임을 흩어 체스말을 본래의 자리에 배치하고 토미손을 향해 손가락을 까딱거렸다. 토미손이 마지못해 다가와 마주앉자 티몬은 비웃는 듯한, 그러나 은근한 목소리로 말했다.

"너는 예술에 대해 잘 알 거야. 아주 훌륭한 취향을 지녔으니까. 안 그래?"

"……."

"체스도 일종의 예술이지. 아름다운 수를 잔뜩 품고 있으니까. 체스를 둘 줄 아는 사람이라면 누구든 체스가 예술이라는 걸 부인하지 않을 거야. 이봐, 자일즈, 그렇지 않나?"

자일즈가 냉큼 동의했다.

"당연하지."

티몬은 다시 토미손을 봤다. 불안으로 굳어진 토미손의 얼굴을 슥 훑어보고 말을 이었다.

"그러니까 넌 물론 체스도 잘 두겠지? 네가 날 이긴다면 네 안목을 인정하고 조슈아 폰 아르님을 찬양하든 신으로 섬기든 상관하지 않겠다. 하지만 내가 이긴다면 어떻게 될까?"

티몬이 하얀 졸pawn을 집어 들면서 말을 이었다.

"그렇다면 넌 예술에 대해 아무것도 모른다는 뜻이니까, 이 자리에서 '귀족 나부랭이가 부르는 노래 따위는 공화국에 필요가 없다'고 큰 소리로 말해야 한다. 알겠지?"

티몬의 졸이 E4에 놓이며 딱, 하는 경쾌한 소리를 냈다.

테오는 모나 시드 학교의 눈 덮인 정원을 가로질러 걷고 있었다. 검은 외투 차림인 그의 손에는 어울리지 않게 분홍빛 조각보로 싼 꾸러미가 들려 있었다. 꾸러미 속에는 이브노아가 오늘 아침부터 정성껏 구운, 그래서 더더욱 엉망진창인 과자들이 들어 있었다. 바닐라도 이스트도 내키는 대로 들이붓는 바람에 뭐라 설명하기 힘든 맛이 나는 과자들은 심지어 절반쯤은 까맣게 탔다. 그런 과자를 기꺼이 먹어줄 사람은 아르님 부부와 테오뿐이겠지만 이브노아는 동생인 조수아도 물론 그럴 거라고 생각했다. 테오의 생각은 달랐지만, 학교에 있는 동생에게도 이 맛있는 과자를 갖다줘야 한다는 이브노아의 부탁, 아니 막무가내 떼쓰기를 거절하지는 않았다.

테오는 혼자였다. 비취반지 성에서 이곳까지는 합승 마차를 타고 왔다. 아르님 가문의 문장이 찍힌 마차는 최근 분위기상 되도록 타고 나오지 않는 편이 낫긴 했지만 그래도 마구간에는 여러 필의 말이 있었다. 테오가 말을 잘 타는 것은 물론이었다. 그러나 테오는 마구간지기에게 가는 대신 하인이나 삯일꾼 등과 나란히 앉아 흔들리며 오는 쪽을 택했다.

수업이 모두 끝났을 시각이었지만 날씨가 추워 밖에 나와 노는 학생들은 없었다. 얼어붙은 연못과 텅 빈 나무그늘, 눈 덮인 긴 의자를 지나 기숙사 쪽으로 가려는데 근처 건물의 창 안쪽에서 와자지껄하게 웃는 소리가 흘러나왔다. 테오는 저도 모르게 걸음을 멈추고 안을 들여다보았다. 검은 튜닉을 입은 학생들이 삼삼오오 모여 떠들거나 장난을 치는 중이었다.

난롯가에 어수선하게 놓인 의자들, 먹다 남은 간식 접시, 김이 오르는 주전자가 보였다. 두다 만 체스판과 엎어놓은 책, 구겨진 종잇조각 따위도 보였다. 딱히 화려하거나 멋진 것은 없었지만, 테오는 무심코 그것들을 오래 바라보고 있었다. 아홉 살에 아르넘 저택에 들어간 테오는 이듬해 이브노아와 약혼한 후로 쭉 그곳에서만 살았다. 학교에 다녀본 적은 없었다. 또래들과 어울려본 것도 까마득한 옛일이었다. 스물두 살인 테오의 이야기 상대라고는 다섯 살짜리나 다름없는 약혼녀뿐이었다.

안에 조슈아는 보이지 않았다. 하지만 방과후에 학생들이 시간을 보내는 곳이 여기라면 조만간 이리로 올 테고, 아니라 해도 꾸러미를 맡기고 가면 되리라. 하지만 테오는 들어가지 않고 기다렸다. 그러고 있자니 건물 사잇길에서 선생처럼 보이는 사람이 걸어왔다. 상대가 테오를 보고 멈춰 서자 테오는 다가가 정중하게 인사하며 말했다.

"안녕하십니까? 조슈아 폰 아르넘이라는 학생에게 전할 것이 있어서 찾아왔는데 어디로 가면 좋을는지요?"

미터만 선생은 아르넘이라는 이름을 듣자 움찔하며 미간을 찡그리더니 물었다.

"자넨 누구지? 형인가?"

테오는 선뜻 고개를 끄덕였다.

"그렇습니다."

"자습실에 없나? 그렇다면 기숙사로 가보면 될 걸세. 저쪽이네."

테오는 기숙사가 어디인지 알고 있었지만 만면에 미소를 띠며 감사 인사를 했다. 그러자 미터만의 고개가 기우뚱해졌다.

"자넨 동생하고 많이 다르군."

"동생이 어려서 많은 폐를 끼치고 있을 겁니다. 너그러이 용서해주십시오."

미터만은 오늘 수업을 떠올렸는지 불편한 표정이 되었다가 한쪽 입 끝을 올렸다.

"폐는 우리 모두가 자네 동생한테 끼치고 있는 셈이지. 얼마나 견디기 힘들겠나. 우리처럼 평범한 사람들을."

이 선생은 조슈아의 능력을 알고 있었다. 그렇다면 꽤 뛰어난 선생이겠지. 이런 자라면 말을 퍼뜨리기에 적당하다. 테오는 제 생각을 드러내는 대신 당황한 것처럼 웃었다.

"그런 말씀을 하시니 더더욱 걱정스럽네요. 그 애가 집에서만 그러길 바랐는데 학교에서도 똑같이 굴고 있다니요. 데모닉 소리가 그렇게 듣기 싫다고 해놓고선."

"데모닉? 그게 뭐지?"

"저희 가문에 내려오는 나쁜 전통 같은 거죠. 제 입으로 자세히 말씀드리긴 그렇네요. 하여튼 다들 그것 때문에 조슈아를 걱정하고 있는데 부디 괜찮길 바랄 뿐이지요."

테오는 다시 한번 절을 하고는 선생이 먼저 자리를 뜨도록 기다렸다. 그런 뒤 기숙사로 가는 대신 다시 자습실을 들여다보았다. 가운데 놓인 둥근 테이블에서 새로운 체스 경기가 시작되려는 참이었다.

"자, 이건 어때? 마음에 드나?"

토미손은 대답 대신 체스판을 뚫어져라 들여다보았다. 이 대결을 구경하는 사람들은 누구나 토미손이 이길 가능성이 없음을 알고 있었다. 체스에 문외한인 토미손만 모를 뿐이었다. 티몬은 토미손의 붉은 졸을 집어내고는 느긋한 표정으로 기지개를 켰다.

어느새 쿠키 홀에 있던 학생 대부분이 몰려들어 티몬과 토미손의 체스를 구경하고 있었다. 그건 처음부터 재미있을 수가 없는 대결이었다. 학교에서 가장 잘 두는 사람이 겨우 규칙이나 아는 초보 중의 초보를 상대하고 있으니 당연한 일이었다. 그런데도 사람들은 쉽사리 자리를 떠나지 않았다.

토미손은 자신이 언제, 어떤 식으로 게임을 끝낼 수 있는지도 몰랐다. 체크메이트가 무엇인지 겨우 아는 정도이니 판세를 읽을 능력도 없었다. 그런 까닭에 그는 끈질기게, 자신이 이길 가능성이 없다는 것조차 모른 채 매달렸다.

티몬의 경우는 상황이 반대였는데 네 번째 수가 오가기도 전에 이미 자신이 이겼음을 알았지만 일부러 체크를 부르지 않고 게임을 계속했다. 의도는 순전한 놀려대기였다. 빙글빙글 돌면서 상대가 열렬히 달려들 때마다 체스말을 하나씩 잡아 내보내는 것으로 자신의 우월함을 과시하고 있었다.

사람들은 게임의 승패보다 토미손이 자기가 상자에 갇힌 쥐처럼 행동하고 있다는 걸 언제 깨달을까, 그리고 지고 나서 벌칙을 감당할 수 있을까 궁금해서 끝나기를 기다렸다. 그들 모두는 토미손이 조슈아 문제로 한 번도 자기 의견을 꺾은 적이 없다는 것을 알았다. 그런 토미손이 조슈아의 노래가 공화국에 필요가 없다는 말을 할 수가 있을까?

그러나 뻔한 놀음이 되풀이되니 슬슬 싫증이 나기 시작했다. 몇 명이 자리를 뜨자 빽빽하던 테이블 주위에 틈이 생겼다. 이때 토미손은 다시 한번 나름대로 수읽기에 돌입하여 구경꾼들도 조용히 해주었다. 티몬은 토미손의 심각한 표정을 구경하며 히죽대느라 주위를 살피지 못했다.

"내가 마저 둬도 될까?"

그 말이 누구를 향한 것인지, 그리고 누구로부터 나온 것인지 깨닫기까지는 잠시 시간이 걸렸다. 티몬의 눈썹이 바짝 치켜 올라가고 웅성거림이 한차례 퍼졌다. 가장 늦게 상황을 깨달은 토미손은 자기가 방금 놓았던 체스말을 쳐서 쓰러뜨렸다가 겨우 세워놓았다.

조슈아가 언제 쿠키 홀에 나타났는지 아는 사람은 없었다. 금방 눈에 띄기에는 체구가 워낙 작기도 했다. 조슈아는 아홉 살이라는 나이에 비해서도 상당히 작은 편이었다. 모두의 주목을 받고 있었지만 조슈아는 평온한 표정이었다. 토미손은 조슈아와 눈이 마주치자 무슨 말을 해야 할지 몰라 우물거렸다. 조슈아가 다시 나지막이 말했다.

"내가 둘게."

"하지만……."

토미손은 티몬을 쳐다보았다. 이대로 물러나면 진 셈이 될까 봐 걱정스러웠다.

조슈아를 본 티몬은 뺨이 붉어지는 것을 느꼈다. 조슈아의 평화로운 얼굴을 보니 저 어리고 작은 아이의 명예를 빼앗겠다고 후배와 다툰 것이 일순 부끄럽기까지 했다. 그러나 그는 곧 평상심을 되찾았다. 토미손을 이기기보다 조슈아를 이기는 편이 백배나 이로웠다. 조슈아의 평판을 크게 떨어뜨리고 자신의 가치는 엄청나게 오를 것이다. 천재라고 떠들어댔지만 체스만큼은 모나 시드의 체스 챔피언인 자신에게 꼼짝 못한다고 다들 말한다면 그보다 통쾌한 일이 있을까?

게다가 조슈아는 처음부터 두자는 것도 아니고 두던 판을 이어받아 두겠다고 했다. 지금의 체스판은 티몬이 토미손을 적당히 갖고 놀던, 한마디로 이긴 거나 다름없는 형세였다. 몇 수 안에 체크를 부를 방법만 해도 서너 가지였다. 제아무리 조슈아라고 해도 이런 상황을 뒤집을 수 있을까, 실로 궁금하기까지 했다.

"난 누가 두든 상관없어."

티몬이 대답하자마자 토미손은 자리에서 일어났다. 특별히 정중하다고 할 것까진 없었지만 토미손은 조슈아가 자리에 앉기 편하도록 조심스럽게 주변 사람들을 밀어냈다.

조슈아가 마주앉자 티몬의 입가에 미소가 피어올랐다.

"너, 체스 둘 줄이나 알아?"

"집에서 누나하고 가끔 두었어."

마주앉은 조슈아는 선배에게 존댓말을 하지도 않았다. 하지만 티몬은 반말에 신경쓰기 전에 웃음부터 터뜨리더니 말했다.

"네 누나? 바보라고 소문이 자자하더라만? 설마 그런 애한테 이기던 실력 갖고 나한테 자신만만하게 덤빈 건 아니지? 규칙이나 정확히 알고 있는지 걱정되는데?"

체스판을 바라보고 있던 조슈아가 고개를 들더니 무표정하게 티몬의 눈을 쏘아봤다.

"무례한 말은 삼가줘. 누나에게 실력이 있는지는 나와 두어보면 알게 돼."

티몬은 웃음을 그쳤다.

"아, 물론 그렇겠지. 네 누나도 너처럼 데모닉이겠지? 실은 바보로 가장하고 있는 매우 특별한 데모닉일지도 모르지! 하하!"

"데모닉이라는 말을 알다니 우리 집안에 대해 열심히 연구했네. 그간 내가 많이 거슬렸나 봐."

그 말은 사실이었다. 체스판을 둘러싼 다른 학생 누구도 그 말이 무슨 뜻인지 몰랐다. 평소 입안에서 굴리던 말을 저도 모르게 내뱉고 만 티몬은 순간 말문이 막혔다. 티몬이 그 말을 알게 된 것은 몇 달 전, 학교에 찾아왔던 조슈아의 친척 형이라든가 뭐라든가 하는 자로부터였다. 그자는 다른 이야기도 해주었다. 데모닉으로 태어난 아이들은 오래 살지 못하고, 가문을 이은 적도 없으며, 성인이 되기 전에 미쳐버리곤 한다고. 천재적인 재능을 갖고 있긴 하지만 오히려 불쌍히 여겨야 할 정도라고.

하지만 생각해보면 조슈아는 음악에는 뛰어났지만 다른 부분에서는 그렇게까지 월등하지 않았다. 물론 똑똑하고 공부도 잘했지만 천재라고 부르기에는 다소 평범한 듯했다. 공부 같은 걸 열심히 해본 적이 없는 티몬의 눈에는 적어도 그랬다. 거기까지 생각한 티몬이 이를 갈며 말했다.

"아, 그래? 원한다면 취소해주지. 난 네가 이 판을 이어받아서 이길 것처럼 굴기에 뭐라도 감추고 있는 줄 알았지. 네가 데모닉인가 뭔가 하는 게 아니라면 이 처참한 난장판을 어쩌겠냐?"

티몬은 곁에 내려놨던 토미손의 죽은 말들을 하나씩 밀어 넘어뜨렸다. 토미손이 불안감을 감추지 못해 뺨을 움찔거렸다. 하지만 조슈아는 동요하지 않았다.

"선배는 데모닉이 어떤 건지 잘 모르는 것 같아."

"왜, 너희 집안의 썩어빠진 비밀이니까 남들은 잘 모를 거다 그거야? 알 사람은 충분히 알고 있을 거란 생각은 안 드나?"

"데모닉은, 이 정도 일에는 필요하지 않거든."

그 말이 무슨 뜻인지, 그때까지는 정확히 이해한 사람이 없었다. 티몬 외에는. 티몬의 눈썹에 힘이 들어갔다. 옆에서 자일즈가 참지 못하고 지적했다.

"말투가 형편없군. 예의도 형편없어. 아직도 사람들이 네 앞에서 고개 숙이는 게 당연하던 시대인 줄 알아?"

평소의 조슈아는 이런 말에 일일이 대꾸하지 않았다. 그러나 오늘만은 달랐다.

"난 그 시대를 기억할 수 없는 나이야."

"내가 지적한 건 너의 건방진 말투야! 상대가 선배라는 걸 잊었냐?"

조슈아가 자일즈를 흘끗 보았다. 모나 시드의 학생들이 조슈아를 안 이래 최초로 신랄한 한마디가 쏟아졌다.

"내 존재만으로도 해가 된다는 사람들에게 어찌 예의를 갖춰 존댓말을 쓰겠어? 내 인내심을 너무 높게 평가하지 마."

구경하던 학생들이 늦게 온 친구들에게 하던 얘기를 들은 모양이었다. 상대가 아홉 살짜리였기에 그 말은 여럿에게 수치심을 일깨워주었다. 티몬도, 자일즈도 더 말하지 않았다.

티몬이 말을 움직였다.

조슈아의 반응은 즉각적이었다. 거의 생각하지도 않는 것 같았다. 아무것도 모르는 주제에 어떻게든 수를 읽으려고 애쓰던 토미손과는 딴판이었다. 티몬은 무심코 당황해서 체스판보다 조슈아의 얼굴을 먼저 봤다. 그러나 앳된 얼굴에 고민의 흔적 같은 것은 없었다.

"너, 생각이나 하고 두는 거야?"

조슈아가 대답하지 않자 티몬은 다시 말했다.

"네가 지면 어떻게 되는지 알고 있긴 한 거야?"

여전히 대답이 없자 티몬의 목소리에 분노가 서렸다.

"장난으로 하려면 일찌감치 그만둬라. 난 체스를 좋아하는 만큼 체스에 대해 진지해. 수도 읽을 줄 모르는 어린애하고 놀아줄 만한 여유도 없고."

그러자 조슈아가 기다리기 지루한 듯 턱을 괴면서 말했다.

"토미손하고 둘 때는 진지한 것 같지 않던데."

그 말은 정곡이었다. 졸지에 말과 행동이 다른 사람이 되어 버린 티몬의 얼굴이 붉게 달아올랐다.

"네가 뭘 안다고 헛소리야! 판을 볼 줄이나 알아? 온갖 고상한 공부에 매진하시느라 체스 같은 건 배워볼 생각도 안 했겠지? 왜, 체스도 가정교사를 두지 그랬어? 지금 네가 잘하는 것들, 모두 몸값 비싼 가정교사들을 불러다 놓고 종일 배웠을 게 틀림없지. 그런 환경에서 자랐으면서 못하는 게 있다면 웃기는 거잖아, 안 그래?"

조슈아의 대꾸에 민감해진 나머지 평소 느껴온 열등감을 고스란히 반영한 말이 튀어나오고 말았다. 가정교사 같은 것을 두어본 일이 없는 조슈아에게서 대답은 나오지 않았다. 말할수록 초라해지는 기분이 들자 티몬의 목소리는 점점 격해졌다.

"왜 대답을 못 해? 어쨌든 상관없다 그건가? 내가 무슨 소리 하든 너의 특권은 그대로일 거고, 네 인생은 탄탄대로일 거니까? 틀렸어! 너희처럼 공화정부에 빌붙어 사는 얼치기 귀족 놈들을 일소해버릴 날도 멀지 않았어. 혁명이 아노마라드를 뒤덮고 나면 누가 너희 따위를 살려줄 것 같아? 너희가 살아 있다는 자체가 혁명의 순수성을 해치고 있단 말이다! 저들끼리 분열해서 켈티카로 쳐들어올 염도 못 내고 있는 병신

117
—
토미손

같은 왕당파 쓰레기들은 조금 있으면 자기들끼리 비루하게 싸우다가 소멸할 거다, 그 말이야!"

티몬이 한 말은 공화파끼리 서로에게 최면을 걸어서라도 믿고 싶어 하는 전망으로, 다시 말해 공상이라 불러야 할 정도로 현실성이 없었다. 왕당파의 힘은 이미 공화국의 몇 배로 컸다. 다만 그들이 누구를 새 왕으로 추대할지 의견이 갈려 대립하고 있는 건 사실이었다. 그 때문에 켈티카 대공략이 늦어지고 있는 것 또한 거짓은 아니었다.

"혹시 왕당파 놈들이 켈티카를 점령하면 다시 너희 세상이 온다고 생각할지 모르겠는데 그거야말로 어린애 같은 착각이야. 알아? 왕당파 놈들이 공화국에 기생해 살아남은 너희를 좋아라 받아들여줄 것 같냐? 배신자로 낙인찍혀 지금보다 더 끔찍한 대접을 받게 될걸? 너희 찌꺼기 귀족들의 말로는 어느 쪽이든 파멸뿐이라는 걸 알아야 해!"

티몬은 늘 하고 싶었던 말을 다 했다. 속이 시원해져서 얼굴에 미소마저 피어오르는 것 같았다. 그때 조슈아가 턱을 괴고 있던 손을 풀었다.

"선배도 귀족이구나."

"뭐…… 뭐라고?"

티몬이 눈을 크게 떴다.

"공화 귀족 말이야. 세상 어디든 귀족 없는 곳은 없으니까 이상한 일은 아니지."

"무슨 되잖은 소리야! 뭐, 귀족이라고? 너 지금 하고 싶은 말이 뭐야?"

조슈아는 어깨를 살짝 으쓱해 보였다.

"하고 싶은 말 없어. 다만 선배가 얼른 다음 수를 뒀으면 좋겠네."

"방금 한 말이 무슨 뜻인지 설명해! 어서!"

"선배."

조슈아는 한 손으로 머리카락을 매만지면서 냉담한 눈초리로 티몬을 올려다봤다.

"내 말은 지금 상황에선 아무런 의미도 없어. 귀족이란, 말 그대로의 뜻일 뿐이지. 다만 다가올 미래가 선배의 생각보다 다양한 것만은 사실이야. 그중에는 아르님 집안이 오래오래 평화롭고 안전해지는 선택지도 한두 가지가 아니거든. 그래서 선배의 분석이 내게는 전혀 흥미롭지가 않네. 그냥 체스나 둬. 아니면 선배 자신의 미래를 걱정하든가."

아홉 살 먹은 조슈아의 혀끝이 갈수록 날카로워져 구경하던 학생들조차 침을 꿀꺽 삼켰다. 한 해 넘게 같은 학교를 다녔지만 조슈아가 이런 식으로 말하는 것을 본 사람은 아무도 없었다. 다소 아이답지 않은 줄은 알았지만 이제 보니 그런 정도가 아니었다.

"네가…… 뭘 안다고? 하! 너희 집안이 어떤 지경인지 네가 알기나 해? 이편도 못 들고 저편도 못 들고, 이래도 망할 것 같고 저래도 망할 것 같고, 양쪽 눈치나 보며 떨고 있는 불쌍한 아르님 씨가 왜 빨리 아홉 살짜리 아들한테 살아남을 방법을 물어보지 않는지 궁금하네? 명쾌한 해결책을 줄 텐데 말이야. 하하!"

조슈아가 고개를 까딱, 해보였다.

"궁금하더라도 그냥 참아. 내가 왜인지 설명하면 선배가 알겠어? 그나저나 선배, 날 더 기다리게 하다간 부전패가 될 것 같아."

티몬의 입가가 일그러지며 주먹을 움켜쥐는 걸 주위 모두가 알아봤다. 친구들이 티몬의 팔을 붙잡으며 고개를 흔들어 보였다. 악기를 다루는 학생이 많은 모나 시드에서는 폭력을 쓰면 이유 여하를 불문하고 즉시 퇴학이었다.

조슈아는 그런 티몬을 빤히 올려다보더니 턱을 쳐든 채 시선만 내리깔아 체스판을 봤다. 어서 두라는 뜻이겠지만 그 표정조차 기가 질릴 정도로 오만했다. 티몬이 하얀 기사Knight를 움켜쥐고 눈을 몇 번 깜빡거리더니 판을 부술 것처럼 내려놓으며 조슈아의 졸 하나를 쳐냈다. 조슈아는 쓰러진 말에 개의치 않고 바로 한 수를 두었다. 티몬도 빠르게 수를 받았다. 이어 판을 이어받은 이래 세 수째 둘 차례인 조슈아가 말을 움직여 딱 놓고는 말했다.

"더 둘 거야?"

"뭐라고?"

"끝난 것 같은데."

조슈아가 자리에서 일어섰다. 사람들은 듣지 못한 것처럼 멍하니 체스판을 보고 있었다. 티몬도 마찬가지였다. 조슈아는 '체크'라고 말하지 않았지만 지금 한 말은 체크메이트가 됐다는 의미나 다름없었다.

"무슨 소리야!"

구경꾼 중 티몬보다 체스를 잘 두는 사람은 없었다. 다들 왜 끝인지 몰라 얼떨떨한 표정으로 조슈아를 흘끔거릴 뿐이었다. 티몬과 눈이 마주친 조슈아가 눈썹을 살짝 올리더니 말했다.

"난 실력이 변변찮아서 가끔 우리 누나한테도 지곤 하지."

그 이상의 설명은 없었다. 당황한 구경꾼과 상대를 남기고, 토미손에게조차 말을 건네지 않은 채 조슈아는 쿠키 홀을 나가버렸다. 토미손도 곧 슬금슬금 밖으로 나갔다. 이제 구경하던 학생들의 시선은 티몬에게 집중되었다. 티몬은 체스판을 필사적으로 노려보고 있었다.

체크메이트가 아닌데 어린애에게 속았다 해도 분통이 터질 일이고, 실제로 졌다면 창피는 물론이거니와 체크메이트가 된 줄도 몰랐던 탓에 더욱 불명예스러운 패배였다. 이 상황에서 끝이라니, 도대체 몇 수 앞을 읽은 건가? 다섯 수? 열 수? 다섯 수만 되어도 경우의 수를 헤아리기 어려운데…….

티몬은 땀을 흘리며 한참 동안, 거의 오 분이 넘도록 체스판을 주시했다. 지루해진 학생들이 자리를 뜰 즈음이 되어서야 갑자기 주먹을 불끈 쥐었지만 체스판을 내리치지 못한 채 테이블 아래로 내렸다. 얼굴에는 숨길 수 없는 열패감이 드러나 있었다. 옆에서 자일즈가 조심스레 물었다.

"어때?"

티몬은 대답 없이 조슈아가 마지막으로 내려놓은 말을 눈에 핏발이 서도록 노려보다가, 갑자기 오른손을 휘둘러 체스판 위를 쓸어버렸다. 흰 말, 붉은 말, 모두 요란한 소리를 내며 쏟아져 흩어졌다.

"저주받을 데모닉……."

흠칫해서 물러났던 학생들이 수군거렸다.

"데모닉이란 게 뭔데? 악마 같은 천재?"

"어릴 때부터 똑똑하다는 건가?"

"조슈아는 노래를 잘하는 애잖아? 그런 것도 해당되는 거야?"

이윽고 자리에서 일어난 티몬이 기다리고 있던 친구들을 둘러봤다. 분노만 남은 눈이 번들거렸다.

"데모닉이 뭐냐고? 아르님 가문의 저주받은 핏줄 얘기를 해줄까? 초대 아르님 공작이 악마와 거래해서 영혼을 팔고 대신 천재적인 능력을 받았다는 거야. 그 뒤로 네 대에 한 번씩 그런 자식이 태어난다고 해. 대신 초대 공작과는 달리 오래 살지 못하고 죽거나, 미쳐버리거나, 다들 그렇게 돼버려. 그래서 예로부터 그 가문에서는 데모닉이 태어나면 아예 자식 취급도 안 했을 정도야. 물론 작위를 물려받은 적도 없지. 조슈아 저 자식도 마찬가지겠지. 억지로 아닌 체하지만 별 도리가 있겠어? 왜 공작 가문에서 하나뿐인 아들을 기숙사에 넣어놓고 노래 나부랭이나 시키겠어? 포기했다는 거지. 그것만은 조슈아가 아무리 자존심을 세워봤자 변할 수가 없는 사실이야. 데모닉은, 아르님 가문의 수치스러운 오점이야."

티몬의 말은 논리적으로 보자면 여기저기 이가 빠져 있었지만 자극적이어서 사람들의 관심을 끌기에 충분했다. 그 말을 들은 학생들이 조슈아가 나간 쪽을 힐끔거렸다. 모두가 존재를 의식하는, 그러나 그 자리에 없는 사람. 소문이 탄생할 조건은 갖추어졌다.

그즈음 쿠키 홀 밖의 계단에 앉아 있던 테오가 일어났다. 그날 일어난 소동을 본 사람들 중 오직 테오만이 이해했다. 조금 전 조슈아의 기분을. 그리고 그만이 알아차렸다. 오늘, 조슈아가 무언가를 결심했다는 것을. 그것은 테오의 계획이

123
—
토미손

성공하고 있다는 의미였다.

테오는 또한 조슈아가 이길 수 없는 판을 물려받았다는 것을 처음부터 알면서 그 판을 뒤엎기 위해 티몬의 분노를 이용했다는 것도 알아보았다. 계속되는 조슈아의 도발에 화가 난 티몬은 승패에 집중하지 못하고 얼마 안 남은 조슈아의 말을 모조리 쓸어버리려 들었다. 상대가 한 번만 실수해도 데모닉 조슈아가 판세를 뒤엎는 건 금방이었다.

테오만큼 조슈아를 오랫동안 자세히 관찰한 사람도 드물 것이다. 그가 보기에 조슈아는 예술적인 재능이 가장 압도적이고 성격도 야심 없이 담백했다. 그래서 역대 데모닉 중에서 가장 드물었다는 정치가나 전략가형 데모닉은 아니리라고 생각해왔다.

잘못된 생각이었을까?

계단을 내려와 밖으로 나온 테오는 쿠키 홀로 막 들어가려는 어느 학생에게 미소를 지으며 말을 건넸다.

"저는 아르님 가문에서 온 심부름꾼입니다. 조슈아 도련님께서 이 쿠키를 학생 여러분께 나눠드리라고 해서 왔습니다. 저는 학생이 아니라서 안에 들어가기 곤란하니 괜찮으시다면 가져다가 나누어 드시겠습니까?"

체스의 졸

인질도 아니고, 죄수도 아니며, 전리품은 더더욱 아니지.

우리는 뭘까?

실은 체스판의 졸에 불과한 것이 아닐까?

❧

"저기, 조슈아……."

쿠키 홀을 나온 조슈아는 서녘 볕이 잘 드는 아치형 창 앞에 서서 발돋움을 하며 창밖을 보고 있었다. 정원은 눈이 녹다 말아 얼룩덜룩했기에 그리 볼만한 풍경은 아니었다. 뒤따라온 토미손이 부르자 그는 돌아보았다.

"왜?"

조슈아의 어조는 특별히 따뜻하지 않았지만, 그렇다고 평소 다른 학생들에게 내는 표백된 목소리도 아니었다. 토미손은 머뭇거리며 생각했다. 고맙다고 해야 할까, 아니면 대단하다고 감탄해야 할까. 그도 아니면 어떻게 된 거냐고 물어야 할까?

그때 조슈아가 말했다.

"됐어."

"응?"

"잘 알아들었다고."

조슈아가 토미손이 궁리하던 말에 대답했음을 깨닫자 토미손의 얼굴이 붉어졌다. 다음 말을 꺼내기까지는 한참이나 걸렸다.

"전부터 궁금한 것이 있는데……."

"뭔데?"

조슈아가 돌아보자 토미손이 계면쩍은 표정을 지었다.

"네 이름 말이야……. 어째서 요슈아가 아니고 조슈아인 거야?"

조슈아가 갑자기 킥, 하고 웃음을 터뜨려서 토미손은 더욱 놀랐다. 그런 식으로 웃는 조슈아를 처음 보았다. '조슈아'와 '요슈아'는 철자가 같았지만 지역에 따라 발음 차이가 났다.

'폰 아르님'과 같은 중부식 성을 가진 사람들은 대부분 요슈아라고 발음했다. 조슈아는 오래 웃지 않고 대답해주었다.

"우리 집안은 남부 출신이야. '폰 아르님'보다 먼저 존재한 집안이라고 해야겠지. 내 이름은 남부식 전통을 따른 거라서 조슈아가 됐어."

"그럼 본래는 다른 성이었단 말이야?"

"아니. 본래는 성이 없었어."

"잠깐, 성이 없다면……."

말하다 말고 토미손은 멈칫했다. 성이 없는 것은 평민 중에서도 최하층민인 빈민이나 노예들뿐이었다. 아니라면 루그란이나 레코르다블 같은 외국의 경우나 그랬다. 하지만 아르님 가문은 공작이라고 하지 않았던가?

그때 조슈아가 끝말을 대신했다.

"맞아. 처음엔 귀족이 아니었어."

"놀랐어. 그럴 수도 있는 거야? 하지만 굉장히 옛날이겠지?"

"굉장히 옛날엔, 누구도 귀족이 아니었을 거야."

조슈아는 다시 창밖으로 시선을 돌렸다. 그런 채로 말했다.

"네가 그동안 나 때문에 고생한 거 알아. 사과할게."

토미손은 눈을 크게 뜨며 얼른 손사래를 쳤다.

"아니야, 아냐. 너 때문이 아냐. 그냥 내가 멍청해서야. 막무가내로 내가 하고 싶은 말만 하니까 사람들이 싫어한 거지.

앞으로는 안 그럴게. 진짜로 안 할 거야. 오늘 너한테 그런 일이 벌어지는 걸 보고서 내가 지금까지 어떤 짓을 한 건지 깨달았어. 사과는 내가 할게. 앞으로 나 때문에 곤란할 일은 절대로 없게 할게."

시작은 누구의 잘못도 아니었다. 하지만 학교에서 이런 종류의 문제는 저절로 사라지는 법이 없다. 그렇다고 오늘처럼 대응한다 해서 사그라지는 것도 아니었다. 오히려 불에 기름을 붓는 결과일 게 뻔했다. 그렇더라도 토미손은 참아낼 자신이 있었다. 자신이 한 말의 결과였고, 뜻을 꺾을 마음이 없었으니까. 하지만 조슈아는 왜 평소의 태도를 버리고 체스판에 끼어들었던 것일까? 줄곧 토미손이 당하는 것을 의식했던 걸까? 그래서 참다못해 휘저어버렸다고?

조슈아가 고개를 돌려 토미손을 물끄러미 봤다. 조슈아의 눈이 제 속을 들여다보는 듯해 토미손은 얼굴이 붉어졌다. 그러나 나온 대답은 뜻밖이었다.

"고마운 말이지만 앞으로는 너도, 나도, 서로를 곤란하게 할 일은 없을 거야."

"저…… 그게 무슨 뜻이야?"

"나 오늘 집에 가."

토미손은 어리둥절한 얼굴로 잠시 말뜻을 되씹다가 화들짝 놀랐다.

"학교를 그만둔다는 거야?"

조슈아가 고개를 끄덕였다. 토미손은 이해가 가지 않았다. 낮까지만 해도 평소처럼 수업을 듣다가 갑자기 오늘 당장, 그것도 누구에게 물어보지도 않고 저 혼자 결정해도 되는 일인가? 자퇴라는 것이?

"어, 언제부터 그러기로 한 거야?"

"체스를 두기 시작할 때부터."

"그럼, 오늘?"

조슈아가 고개를 다시 끄덕였다. 토미손은 뭐라 말해야 할지 몰라 우물거렸다. 그러다가 겨우 말했다.

"저기, 그런데, 그래서 저기, 어, 나 때문은 아, 아니지?"

"응."

물론 그럴 리가 없다. 둘은 고작 대화 한 번, 아니 두 번 나눈 사이일 뿐이었다. 하지만 토미손은 제 나이다운 소년이었기에 여전히 조슈아의 말이 곧이들리지 않았다.

"그래도, 아까 티몬 선배가 너무 심한 말을 했지만, 화가 나는 것도 당연하지만, 다들 그 선배처럼 생각하는 건 아니니까, 이제부터 그냥 모르는 체하면 되지 않을까? 내가 차, 참견할 일은 아니지만 그래도 갑자기 그만둔다니 너무 아까워서…… 참, 합창단은 어떡해? 네가 없으면 솔로 파트는 누가……."

조슈아는 토미손이 하는 말을 듣고 있었지만 아주 먼 옛날에, 또는 먼 곳에서 일어난 일을 듣는 것처럼 아무 의견이 없어 보였다. 자신과 관계된 일이라는 생각 자체가 사라진 듯했다. 그 표정이 너무나 기이해서 토미손은 잠시 후 제풀에 말을 멈췄다. 그러자 조슈아가 고개를 끄덕거렸다.

"그래. 생각해줘서 고마워."

조슈아는 창문에서 물러나 계단 쪽으로 한 걸음 내딛다가 토미손을 돌아봤다.

"이유를 찾으려고 애쓰지 마. 그럼."

작별이라기에는 너무 짧은 인사만을 남긴 채 조슈아는 계단을 내려갔다. 토미손은 조슈아의 뒷모습을 멍하니 바라보며 생각했다. 이유를 찾지 말라는 건, 어차피 토미손의 사고력 밖에 놓여 있으니 노력해봤자 소용없다는 뜻일까?

조금 후, 토미손은 무엇인가를 깨닫고 창가로 달려가 밖을 내다봤다. 그제야 조슈아가 아까까지 무엇을 보고 있었는지 알았다. 눈밭 너머에 한 사람이 서 있었다. 조슈아는 눈밭을 가로질러 가서 그 사람 곁에 섰다.

둘이 무어라 이야기를 나누는 동안 합승 마차 한 대가 와서 섰다. 남자가 먼저 타고, 뒤따라 타려던 조슈아가 문득 뒤를 돌아보았다. 멀었지만 눈이 마주친 듯한 기분이 들었다. 이어 조슈아가 한 손을 눈가에 댔다가, 내렸다. 마치 인사처럼.

마차 문이 닫혔다.

토미손은 결국 아무것도 이해할 수 없었기에 그가 아는 유일한 것, 자신과 이야기하던 조슈아의 눈빛을 떠올려보았다. 우정이라기엔 일렀고, 연민이라기엔 친근해 보였던 눈이었다. 착각일지도 모르지만 그는 조슈아가 마지막으로 자신을 보아주고, 기억에 넣어줬다고 믿었다. 어쨌든 조슈아는 영리하니까 그의 얼굴을 잊어버리는 일은 없을 것이다. 그렇게 생각하며 멀어지는 마차를 지켜보았다.

"방금 누구한테 인사했어?"

덜컹대는 합승 마차 안에는 조슈아와 테오, 그리고 몸에 맞지 않는 드레스를 껴입은 마흔 줄의 여자 한 명뿐이었다. 창가에 앉아 밖을 내다보던 조슈아가 한참 뒤에 대꾸했다.

"글쎄."

"거기서 두 해나 지냈잖아. 달리 인사하고 올 만한 사람은 없었어?"

"별로."

심지어 조슈아는 소지품 하나 챙겨 오지 않은 빈손이었다. 마차 삯을 낼 동전조차 없을 듯했다. 방으로 돌아가보지도 않고, 입고 있던 교복 튜닉 차림 그대로, 조용히 걸어와 마차를 탔다. 학교를 그만둔다는 얘기를 누군가한테 하긴 했을까?

기숙사에 남아 있을 개인 사물들은 내일쯤 하인들이 가서 정리해 가져오리라. 자퇴 서류도 천천히 만들어 보내면 된다. 그러면 된다는 것을 알아도, 평범한 사람이라면 그렇게 헌 신발 벗어놓듯 하지는 못할 것이다. 방금 전까지 쓰던 물건이며 지내던 공간, 알던 사람, 그중 무엇에도 마음 한 조각 준 일이 없기에 그렇게 가볍게 빠져나오는 것이리라. 그래, 보통 사람이 아니니까. 인간 위의 존재니까. 그런 시시한 것에 한 푼어치 가치도 둘 필요가 없겠지.

그런 생각을 하자 무언가 정상인다운 말을 하고 싶어 참을 수가 없었다.

"그나저나 갑작스러운 결정이라 나도 깜짝 놀랐는데, 집에 가면 부모님께서 많이 당황하시겠어. 도로 돌아가라고 하시지는 않을까 모르겠네. 졸업하려면 멀었고, 새 학기 학비도 다 냈고, 무엇보다 네가 직접 가고 싶다고 했던 학교잖아. 무슨 일이 있었는지 모르겠지만 너무 쉽게 포기하는 것 아닐까?"

대답이 없었지만 테오는 계속해서 말했다.

"수업이 어려워서 그럴 리는 없겠고, 괴롭히는 녀석이라도 있었던 거야? 아까 말했으면 나라도 가서 한마디해줬을 텐데. 지금이라도 말해봐. 뭐가 제일 힘들었는데? 내가 도와줄 일은 없고?"

맞은편에 앉은 여자가 조슈아를 흘끔거렸다. 형처럼 보이는 테오가 걱정스럽게 말을 거는데 창밖만 보고 있는 꼬마가 이상하게 보여서일 것이다. 조슈아가 의식한 적이 있는지는 모르지만 테오는 이런 상황을 만드는 데 능숙했다.

결국 조슈아의 입이 열렸다.

"그런 거 없었어."

"그럼?"

"때가 된 것 같아서."

때가 되다니? 무슨 때란 말인가? 아홉 살짜리가 무슨 엄청난 일을 한답시고 '때가 되어서' 같은 말을 한단 말인가? 아홉 살짜리 데모닉은 때가 되면 공화국도 뒤엎고, 위기에 빠진 집안도 일으키고, 새 왕도 세우고, 뭐 그런단 말인가? 그런 중대한 일을 하셔야 하니 이제 학교는 안녕이라고?

늘 신중하게 조절되어 있는 테오의 얼굴에 하마터면 혐오감이 드러날 뻔했다. 그때 맞은편에 앉은 여자가 불쑥 말했다.

"그래, 학교 따위가 무슨 소용이라니. 그런 덴 다녀봤자 아무 쓸데가 없어요. 잘 그만뒀다. 옛다, 축하 선물이다."

여자가 봉제 솔기가 뜯어진 손가방에서 뭔가를 꺼내 조슈아에게 내밀었다. 테오가 보니 누가 한입 깨물기라도 했는지 귀퉁이가 뭉그러진 아몬드 누가였다. 녹은 부분은 종이에 질척하게 눌어붙어 있었다.

테오는 어처구니가 없어 웃음도 나오지 않았다. 조슈아는 저런 것을 먹기는커녕 눈길을 준 적도 없을 것이다. 심지어 더러운 손가방 속에서 온갖 잡동사니와 함께 굴러다니던 것을……

"고맙습니다."

조슈아가 종이에 싼 누가를 받아들더니 바로 오독 깨물었다. 여자의 얼굴에 웃음이 피어올랐다.

"아유, 잘 먹네. 이쁘기도 해라."

"아주머니도 드세요."

조슈아가 누가를 반으로 쪼개어 여자에게 건네주었다. 그러더니 테오를 봤다.

"형도 먹을래?"

테오는 조슈아가 미쳤는가 싶었지만 침착하게 대꾸했다.

"난 괜찮아."

"맛있는데."

조슈아는 누가를 한입 더 먹었다. 그러더니 여자한테 말했다.

"아주머니, 노래를 잘하실 것 같아요."

"아니, 어떻게 알았담?"

조슈아는 싸구려 카페의 가수라는 여자와 몇 마디를 나누었다. 알고 보니 여자는 모나 시드에 다닌 적이 있었다. 고작 반년 다니고는 학비가 없어 쫓겨났다고 했다. 젊어서는 온갖 직업을 전전하다가 뒤늦게 이 일을 하게 됐는데 공화국이 들어선 후로 벌이가 시원치 않다며 하이아칸으로 떠나고 싶어했다. 남쪽의 하이아칸 왕국은 휴양지로 이름나서 귀족들의 별장이 많았고, 그렇다 보니 음악가들의 수요가 높은데다 축제로도 유명세가 있었다. 여자는 봉쇄중인 켈티카를 빠져나갈 방법도 한두 가지가 아니라며 으스댔다. 조슈아는 재미있어하는 표정으로 듣더니 자기도 가보고 싶다고 했다.

"하이아칸에는 노래할 만한 극장도 많단다. 뒷골목의 콧구멍만 한 카페 무대하고는 비교할 수 없지. 관객 수준도 아주 높고. 거기야말로 진짜 스타가 탄생하기에 딱 알맞은 곳이야."

이윽고 카페가 많은 거리에 이르자 여자가 마차를 세우면서 조슈아에게 손 키스를 보냈다.

"안녕히! 꼬마 프리모 워모primo uomo! 언젠가 하이아칸에서 만나기를!"

마차가 다시 출발하자 테오가 조슈아를 봤다.

"너, 그 지저분한 걸 정말로 좋아서 먹은 거야? 그런 거 싫어하잖아?"

"좋진 않았어."

여자가 떠나자 조슈아는 누가를 더 먹지 않았다. 그러나 바로 버리지도 않고 어정쩡하게 쥐고만 있었다.

"그럼 왜 먹었는데?"

"아주머니가 좋은 마음으로 주셨잖아."

테오는 문득 인상을 찌푸렸다. 마음속에서 뭔가가 걸리적
거렸다.

그는 오랫동안 주의깊게 조슈아를 지켜보았다. 그래서 이
아이를 꽤 잘 안다고 믿어왔다. 그가 모르는 영역은 데모닉으
로서의 조슈아일 뿐, 인간 조슈아에 대해선 예전에 판단이 끝
났다고 생각했다. 오만하게 사람들을 깔아보지만 겉으로는
아닌 척, 얌전한 모범생인 척하는 불쾌한 꼬마. 그런 모습을
모나 시드의 학생들도 줄곧 보았을 테고 그래서 싫어했겠지.
너희 따위와 내가 친구가 될 일이나 있겠느냐는 것처럼, 고깝
게 예의 바르기만 하고 진심을 터놓는 일이 없는 그런 아이를
누가 좋아하겠는가. 눈감고도 해치울 일을 놓고 어려워하는
체하는 가식은 또 얼마나 역겨운가.

하지만 조금 전 낯선 여자는 다시는 마주칠 일이 없을 사람
이었다. 조슈아 폰 아르님이 합승 마차를 탈 일이 또 있을 리
가 없으니까. 그런 여자가 권하는 지저분한 과자를, 상대가
호의로 줬으니까 거절할 수 없다고 생각했단 말인가? 데모닉
조슈아가?

그럴 리 없다. 그렇다, 이것도 책략일 것이다. 테오 자신에
게 보여주려 한 연기겠지. 뭘 보여주려 했는지는 모르지만.

테오는 자신의 관찰력에도 판단력에도 자신이 있었다. 조슈아는 그가 일생을 걸고 관찰해온 상대였다. 잘못 본 부분이 있을 리 없다고 믿었다. 이해 못 할 점이 생기면 저도 모르게 데모닉의 영역에 쑤셔넣었다는 점은 깨닫지 못한 채.

이윽고 서녘 하늘이 어둑해질 무렵 마차는 비취반지 성의 정문 앞에 멈추었다. 다 저녁때 웬 손님인가 하고 다가왔던 하인들이 안에 누가 탔는지를 깨닫자 벼락 맞은 염소들처럼 수선을 떨어댔다. 더러운 합승 마차에서 얼른 도련님을 구해드려라, 옷깃을 털어드려라, 마차를 가져와라, 가방은 어디에 있느냐, 온갖 소동을 벌이는 동안 같이 내린 테오는 누구의 관심사도 아니었다. 아니, 누군가가 대체 왜 이런 마차로 도련님을 모신 거냐고 따져 묻기는 했다.

이윽고 두 사람 모두 성안으로 들어갔다. 마차를 불러오는 것이 싫다면 업고라도 가겠다는 하인의 주장을 미소로 거절한 조슈아는 테오와 함께 천천히 걸어서 정원을 통과했다. 미리 달려간 하인이 소식을 알린 후로 프란츠 폰 아르님의 서재에는 불이 환하게 밝혀져 있었다.

"완전히 그만둔 게냐?"

"네."

"내가 알아야 할 문제가 있었느냐?"

"아뇨."

이튿날 저녁이었다. 아버지와 서재에 마주앉은 조슈아는 얼굴이 발그레했다. 오후 내내 누나와 온 성을 뛰어다니며 놀았던 까닭이다. 드물게 저녁도 잘 먹어서 요리사가 크게 기뻐했다는 이야기도 들려왔다. 어려서부터 입이 짧고 미각도 징그러울 만큼 예민했던 조슈아였기에 도련님이 접시를 비웠다는 말만큼 요리사가 기뻐할 소식도 없었다.

"어머니는 무어라 하시더냐?"

"다른 학교를 알아봐줄까, 하셨어요."

"그래서?"

"괜찮다고 했어요. 이제 학교는 그만 다니려고요."

프란츠는 커다란 의자에 푹 파묻히다시피 한 어린 아들을 내려다보았다. 미소를 띠고 바닥에 닿지 않는 다리를 흔들거리고 있는 아이가 기분이 좋아 보여 다행스러우면서도 동시에 불안한 예감이 들었다.

"네가 결정을 했다니 그대로 따르마. 한동안 쉬면서 생각해보렴. 다시 학교에 가고 싶어진다면 언제든지 이야기하고."

프란츠는 너그러운 아버지가 되고자 했지만 동시에 자신이 조슈아에게 어떤 존재일까 하는 생각을 한시도 멈춘 일이 없었다. 이 아이는 자신보다 수천 배나 똑똑할 것이다. 이런 아이에게도 부모가 든든한 성으로 보일까? 세상으로부터 자신을 보호해주리라는 믿음이 들까? 만약 그렇지 못하다면, 아홉 살 아이에게 세상은 어떻게 보일까?

"그럴 일은 없을 거예요. 무얼 할지는 이미 정했어요."

뜻밖의 대답에 프란츠는 약간 긴장했다.

"그래? 그게 뭐지?"

"아버지. 우리 가문에 저 같은 사람이 저 한 명은 아니었죠?"

프란츠는 고개를 끄덕이는 대신 침묵했다. 오랫동안 피해왔던 화제였다. 아마도 다섯 살 무렵, 프란츠는 조슈아에게 그걸 잊자고 했었다. 없는 것처럼, 다른 사람들과 별다르지 않은 것처럼 지내보자고 했었다. 조슈아는 고개를 끄덕이며 할 수 있다고 대답했다. 그후로 조슈아가 먼저 데모닉에 대한 이야기를 꺼낸 적은 한 번도 없었다.

이윽고 프란츠는 대답했다.

"그래."

"그중에 살아 있는 사람은 없나요?"

이번에는 정말로 쉽게 대답할 수가 없었다. 프란츠는 한참 뒤에 말했다.

"누가 그런 말을 하더냐?"

조슈아가 고개를 저었다.

"아뇨. 하지만 있다면 좋을 것 같아서요. 한 번만이라도 좋으니 만나서 얘기해보고 싶어요."

"무슨 이야기가 하고 싶지?"

조슈아가 소리 없이 웃었다. 뺨이 동그랗게 도드라졌다. 그렇게 아이다운 얼굴로 말했다.

"아버지는 이해 못 하실 거예요."

프란츠는 잠시 눈을 감았다가 떴다. 아직은 아니었다. 아직은 그가 아버지였다.

"그래도 말해보아라. 나도 상상력이라는 것이 있으니 말이다."

조슈아는 의외로 순순히 고개를 끄덕거렸다.

"그렇다면, 이런 거예요. 제가 이 세상을 살아가는 방법은 예의예요. 그게 있어야지만 사람들과 한마디라도 나눌 수가 있어요. 그런데 가끔은, 예의 없이 굴고 싶어져요. 조심하지 않고 떠오르는 대로 아무 말이나 하고 싶어요. 잠깐만이라도. 그럴 상대가 있었으면 좋겠어요. 다른 데모닉이라면……."

조슈아는 문득 말을 멈췄다. 아버지가 그 단어를 금지했던 것을 떠올렸기 때문이리라. 프란츠는 고개를 끄덕였다. 그냥 말해도 좋다고.

"……제가 무얼 하든 놀라지 않고, 화내지도 않고, 미워하지도 않고, 그냥 들어줄 것 같아요."

무슨 기분인지 완벽히 이해한다면 거짓말일 것이다. 다만 프란츠는 아들이 느끼는 답답함만은 알 것 같았다. 한시도 속 마음을 말하지 못하고 가식적인 대화만 끝없이 오가는 사교 모임에 갇힌 기분일 것이다. 데모닉이 보통 사람들과 어울려 살아간다는 것은.

"너도 알다시피 그들은 오래 살지 못했단다. 물론 네가 오래 산다면 언젠가 한 명은 만나게 될 거야. 하지만 먼 미래일 테니 지금은 내가 그 말을 들어주마. 무슨 말이든 해보아라."

조슈아는 얼른 입을 열지 않고 아버지를 빤히 바라보았다. 프란츠가 다시 한번 말했다.

"난 네 아버지란다."

아버지라면 아들이 어떤 괴물일지라도 미워하지도, 두려워하지도 않을 것이다. 프란츠는 그럴 수 있다고 믿었다. 더이상 놀랄 일은 없으리라고 생각했다. 벌써 조슈아를 구 년 동안 키워왔으니까.

"그럼 아버지, 오늘 저녁만은 잠시 내키는 대로 말해볼게요. 이해해주세요."

그렇게 말하는 조슈아의 눈이 착 가라앉으면서 낯선 빛을 띠어서 프란츠는 저도 모르게 흠칫했다. 나온 이야기는 더 뜻밖이었다.

"이제부터 제가 뭘 할 거냐면요, 공화국 시대를 마무리짓고 다시 왕국을 세울 생각이에요. 물론 실행은 아버지께서 하셔야겠지만요."

프란츠는 순간 어떤 표정을 지어야 좋을지 몰랐다.

"……왕국을 세운다고?"

"네. 신아노마라드 왕국요."

조슈아는 고개를 좌우로 갸웃갸웃하면서 아버지를 올려다 보았다. 자신이 한 말을 아버지가 제대로 이해했을까 생각하는 것처럼.

아들이 말하는 왕국이 장난감 병정들이 지키는 나무토막으로 지은 성이 아니라는 것을 알지만, 그래도 바로 납득하기는 쉽지 않았다. 프란츠는 숨을 한번 크게 들이쉰 다음 간신히 이렇게 물었다.

"그래…… 그렇구나. 어떻게 할 생각이지?"

"첫째로 아버지께서 준비를 하실 필요가 있어요."

"어떤 준비를 말하느냐?"

프란츠는 아들이 무슨 말을 하든 놀라지 않기로 마음먹었다. 비록 자신의 한계가, 다시 말해 그릇이 어디까지일지는 몰랐지만.

조슈아가 대답했다.

"공화국이 무너지면 많은 사람이 죽어요. 물론 그건 아버지든 누구든 막을 수 있는 일은 아니죠. 내버려둬도 결국 닥칠 일이고요. 하지만 아버지는 처음 공화국이 시작될 때 당스부르크 씨와 약속을 했을 거예요. 이제 그걸 깨뜨려야 하거든요. 어떤 사람들은 아버지를 배신자로 생각하겠죠. 그런 것에 개의치 않으려면 마음의 준비가 약간 필요하죠."

프란츠는 그때 당스부르크와 나눈 이야기를 아내 엘자를 제외한 누구에게도 말해준 적이 없었다. 조슈아에게 말한 일이 없음은 물론이었다. 그런데 당시 고작 두 살이었을 아들이 무슨 일인지 다 안다는 것처럼 말하고 있었다.

"……그래. 그런데 내가 어떻게 공화국을 무너뜨려야 한다는 거냐?"

"물론 아버지께서 가만히 계셔도 사방에서 공화국의 목을 조를 손은 다가오고 있어요. 삼 년 이상 걸리지는 않겠죠. 그렇다고 기다리고 있을 일은 아니에요. 그런 식으로 끝나서야 우리 가문에는 전혀 좋지가 않거든요. 구경꾼인 채로 게임이 끝나버리면 우리 가문은 저들이 멋대로 처리할 전리품이 되잖아요."

조슈아의 말은 평소 프란츠가 고민하고 있던 부분을 정확하게 찔렀다. 공화국이 무너졌을 때 공화정부에 협력했던 귀족들은 어찌될 것인가?

"공화 혁명이 터졌을 때 아버지는 잘하셨어요. 미리 알지 못한 입장에서 가능한 최선의 대처를 하셨어요. 이제 게임을 마무리할 때가 됐는데 전리품 꼴을 피할 방법은 하나밖에 없네요."

"그게 뭐지?"

"플레이어가 되는 거죠."

아들의 말은 맞았다. 그럴 방법이 없을 뿐이었다. 켈티카에 갇힌 신세인 아르님 가문에게는 물리적 힘도, 지지하는 세력도 없었다.

"그럴 수 있다면 좋겠지만 안타깝게도 그들은 새 플레이어를 원치 않지. 네가 무슨 생각을 하는지 나로서는 잘 모르겠구나."

"전 체스의 졸에 대해 생각하고 있어요."

조슈아는 의자에 앉은 채로 무릎을 세워 턱을 괴었다. 그러고 있으니 정말로 조그마해 보였다.

"왕당파가 둘로 갈라져 있다지요. 죽은 엘반트 3세의 종조부 아미센 대공을 둘러싼 사람들과, 맏조카 파리나크 백작을 추대하려는 사람들로요. 일단 손을 잡고 켈티카부터 치자는 주장이 있긴 하지만 서로 간의 알력이 더 심해서 말이 잘 통하지 않는다고 들었어요. 아버지가 보기에도 둘이 손을 잡기란 어려울 것 같나요?"

"그건 모를 일이다. 협상이 진척되지 않는 이유는 그들이 공화국을 언제 쳐도 상관없는 약한 존재로 생각하기 때문이니까. 공화국이 위협적이었다면 벌써 한마음이 되어 켈티카로 진격했을 것이다."

"그래요. 허수아비나 다름없는 공화국이야 언제 무너지든 무너질 테니, 그다음에 누가 왕이 될지가 그들에겐 더 중대한 문제겠죠. 그러면 둘이 곧 내전을 일으킬까요?"

프란츠는 내심 아홉 살짜리를 상대로 자기가 무슨 말을 하는 건가 싶기도 했지만 되도록 전략 참모를 대하듯 신중하게 대답했다.

"아미센 대공은 늙었지만 정예 사병이 강력하고, 젊은 파리나크 백작 주위에는 지지자들이 결집해 있다. 어느 쪽이나 단숨에 제압될 상대가 아니지. 시작하면 장기전이 될 게 뻔하니 눈치를 보는 게다. 무엇보다 힘있는 영주들이 여전히 어느 편도 들지 않고 각지에 웅크리고 있다. 그들이 누구의 편을 드느냐가 승패에 중요한 변수겠지."

"아미센 대공은 인내심이 없고, 파리나크 백작은 사촌들의 지지를 얻은 후로 우쭐해 있다지요. 그러니 교착상태는 곧 끝이 날 것 같아요. 연회석에서 전하 소리를 듣고 웃을 정도가 된 파리나크 백작의 거만함을 참지 못하고 아미센 대공이 먼저 칼을 뽑아 들까요? 또는 반대일지도 모르죠. 자만심에 눈이 멀고 나면 2만 정예병을 거느린 늙은 대공을 종이호랑이로 볼지도 모르니까요."

실제로 둘의 갈등은 일촉즉발이라는 소리가 파다했다. 그런데 그들을 연회석상에서 만나보기라도 한 듯 말하는 것을 어디까지 믿어야 할지 혼란스러웠다.

조슈아가 말을 이었다.

"하지만 그들 둘이 정말로 현명하다면, 저들끼리 싸워봤자 이득이 없다는 걸 알아야 하겠죠. 공화정부에게만 유리할 뿐이죠. 그리고 실은, 서로와 싸우는 것보다 먼저 공화정부를 삼키는 쪽이 훨씬 이득이 크죠. 수도 켈티카가 손에 떨어지니까. 다만 섣불리 건드렸다가 실패해서 바로 다음 단계의 먹잇감으로 전락할까 봐 눈치를 보다 보니 미래의 대적對敵이 하나밖에 없다는 엉뚱한 착각에 사로잡힌 거죠. 하지만 둘이 싸우는 동안 렘프 같은 이웃나라는 구경만 하고 있겠어요? 독립을 원하는 식민령들, 오를란느 대공국, 변경 영주들 중 제 편을 정하지 않은 자들은 모두 똑같은 생각을 하고 있는 거예요. 그들 눈에는 미래가 둘 중 하나가 아니거든요. 적어도 서너 가지는 넘는 선택지가 있는데, 잘못 선택하는 순간 바로 게임판 밖으로 굴러떨어지거든요."

프란츠도 어느 정도는 알고 있는 내용이었지만, 어린 아들이 거침없이 짚어나가는 분석을 듣고 있자니 당혹감이 앞섰다. 그가 물었다.

"대체 그런 이야기는 어디서 듣는 게냐?"

"학교에 있으면 별 얘기가 다 들려와요. 소문과 진실을 잘 구별해야 하지만 말이에요. 사람들은 현실보다 희망을 말하고 싶어 하잖아요. 어쨌든 오래 기다릴 수는 없어요. 당스부르크 씨의 병이 중하다고 들었는데, 그가 죽기 전이 기회예요."

당스부르크의 병세는 중대한 비밀이었으나 공화정부 고관 자식들의 입과 귀를 모조리 틀어막기란 쉽지 않았던 모양이었다. 조슈아는 조용히 교정 곳곳을 걸으면서 온갖 소문과 거짓말을 듣고 있었다. 공부에는 조금도 집중할 필요가 없었으므로. 그렇게 차곡차곡 쌓인 정보에서 숨겨진 경향성을 뽑아내고 비밀을 꿰뚫는다. 조슈아에게는 토미손이 망쳐놓은 체스판보다 어려운 문제는 아니었을지도 모른다. 갑자기 조슈아가 말을 잇지 않고 아버지의 얼굴을 빤히 쳐다보더니 물었다.

"체스의 졸이 어떤 말이라고 생각하세요?"

조금 전에도 같은 말을 했었다. 프란츠는 조금 생각하다가 답했다.

"졸은…… 가장 약한 말이지만, 게임이 막바지에 이르렀을 땐 결정적인 역할을 하기도 하지."

조슈아가 고개를 끄덕거렸다.

"공화국이 벌인 한판 게임이, 막바지에 들어섰어요."

"졸은 마무리End Game를 할 때가 왔다는 말이냐?"

"졸에게 기회가 오는 때라는 거예요. 그걸 잡지 못하면 어느 쪽인가에 희생양으로 바쳐지고 말겠죠. 지금 아버지가 택할 입장을 바로 졸에게서 찾을 수 있다고 생각해요."

그렇게 말하면서 조슈아는 테이블 한쪽에 언제나 놓여 있는 상자를 끌어당겨 열었다. 안에 든 것은 쓴맛 나는 사탕인데, 조슈아의 괴상한 취향이었다. 사탕을 하나 꺼내 입에 넣은 조슈아는 미간을 잔뜩 찌푸린 채 천천히 빨아먹었다. 하던 말과 달리 저렇게 어린아이처럼 굴기도 하는 아들의 모습에 괴리감을 느끼며 프란츠는 생각에 잠겼다.

아르님 가문처럼 켈티카에 갇힌 귀족들은 공화국 입장에서는 인질조차 못 되는 무가치한 포로에 불과했다. 왕당파들의 눈에는 이미 죽은 패였다. 다시 말해 어디에 붙는다 해도 쓸모 있는 말이 아니었다. 그러나 체스의 졸은 상황에 따라 힘이 다르다. 조슈아는 보는 입장에 따라 다른 아르님의 위치를 판이 끝날 때가 된 지금 체스의 졸처럼 써보자고 말했다. 지금이 공화 혁명이라는 한판 게임의 막바지라는 것, 그것은 처음 떠올린 발상의 전환이었다. 하지만 여전히 졸이 무슨 일을 할 수 있는지는 짐작이 가지 않았다.

사탕이 반쯤 녹자 조슈아가 다시 입을 열었다.

"사병을 잃은 우리 가문에 물리적 힘은 없어요. 하지만 또 다른 힘은 충분하죠. 첫째로, 아버지께선 공화국에서 살아남은 공작이에요. 공화 혁명이 일어났을 때 이름 있는 귀족들은 거의 다 처형당하거나 달아났죠. 우리가 여기서 살아남았다는 건 켈티카 시민들이 아버지를 좋아했다는 뜻이고, 동시에 아버지도 시민들을 버리지 않았다는 뜻이 돼요. 공화정부는 태생적 특징 때문에 시민들의 호감을 무시할 수 없었죠. 동시에 이제부터 켈티카를 차지하려는 자들도 켈티카 시민들의 환영을 원할 거예죠. 왜 아니겠어요? 켈티카 시민들은 팔 년이나 공화국을 누린 사람들이라고요. 시민들을 모조리 죽일 생각이 아니라면 우리 가문이야말로 켈티카의 정복자가 가슴에 달고 들어올 반짝거리는 장신구로 딱 적절하죠."

그렇게 말하며 냉담하게 웃는 조슈아의 표정이 한 사람을 연상시켜서 프란츠는 저도 모르게 미간에 힘을 주며 긴장했다. 오래전에 그가 따르고 싶어 했던 숙부라면, 수천 명 앞에서도 바로 저런 표정을 지었을 것이기에.

조슈아의 비유는 어린아이가 제 가문을 두고 하는 말이라고는 믿기 힘들 정도로 신랄했지만 내용만큼은 진실이었다. 아르님 가문은 왕국만큼이나 오래된 공작이었지만 대륙에 영지가 없다 보니 오랫동안 평민들과 충돌할 일이 없었다. 또한 위기가 닥쳤을 때 앞장서서 켈티카 시민들을 지켜냈던 조상들이 있었다. 혁명 당시 프란츠의 행동이 기만으로 받아들여지지 않은 이유도 상당 부분 조상들의 힘이었다.

당스부르크가 왕궁 다음으로 큰 성을 가진 아르님 공작을 살려둔 것은 공화국이 귀족들도 포용할 수 있음을 보이려 했기 때문이리라. 그러나 동시에 시민들, 심지어 공화파 내부

인물들까지도 호감을 갖고 도와줬기 때문이기도 했다.

"둘째는 정보력이에요. 공화정부의 사정을 가장 잘 아는 귀족이 누구일까요? 켈티카 안에 있는 아버지가 아닐까요? 왕당파들이 언제 켈티카로 진격하면 좋을지, 아버지보다 정확히 짚어줄 사람은 없겠죠. 만일 모르는 정보가 있어 조사하려 한다 해도 켈티카 밖에 있는 귀족에 비하면 절대적 우위에 있죠."

이쯤 되면 켈티카에 갇힌 것이 아니라 적의 심장부에 침투해 있다고 해야 할 판이었다. 프란츠는 궤변 같기도 한 아들의 이야기에 점점 빠져들었다. 동시에 조슈아가 평소보다 유연하게 말한다는 것을 깨달았다. 마치 그전에는 아이를 연기하고 있었다는 것처럼. 연기를 벗겨내고 보니 대등하거나 심지어 우월한 존재가 껍질 안에서 튀어나온 것만 같았다.

"유리한 점은 잘 알았다. 그렇다면 그걸로 무엇을 하지?"

"비싼 값을 쳐줄 곳을 찾아야죠."

프란츠는 약간 주저했다.

"비싼 값이라. 네가 말한 유리한 점들이 쓸모가 있으려면 당장 켈티카를 공략하려는 세력이 있어야 한다. 켈티카보다는 서로의 뒤통수부터 노리고 있는 두 왕당파가 과연 매력을 느낄까?"

쓴 사탕을 하나 더 넣고 입안에서 굴린 조슈아는 별수없이 오만상을 찌푸리면서 대답했다.

"으큼, 아이 써. 아버지 말씀이 맞아요. 우리 가문이 가진 이점을 알아줄 자는 두 왕당파가 아니라 제3의 세력이에요."

"제3의 세력이라면, 누구지?"

"관망하고 있는 귀족들이죠. 그들 중에 아버지와 손을 잡고 싶을 자가 분명히 있어요. 야심가에, 정세를 읽을 안목이 있는 영리한 사람. 그런 사람이라면 아버지가 가진 유리한 조건들을 대번에 꿰뚫어 보고 연합을 승인할 거예요."

"하지만 그게 누구든 결국 왕이 될 순 없다. 왕가의 핏줄이 아닌 자가 왕위에 오르려 한다면 당장 두 왕당파가 힘을 합쳐 저지할 것이고, 다른 귀족들도 용납하지 않겠지. 무엇보다 백성들에게 그자가 왕이 되어야만 한다는 필연성을 설득하기가 어렵다. 그런 희망을 품은 자가 있다면 어리석은 자라는 결론밖에 나지 않아."

조슈아가 고개를 저었다.

"정통성이 부족한 자라면 더더욱 아버지처럼 인망이 높은 사람을 필요로 해요. 그런 자일수록, 켈티카 공략처럼 제 입지를 단번에 뒤집을 전략을 원하죠. 켈티카 공략의 시기를 가장 알고 싶어 하는 건 바로 그자예요."

논리만으로는 분명 맞았지만, 프란츠는 아직도 왕가가 바뀔 가능성만은 인정할 생각이 없었다. 그렇더라도 조슈아의 말은 끝까지 들어볼 생각이었다.

"좋다. 그렇다면 그자는 누구지?"

"몇 명으로 좁혀지지 않을까 싶어요. 저더러 짚으라면……."

조슈아는 잠시 천장을 올려다봤다. 문 너머로 요란한 발소리가 가까워지다가 사라졌다. 누구일지는 뻔했다. 뒤따라 조용한 발소리도 지나갔다. 이윽고 조슈아의 입술에서 한 사람의 이름이 떨어졌다.

"폰티나 공작."

폰티나 공작이라면 중부에 넓은 영지를 가진 대귀족이었다. 공작 작위는 수 대 전 모계를 통해 들어왔으니 굳이 말하자면 왕가의 핏줄이 약간은 흐른다고 할 수 있겠지만 그를 왕족으로 여기는 사람은 없었다. 정치에 개입하지 않은 지도 오래됐다.

다만 영지의 소출이 풍부해서 손꼽히는 부를 이뤘고 사병의 규모도 상당하다고 알려져 있었다. 또한 쉽게 흉금을 털어놓지 않는 신중한 인물로 알려져 있었다.

"두 왕당파 모두 폰티나 공작을 끌어들이려 꽤 공을 들였다고 들었어요. 하지만 그는 적당히 사양하면서 자기 자리에 머물 뿐이에요. 그러는 동안 여러 사람이 저울질을 끝내고 양측에 합류했으니 폰티나 공작은 가장 유리한 합류의 시기를 놓친 셈이 됐어요. 그런데 문제는, 그 사람이 영리한 사람이라는 거예요. 그렇게 지략이 뛰어난 사람이 수년간 꼼짝도 않고 뭘 하고 있는 걸까요?"

프란츠는 잠깐 생각하다가 고개를 흔들며 말했다.

"폰티나는 스스로 왕이 되려 할 정도로 야망에 눈이 먼 자는 아니야. 그게 불가능하다는 걸 모를 사람도 아니고."

조수아도 똑같이 고개를 흔들었다.

"저도 그가 왕이 되려 한다고는 생각하지 않아요."

"그렇다면 도대체 누구를 지지한다는 말이냐?"

"조심스럽긴 한데요, 저는 그가 제3의 대안을 가졌다고 봐요."

"무슨 뜻이지?"

"또 다른, 옛 왕가의 피를 이은 사람."

프란츠는 흠칫 놀란 듯하다가 이내 미간을 찌푸렸다.

"그런 인물에 대해선 아직껏 들어본 적이 없어. 굳이 찾자면 없지는 않겠지만, 피를 이었다는 것만으로는 큰 의미가 없지. 지지 세력이 있어야 하는데 보다시피 그런 세력은 없잖느냐."

"폰티나 공작이 하려는 일이 바로 그거예요. 아시다시피 폰티나 공작은 두 왕당파와 합세할 좋은 기회를 몇 번이나 차버렸어요. 폰티나 공작의 능력을 정당하게 평가한다면, 그의 눈이 갑자기 흐려졌다고 판단해선 안 될 일이죠. 그는 왕으로 키울 씨앗을 스스로 품는 길을 택한 것 같아요. 신인에게 필요한 세력은 직접 만들어주면 되니까요."

어떻게 저렇게 확신 어린 목소리로 말할 수가 있을까? 폰티나 공작을 한 번도 만나본 적이 없는 조슈아인데. 아버지의 의혹과는 달리 조슈아는 입가에 엷은 미소까지 띠며 말을 이어갔다.

"자, 그럼 그 인물은 누굴까요? 폰티나 가문이 최근 몇십 년 안에 옛 왕가와 혼인을 맺은 일이 있다면, 스무 살은 넘고 풍채가 훌륭한 자손을 찾아내면 돼요. 그가 답이죠. 하지만 그런 혼인 관계가 없다면 공화 혁명 이후로 폰티나 가문의 핵심 인물과 결혼한, 출신 모를 낯선 사람이 틀림없이 있을 거예요. 폰티나 공작에게 누이동생이 있지 않던가요?"

있었다. 안리체 다 폰티나. 혼기가 찬 지 오래지만 온갖 혼담을 거절해서 더이상 들어올 데가 없다던 기억이 어렴풋이 떠올랐다. 그후 결혼식 소식은 듣지 못했다. 하지만 조슈아가 말한 것과 같은 계획을 세웠다면 제 영지에서 조용히 혼례를 치렀을 것이다. 소문이 퍼지지 않도록.

"그런 자가 있다고 치자. 그렇다면 폰티나 공작은 언제까지 숨기고 있을 작정일까?"

"올 초에 파리나크 백작의 맏딸이 결혼했을 때조차도 폰티나 공작은 오지 않았다지요. 최근 유난히 조용한 걸 보면 문제의 인물의 데뷔가 가까워진 거예요. 저는 공화국의 남은 목숨을 최대 삼 년이라고 보았지만 폰티나 공작이 보기에는 더 짧은가 보죠. 그럼 막을 올릴 곳은 어딜까. 아, 렘므 변경의 로젠 지방이 제일 좋겠네요."

"로젠? 왜 그렇게 먼 곳에서?"

조슈아가 눈썹을 올려 보였다.

"로젠은 영주가 혁명 당시 켈티카에서 죽었기 때문에 처음엔 파리나크 백작이 차지했었죠. 그러다가 아미센 대공을 견제하겠다고 남쪽으로 내려가면서 동생인 엘렌 경한테 맡겼죠. 엘렌 경은 로젠버그 관문을 노리는 렘므의 파상공격을 놀랄 만큼 잘 막아내서 '암습의 엘렌'이라는 별명까지 얻었는데, 그런 동생을 파리나크 백작이 제 영지로 부를 생각이라고 해요. 엘렌까지 오면 대략 1만 8000 정도 군세가 될 테니까 아미센 대공의 2만 정예군과 대결할 만해지겠지만, 그게 누구에게 기회겠어요?"

렘므는 최근 움직임이 없었지만, 그건 엘렌 드 파리나크 때문이었을 가능성이 컸다. 만약 관문을 비웠다가 렘므에 빼앗기면 파리나크 백작은 맡은바 수비에 소홀했다는 비난을 면치 못할 것이다. 그걸 해결하겠다고 군대를 나누면 아미센 대공에게 뒤통수를 내주는 꼴이 된다. 그렇다고 무시하면 외국에 요충지를 빼앗긴 자로 왕이 될 명분을 잃으니, 남는 선택은 먼저 아미센 대공을 치는 것뿐이다.

추측은 서서히 사실의 형태를 띠기 시작했다. 켈티카를 손에 넣어야 왕을 칭할 자격이 생긴다는 것만은 완미한 아미센 대공도, 교만한 파리나크 백작도 알 테지만 서로에게 뒤통수를 맞을까 봐 여태껏 버티어왔는데, 두 왕당파가 전투를 벌이기 시작하면 어떨까? 켈티카는 빨리 줍는 사람이 주인인 양상이 된다. 그걸 누가 노리고 있을까?

조슈아는 아버지의 생각의 흐름을 들여다보고 있었던 것처럼 빙그레 웃더니 말했다.

"자, 폰타나 공작은 '암습의 엘렌'이 관문을 비우고, 렘프가 관문을 침공하는 시점을 켈티카 공략전과 딱 맞추고 싶을 거예요. 하지만 공화국의 저항이 거세어서 시간을 끌게 되면 그사이 왕당파들이 싸움을 멈추고 몰려오겠죠. 그러니까 켈티카 공략전의 핵심은 속도예요. 그런데 공화국의 저항이 절반으로 꺾여버릴 시기, 그때를 안다면?"

그들이 알고 싶은 시기는 프란츠가 알고 있었다. 공화국 수반 당스부르크의 죽음이다. 저들은 아직 당스부르크의 죽음이 초읽기에 들어갔음을 모른다. 그 정보를 손에 쥔 자신은 필요에 따라 결전의 날마저 정해줄 수 있는 존재였다.

"폰타나 영지의 위치도 로젠을 등지고 블루엣 강을 끼고 있어서 딱 맞아떨어져요. 블루엣 강을 중류에서 타면 켈티카까지 나흘이면 되죠. 단 나흘, 그 안에 모든 것이 뒤집어엎어져요. 역사에 남을 전격전이 되겠죠. 전격의 나흘."

조슈아의 작은 입술에 체스에서 이겼을 때도 보이지 않았던 미소가 떠올랐다.

"폰티나 공작이 이 미끼를 물지 않는다면 모르긴 해도 지략이 뛰어나다는 평가는 수정되어야 할걸요. 그러니 폰티나 공작에게 그쪽의 속내를 알고 있음을 보이고, 함께 킹메이커 kingmaker가 되자고 제안하세요."

위험천만한 모험이었다. 자칫 파멸을 자초할 수도 있는 건곤일척의 수였다. 이대로 버텨나갈 방법만 있었더라면 이득이 없더라도 택하고 싶을 정도다. 하지만 프란츠도 알고 있었다. 이대로는 아르님 가문에 미래가 없다는 것을. 현상태를 유지하거나, 그것보다 못해지거나, 그런 결과밖에 없는 선택을 누가 전략이라고 부르겠는가? 폰티나 공작의 속내, 파리나크 백작의 행동, 렘므의 움직임, 그리고 '전격의 나흘'. 아홉 살 아이의 통찰력대로 일어나리라 믿어도 될까? 하지만 모두가 하나의 퍼즐이었던 것처럼 맞아 들어간다. 믿기 힘들 정도로.

그때 조슈아가 의자에서 일어나더니 창을 열었다. 찬바람이 들어오자 서재 안에 감돌던 열기가 그제야 느껴졌다. 발그레해진 얼굴을 식히던 조슈아가 아버지의 표정을 보고 빙그레 웃었다.

"말로 하는 건 쉽죠. 의자에 앉아 세운 계획을 진짜로 성공시키는 것이야말로 어렵잖아요. 그럼 퀴닝 Queening(체스에서 졸을 퀸으로 승진시키는 것)은 준비되셨나요?"

프란츠는 눈을 감고 생각에 잠겼다. 이윽고 눈을 뜨더니 조슈아를 처음 보는 아이 대하듯 유심히 바라보았다. 그러고 있자 조슈아의 눈에 서렸던 날카로운 예기가 서서히 사그라졌다.

"그래요, 이제 그만 아버지의 어린 아들로 돌아올게요."

프란츠는 창문 앞으로 다가가 조슈아가 앉았던 의자에 앉으며 조슈아를 끌어올려 한쪽 무릎에 앉혔다. 아이의 몸은 열이 오른 듯 따끈했다.

"미안하다. 이런 이야기를 하게 해서."

마음대로 이야기를 해보라고 했을 때 이런 이야기가 나올 줄은 진정 상상도 못 했다. 조슈아는 담담하게 고개를 저었다.

"가끔은 이럴 필요가 있죠. 평소에 전 눈을 가늘게 뜨고 느리게 움직여요. 겨울잠에서 설깬 동물처럼요. 그래야 덜 힘들어요. 그러다가 지금처럼 눈을 또렷하게 뜨고 세상을 보면 정말 상쾌해요. 마치 더운 실내에서 소음과 냄새에 시달리다가 눈 덮인 숲으로 걸어나온 것 같아요."

조슈아는 일부러 그러는 것처럼 눈을 게슴츠레하게 떠 보이더니 웃었다.

"오래 그러고 있을 순 없지만요."

프란츠는 안타까운 마음이 들어 이렇게 묻지 않을 수 없었다.

"계속 그런 채로 지낸다면?"

"정말로 궁금하세요?"

조슈아는 고개를 틀어 아버지의 얼굴을 올려다보았다. 프란츠는 대답하려다가, 지체했다. 조슈아의 말 속에 평범한 사람이 이해할 수 없는, 이해가 오히려 고통을 부르는 비밀이 들어 있음이 어렴풋이 느껴졌다.

"전 노력하고 있어요. 저는 기묘한 존재지만, 동시에 아버지와 어머니의 아들이죠. 가끔 둘 중 무엇이 앞서는가 생각해봐요. 하지만 아직까지는 둘이 겹치는 부분이 더 많은 것 같아요. 이유는 제가 어려서예요. 언젠가 두 존재가 분리된다면 전 이곳에 더 머물지 않겠죠. 그런 날이 오기를 바라기도 하고 아니기도 해요. 아직은 제가 마음이 약해서죠. 가문을 떠났다는 데모닉들도 저처럼 생각했을 것 같다는 느낌이 들어요. 그런데요, 그 사람들은 대륙 어딘가 머나먼 곳으로 떠나기도 했지만 가끔은 전혀 다른 곳으로 가버리기도 했어요. 마음속 세계."

조슈아가 무엇을 언급하는지, 프란츠는 잠깐 생각한 후에야 깨닫고는 흠칫 놀라 눈을 크게 떴다.

"조슈아. 그건……."

"아버지, 거긴 그리 무시무시한 곳이 아니에요. 저도 가봤거든요. 마음대로 왔다갔다할 수 있으면 좋을 텐데, 어떤 사람들은 영영 돌아오지 못한 것 같아요. 저도 그럴까 봐 오래 머물진 않았어요. 그런데 솔직히, 거기에서 사는 게 그렇게 나쁠 것 같지는 않았어요."

프란츠는 참지 못하고 일어나 아들의 얼굴을 마주보며 손을 잡았다.

"조슈아, 그런 말 하지 마라. 난 널 아무데로도 보내지 않을 거다."

그러자 조슈아가 빙그레 웃었다.

"누가 붙든다고 가지 못하는 곳이 아니에요, 아버지. 저도 저 자신을 서서히 이해해가요. 지금은 머무를 이유가 많아지길 바라지만 나중에는 생각이 달라질지도 모르죠. 솔직히 여기엔 별것이 없거든요. 앞으로 더 근사한 것들이, 제가 도전할 만한 것들이 나타나겠죠? 알아도 알아도 끝을 모를 것이 있겠죠? 아직 제가 어려서 못 만난 것뿐이겠죠?"

프란츠는 대꾸할 말이 없었다. 그렇다고 말해주고 싶어도 어차피 데모닉이 아닌 자신의 의견일 뿐이다. 무슨 의미가 있겠는가?

조슈아는 아버지의 기분마저 이해한다는 것처럼 고개를 끄덕거렸다. 아이의 눈 속에 너무나 아름다운, 차가운 별이 반짝거렸다.

"오랜만에 이 서늘한 공기가 너무 좋아서, 솔직하게 말씀드리는 거예요. 오늘만요. 내일은 이런 얘기 안 할게요."

이튿날 오후는 청명했다. 프란츠는 서재의 큰 창 앞에 서서 정원을 내려다보았다. 정교하게 모양을 낸 관목이 십자, 클로버, 하트의 무늬를 그리며 펼쳐져 있었다. 반듯하게 깎은 나무 단면에 오전까지 내리던 눈이 쌓여 하얀 크림이 얹힌 케이크처럼 보였다.

동화 속 같은 정원을 작디작은 아이가 걷고 있었다. 십자와 초승달이 겹쳐졌다가 엇갈리는 사잇길로 막 접어들고 있었다. 얼마나 가뜬가뜬 걷고 있는지 눈 위에 틀림없이 남겼을 발자국조차 보이지 않는 듯했다. 저 모습에서 미로 같은 정원의 구조가 도면처럼 그려진 머릿속을 연상할 사람이 있을까.

조슈아는 걸음을 멈췄다. 환형으로 깎은 관목 안쪽에 숨어 있던 이브노아를 찾아낸 모양이었다. 그들이 웃으며 무어라 외치는 소리는 이곳까지 들려오지 않았다. 그러나 서로 밀치느라 관목에 쌓인 눈이 부서져 떨어지고, 좁고 긴 수로를 따라 다음 정원으로 신나게 달려가는 모습만은 분명하게 보였다. 어제는 어른 못지않은 전략가였다가 오늘은 누나와 숨바꼭질하는 꼬마로 돌아가는 기분은 어떨까? 그는 영영 모를 것이다.

어젯밤, 프란츠는 데모닉 조슈아를 자기 힘으로 감당할 수 있다는 생각을 버렸다. 그는 내기에 졌다. 이제 택할 방법은 하나뿐이었다. 창가를 떠난 프란츠는 서재와 이어진 작은 방으로 들어갔다.

자신과 수석 비서 외에 출입이 금지된 그 방에는 책상 하나와 책 몇 권이 꽂힌 책꽂이뿐, 별다른 가구조차 없었다. 그것만으로도 가득찰 정도로 작았다. 두터운 커튼을 대낮에도 걷지 않는 곳이라 그는 손수 램프에 불을 붙였다. 그는 일상사에서 남의 손을 잘 빌리지 않는 편이었다.

육중한 느티나무 책상 위에 오렌지색 광채가 드리워졌다. 자리에 앉아 편지지 묶음을 끌어당긴 그는 무언가를 써 내려가기 시작했다. 두 통의 편지를 한 시간 남짓 걸려 신중하게 쓰고 나서, 편지를 펼쳐놓은 채 고개를 젖히고 눈을 감고 있었다.

이윽고 다시 한번 편지를 읽어본 그는 잠긴 서랍을 열고 튼튼한 상자를 꺼냈다. 안에서는 오래되어 변색된 봉투 한 장이 나왔다. 첫 번째 편지를 그 안에 넣었다. 그리고 또 한 장의 편지를 따로 봉투에 담았다. 두 봉투에 직접 봉랍을 붙여 직인까지 찍은 뒤, 벨이 달린 줄을 당기자 수석 비서 헤슬이 나타났다.

"부르셨습니까?"

프란츠는 두 통의 편지를 손에 쥔 채 다른 손으로 이마를 짚었다. 피로한 얼굴이었다.

"이브의 결혼식을 다가오는 5월에 치를 생각이다. 하루속히 준비가 끝나도록 손을 써주게. 식이 끝나면 하이아칸의 별장으로 보낼 생각이니 통행증 준비도 진행해주고. 참, 그러고 보니 초청장이 가장 급하겠군. 명단을 뽑아서 올려주겠나?"

비서는 놀란 모양이었다.

"무척 촉박합니다만, 할 수는 있습니다. 그런데 갑자기 서두르는 까닭이라도 있으신지요?"

"곧 알게 될 거네. 그리고 또 하나, 멀리 다녀올 인편을 준비해야겠어. 급한 편지가 있다."

프란츠는 두 통의 편지를 책상 끝에 놓았다. 그중 변색된 봉투에는 "이벨란드 항만조합 앞"이라고 적혀 있었다. 다른 하나에는 아무 이름도 적혀 있지 않았다.

비서가 봉투를 집어 들어 살펴보더니 이름이 없는 쪽을 내밀며 물었다.

"이건 어디로 보내십니까?"

"폰티나 공작에게로."

혐오

내 오감五感이 질투보다, 분노보다, 살의보다 더한 증오를
배운 것은 그 녀석을 안 후다.

그런 점에서 녀석은 나를 가르쳤다. 스승이라 할 만하지.

～

십여 년이나 미뤄졌던 결혼식이 그해 5월로 확정되었을 때
이브노아는 결혼이 뭔지도 모르면서 신바람이 났다. 약혼자
테오도 기뻐하는 것 같아 더욱 그랬다.

결혼식은 사치와 거리가 먼 아르님 가문으로서는 이례적으
로 성대하게 치러질 예정이었다. 신부를 위해 값진 드레스가

십 수 벌이나 지어졌다. 당일에 쓸 신랑의 예복도 서너 가지나 되었다. 디저트를 만들 설탕이 백여 포대나 쌓였고, 결혼식에 쓸 꽃은 헤아리기도 어려웠다. 부부를 위한 새 마차도 주문되었다.

이브노아의 행복은 제 키의 다섯 배가 넘는 레이스 면사포가 만들어져 왔을 때 절정에 달했다. 몇 번이나 얼굴을 묻어보며 떨어지지 않으려 해서 테오까지 쫓아와 달랜 끝에 간신히 떼어놨다. 켈티카의 보석 세공인들도 간만에 줄을 잇는 최고급 주문에 신이 났다. 공화정부가 들어선 후로 내려졌던 사치 금지령이 사실상 유명무실해진 후로 가장 많은 보석이 주문된 결혼식이기도 했다.

며칠에 걸쳐 비취반지 성의 방들을 차지한 하객들의 면면은 다양했지만 거의 전부가 아르님 공작이 초대한 사람들이었다. 막상 결혼할 신랑 신부의 친구는 전혀 없다시피 했다. 이브노아의 경우에는 어쩔 수 없을지 몰라도 테오가 초대한 손님도 없는 것은 뜻밖이었다. 테오의 부모는 죽었지만 친척은 몇이라도 있을 텐데 테오는 그들 중 누구도 초대하지 않았다.

결혼식 하루 전날에야 한 명이 성 입구에 나타나 테오의 이름을 댔다.

"테오스티드 다 모로 님을 찾아오셨다굽쇼? 누구신지?"

"고향 친구입니다."

하인은 상대의 행색을 훑어보았다. 이십 대 초반의 젊은이로, 지저분한 몰골은 아니었지만 검소한 여행복에 짤막한 서지serge 망토만 달랑 걸친 모습이 돈 있는 가문 출신으로는 보이지 않았다. 그러나 하인은 곧 '하긴' 하는 표정이 되었다. 테오도 근사한 집안 출신은 아니었던 것이다.

"잠깐 기다리십쇼."

마차조차 타고 오지 않은 젊은 남자였기에 하인은 이자가 정말로 초대받은 손님이 맞는가 미심쩍어 하인장을 불렀다. 하인장은 집사에게 물어보라고 했고, 집사는 손님 대접으로 정신없이 바빴기에 자세히 들어보지도 않고 테오가 어디서 식객이라도 끌어온 게 아니냐고 대꾸했다. 그 말을 뱉을 때 집사의 머릿속에서 테오가 이번 연회의 당사자라는 사실은 깨끗이 지워진 채였다.

그래서 남자는 문간의 의자에 앉아 한 시간여를 기다렸다. 차려입은 손님들과 임시로 고용된 일꾼들과 목재와 술통과 꽃 더미 따위가 무수히 그를 스쳐갔다. 평소라면 뒷문으로 다닐 물건들도 오늘은 모두 현관을 드나들었다. 그러는 동안 남자는 별 불만 없이, 심지어 평화로워 보이는 얼굴로 그들을 바라보고 있었다. 이윽고 하인 하나가 나타나 남자의 이름을 물어보았다. 세 번째 물어본 것이었지만 남자는 담담히 대답했다.

"애니스탄 뷜프라고 합니다."

하인을 따라 2층으로 올라가 복도로 접어들자 하인이 거기서 잠깐 기다리라고 말했다. 하인이 이 방 저 방을 열어보며 돌아다니는 동안 애니스탄은 벽에 걸린 그림들을 구경하고 있었다. 그때 어깨 너머에서 반가운 목소리가 들렸다.

"잘 왔어."

테오였다. 예복을 입어보다가 나왔는지 윗옷은 옅푸른 재킷인데 바지는 검정이었다. 애니스탄의 얼굴에 환한 웃음이 떠올랐다.

"축하한다."

둘은 가볍게 포옹을 나누었다. 테오가 말했다.

"많이 기다렸지? 내가 대신 사과할게."

"괜찮아. 다들 정신없던데."

"글쎄. 그보다는 늙어서 심술밖에 안 남은 노친네가 훼방을 놓았기 때문이겠지. 내가 이 집의 동전 한 푼이라도 집어갈까 봐 내 뒤통수에서 눈을 떼지 않는 인간이니 말이야."

애니스탄은 대꾸 없이 웃기만 했다. 그는 어려서부터 테오를 봐왔기 때문에 그의 성격을 잘 알고 있었다. 그런 친구에게 동조하지는 않되 반대지지도 않는 것이 그의 습관이었다. 하인이 돌아와 명령이 있는가 하고 쭈뼛거리자 테오가 말했다.

"내가 왔으니 가봐."

하인이 가고 나자 테오는 애니스탄을 그가 방금까지 있던 방으로 데려갔다. 재킷을 벗어 의자에 대충 던지더니 테라스 쪽으로 가며 친구에게 앉으라고 손짓했다. 등나무로 짠 의자 두 개가 낮은 테이블을 사이에 두고 놓여 있었다.

"대단하지? 약혼 상태로 장장 십이 년을 살다가 정말로 결혼이란 걸 하다니. 나도 놀랐어."

테오는 빈정대는 말투였지만 애니스탄이 고개를 저었다.

"그런 말 마. 두 사람 다 딱 좋은 나이잖아. 이제 행복할 일만 남았어."

"축복은 고맙다. 나도 그런 말 들으려고 널 부른 거야. 너 아니면 누가 그런 말을 해주겠어?"

자조적으로 떠드는 예비 신랑을 향해 애니스탄은 미소만 보였다. 저런 버릇도 행복하게 살다 보면 서서히 고쳐질 것이라고 생각하면서.

어려서부터 친구였던 두 사람은 고향 친구이면서 후원 관계이기도 했고, 때로는 형제 같은 사이이기도 했다. 둘 다 훤칠했지만 분위기는 정반대로 달랐다. 테오는 연한 금빛 머리에 튼튼한 턱과 쪽 고른 이를 가져서 마치 종마처럼 잘생긴 젊은이였다. 애니스탄은 그에 비해 유약한 느낌이었으나 엷은 갈댓빛 머리카락으로 덮인 이마가 매끈한데다 눈꼬리 긴 눈매도 우아했다.

애니스탄은 명문 마법 학교 네냐플을 올해 초에 졸업했다. 최근에는 어느 마법사의 임시 조수가 되어 숙식을 해결하는 중이었다. 다니던 학교에 보조 교사 자리를 신청해놨는데 잘 되면 다시 돌아가 공부에 전념할 작정이었다.

중부의 로커스페어가 둘이 함께 자란 고향이었다. 테오는 그 땅의 주인인 모로 경의 조카였지만 그런 혜택은 전혀 보지 못했다. 테오와 이름이 같은 아버지는 할아버지의 미움을 받아 집안에서 쫓겨나다시피 했다. 아버지는 그 뒤로 대륙을 떠돌며 용병, 가짜 마법사, 족보 위조, 엉터리 영약 장사 따위의 온갖 직업을 전전한 끝에 어디선가 낳은 어린 테오를 데리고 고향으로 돌아왔다. 하지만 아버지의 큰형인 모로 경은 막냇동생을 치부로 여겨 아는 체도 하지 않았다. 아버지는 굴하지 않고 가짜 유언장을 만들어 영지 귀퉁이의 낡은 집과 산비탈 일부가 제 것이라고 우겨댔다. 형제간의 다툼이 길어지자 그때까지 살아 있던 어머니가 유산도 받지 못한 동생에게 그 정도는 그냥 주라고 설득하여 테오의 아버지는 집과 땅을 갖게 되었다. 그 대신 모로 경은 동생과 인연을 끊었고, 동생과 조카가 제 땅에 한 발짝도 들어와선 안 된다고 선포했다.

이렇다 보니 테오는 자라며 로커스페어에 있는 어떤 것도 이용할 수가 없었다. 상점도, 우물도, 이웃도. 하다못해 빵 부스러기 하나 살 수 없었다. 어울려 놀 친구도, 가정교사도 구할 길이 없었다. 필요한 것은 반나절이나 떨어진 다른 영지에 가서 사 와야 했다. 아버지는 아이를 혼자 놔두고 먼 도시까지 돈벌이를 찾아다녔다. 어린 테오는 혼자 나다니는 데 익숙해져서 점점 깊은 숲으로 들어가다가 하루는 그만 길을 잃었다. 헤매다가 지쳐 쓰러진 테오를 발견한 한 남자가 테오를 자기 마을로 데리고 갔다. 그 남자의 아들이 애니스탄이었다.

애니스탄이 살던 마을은 몇십 호로 이뤄진 일종의 씨족 공동체였다. 로커스페어에 속하는 땅이긴 했지만 깊은 산속이고 영지민들과 교류도 없어 영주도 이들의 존재를 몰랐다. 자기들끼리 부르는 이름은 '벨베데르'라고 했다. 이들은 자급자족에 익숙해서 웬만한 것은 다 만들어냈다. 테오는 그곳에서 며칠 동안 지내다가 집으로 돌아갔다. 아버지는 그때까지도 돌아오지 않았다.

그후로 테오는 아버지가 집을 비울 때면 당연한 듯 그 마을을 찾아갔다. 그곳에는 빵도, 옷감도, 물도 얼마든지 있었고 무엇보다 친구가 있었다. 테오는 마을의 다른 아이들도 사귀었지만 애니스탄은 특별했다. 애니스탄은 불안한 환경에서 자라 유난히 제 것에 집착하고, 신경질적이고, 안심하는 법이 없는 테오를 있는 그대로 받아들여준 유일한 친구였다. 명색이 아버지라는 자조차 해주지 못했던 일이었다.

애니스탄의 집에서 애니스탄의 아버지, 어머니, 이모 등과 함께 어울리고 있으면 가족보다도 훨씬 가족 같고 집보다도 훨씬 집 같은 느낌을 받았다. 심지어 그들은 테오에게 글도 가르쳐주고 책도 빌려주었다. 테오가 겉보기에 반듯하게 자란 도련님처럼 굴 줄 알게 된 것도 그들 덕택이었다. 얼마 후 테오의 아버지도 테오가 그 마을에 드나드는 것을 알았지만 공짜로 아이를 봐주는 친절한 사람들에게 행여나 돈을 지불할 일이 생길세라 참견하지도, 같이 가서 어울리지도 않았다. 그래서 그는 고립된 산속 마을 주제에 없는 것 없이 풍족한 이 사람들의 정체가 무엇인지, 끝내 알 일이 없었다.

테오가 열 살을 앞뒀을 때, 일생 동안 큰 거래를 찾아다니던 테오의 아버지는 드디어 제대로 된 것을 팔았다. 제 아들이었다.

아르님 공작가의 외동딸 이브노아 폰 아르님의 약혼자이자 데릴사위가 된다, 그 이야기를 들은 테오는 딱히 반대도, 찬성도 하지 않았다. 가족처럼 지내던 벨베데르 사람들과 헤어져야 하는 것은 아쉬웠지만, 그보다는 미래의 기회가 그의 마음을 끌었다. 그때까지 그는 이브노아가 약간 아프다는 말만 들었을 뿐 어떤 소녀인지 전혀 알지 못했다.

아르님 저택에 들어간 테오는 한동안 애니스탄과 연락이 끊어졌다. 열 살 소년이 낯선 대귀족의 집에 얹혀살며 일거수일투족 눈치를 보고 있었으니 '친구를 만나고 싶다' 같은 요청이 가능하다고는 상상도 해보지 못했다.

세월이 흐르고 몇 년 전, 학교를 알아보러 나왔다는 애니스탄이 켈티카로 찾아오면서 재회가 이루어졌다. 그사이 애니스탄의 부모님은 모두 돌아가셨고, 후견인 노릇을 해주고 있다는 이모가 같이 왔다. 테오는 어려서 곧잘 놀아주던 그 이모가 마법사라는 사실을 그제야 알았다. 애니스탄이 찾는 학교도 마법을 배울 곳이었다.

테오는 들은풍월이 있어 마법 학교로는 대륙 최고라는 네냐플을 추천했다. 시험이 몹시 어렵다고 들어서 설마 들어가려나 했는데 애니스탄은 당당히 합격해서 네냐플의 학생이 되었다. 다만 네냐플은 수업료가 몹시 비쌌다. 그 무렵 나이가 들면서 이런저런 명목의 돈을 넉넉히 받게 된 테오는 선뜻 친구의 학비 일부를 후원하겠다고 나섰다. 애니스탄도 사양하지 않고 기뻐했다. 그때까지 둘이 서로를 돕겠다는 마음은 피를 나눈 형제 못지않았다.

그러는 과정에서 몰랐던 사실들도 알게 되었다. 애니스탄의 가문 사람들은 대대로 마법에 재능을 타고난다고 했다. 이모뿐 아니라 부모도 마찬가지였다. 그중에서도 애니스탄은 일찌감치 두각을 드러내어 제대로 공부를 시켜야 한다는 마을의 중론으로 학비를 추렴해 유학까지 가게 된 상황이었다. 마을 사람 모두가 애니스탄의 진로에 관심을 갖는다는 것도 조금 의아한 점이었다. 그럴 때 보면 마치 온 마을이 친족인 듯했다.

올해 연구 과정까지 졸업한 애니스탄의 성적은 전체 3등 이었다. 학교를 다니는 내내 수재로 이름을 날렸으니 마법만 이라면 1등도 문제없었을 테지만 몇몇 과목이 워낙 엉망이어 서 조금 아쉬운 결과가 되었다. 특히 그는 평범한 주문을 써 도 다른 학생들보다 훨씬 강한 결과물이 나오곤 했다. 그런데 학교의 교수들은 그런 재능을 반드시 좋게만 보지는 않았다. 그래서였는지, 아니면 인맥이 부족해서였는지 그런 성적에도 불구하고 애니스탄은 연구 과정 졸업 후 원하던 보조 교사로 뽑히지 못했다.

물론 네냐플 연구 과정 3등 졸업생 정도면 마법사를 원하 는 귀족들 중 아무나 골라잡아도 되었다. 그러면 생계 걱정도 접고 테오에게 진 빚도 갚을 수 있을 테지만 애니스탄은 공부 를 더 하고 싶어 했다. 그 이야기를 하며 애니스탄은 조금 미 안한 듯 웃었다.

"졸업 성적이 그럭저럭 나쁘지 않아서 몇 달 뒤에 전임자 가 나가면 보조 교사 자리 얻는 것은 크게 걱정하지 않아도 될 것 같아. 삼 년 정도는 괜찮겠지? 그다음부터는 이자를 쳐 서 꼬박 갚을게."

"무슨 소리야. 물론 네가 하고 싶은 대로 해. 돈은 신경쓰지 말고. 너, 장학금도 몇 번이나 받았잖아. 친구가 빵값 정도 댄 걸 갖고 뭘 그래. 나중에 협력해나갈 친구에 대한 사소한 투자지."

그렇게 말하는 테오의 눈빛은 약간 오만했지만 애니스탄은 신경쓰지 않았다. 태도에 신경쓰기에는 테오한테 육 년 동안 진 빚이 너무 많았다. 그리고 어려서부터 테오는 저랬다. 자신이 아니면 누가 저런 점을 감싸주겠는가. 어려서부터 애니스탄은 모난 데가 있는 테오에게서 오히려 쉽게 눈을 떼지 못했다. 테오가 이렇게 엄청난 집안에 들어와 적응하고, 하루하루 살아가는 것도 늘 걱정스러웠다. 그 생각을 하다가 저도 모르게 말했다.

"신혼에는 따로 나가서 살기로 했다면서? 종종 보러 갈 수도 있겠다."

"그럼. 언제든지 와라. 집에 네 실험대도 하나 놔줄 수 있어."

"안 그러는 편이 좋을걸. 나 되게 시끄러워."

"왜, 뭐 폭발시키고 그러는 거야?"

"새벽 1시에 집 부수는 소리 같은 게 나면 실험 망쳐서 벽에 머리 박는 줄 알면 돼."

애니스탄이 머리를 싸쥐는 시늉을 하자 테오가 킥킥 웃다가 말했다.

"그런데 아넬리 이모님은? 모시고 올 줄 알았더니."

"말씀드려봤는데 이모님은 이런 자리가 불편하시대. 나중에 따로 보러 오겠다고 하셨어."

테오가 냉소적인 미소를 짓더니 양손을 깍지 껴 머리 뒤로 올렸다.

"나하고 생각이 같으시네."

애니스탄이 당혹스럽게 웃었다.

"테오. 이건 네 결혼식이라고."

"아아, 물론 사건의 이면까지 잘 따져보자면 그렇긴 하지. 이브노아 폰 아르님의 결혼식을 보러 온 하객들께서 내 이름은 아시는지 모르겠지만."

"그런 소리 마라. 난 테오스티드 다 모로의 결혼식을 보러 왔다고."

"그래. 날 축하하러 온 유일한 사람이지. 너라도 있어서 정말 다행이야."

둘은 미소를 주고받았다. 뒤늦게 하녀가 다과를 갖고 왔다. 애니스탄은 하녀에게도 예의 바르게 감사 인사를 했지만 하녀는 멀뚱한 표정으로 사라졌다.

"그나저나 네가 편지로 말한 그건 뭐야? 받고 싶은 게 있다면서."

애니스탄은 지난 편지에 받고 싶은 결혼 선물을 알려달라고 썼다. 그러자 "꼭 받고 싶은 것이 있지만, 만났을 때 알려주겠다"는 답장이 왔다.

"응. 있지."

테오가 찻잔 너머에서 빙그레 웃었다. 애니스탄은 경험적으로 불안해졌다. 테오라는 사내는 뭔가 의도가 있을 때 빼고는 저런 환한 웃음을 지을 줄 몰랐다.

"뭔데?"

"네가 도와줄 중요한 일. 자, 이거 받아."

테오가 테이블 위에 누르스름한 봉투를 놓았다.

"편지야?"

애니스탄이 집어들자 테오가 고개를 저으며 말했다.

"편지는 아니고. 마법에 관련된 문제인데 네가 검토해보고 어떤지 말해줘."

봉투는 꽤 두툼했다. 애니스탄은 봉투를 열어보려다가 테오의 표정을 보고 손을 멈췄다. 그런 뒤 천천히 물었다.

"마법이 필요할 만한 일이 생겼어?"

"응. 다른 사람 말고 네가 꼭 봐줘야 될 일이야."

"내가?"

애니스탄의 표정이 의아해졌다. 물론 애니스탄의 마법은 뛰어났지만 갓 학교를 졸업한 그의 실력을 경력 많은 마법사들과 비교할 순 없었다. 돈이 부족해서도 아닐 텐데, 왜일까?

그리고 저 말은 다른 사람에게 보여주지 말라, 즉, '비밀을 지켜달라'는 뜻일 텐데, 그래야 할 이유가 있단 말인가?

이윽고 애니스탄의 얼굴이 흐려졌다.

"혹시……."

테오가 고개를 저으며 피식 웃었다.

"너무 많은 상상은 하지 마. 내용을 보면 너도 이해가 갈 거야. 생각보다 간단한 일일지도 모르지. 어쨌든 난 널 믿어. 네가 할 수 있는 일이라면 도와줄 거라고. 내 생각이 틀린 건 아니지?"

불길한 예감이 들긴 했지만 테오가 이런 어조로 하는 부탁을 거절한 적은 한 번도 없었다. 어렸을 때도, 자란 후에도.

"그래."

테오의 얼굴이 그제야 펴졌다. 애니스탄은 저도 모르게 한숨을 내쉬었다. 별일 아닐 것이다. 그리 대단한 일을 해줄 실력도 없으니까. 테오도 그 사실을 알 테니까.

이어 둘은 결혼식 이야기를 나누었다. 하지만 애니스탄의 신경은 내내 봉투에 가 있었다. 별것 아닐 거라고 생각하면서도 의식할 때마다 가슴 한쪽이 서늘해졌다. 그가 자라온 벨베데르에는 비밀이 있었다. 그 마을이 고립된 채로도 잘 살아가는 이유이자 많은 사람들이 마법 능력을 타고나는 이유이기도 했다.

애니스탄은 몇 년 전, 그 이야기를 테오에게 해주었다. 그를 후원해주고 있는 테오에게 솔직해야겠다고 생각했던 것 같았다. 하지만 그 외에는 누구에게도, 심지어 네냐플 교수들에게도 밝히지 않았다. 그만큼 중대한 비밀이었다. 그러나 이 순간, 그것이 실체 없는 안개처럼 발목을 타고 올라왔다. 만약 테오가, 그걸 생각하고 애니스탄에게 이 이야기를 꺼낸 것이라면?

이윽고 묵을 방으로 안내해주겠다며 테오는 애니스탄을 데리고 나왔다. 몇 걸음 걷다 말고 테오가 걸음을 멈췄다.

"다들 파티 준비 때문에 1층으로 갔나 보다. 잘됐다. 잠깐 이리로 와봐. 보여주고 싶은 게 있으니까."

2층 홀 동쪽으로 따라가보니 두 탑을 잇는 널찍한 회랑이 나타났다. 낮인데도 램프를 밝혀놓은 그곳에 초상화들이 열을 지어 걸려 있었다.

"이 그림 좀 봐."

애니스탄은 테오가 가리키는 그림 앞으로 가 섰다. 삼십 대 중반쯤 되어 보이는 남자의 반신상이었다. 젊은데도 은회색으로 물든 머리가 특이했다. 음영 짙은 검은 눈, 광대뼈가 거의 없는 뺨, 조금 긴 턱을 가진 경쾌한 인상의 사내였다. 애니스탄이 불쑥 말했다.

"되게 생기 있는 초상화네. 옛날 그림 같지가 않아."

"그런 것 말고, 누군지 알겠어?"

그림은 회랑의 첫머리에 있었다. 애니스탄이 고개를 끄덕였다.

"초대 아르님 공작이구나."

"그래. 이카본 폰 아르님. 이 집안의 첫 번째 공작이자 첫 번째 데모닉."

"아."

애니스탄은 잠시 말이 없었다. 그림 속 남자는 가늘고 또렷한, 심미적인 눈썹의 소유자였다. 크지 않은 눈은 깊고 반짝거렸다. 부드러운 표정을 했는데도 확연히 치켜 올라간 눈초리는 그를 영리하게도, 또는 까다롭게도 보이게 만들었다.

데모닉에 대해서는 애니스탄도 테오에게 들어 알고 있었다. 누구인지 알고 보기 때문일까, 애니스탄은 그가 정말로 데모닉답게 생겼다고 생각했다. 천재성이 필요한 학문을 공부하는 입장인지라 동경하는 마음마저 생겼다. 데모닉, 악마가 운명을 갖는 대신 끝없는 능력을 선사했다고 하는 천재.

데모닉 이카본이 썼다는 기하학 책이 네냐플 마법 학교에도 있었다. 그 책은 무척 쉬웠다. 기이할 정도로 쉬워서 갓 입학한 학생들이 일찌감치 읽는 참고 도서이기도 했다. 나중에야 애니스탄은 어려운 기하를 그 정도로 아름답게 설명하는 능력이 보통 사람에겐 주어지지 않는다는 것을 깨달았다. 그

안의 수식들은 흡사 시詩 같았다.

테오의 목소리가 들려와 애니스탄은 상념에서 깨어났다.

"그래, 이분만은 확실히 훌륭했지. 그럼 저기, 저 앞으로 가자."

테오는 대여섯 장의 그림을 지나쳐 어느 초상화 앞에서 다시 멈췄다. 애니스탄이 먼저 물었다.

"이 사람은?"

"갈리페르 폰 아르님, 이카본 이후로 네 대만에 다시 나타난 데모닉이지."

애니스탄은 조금 놀라며 말했다.

"다음 대까지가 생각보다 멀구나. 그런데 갈리페르 폰 아르님이라면 필멸의 땅을 개척하겠다고 뛰어들던 사람?"

"그래, 그 미친놈 말이야. 종내는 돌아오지도 않았지."

비꼬듯 한마디 던진 테오는 다시 여러 장의 그림을 거쳐 새로운 초상화 앞으로 갔다.

"자, 이 사람은 조프리 폰 아르님. 넌 잘 모를 테지만 화성학 책을 쓰고 10현 리라lyre를 만든 사람. 그렇지만 이자는 결국 미쳐버렸어. 미친 짓을 했다는 말이 아니라 정말로 돌아버려서 죽을 때까지 제정신으로 돌아오지 못했단 말이야. 이 그림을 떼자는 얘기도 있긴 하더라만."

"……"

테오는 다음 초상화를 찾아내어 다가섰다.

"이 사람 때문에 데모닉 조프리의 초상화를 못 떼고 있지. 데모닉 아라벨라. 이 여자는 열다섯 살에 발작해서 대략 삼 년 주기로 광인과 정상인 사이를 오갔어. 해낸 일은 훌륭하지. 여기 있는 그림들 중 절반은 이 여자가 그렸거든. 다른 작품은 옛 왕궁에 많이 있지. 앞의 초상화를 뗀다면 이것도 떼어야 되겠지? 그런데 떼기엔 너무 미인이지 않아?"

그런 식으로 몇 명을 더 거쳐 회랑 끄트머리까지 갔다. 정확히는 끝에서 세 번째에 걸린 초상화였다. 그런데 지금까지와는 달리 열 살은 되었을까 싶은 어린 소년이 그려져 있었다.

"데모닉 히스파니에."

애니스탄은 한동안 그 그림에서 눈을 떼지 못했다. 아르님 가문에는 검은 머리가 많았지만 이 아이만은 이례적인 금발의 소유자였다. 금빛 고수머리에 새파란 눈, 백랍 같은 얼굴에 섬세한 입술까지. 지금껏 보아온 어느 그림보다 환하디환한 아이였다.

"무척 예쁜 앤데. 아, 네 처남 될 사람이 이 아이야?"

테오의 입가에 냉담한 미소가 떠올랐다.

"아니. 그 앤 아직 어려서 이런 데 그림을 걸지 않아. 그리고 걔도 아르님 가문의 전통대로 답답한 까만 머리라고."

"그럼 이 사람은 몇 살인데?"

"살아 있다면 예순쯤 된 노인네지."

"뭐?"

그 얘긴 마치 질 나쁜 거짓말 같았다. 이런 아이가 늙어서 예순 살이 되었다니.

테오가 애니스탄의 마음속을 들여다본 것처럼 웃었다.

"하지만 사실이거든. 왜 어린애 시절 그림이 걸렸나 했더니 다른 건 젊어서 집을 나갈 때 다 불태워버렸다더군. 아주 까다로운 성미였나 봐. 어쨌든 현재는 연락도 안 돼. 데모닉이니까 일찌감치 죽었을지도 모르고. 그런데 어때, 우습지 않아? 악마가 준 재능을 타고났다는 자들의 허망한 말로가."

애니스탄은 고개를 끄덕이며 테오를 바라봤다. 그가 짐작하던 질문이 테오의 입술에서 흘러나왔다.

"내가 이걸 왜 보여줬을 것 같아?"

애니스탄은 조금 망설이다가 대답했다.

"네 처남 될 사람도 이들과 별다를 것 없는 운명일 거라고 말하고 싶어서?"

테오가 희미하게 웃었다. 그림으로 가득찬 이곳에서 그림의 일부가 된 듯한 미소였다.

"가문에 데모닉이 생각보다 적지? 다들 일찍 죽어버려서 그래. 평균 수명이 열다섯 살밖에 안 되거든. 일찍 익는 열매는 대부분 낙과落果라던가?"

애니스탄은 아무 대답도 하지 않았다. 그렇게 말하는 테오를 조금 안타까운 듯 바라보았을 뿐이었다.

그런데 회랑을 나왔을 때, 애니스탄은 그가 봤다고 착각한 사람을 정말로 보게 되었다. 가벼운 발소리가 들리더니 계단 난간 사이로 조그마한 소년이 나타났다. 이윽고 올라와 계단 머리에 섰다.

그 아이는 테오가 말한 대로 검은 머리에 검은 눈을 갖고 있었지만 답답해 보이지는 않았다. 오히려 그림 속 아이만큼이나 해사한 얼굴에 눈이 반짝반짝해서 핏줄이란 게 놀랍구나 싶었다. 올해 열 살이라고 들었는데, 아이는 여덟 살이라 해도 믿을 정도로 작고 가냘팠다. 아이가 애니스탄을 흘끗 보더니 테오 쪽을 봤다.

"테오 형, 친구가 왔어?"

"그래."

테오는 별로 내키지 않는 눈치였으나 이쯤 된 이상 서로를 소개하지 않을 수 없었다. 애니스탄은 부드럽게 말을 건넸다.

"애니스탄 뷜프라고 해. 네 매형 될 사람은 곧잘 '애니'라고 불러."

조슈아가 생긋 웃었다. 애니스탄은 그 미소가 예의상 지은 거라고 믿기 어려웠다.

"조슈아예요. 저도 애니 형이라고 불러도 되나요?"

"아, 물론."

가까이에서 보니 조슈아의 눈썹은 첫 번째 공작, 데모닉 이 카본을 닮아 있었다. 그 외의 인상은 데모닉 히스파니에와 가장 흡사해서 마치 머리 빛깔만 다른 형제처럼 보였다. 너무 귀엽고 사랑스러워서 요정들이 데려갈까 걱정했다는, 그래서 진흙과 검댕을 발라 키웠다는 옛이야기 속의 아이들 같다.

하지만 겉모습과 본질은 무관하리라. 그리고 이 아이의 탄생 때문에 테오가 어떤 피해를 봤는지 알고 있으니 더더욱 마음 편히 대하기가 어려웠다. 하지만 애니스탄은 망설인 끝에 결국 말하고 말았다.

"아주 영리하다고 들었어. 내게 너 같은 재능이 있다면 무엇도 부럽지 않을 텐데."

조슈아의 얼굴에서 아이다운 미소가 사르르 지워졌다.

"사람을 만든 창조자가 있다면 그는 공평해요. 전 뭘 해도 즐겁지 않거든요. 열정이 없으니까."

"……."

"그럼 또 놀러오세요."

조슈아는 손을 흔들고 나서 그들이 방금 나온 회랑으로 뛰어 들어갔다. 가벼운 발소리가 멀어져갔다. 애니스탄은 어쩐지 눈이 떨어지지 않는다고 생각하며 사라질 때까지 뒷모습을 바라보았다. 가까이 다가온 테오가 나직이 말했다.

"겉모양에 속으면 곤란해. 저 앤 내 인생에 가장 큰 걸림돌로 태어난 놈이거든."

파란 지붕 집

난 그 아이에게 자신의 능력으로 해결할 수 없는 일을 보여
주고 싶네.

그 애를 실패하게 하고, 화나게 하고, 쓴맛을 보게 하고 싶네.

❧

결혼식 당일, 수많은 하객들은 떨떠름한 표정이었다. 사람
들은 아름답고 행복한 신부, 그리고 잘생기고 총명해 보이는
신랑의 모습을 보며 속삭였다.

"저 신랑도 앞으로 고생길이 훤하구먼."

"돈푼이나 보고 온 게 뻔한데 고생이랄 건 또 무에 있겠소?

다 제가 자초한 게지."

"그게 아니지. 알다시피 아들이 태어났으니 사정이 달라졌잖아? 본래 저런 자리를 돈만 보고 온 건 아니었을 텐데, 산통 다 깨진 거 아뇨?"

"하지만 아르님 가문도 너무한 거 아닐까요? 저런 딸을 결혼시킨다는 건 순전히 부모 욕심이잖아요? 안주인 노릇은커녕 어린애나 낳을 수 있을지 모를 노릇인데. 꽃처럼 예쁘면 뭘 해."

"못 낳는 편이 집안을 위해서나 제 동생을 위해서도 좋을걸. 모르긴 해도……."

"그만두지. 이제 와서 그런 소릴."

사람들의 수군거림을 듣지 못했고, 듣는다 해도 이해하지 못할 이브노아는 여전히 행복했다. 어려서부터 소꿉동무처럼 지낸 테오와 새로운 놀이를 시작할 거라는데, 예쁜 장난감까지 듬뿍 가져다주니 불만이 있을 까닭이 없었다.

십이 년 전, 테오가 처음 아르님 가문에 들어왔을 때 사람들은 데릴사위 된 그가 재산은 물론 작위마저 물려받을 것을 의심하지 않았다. 그러나 이브노아의 동생, 일명 '기적의 아이'인 조슈아가 태어난 뒤로는 아무도 그렇게 생각하지 않았다. 그러니 이 결혼식은 빈껍데기에 지나지 않았다. 그래서 오히려 더 화려하게 꾸민 거라고들 수군댔다.

사람들의 축복인지 눈총인지 모를 배웅을 받으며 결혼한 부부는 남부 하이아칸의 아름다운 섬으로 떠났다. 돈 좀 있다는 자들이라면 누구나 별장 하나씩은 갖고 있다는 곳이다. 돌아올 날짜는 정해지지 않았지만 다들 길어야 반년 정도이겠거니 여겼다. 딸을 지극히 사랑하는 아르님 부인이 그 이상 견디지는 못할 거라고들 생각했다.

　신혼부부가 탄 마차 뒤에는 조슈아를 태운 작은 마차도 있었다. 외곽으로 빠져나오자 마차는 홀로 방향을 바꾸어 행렬에서 떨어졌다. 목적지는 중부 내륙의 시골 마을 코츠볼트였다. 명목상으로는 휴가를 떠나는 것이다. 짐도 간단히 꾸리고 작별도 가볍게 나눴다. 너무 쉽게 떠나와서일까, 딱히 애착을 가진 적도 없던 비취반지 성의 모습이 한동안 머릿속을 맴돌았다.

　적어도 한 해는 돌아오지 못할 것이다. 아버지는 겨우내 준비한 계획을 실행에 옮기기 시작했다. 어렵사리 통행증을 마련하여 누나 부부를 하이아칸으로 보낸 것도 그것 때문이었다. 조슈아도 여름휴가를 보내러 가는 걸로 되어 있지만 여름이 끝나도 돌아갈 가능성은 없었다. 닥쳐올 위기에서 인질이 될지도 모를 자식들을 안전한 곳에 숨기고자 하는 것이 아버지의 진짜 목적이었다. 그러기 위해 상당한 액수의 뇌물도

188
—
데모닉 1

썼다.

코츠볼트에 가면 작은할아버지라는 사람이 맞아줄 거라고 했다. 켈티카 밖으로 나오고부터 작은할아버지의 비서라고 자신을 소개한 스틸튼이라는 남자가 동행했다. 아버지가 미리 말해둔 대로였다. 막상 성을 떠나오자 조슈아는 가문의 미래보다 한 번도 만나본 적이 없는 작은할아버지와, 아는 사람 하나 없는 곳에서 살아야 한다는 점이 더 신경쓰였다. 처음 만난 사람에게 호감을 준 적이 한 번도 없었던가? 한 번쯤은 있었던가?

"코츠볼트는 양을 많이 키우는 시골이지요. 닭이랑 개도 키우고요. 근사한 목장 저택에서 지내시게 될 겁니다. 근방에는 밀도 좀 심는 모양이랍니다. 시골 사람들은 마음씨가 좋아요. 양떼 먹이는 모습을 보신 일이 있으십니까?"

"……"

시골 사람이라고 하니까 농부의 아들이라고 자신을 소개했던 토미손이 언뜻 떠올랐다가 지워졌다.

"보신 적이 없는 모양이군요. 들판에 흩어진 양떼처럼 한가로워 보이는 놈들도 없죠. 하지만 그놈들도 알고 보면 꽤 신경질을 부린답니다. 하지만 도련님은 양치기가 아니니까 하루 종일 풀밭에서 뒹굴며 지내시면 돼요. 그동안 공부에 지치셨지요?"

스틸튼은 조슈아에 대해 아무것도 모르는 듯했지만, 그래도 위로하려 애쓴다는 느낌이 들었다. 하지만 불안과 긴장으로 심신이 피로해진 조슈아는 그의 말에 장단을 맞출 기분이 아니었다. 조슈아가 대답을 하지 않자 스틸튼도 곧 걸칠 말이 떨어졌다. 덕택에 여행은 무척 지루해졌다. 한참 뒤에 작은할아버지에 대해 물어봤지만 스틸튼은 그분이 훌륭하고, 훌륭하고, 또 훌륭하다는 이야기밖에 하지 않았다. 그러다가 조슈아의 얼굴을 물끄러미 보더니 덧붙였다.

"도련님은 할아버지와 닮으셨습니다. 특히 눈매가 비슷하네요."

사흘째 되는 날, 마차는 밀바프라는 마을에 들어섰다. 비슷한 풍경의 연속이었기에 조슈아는 지쳐서 마차 안에서 졸고 있었다. 밀바프를 지나 달리던 마차가 갑자기 멈추었다. 설핏 깬 조슈아가 창밖의 들판을 멍하니 바라보고 있는데 스틸튼이 문을 열고 내리더니 조슈아를 돌아봤다.

"자, 다 왔습니다. 내리십시오."

내리라기에 일단 내렸지만 조슈아는 어리둥절해질 수밖에 없었다. 할아버지 댁은커녕 어딜 봐도 집 같은 것이 보이지 않았다. 조슈아가 졸음이 남은 머리로 생각을 짜내고 있는 동안 스틸튼은 조슈아의 조그마한 손가방을 꺼내어 바닥에 놓더니 말했다.

"저는 주인어른 댁에 허락 없이 들어가지 못하기 때문에 이만 가겠습니다. 그럼 즐겁게 지내세요."

조수아는 깜짝 놀랐다.

"잠깐만요. 이런 허허벌판에 혼자 남겨두고 가면 어떡해요?"

"허허벌판이라고요?"

스틸튼이 주위를 휙 둘러보더니 말귀를 잘 못 알아듣는 늙은이처럼 고개를 갸웃갸웃하며 말했다.

"그런가?"

"집은 어디 있죠?"

"저기 안 보이십니까?"

조수아는 스틸튼이 가리키는 쪽으로 고개를 뺐다. 뭔가 있기는 있었다. 정말로, 있긴 있었지만 장님이 아닌 이상 그 집은 반쯤 허물어진 폐가로밖에 보이지 않았다. 최대한 양보한다 해도 문지기 집 정도가 아닐까 싶었다. 다들 말하던 목장 저택일 리가 없었다.

"저것 말고 할아버지 댁은 어디 있죠? 내가 가야 될 곳 말이에요."

"도련님 눈엔 할아버지 댁이 안 보이십니까? 저기 멀쩡히 서 있는데요."

"내 눈에 보이는 건 파란 지붕의……."

"아, 그 파란 지붕입니다."

"……."

조슈아가 무어라 표현하기 힘든 기분으로 파란 지붕을 바라보고 있는 사이 스틸튼은 다시 마차에 올라탔다. 문이 닫히는 소리를 들은 조슈아가 허둥지둥 돌아봤다.

"잠깐 기다려요! 좀더 설명이 필요해요!"

스틸튼은 싱글싱글 웃으며 모자를 벗어 흔들어 보일 뿐이었다. 붙잡을 여유도 주지 않고 마차는 떠났다.

"이것 봐요! 가면 어떡해요!"

그러나 남은 것은 흙먼지뿐이었다. 조슈아는 뒤쫓아 뛰어갈 생각도 하지 못한 채 멀거니 서 있었다. 머릿속이 뒤죽박죽이었다. 뛰어난 머리로 상황을 판단하려 했지만 한 가지 외침만이 머릿속을 맴돌았다. 길 잃은 어린애가 된 거잖아!

마차가 조그마한 점이 되어 사라질 때까지 서 있던 조슈아는 이윽고 꿈에서 깨어나려는 것처럼 몇 번인가 고개를 흔들어보았다. 그러나 기대처럼 땀을 흘리며 침대에서 벌떡 일어나는 일은 일어나지 않았다. 도대체 어찌된 일일까! 아버지는 이럴 줄 아셨던 걸까? 아니면 모르고 속으신 걸까?

막막한 노릇이었지만 일단 저 파란 지붕 집으로 가볼 도리밖에 없었다. 조슈아는 손가방을 집어 들고, 수백 걸음은 족히 넘는 길을 터덜터덜 걸어갔다.

주위는 푸르렀다. 파란 지붕 외에는 풀빛 들판과 하늘뿐이었다. 날씨도 좋았다. 뭔지 모를 날벌레 떼가 윙윙대는 소리를 들으며 조슈아는 이곳이 완전히 낯선 땅임을 깨달았다. 온갖 집과 사람들로 빽빽한 켈티카에서 태어나 자란 조슈아는 이처럼 사방천지로 뻗은 지평선을 처음 보았다.

가까이 갈수록 파란 지붕 집이라는 곳 또한 상상 이상으로 가관이었다. 집은 꽤 컸지만 문제의 파란 지붕은 장대비라도 한바탕 오면 바로 폭삭 내려앉을 것처럼 한가롭게 기울어져 있었다. 'ㄷ' 자형 단층의 입구에는 관리하지 않은 지 오래된, 마치 선사시대의 유적처럼 생긴 우물이 있었다. 긴장 때문에 목이 타서 우물 속을 들여다봤지만 나온 건 날파리 한 떼뿐이었다. 슬슬 마당이 펼쳐졌다. 잔돌멩이와 썩은 나뭇잎 따위가 이리저리 굴러다니고, 텃밭인가 싶은 곳에는 한때 채소였을지도 모를 말라비틀어진 풀들이 꼬불거렸다. 한쪽에 농기구 같은 것이 쌓여 있었지만 도시 꼬마 조슈아의 눈에는 용도도 모를 존재였다. 새똥 묻은 창턱과 부서진 풍향계, 열린 창문, 열린 문……

정말 이상한 기분이었다. 모든 것이 꿈속처럼 낯선데 어째서 깨지 않는 걸까?

문은 열려 있었지만 들어가기가 망설여져서 괜스레 벽을 쓰다듬어봤다. 노르스름한 석회질 돌을 쌓아 만든 벽은 메마

르고 까칠한 촉감이었다. 손끝에 느껴지는 선명한 감각에 조
슈아는 자신과 집 사이에 가로놓인 구체적 경계를 느낀 듯 흠
칫 놀랐다. 한 번도 상상해본 일이 없다 해도, 존재조차 몰랐
다 해도, 이 낡은 집은 실재하는 장소였다. 조슈아가 무어라
생각하든 집은 없어지지 않았다.

　꿈이 아니니 스스로 경계를 넘는 수밖에 없었다. 조슈아는
문턱에 한쪽 발만 들여놓고 입을 열었다.

　"할아버지?"

　가슴이 두근거렸다. 아버지도 어머니도 평소에 작은할아버
지라는 사람에 대해 얘기한 일이 없었다. 사실 얼마 전까지만
해도 그런 사람이 존재하는지도 몰랐다. 스틸튼은 할아버지
의 얼굴이 조슈아와 비슷하다고 했지만 그것만으로 친근감을
느끼기는 어려웠다. 대답이 없자 조슈아는 조심스레 다시 불
렀다.

　"할아버지…… 저 조슈아예요."

　할아버지가 조슈아라는 이름은 알까?

　"아무도 안 계세요?"

　여전히 답은 없었다. 결국 조슈아는 예정된 나쁜 결말을 확
인하러 가는 사람처럼 나머지 발을 들여놓았다.

　창문들이 다 열려 있어서 내부는 다행히 환했다. 조슈아의
상식으로는 집 한가운데인 이곳에 응접실이 있어야 할 것 같

았지만 그 자리는 그냥 텅 빈 공간에 불과했다. 그것도 앞뒤 좌우로 뻥 뚫린.

왼쪽은 엄청나게 큰 부엌과 이어졌다. 부엌 너머로 열린 문이 보이기에 들어가봤다. 식당일까 싶었지만 아무도 없는 것은 물론, 뭘 만들어 먹은 흔적조차 없었다. 쥐나 새들이 음식 찌꺼기까지 깔끔하게 처리한 모양이었다. 부엌 화덕에도 불씨 하나 없었다.

사람이 살지 않는 집이라는 생각이 설득력 있게 다가왔지만 일단 끝까지 확인해보기로 했다. 다음 방과 그다음 방 모두 빈 침대나 빈 옷걸이뿐, 사람도 옷도 없었다. 창고로 내려가는 계단이 나왔지만 이런 기분으로 어두컴컴한 창고 같은 곳에 내려가고 싶진 않았다.

조슈아는 다시 처음의 용도 모를 방으로 돌아왔다. 이번엔 오른쪽으로 가보기로 했다. 방 하나를 지나자 뒤뜰 쪽으로 단층 테라스가 달린 방이 나타났다. 언뜻 살펴보고 다음 방도 들여다봤지만 여전히 사람의 그림자는 없었다. 조슈아는 막막한 심정이 되어 눈에 힘을 주고 마지막 방의 구석구석을 노려보다시피 했다. 그러나 텅 빈 벽에서 사람이 나올 리 없었다. 정말로 미아가 되어버린 것이다.

아무도 없으니 울고 싶다면 울어도 좋았겠지만 조슈아는 그러지 않았다. 어린애처럼 고작 길을 잃고 울음을 터뜨리다니, 상상만으로도 유치해서 견딜 수가 없었다. 참고 있자니 쓸데없이 자존심만 세구나 하는 생각이 들어 이번엔 우스웠지만, 이런 상황에서 웃는 것도 제정신이 아니지 싶어 그것도 눌러 참았다.

낯선 사람을 따라오며 막연히 불안하긴 했다. 하긴, 혹시라도 이럴 줄 알았다면 여기까지 오는 길을 잘 봐뒀어야 했다. 마차로 사흘이나 왔으니 켈티카는 이미 까마득히 멀리 있을 것이다. 손가방을 열어보니 기껏 그림 도구와 종이 묶음 정도가 나왔다. 무슨 생각인지, 아버지는 조슈아에게 돈을 전혀 주지 않았다.

결국 조슈아는 집에서 나가기로 했다. 그런데 테라스가 있는 방으로 돌아왔을 때, 무언가를 빠뜨렸다는 생각이 강하게 들었다. 그는 테라스 쪽으로 고개를 홱 돌렸다.

삐그덕…….

햇빛 때문에 기둥에 매달린 그물 뭉치처럼 보였던 것은 다름 아닌 그물 침대였다. 그제야 거기에 사람 같은 윤곽이 드러누워 있음을 깨달았다. 다시 한번 자세히 보았다. 분명히 사람이었!

인기척을 느꼈을 텐데 꼼짝도 않는 걸로 보아 낮잠이라도 자고 있는 모양이었다. 아무리 이런 미심쩍은 곳에 끌어들여 자신을 놀렸다 한들 상대는 할아버지였다. 대뜸 무슨 짓이냐고 따지기는 곤란했다. 조슈아는 할아버지가 깰 때까지 기다릴까 하다가 제 운명에 대한 궁금증을 참을 수가 없어 조심조심 다가가 들여다봤다. 그리고 어리둥절해지고 말았다. 늘어지게 낮잠을 자고 있는 소년을 발견했던 것이다.

"넌 누구야?"

잠든 사람으로부터 대답은 없었다.

살펴보니 정말이지 태평한 모습이었다. 비스듬히 웅크린 채로 편안하게 내뻗은 한쪽 다리와, 헝클어진 머리와, 특히 입가에 남은 침 자국이 그랬다. 자기 전에 보던 것인지, 아니면 햇빛이라도 막아보려고 덮었다가 떨어졌는지 책 한 권도 함께 뒹굴고 있었다. 페이지 모서리가 찌그러져서 잘 접히지도 않는 너저분한 책이었다.

어쨌든 이 녀석은 할아버지가 아니다. 할아버지가 되고 싶다 해도 오십 년은 기다려야 될 놈이었다. 즉, 소년은 조슈아 또래였다.

조슈아는 소년의 한가로운 모습에 은근히 화가 치밀었다. 자신이 화를 낸 것이 굉장히 오랜만이란 것도 깨닫지 못한 채 조슈아는 소년을 흔들어 깨웠다.

"……뭐야."

눈을 뜨지도 않고 소년이 말했다. 무척 귀찮아하는 목소리였지만 확실히 잠은 깬 것 같았다.

"넌 누구지?"

그런데 실로 어이없는 대답이 튀어나왔다.

"난 귀찮은 놈이야."

그러더니 눈도 떠보지 않고 머리를 어깻죽지에 묻어버리는 것이 아닌가?

"넌 누구냐니까!"

"귀찮아."

"뭐가 귀찮다는 거야!"

소년은 한쪽 눈만 떴다. 두 눈 다 뜨기는 너무 귀찮다는 것처럼.

"너도 귀찮구나."

그러더니 도로 감아버렸다. 조슈아가 말문이 막혀 있는 사이 그는 순식간에 코까지 골기 시작했다.

이런 대접은 일생 처음이었다. 조슈아는 당황한 나머지 무슨 행동을 해야 할지 갈피를 못 잡았다. 지금까지 조슈아를 처음 본 사람들은 지나치게 경계하거나 지나치게 달라붙거나 둘 중 하나였다. 이런 완벽한 무시는 받아본 기억이 없었다.

다른 때였다면 조슈아도 무시하고 물러났을 텐데, 지금은 입장이 달랐다. 남을 귀찮게 하는 것은 평소 습관과 전혀 맞지 않았지만 어쩔 수 없이 조슈아는 다시 소년의 어깨를 흔들었다.

"으음…… 잠을 깨운 값은 5엘소노, 뭣하면 후불로……."

"뭐?"

"후불로 해준다니까……. 그것참, 지금은 내버려두란 말이야!"

소년이 소리를 버럭 지르는 순간, 조슈아도 확실히 발끈했다. 여기가 작은할아버지 댁이 맞다면 저 정체 모를 녀석은 빈집을 점거한 뻔뻔스러운 놈이 틀림없다!

조슈아는 그물 침대 테두리를 당겨 쥐고는 있는 힘껏 한 바퀴 뒤집어서 녀석을 그물 안에 가둬버렸다. 소년은 눈을 번쩍 뜨더니 고함을 내질렀다.

"내 안경!"

안경이 어디 있었지? 조슈아가 주위를 두리번거려보니 그 녀석의 엉덩이 밑에 찌그러진 안경 비슷한 것이 보였다. 아마 그물 침대 한쪽 끝에 걸려 있었던 모양이다. 조슈아가 안경을 가리키며 물었다.

"저거야?"

소년은 곁눈질로 안경을 보려고 노력했다. 이윽고 뭐가 보이긴 한 모양이었다.

"젠장, 또 부러졌네! 이게 다 네 녀석 때문이야! 남의 잠은 왜 깨우고 난리야! 이 말라비틀어진 닭뼈 같은 자식아!"

"닭…… 뭐?"

평생 욕이라고는 들어보지 못한 조슈아는 얼굴이 새빨개졌다. 그러나 상대 소년은 신경도 쓰지 않고 그물 안에서 몸을 비틀면서 소리를 질렀다.

"뭘 해? 얼른 안경 좀 꺼내봐!"

일단 시키는 대로 안경을 끄집어냈다. 안경다리가 비틀려 있어서 당장 다시 쓰기는 어려울 성싶었다. 이건 자기 잘못이 맞는 것 같아 조슈아는 헷갈리면서도 일단 사과했다.

"안경 부서진 건 미안하지만…… 그건 내가 새로 사줄 테니까……."

"너 같은 꼬맹이가 무슨 돈이 있어서 안경을 사주냐?"

자기도 꼬마인 주제에 애들 장난을 용서해주는 어른 같은 말투였다. 하지만 뒤이어 그물에 걸린 생선처럼 몸을 한번 비틀어보더니 도로 냅다 소리를 질렀다.

"안경이고 뭐고, 일단 풀어달란 말이야!"

말려들면 안 되겠다는 생각이 든 조슈아도 마주 소리쳤다.

"안경값은 내가 물어준다니까! 그러니까 네가 누군지나 말해! 왜 남의 집에 들어와 있는 거야?"

"그렇게 말하고 있는 너야말로 웬 참견이야! 여긴 너희 집이 아니잖아!"

설명하자니 모호했지만, 한번 소리를 질렀으니 물러설 수는 없었다.

"난…… 이 집 주인의 손자야!"

"손자? 무슨 시답잖은 수작이야? 부인도 자식도 없는 노인네한테 무슨 손자가 있겠어!"

조슈아는 이 집 주인이 노인이란 걸 알아채고 조금 안도했지만 겉으로는 내색하지 않았다.

"네가 모르는 사람이라고 세상에 없는 건 아냐. 우기지 말고 네가 누군지부터 밝혀."

"일단 이것부터 똑바로 돌려놓아야 얘길 하든 뭘 하든 하지! 넌 거꾸로 매달린 놈하고 얘기하면 특별히 기분이 좋냐?"

상대가 전혀 수그러들지 않자 조슈아는 그물을 한 번 더 뒤집어 아예 꽁꽁 묶어버렸다. 그렇게 하면서 평소의 자신과는 좀 다른 행동을 한다는 기분이 들었다.

"이제 얘기할 기분이 나지?"

"으음……."

소년은 그물눈 사이로 조슈아를 노려보려 애쓰다가 생각을 고친 듯 입을 열었다.

"그 노인네가 정말로 너희 할아버지란 말이냐? 그런데 그 노인네는 이 집 비운 지 오래됐는데."

짐작하던 사실이었지만 조슈아는 눈썹을 찌푸리며 다시 한 번 물었다.

"여기 없다고?"

"글쎄, 그 문제에 대해 내가 뭔가 알고 있는 것 같기도 한데 네 녀석이 이걸 풀어준 다음에 말해줄 생각이야."

어쩌면 저렇게 얄미울 정도로 자신만만한지, 조슈아는 한층 부아가 치밀어 쏘아붙였다.

"그런 건 됐으니 네가 누군지나 말해."

"나? 난 그냥 이 동네 사는 놈이야."

"그런데 왜 여기 들어와 있는 거야!"

"일단 풀고 얘기하자는 말은 귓등으로 들었냐!"

그물 틈에 낀 입으로 잘도 소리치는 녀석이었다. 조슈아도 대답 없이 커다란 눈을 부릅뜨고 소년을 노려봤다. 그 상태가 지속되자 불리한 사람은 역시 불편한 자세로 묶여 있는 소년 쪽이었다.

"야, 네가 편안히 낮잠을 자다가 갑자기 꽁꽁 묶여 매달린 채 신문을 당하게 됐다고 생각해봐. 얼마나 억울하고 황당한 일이겠냐? 이대로 있다간 난 온몸에 쥐가 나고 말 거야. 그물에 목이 얽혀 정신을 잃을지도 모르지. 그러면 네 녀석 질문엔 대답도 해주지 못하게 될걸."

하지만 조슈아라고 할말이 없을 리 없었다.

"그럼 너는, 할아버지 댁에 왔는데 할아버지는 간 곳이 없고, 텅 빈 집에 모르는 사람이 잠을 자고 있다면 기분이 어떻겠어? 게다가 그 사람은 묻는 말에 대답도 않고 계속 엉뚱한 소리나 하고 말이야. 도둑인지 아닌지 어떻게 알아? 네가 할아버지를 어디에 가둬놓고 능청을 떠는지 알 게 뭐겠어? 그물에 불을 붙여버리기 전에 빨리 묻는 말에 대답이나 해."

그런데 뜻밖으로 소년이 실소를 터뜨렸다. 그는 한참 동안이나 킬킬대더니 말했다.

"불을 피운다니까 무척 무서운데 말이지……. 그런데 이 그물 침대랑 썩은 나무로 지어놔서 홀라당 타기 딱 좋아 보이는 집은 네 할아버지의 재산이거든? 그런 걸 태워버려서 썩 바람직한 결과는 없을 거고, 그리고 누굴 가둬놨다고? 나 참, 너만 황당한 게 아니야. 내 입장도 생각해보지그래? 마른하늘의 날벼락이란 이런 걸 두고 하는 말이겠지 싶은데. 난 어제오늘 이 집에 드나든 게 아냐! 노인네하고도 잘 아는 사이라고! 친구 집에서 기분 좋게 낮잠을 자고 있다가, 소문으로도 못 들어본 손자 녀석이 나타나서 갑자기 악을 쓰며 권리를 주장하는데 내 기분이 유쾌할 것 같냐?"

궤변 같기도 한 말을 차근차근 듣던 조슈아의 귀에 '친구'라는 한 단어가 걸렸다.

"친구?"

"그래, 친구! 난 네 할아버지의 친구란 말이다! 이 집에 맘대로 드나들어도 좋다고 허락한 건 그 노인네 본인이야. 그런데 내가 왜 이런 대접을 받아야 되냐! 미안하다고 사과는 못

할망정, 오해를 풀어주겠다는 사람을 꽁꽁 묶어놓고 협박까지 하는 너 같은 망나니는 묶어놓고 엉덩이를 때려야 돼!"

"……."

조슈아는 할말을 잃었다. 자기와 마찬가지로 조그마한 녀석이 할아버지를 친구라고 부르는 것도 어이가 없었거니와, 그보다 온갖 불리한 상황에도 불구하고 어쩌면 저렇게 끝까지 당당한지, 예측 불허의 녀석이 아닐 수 없었다.

지금껏 사람들에게 조슈아는 너무 뛰어나거나, 고상하거나, 재수가 없어서 말을 걸고 싶지 않은 상대였다. 그런 식이니 또래와 말다툼까지 갈 일은 전혀 없다시피 했다. 상대가 공격해오지 않으니 맞받아칠 일도 없는, 오직 자신과 논쟁하고 토론해야 하는 매끄럽고 자족적인 세계에서 살아왔다. 그러다가 갑자기 이곳처럼 엉뚱한 곳으로 내던져졌는데, 거기서 마주친 저 소년은 자기 논리에서 허점이 드러날까 걱정하기는커녕 자기가 당연히 옳다는 것처럼 거침없었다.

아, 그렇다. 조슈아에 대해 전혀 모르기 때문이다.

그 생각을 해내는 순간 조슈아는 지금 처한 상황을 잊어버릴 정도로 기분이 환해졌다. 저 소년은 조슈아가 데모닉이란 걸 모를 것이다. 직접 말해주지 않는 한, 절대로!

그러고 나니 상대방에 대해서도 무척 너그러워졌다. 조슈아는 미소까지 지으며 말했다.

"내가 풀어주면 모두 말하겠다 그거지?"

조슈아가 그렇게 나오자 소년도 말씨가 부드러워졌다.

"그러니까 그만 풀어달란 말이야. 자, 얼른."

"알았어. 그러니까……."

조슈아는 정말로 풀어주려 했다. 아까 돌렸던 쪽의 반대 방향으로 돌린다고 돌렸는데 오히려 한층 꼬여버렸다. 잘못 돌렸나? 다시 반대로 돌렸다. 그러자 아까보다 더 바짝 조인 모양이 됐다. 조슈아가 당황하고 있는데 그물 안에 있는 녀석은 못살겠다고 비명을 질러댔다.

"무슨 짓을 하는 거야! 날 조여서 기름이라도 짤 참이야?"

"그게 아냐. 지금 풀려고 하는데……."

다시 몇 번 빙빙 돌렸지만—안에 있던 소년은 머리가 빙빙 돌 지경이었다—이젠 어느 쪽이 옳은 방향인지 판단 불가가 되고 말았다. 뒤늦게 꼬임을 살펴보려 해봤자 워낙 낡아 있던 그물눈들이 혼연일체가 되다시피 엉켜서 눈으로는 식별할 도리가 없었다. 조슈아는 결국 정직하게 말할 수밖에 없었다.

"너무 엉켰나 봐. 저, 금방 못 풀겠는데 차근차근 하게 좀 기다려줄래?"

소년은 정말 쉽게 태도가 바뀌는 사람이었다.

"뭐야, 못 풀겠다고? 그걸 지금 말이라고 해? 얼른 풀어! 아파 죽겠단 말이야! 이 빨다 버린 사탕과자 같은 녀석아!"

빵과 물고기

마침 비가 오고 있었거든. 그때 나는 문간에 서 있는 그를 보았는데 너무 초연한 눈빛을 하고 있어서 길을 잃은 줄도 몰랐지 뭐겠어.

"난 막시민 리프크네다."

"조슈아 폰 아르님이야."

첫 소개를 마치자마자 소년, 그러니까 막시민은 갑자기 분개한 듯 떠들어대기 시작했다.

"뭐, 폰? 귀족이었냐? 설마 나한테 존대라도 들을 생각은 아니겠지? 잠깐, 그럼 그 노인네도 귀족이야? 아니지, 내가 그 말을 믿을 거 같냐? 그 영감이 귀족이면 난 아노마라드 재상이라고."

조슈아는 사태를 빨리 해결하기 위해 얼떨결에 가장 효과적인 대답을 했다.

"폰이 들어간다 해서, 음, 모두 귀족인 건 아냐."

"그러면 그렇지."

다행히 거짓말 없이 얼렁뚱땅 넘어갔다. 둘은 조슈아가, 그만이 할 수 있는 방식으로 차근차근 풀어내어 한쪽에 구멍이 뻥 뚫려버린 그물 침대 옆에 주저앉아 있었다. 그런 채로 몇 마디 주고받아보았지만 막시민이 말하는 노인이 조슈아가 찾는 작은할아버지가 맞는지 맞춰보는 것은 의외로 쉽지 않았다.

첫째로, 조슈아는 작은할아버지에 대해 아는 것이 없었다. 그러니 막시민이 아무리 설명해봐야 확인할 방법이 없었다. 그리고 둘째로, 막시민이 설명하는 할아버지는 조슈아가 상상한 할아버지의 모습과 거리가 멀어도 한참 멀었다. 예를 들면 이랬다.

"작은할아버지라고? 그럼 그 영감이 결혼한 건 아니란 말이 되는구나. 그것참 듣던 중 다행이야! 난 또 어느 불쌍한 여자가 그런 개코같은 늙은이한테 걸려들었나 심려가 깊었다고."

막시민은 안경을 대강 코에 걸치고 조슈아를 자세히 보더니 이렇게 말했다.

"그런데 그 영감이랑 너랑 좀 닮은 것 같은데? 특히 눈매가 비슷해."

이것만은 할아버지의 비서라는 스틸튼이 해준 말하고 같았다. 정말 헷갈리는 노릇이었다.

"어쨌든 여기가 할아버지의 집이 맞는단 말이지? 그런데 어딜 가셨는지는 몰라?"

막시민은 부러진 안경다리를 맞추려고 애쓰다가 금세 포기하고 대강 주머니에 쑤셔넣었다. 그리고 벌써 만사가 귀찮아진 태도로 대답하기 시작했다.

"본래 멋대로 잘 돌아다녀. 언제 올지도 몰라. 귀중품도 없는 집이니 이렇게 내버려둬도 도둑 걱정할 필요도 없고. 나는 저 그물 침대가 좋아서 영감이 없어도 가끔 낮잠을 자러 오는 것뿐이야. 이 근처의 땅도 다 영감 거야. 여길 목장이라고 불러야 할지는 모르겠는데 어쨌든 양은 한 마리도 안 키우고, 있는 거라곤 다 썩어가는 집뿐이니 썩은 목장이라고 하면 적당할 것 같은데. 어쨌든 양을 안 키워서 풀이 좋다 보니 이웃에서 슬금슬금 자기 양들을 몰고 들어오고 그러는데 노인네는 신경도 안 써. 뭐 또 궁금한 것 있냐?"

궁금한 것 있냐고 물은 주제에 이만하면 다 대답했다고 생각했는지 막시민은 책을 주워 들고 휘적휘적 밖으로 나갔다. 조슈아는 몇 걸음 따라가며 물었다.

"어디 가?"

"집에."

"……집이 어딘데?"

"저기 동네에."

막시민은 다른 건 자세히 대답할 의무가 없다고 생각하는 모양이었다. 벌써 마당 밖까지 나갔다. 어쩌다 보니 조슈아도 거기까지 쫓아가게 됐다.

"다른 집들은 어디에 있어?"

"저기 해 지는 쪽 보이지? 저리로 한참 가다 보면 나와."

"너도 거기로 가?"

"왜? 따라오고 싶어?"

막시민은 그러면 그렇지, 하는 얼굴로 피식 미소를 날렸다. 그 얼굴을 보니 그 순간만은 모든 현실적인 계산을 떠나 한 가지 대답밖에 나오지 않았다.

"아니."

"그래? 그럼 잘 있어라."

더 쫓아가기가 머쓱해서 조슈아가 멈춰 서자, 막시민은 순식간에 멀어졌다. 멍하니 쳐다보고 있자니 어느새 보이지도 않았다. 보이지 않게 된 이유는 해가 기울어져서였다. 조슈아는 그제야 배고프다는 생각을 했다. 그러나 어쩐다, 먹을 것은 어디에도 없었다.

발걸음을 돌려 집으로 들어갔다. 별로 기대하지는 않았지만 예의상 부엌을 뒤져봤다. 물론 아무것도 나오지 않았다. 사실 조슈아는 부엌의 어디를 뒤져야 먹을 게 나오는지도 몰랐다. 직접 음식을 만들어본 적이 한 번도 없었으니까. 얼마 안 가 지친 그는 의자에 앉아 텅 빈 벽을 멍하니 쳐다봤다. 어디선가 구운 양파 냄새가 나는 것 같다는 상상에 사로잡혀서.

동시에 우스워서 견딜 수가 없었다. 악마적인 천재가 어쩌고, 그런 소리를 듣던 주제에 집 밖으로 나오는 순간 식사 한 끼 해결할 능력도 없다니. 조슈아가 가진 능력이 두렵다고 하던 사람들을 불러다가 이 꼬락서니를 보여주고 싶을 지경이었다.

무의미하게 앉아 있는 동안 해가 완전히 떨어지고 주변은 급속도로 어두워졌다. 거짓말처럼 몸이 싸늘해졌다. 조슈아는 돌아다니며 문과 창문을 다 닫았지만 그래도 추웠다. 옆방에 침대가 있다는 생각이 났다. 그와 동시에 집안에 창고가 있다는 것도 생각났다. 창고에는 먹을 게 있을지도 몰라.

그러나 초 한 자루도 없는 처지인데다 이미 방도 캄캄했다. 조슈아는 얼른 고개를 흔들어 창고에 대한 생각을 지워버리고 침대가 있던 방으로 갔다.

이불에 먼지가 있는지 없는지 보이지도 않았다. 갈아입을 옷도 없었고, 추워서 옷을 벗기도 곤란했다. 조슈아는 전부 포기하고 침대로 기어 들어가 시트를 머리끝까지 당겨 썼다. 여러 가지 생각이 났지만 피곤한 나머지 오래 생각하지도 못 하고 잠이 들고 말았다.

아침이 왔다.

조슈아는 깨어나자마자 한바탕 재채기를 해야 했다. 시트 는 예상대로 먼지투성이였다.

"에취, 에취, 에에취!"

세수할 곳을 찾아 헤매다가 길어다 놓은 지 무척 오래된 것 같은 커다란 물통을 발견했다. 겨우 얼굴에 물을 찍어 바른 뒤 뭔지 모를 것들이 둥둥 떠다니는 물속을 들여다보니, 가족 들이나 모나 시드의 학생들이 보았다면 무척 놀랄 만한 꼴을 하고 있는 자신이 보였다.

잘 엉키는 머리여서 아침마다 어머니나 하녀가 다듬어주었 던 것을 잊고 있었다. 동글동글 뭉치고 뻗친 머리에 물이라도 묻혀볼까 하다가 오히려 초라해질 것 같아 그만두기로 했다. 물만 바른 까칠한 얼굴에 한쪽으로 쏠린 머리, 입은 채로 자 서 구깃구깃해진 옷매무새까지, 꼬락서니가 말이 아니었다. 하지만 불행인지 다행인지 그 모습을 보아줄 사람도 없었다.

조슈아는 가만히 있다가 갑자기 커다랗게 웃음을 터뜨렸다.

"아하하하……."

고상한 자리에 어울리는 자신이란, 하룻밤 만에도 망가지는 약해빠진 가면이었다. 조슈아는 어설픈 꼴을 하고 있는 자신이 마음에 들었다. 더이상 신경쓸 것이 없다고 생각하니 예전에 해선 안 될 듯했던 것들을 다 해봐도 될 기분이었다. 하지만 그런 게 뭐였더라?

기지개를 켠 뒤 집을 등지고 돌아서니 푸르고 완만한 경사가 먼 골짜기로 이어지고 있었다. 시골의 아침 공기를 마시니 기분은 상쾌했지만 동시에 배가 고파지기 시작했다. 도로 돌아보니 눈앞에는 어제와 마찬가지로 터무니없이 낡고, 갖춘 것 하나 없는 집뿐이었다. 뭐든 발견될 거란 기대는 일찌감치 접었는데 한 군데 뒤져보지 않은 곳이 생각났다. 창고였다.

낮이었으므로 어젯밤처럼 강한 거부감이 들지는 않았다. 조슈아는 창고 문을 열고 안을 들여다봤다. 예상대로 어두웠지만 그는 곧 이상한 것을 감지했다.

음식 냄새였다.

뱃속이 조여들 정도로 허기가 심해졌다. 조슈아는 문을 활짝 열어젖혀 최대한 빛이 들어가게 해놓고 안으로 발을 들여놨다. 십여 개 정도의 계단을 밟고 내려가 바닥에 내려섰다. 눈이 어둠에 익숙해지자 그럭저럭 주변이 보였다. 그러나 거긴 좁고 텅 빈 공간일 뿐이었다. 어디에도 음식 같은 건 없었다. 그리고 괴이한 일이지만 음식 냄새도 흐려져 어디에서 나고 있었는지 분명하지가 않았다. 착각이었을까?

조슈아는 초조한 심정으로 창고 안을 한 바퀴 돌았다. 삐걱, 삐걱. 빈 물통, 빈 나무상자, 무언가 걸었던 듯한 갈고리들, 양파나 마늘을 매는 새끼줄, 감자 움이라도 있었을 법한 널찍한 흔적, 그뿐이었다. 이번에도 허탕이라는 생각이 들자 급기야 화가 치밀었다. 누구에게 화를 내야 될지 몰랐지만…… 그렇다, 할아버지다! 여기에 살았던 것이 틀림없다면 왜 이런 꼴로 손자를 내버려두고 자취를 감춘 거지?

돌아서다가 나무상자에 걸려 넘어질 뻔한 조슈아는 상자를 걷어차버렸다. 그런 폭력적인 행동을 해본 것도 처음이었다. 그때, 등뒤에서 많이 들어본 목소리가 들려왔다.

"이런 데 기어 들어와서 뭘 하냐?"

조슈아는 퍼뜩 뒤를 돌아봤다. 계단 머리에 쭈그리고 앉은 막시민은 별 웃기는 녀석을 다 보겠다는 표정으로 머리를 긁고 있었다. 옆에서 들어오는 햇빛 때문에 후광이 입혀진 듯 보이는 갈색 머리에서 하얀 가루가 풀풀 날렸다. 다시 볼 것을 기대하지 않았기 때문인지 어제는 불청객이었던 그 얼굴이 반가웠지만, 동시에 화내는 꼴을 들킨 것이 부끄러웠다. 막시민은 조슈아가 왜 화를 내는지 알고 있을 것이 뻔했다.

"어째서 돌아온 거야?"

"지나가다 들른 것뿐이야. 내가 널 찾아온 줄 알았냐?"

조슈아는 상대를 무시하기로 하고 막시민을 지나쳐 창고 밖으로 나갔다. 집으로 들어가려니 막시민이 등뒤에서 불렀다.

"배고프지 않냐?"

조슈아는 돌아섰다. 갑자기 온순하게 말할 마음이 내켰다.

"응, 배고파."

"지금 내 손에 너 줄 것이 없긴 한데……. 따라올 생각 있냐?"

막시민이 마당 입구 쪽으로 가자 조슈아는 몇 걸음 따라가며 물었다.

"뭐가 있는데?"

"나한텐 없고, 페리아 아줌마네 식구들이 다 나가면 남은 빵을 좀 집어 올 생각이야."

조슈아는 갑자기 멈춰 섰다.

"그건 도둑질이잖아."

"도둑질? 그렇게 부르고 싶으면 맘대로 하고."

막시민은 입구에 서서 돌아봤다. 조슈아는 따라가지 않고 서 있었다.

"도둑질인 것 같아서 싫으냐? 그럼 그만둬. 난 내 배나 채우러 갈란다."

그날 저녁, 그리고 다음날 아침까지 조슈아는 아무것도 먹지 못했다.

마을로 내려가 넉살 좋게 구걸을 한다는 구상만은 차마 실행하지 못하고, 저녁까지는 어떻게 참는다고 참았는데 이튿날 자고 일어나자 머리가 빙빙 돌 지경이었다. 허기보다는 음식에 대한 갈망이 느껴졌다. 뱃속에는 감각이 없는데, 뭐든 닥치는 대로 먹고 또 먹다가 지쳐 자빠지는 상상 같은 것이 계속 떠올랐다.

그런 기분도 점심 즈음에는 끝이 났다. 기운이 없다 보니 침대에 늘어져 일어나지도 않게 됐다. 천재고 뭐고 판단 자체가 멈춰버렸다.

창고 생각이 다시 한번 났을 때, 반시간가량 망설이던 조슈아는 일어나 기다시피 창고 쪽으로 갔다. 계단을 내려가서 빈 상자나 통을 하나하나 뒤지기 시작했다. 없는 기운만 마저 다 빼고, 시도는 실패로 돌아갔다. 조슈아는 바닥에 주저앉아버렸다.

"이제 다 했냐?"

뒤를 돌아보자 뭔가가 휙 날아왔다. 예상치 못했던 일이라 조슈아는 놓칠 뻔하다가 겨우 팔을 오므려 받아냈다. 먹음직해 보이는 옥수수빵이었다.

"고작 하루 반나절 굶었다고 다 죽어가는 얼굴하고는."

먹든 말든 맘대로 하라는 것처럼 막시민은 벌떡 일어나 밖으로 나갔다. 조슈아는 멍청히 앉은 채로 무언가 생각해보려 하다가 만사가 귀찮아져서 그냥 빵을 한입 물어뜯었다. 빵은 신묘할 정도로 맛이 좋았다.

"무척 맛있네."

어느새 창고 밖으로 따라 나온 조슈아가 그렇게 말하자 막시민은 한심하다는 얼굴을 했다.

"그럼 훔친 것은 맛이 다를 줄 알았냐?"

"……"

조슈아는 더이상 도둑질이고 뭐고 따지기를 포기하고 빵 한 덩어리를 모조리 먹어치웠다. 그러고 나니 목이 말라서 주위를 돌아보니 못 보던 물이 한 바가지 놓여 있어 단숨에 마셨다.

"살 만하지?"

비꼬듯 한마디 던진 막시민은 집안으로 어슬렁어슬렁 들어갔다. 어느 모로 보나 자기집에 들어가는 사람처럼 자연스러운 걸음걸이였다. 이젠 따라가는 것 말고 별다른 생각도 나지 않았다.

막시민은 부엌으로 가더니 어제 조슈아가 그렇게 뒤지면서도 건드릴 생각도 안 했던 한쪽 구석의 튀어나온 벽돌을 눌렀다. 그러자 벽면 일부가 덜컥 열렸다.

"어?"

작은 상자 크기의 빈 공간에 양가죽 주머니가 놓여 있었다. 주머니를 꺼내 열어본 막시민은 실망한 듯 주머니를 휙휙 돌렸다.

"고작 몇 닢뿐이네. 언제부터 영감이 이렇게 가난해졌담."

원칙대로 따지면 막시민은 남의 집에 들어가 금고를 연 셈인데, 워낙 당당하게 행동하다 보니 조슈아도 뭔가 잘못됐다는 것을 느끼지 못했다.

"돈이 필요해?"

"돈이 있어야 네 녀석한테 '무척 맛있는' 빵 쪼가리라도 먹이지."

"응...... 으응?"

막시민은 자기가 한 말이 조슈아에게 어떻게 받아들여졌는지 전혀 신경쓰지 않는 태도로 다시 나가버렸다. 뒤따라 나가면서 조슈아는 점점 기분이 이상해졌다. 돌봐주지 않으면 아무것도 못 하는 아기 취급을 받다니.

"왜 네가 내게 빵을 마련해줘야 된다는 거야?"

"저기 강 보이지?"

조슈아의 항변은 들은 척도 않고, 막시민은 남쪽 들판 너머를 가리켰다. 그쪽을 바라보니 지평선 근처에 희게 반짝이는 띠 같은 것이 보였다.

"가면 물고기가 좀 있을 거야. 저녁거리로는 괜찮겠지."

"나더러 물고기를 잡으라고?"

"왜, 그것도 못 해?"

막시민은 조슈아의 얼굴을 건너다보더니 다시 한심한 표정을 지었다.

"할 줄 아는 게 하나도 없잖아. 이렇게 멍청해서야 노인네가 올 때까지 뭘 구해 먹으면서 기다릴 셈인지 모르겠네. 힌트를 줘도 써먹을 줄 알아야지."

조슈아의 얼굴이 발갛게 달아올랐다.

"멍……청하다고?"

"그럼 똑똑하냐?"

막시민은 다른 생각을 해내려는 것인지 마당을 왔다갔다했다. 하지만 조슈아는 난생처음 들은 '멍청하다'는 말에 쉽게 적응할 수가 없었다.

"멍청하다는 말은 너한테 처음 들어봐."

"네 주변에는 사람 보는 눈 없는 녀석들만 가득찼군그래."

"고작 물고기를 못 잡는다고 해서 멍청한 건 아니잖아."

"체, 구제불능이로구만. 굶어 죽게 생겼으면서 고작 물고기라고? 똑똑하다는 걸 증명하고 싶거든 네 힘으로 물고기를 잡아와봐. 그러면 인정해줄 테니까. 아니면 '멍청한 꼬마'라고 부르겠다.”

'멍청한 꼬마'라니, 조슈아의 짧다면 짧은 인생 속에서 이 정도로 새로운 별명은 처음이었다. 그러고 보니 확실히 막시민이 조슈아보다 반 뼘 정도 크긴 했다.

날이 저물어갔다.

조슈아는 멍청하지 않다는 것을 증명하기 위해 애썼지만 또다시 실패하고 말았다. 집안을 새삼스럽게 뒤져봤지만 낚싯바늘이나 낚싯줄, 또는 그 비슷한 것도 찾아내지 못했다. 쓸데없이 집안의 물건 위치만 모조리 외웠다. 그물이라고는 저번에 막시민이 누워 자던 그물 침대뿐인데, 할아버지의 물건이라는 생각에 선뜻 뜯어낼 수가 없었다.

어쩔 수 없이 무작정 강가로 가봤지만 물고기가 '날 잡아 잡수쇼' 하고 물가로 튀어나오는 일은 당연히 일어나지 않았다. 게다가 물고기가 쉽사리 눈에 띄는 것도 아니었다. 작살로 쓸까 싶어 바위 모서리를 이용해 뾰족한 막대기를 깎는 데 반나절이나 걸렸지만, 검술 훈련 한번 받아본 적 없는 빈약한 순발력으로 성공할 리 만무했다. 헛되이 체력만 낭비하고 말았다.

해질녘 강변은 아름다웠다. 꽃잎 녹은 듯 향기로워 보이는 다홍빛 강물 속에 물고기 한 마리가 태평하게 꼬리를 흔들며 지나갔다. 풀밭에 누운 조슈아는 물고기를 물끄러미 바라봤다. 멍청하든 똑똑하든 이젠 중요한 일로 생각되지 않고, 노을 아래 잠이나 한숨 잤으면 싶었다.

"어이, 멍청한 꼬마! 성과는 있었냐?"

이미 실패를 예견한 듯한 호칭이었다. 누운 채로 눈을 뜨니 머리맡에 서서 내려다보고 있는 막시민과 눈이 마주쳤다. 막시민이 고개를 돌려 주위를 휙 둘러봤다.

"하루 종일 뭘 했냐? 한심하긴."

조슈아가 갑자기 키득키득 웃기 시작했다. 막시민이 얼굴을 찌푸렸다.

"이젠 머리까지 이상해졌냐?"

"아니, 그건 아닌데…… 하하하하……."

조슈아는 아예 풀밭을 구르며 웃어댔다. 막시민은 영문을 몰라 떨떠름한 표정으로 바라보다가 기분이 나빠졌는지 잔소리를 해댔다.

"야! 이 망할 자식아, 그만 안 할래? 미친놈하고 있는 것 같아서 기분이 더럽단 말이야!"

"잠, 잠깐만…… 하하하하하……."

겨우 웃음을 그친 조슈아가 풀밭에서 발딱 일어나 옷을 털었다. 얼굴이 무척 밝아 보여서 막시민은 고개를 갸웃거렸다. 조슈아가 성큼 다가오며 말했다.

"고마워."

"뭐가?"

"내가 멍청하다는 걸 가르쳐줘서."

조슈아는 들쭉날쭉한 셔츠 자락을 바지 안쪽에서 끄집어내어 빼버렸다. 소매 단추도 풀어 걷었다. 겉주머니에서 손수건을 꺼내더니 삼각으로 접어 머리에 두건처럼 묶었다. 그런 다음 막시민에게 얼굴을 들이밀며 물었다.

"어때 보여?"

막시민의 평가는 예나 지금이나 냉담했다.

"병신 같아."

"그거면 됐어."

조슈아의 모습이 그렇게 이상하지는 않았다. 굳이 말하자면 꼬마 해적 같다고 할 만한 모습이었다.

"이제 뭔가 배울 준비가 됐어. 나한테 가르쳐봐. 뭐든 배울 테니까."

막시민이 인상을 찌푸렸다.

"넌 이틀 굶고 배도 안 고프냐? 갑자기 왜 이리 기운이 넘쳐?"

"사실 배고파. 하지만 네가 곧 저녁거리 마련하는 법을 가르쳐주겠지. 안 그래?"

막시민은 곁눈으로 조슈아를 보다가, 하늘을 쳐다보다가,

결국 말했다.

"지금 한 말, 정말이겠지?"

"그럼."

"나중에 새삼스럽게 내 방식에 이의를 제기하진 않겠지?"

"물론이야."

"좋다. 그럼 잔소리 안 하겠다고 서약을 해라."

그래서 조슈아는 막시민이 하라는 대로 엎드려서 흙바닥에 오른손을 짚고 왼팔을 막시민의 오른팔과 한 바퀴 감은 채로 서약을 했다.

"잔소리 안 하고, 생존 방식을 배우겠음. 끝."

강변에 어둠이 내렸다. 조슈아는 막시민이 요령 좋게 불을 피우는 모습을 신기한 눈빛으로 지켜보았다. 불 옆에는 막시민이 어디선가 순식간에 구해 온 물고기 두 마리가 놓여 있었다.

물고기를 작대기에 끼워 굽는 모습도 흥미로웠다. 물론 낮에 조슈아가 깎아놓은 그 작대기였다. 구수한 냄새가 코를 찌르며 퍼졌다. 따뜻한 어둠에 잠긴 강둑이었다.

"자, 먹어라."

막시민이 건네준 막대기는 뜨거워서 하마터면 떨어뜨릴 뻔했다. 그러나 곧 요령 좋게 살점을 뜯어먹을 줄 알게 됐다.

얼마간 정신없이 먹은 다음 조슈아는 궁금했던 것을 물어보았다.

"물고기는 어떻게 그렇게 빨리 잡아온 거야?"

막시민은 생선살을 뜯느라 고개도 들지 않은 채 말했다.

"아까 낮에 저 위쪽에 있는 물굽이 봤지?"

"응."

"거기 그물이 쳐져 있는데 거기서 꺼내 온 거야."

조슈아가 당황한 표정을 짓고 있자 막시민이 피식 웃었다.

"아니면 어디서 그렇게 빨리 구해 오겠냐."

조금 후 조슈아는 감탄한 듯 말했다.

"그물을 일찌감치 쳐놨구나?"

"농담하냐? 그런 명당자리엔 아무나 그물을 못 쳐. 나 같은 어린애한테 자리를 줄 리가 없지."

"그러면……."

조슈아는 먹던 손을 멈췄다.

"이것도 남의 것을 가져온 거야?"

"으흠."

막시민이 갑자기 목을 가다듬었다.

"잔소리하고 싶냐? 아까 서약한 거 잊었냐?"

"하지만 이건……."

막시민은 생선을 다 먹고 작대기를 멀찍이 팽개치더니 엄숙한 표정으로 말하기 시작했다.

"자, 들어봐. 세상에는 사람이 있고 물고기가 있어. 물고기는 강에 살고 사람은 강변에 살지. 둘 다 강한테 도움을 받고 있다고. 그러니까 둘은 공동 운명체지. 서로 돕고 사는 관계라고 할 수 있어. 그러므로 사람은 물고기를 먹을 수 있어. 물고기는 강물을 먹어도 돼."

막시민이 말을 멈추자 조슈아가 고개를 갸웃거리며 되물었다.

"그게 무슨 상관이야?"

"아직 이해가 안 되냐? 다시 잘 들어봐. 사람이 물고기를 먹는 것이 당연하다면 누가 그걸 막을 수가 있어? 같은 사람끼리 남이 먹는 물고기를 못 먹게 할 수가 있냐고. 당연히 아니지! 내가 물고기를 다 먹었다고 네 녀석이 먹고 있는 물고기를 빼앗어 먹어도 될까? 아니라고! 그러니까 내가 먹고 있던 물고기도 누군가가 빼앗을 순 없어! 이제 알겠어?"

실로 엄청난 논리였다. 즉, 아무런 연관이 없었다.

"내 생각엔 무슨 말인지 잘……."

막시민은 신경질을 냈다.

"멍청하다고 했더니 정말로 이해력이 떨어지네. 한 번만 더 잘 들어보라고! 물고기는 모두가 먹을 수 있는 거야. 물고기의 수는 엄청나지. 매년 새로 생기고, 바다에 갔던 놈들도 돌아온다고. 물고기의 수는 누구도 셀 수 없어. 내가 저 그물에 있던 물고기를 꺼냈지. 그러면 거기에는 새로운 물고기가 와서 자릴 채우겠지. 물고기는 아무도 셀 수 없기 때문에 두 물고기에게 차이는 없어. 내가 강에서 물고기를 잡고 그물의 물고기를 내버려두든, 그물의 물고기를 꺼내고 새 물고기가 거기 들어가든, 결과는 같단 말이야! 그건 맨 처음에 내가 말했듯 모든 물고기는 사람이 먹어도 되는 것이기 때문이야. 물고기와 사람은 돕는 관계야! 사람은 강에서 물을 길어다가 농작물에 주고 자기들도 먹지. 사람이 물을 다 가져가면 물고기는 살 수가 없지. 그러니까 사람도 물고기와 협상을 한 셈이야. 그게 물고기 일족의 생활 방식이야. 이해가 가? 그러니까 내게도 권리가 있어. 나도 사람이니까. 다시 말하지만 그물속의 물고기나 강물 속의 물고기나 모두 물고기야. 그건 서랍속에 있는 책이나 침대 위에 있는 책이나 모두 집안에 있는 책인 것과 똑같아. 그래서 나는……."

저런 설명 대신 그냥 '물고기, 물고기, 물고기, 물고기, 사람, 사람, 사람, 사람'을 계속 되풀이했어도 별다를 것 같지는 않았다. 실제로 조금 후엔 그렇게 들리기까지 했다. 적당히 수긍하지 않으면 끝없이 계속할 기세였으므로 조슈아는 킥킥 웃다가 고개를 끄덕였다.

"그래, 물고기는 아무나 먹어도 되는 거야. 네 의견을 존중

해.”

그날 밤 조슈아는 혼자 있어도 더이상 불안하지 않았다.

막시민과는 내일 다시 만나기로 약속했다. 둘은 할아버지가 나타날 때까지 올여름을 '알아서' 즐겁게 보내기로 했다. 어쨌든 명목상 여름휴가가 아니던가? 생각만으로도 상쾌한 계획이었다.

이상한 일일지도 모른다. 부모와 헤어지고 낯선 곳에 와서, 의지하려던 사람은 만나지도 못한 채 굶다시피 하며 이틀을 보냈다. 그런데 또래 친구가 생긴 것 하나만으로 이토록 기분이 나아지다니.

아르님 가문에서 '데모닉 조슈아'라는 별명은 금기였지만 숨기려 애써봤자 별로 소용이 없었다. 아무도 그를 평범한 아이답게 대해주지 않았다. 어린 조슈아에게 어설픈 꼴을 보일까 봐 모두 조심스러워했다. 그런 사람들 앞에서 나이에 맞지 않는 생각과 행동을 하다 보니 어느새 자신이 아이임을 잊고 있었다.

답답한 줄도 모르고 그렇게 살았지만 돌이켜보니 좋아서 그랬던 건 아니었다. 기묘한 가식을 두르고 진정한 자신은 숨겨야만 한다고 생각했는데, 진정한 자신은 너무나 무섭고 끔찍한 존재여서 남들에게 들키면 안 되는 줄 알았는데, 그게 고작 이런 거였다니.

아버지에게 공화국을 무너뜨릴 계략을 말하던 자신을 떠올려보았다. 그날, 말을 하면서도 이런 자신을 아버지는 어떻게 여길까 끊임없이 생각했고, 결국 아버지가 바라는 아이로 남는 법은 연기밖에 없겠구나 싶었다. 하지만 지금 돌이켜보니 그날 자신은 아이답게 화가 나 있었던 것 같았다. 어쩌면 자신을 집요하게 미워하고 괴롭히던 티몬 같은 학생들을 혼내주고 싶다는 생각 때문에 그런 엄청난 얘기를 했던 건 아닐까? 데모닉의 능력을 가졌더라도 마음은 아이였고, 동기는 고작 그런 거였을까?

평소 조슈아는 남들의 눈으로 자신을 관찰하는 데 익숙하다 보니 신기할 정도로 자신을 객관적으로 바라봤지만 이런 생각에까지 이르자 정말로 기분이 이상했다. 실은 받아들이기가 쉽지 않았다. 그간 자신이라고 여기던 모습과 지금 깨달은 자신의 모습은 겹쳐놓기 힘들 정도로 달랐다. 기묘할 정도로 분리된 두 명 같았다. 뒤집어놓자 전혀 다른 무늬가 나타난 카드 같았다.

그 아이는 초연한 천재고, 이곳의 자신은 멍청한 꼬마니까.

거리만큼이나 심리적인 간격도 벌어진 탓일까, 조슈아는 비취반지 성에서 자신과 똑같이 생긴 그 아이가 자신처럼 지내고 있을 것만 같은 착각이 들었다. 그림자일까, 인형일까,

아니면 벗어놓고 온 허물일까. 켈티카로 되돌아가면 그 아이와 딱 마주쳐서 누가 진짜 자신인지 겨뤄야 하는 건 아닐까? 어떤 식으로 증명해야 할까?

아니다……. 꼭 증명할 필요가 없을지도 모른다. 그 아이는 그 아이대로 지내고 자신은 자신대로 행복해지면 그만 아닐까. 합치지 못하겠다면, 나누면 되니까.

보통 아이들이라면 부모와 영영 헤어진다는 상상만 해도 공황 상태에 빠질지도 모른다. 그러나 조슈아는 전에 알던 모두가 자신을 떠난다 해도 또 새로운 사람이 되어 살아가면 될 것 같았다. 누군가의 인정이 아니라 단지 자신다워지는 것, 그거면 충분할 듯했다.

조슈아는 마음속 카드를 뒤집었다. 그리고 스스로에게 말했다. 이제부터는 여기가 앞면이다.

썩은 목장의 여름

우린 함께 자라났지. 한 켤레의 구두처럼.

언덕과 강둑을 내달리고 개울을 헤엄쳐 강까지 갔지.

천둥은 노래였고, 비는 춤이었어.

아, 네가 그 격렬한 연주를 다시 느낄 수 있을까?

너를 위해 불러준 노래를 아직 기억하고 있을까?

~

강한 양들이 풀잎 바다를 행군한다.

양을 처음 보는 조슈아는 풀밭에 코를 묻고 숨을 죽인 채 양떼를 지켜봤다. 눈앞을 가로질러 간 양들이 질 좋은 목초가 그득한 목장에 멈춰서 새로 무리를 짓는 것도 보았다. 고개를 수그린 양들은 솜을 뭉쳐 만든 공처럼 보였다. 동글, 동글, 곳곳에 흩어져 있었다.

곁에서 막시민이 나지막이 말하는 소리가 들렸다.

"지금이야."

살금, 살금, 둘은 바닥을 기다시피 하며 양들에게 접근했다. 양은 신경도 쓰지 않고 풀만 뜯고 있었다. 그중 미리 눈으로 점찍어둔 어미에게 다가간 막시민은 주머니를 꺼내 슬그머니 양젖을 짜기 시작했다.

조슈아는 망을 보면서 막시민이 양젖을 채운 주머니를 넘겨주자 주둥이를 끈으로 매었다. 잠시 후 조슈아가 막시민의 팔을 탁 쳤다.

"주인이 온다."

"이놈들아!"

막시민의 귀에도 외침이 들려왔다. 둘은 양젖 주머니를 하나씩 품에 안고 걸음아 날 살려라 언덕 아래로 달아났다.

"윽, 양젖이 새잖아."

끈을 제대로 못 맸는지 막시민의 양젖 주머니에서 젖 줄기가 튀었다. 그래도 어쩔 수 없었다. 주인이 끈질기게 따라온다 싶자 막시민은 크게 호를 그리며 도로 양떼 속으로 뛰어들었다.

매애애!

몸집 큰 양들이 우우 몰려다니는 통에 주인은 조그마한 꼬마 둘을 쉽사리 찾아내지 못했다. 주춤대며 두리번거리던 주인이 귀찮기도 해서 그냥 욕을 퍼붓고 돌아서자 둘은 다시 살그머니 반대쪽 언덕바지로 내려왔다. 그다음부턴 느긋하게 걸어도 되었다.

"목말라."

둘은 주머니 하나를 열고 번갈아 양젖을 마셨다. 조슈아는 막시민의 안경에 양젖이 튀어 흘러내리는 것을 보고 킥킥 웃

"그런데 정말 이렇게 해도 괜찮아?"

"그럼! 고작 양젖 조금 갖고 치사하게 굴 거 있겠어? 이걸론 치즈 한 덩어리도 못 만든다고. 부탁했다면 공짜로도 얻었을걸?"

"그럼 달라고 하지 그랬어?"

"응, 그럴 수도 있었는데 내가 말이야, 양들의 자유로운 의사를 존중하려다 보니 이렇게 됐지."

"그게 무슨 소리야?"

"아까 내가 양젖 짤 때 양이 가만히 있는 거 못 봤어? 그놈은 벌써 나한테 양젖을 주기로 작정했던 거야. 새끼한테 줄 것을 나한테 나눠줬잖아. 얼마나 고맙냐? 그런 호의를 받

아들이지 않는다면 인간 일족으로서 예절이 없는 거라고. 아마 주인도 지금쯤 양한테 상호 합의하에 준 거냐고 물어보러 갔을 거야. 난 물론 합의했으니까 양의 진술을 들으면 주인도 만족하겠지."

말이 안 되는 얘기를 아무렇게나 잘도 이어가는 것은 막시민의 특기였다. 그것도 거드름피우듯 손가락까지 허공에 저어가며. 조슈아도 픽 웃으며 대꾸하는 데 익숙해졌다.

"하지만 넌 양한테 묻기 전에 먼저 짜기 시작했잖아. 양이 주고 싶어서 줬다기보다는 너한테 강요당한 거라고 보는데."

"그건 하나만 알고 둘은 모르는 소리야. 양이 뭘 먹고 젖을 내냐? 풀이잖아? 그런데 이 근처 풀밭은 전부 너네 할아버지 거라고. 그 할아버지의 손자인 너한테 양젖 좀 나눠주지 않는대서야 그 양도 예절이 코털만큼도 없는 거 아니겠냐? 우리가 경우 있는 양을 만나서 정말 다행이었어."

처음 시작한 말과 결론이 전혀 달라졌지만 아무래도 상관없었다. 조슈아도 수긍해버렸다.

"정말 그러네."

조슈아는 막시민네 집에 가면 당연히 부모가 있을 줄로 알았지만 예상은 어긋났다. 집이 있긴 했지만 게딱지만 한 낡은 오두막인데다 안에는 의지할 부모 대신 옹기종기 앉은 동생들뿐이었다.

막시민은 동생들에게 별로 신경쓰지 않았다. 막시민의 말로는 동생들도 자기들끼리 알아서 다 잘한다는 거였다. 조슈아는 하루이틀 이들과 지내면서 '알아서 잘한다'는 것이 어떤 것인지 곧 알아차렸다. 그 애들은 막시민과 똑같은, 때로는 한층 진보된 방법을 갖고 있어서 돈 한 푼 벌어다 주는 사람이 없는데 놀랍게도 거의 굶지 않고 살아가고 있었다.

물론 막시민도 먹고 남는 것이 있으면 동생들한테 갖다줬다. 그러나 그는 근본적으로 불쌍한 동생들을 뒷바라지해야 한다고 눈물 짜는 부류가 아니었다. 막시민의 궤변 가까운 주장에 의하면 그 집은 막시민과 동생들의 "어디까지나 자립적인" 공동체였다.

그래도 조슈아는 어린 동생들과 함께 있어주지 않고 하루의 대부분을 자기와 함께 보내는 막시민을 걱정했다. 그러나 막시민은 고개를 휘휘 내저었다.

"내 동생들은 다 너보다 뛰어나서 걱정 없어. 내가 볼 땐 네가 제일 문젯거리라고."

그러나 다행히도 오늘은 양젖 한 주머니를 동생들에게 갖다줄 수 있을 것 같았다. 조슈아는 기분이 괜찮았다. 늘 막내 노릇만 하다가 누군가에게 형이라고 불리고 동생들을 돕는 기분이 썩 나쁘지 않았던 것이다. 하지만 막시민의 집에 들어가면 늘 그렇듯 환상은 깨졌다.

"어, 형 왔네? 형, 여기 봐. 리하르트가 말린 과일을 잔뜩 구해 왔어. 어느 맘 좋은 여행자에게 꾸어 왔대."

꾸어 왔다는 것이 무슨 의미일지는 이 동네 사람들이 그해 날씨에 따라 믿었다 안 믿었다 한다는 목축신만이 아실 게 틀림없었다. 막시민은 동생에게 양젖 주머니를 건네줬다.

"야, 이거랑 나눠 먹자."

이 집 형제들 사이엔 거래가 기본이었다.

"일마 누나! 아까 생강빵 갖고 왔댔지? 막시민 형이 양젖 갖고 왔어. 우리 지금 식사할까?"

이 집안은 늘 아무때나 식사했다.

"잘됐다. 마침 루돌프가 나가고 없잖아. 빵 한 개 더 먹겠네."

식사 때 빠진 녀석이 있으면 기다려주거나 남겨주는 것이 아니라 당연한 듯 다 먹어버렸다. 악의가 있어서 그런 건 아니고 예전부터 그래왔으므로 빠진 사람도 '앗, 재수가 없었어' 정도로 끝이었다.

그렇다고 이들이 우애 없는 형제는 아니었다. 서로 도울 것은 철저히 돕고 있었다. 얼마간 지켜본 조슈아는 이 형제들이 이기적이라기보다 단지 성격이 이럴 뿐이라는 판단을 내렸다. 게다가 이들은 낯선 사람인 조슈아를 막시민이 데려왔다는 이유만으로 쉽사리 식사 자리에 끼워줄 정도로, 어떨 땐 인심도 좋았다.

막시민은 네댓 살 무렵부터 조슈아의 작은할아버지와 알고
지냈다고 했다. 그때는 막시민의 부모도 아이들과 함께 살고
있었다. 그러나 어머니는 넷째인 리하르트를 낳은 후 곧 돌
아가셨고 그후로 새어머니는 없었는데 어찌된 셈인지 다섯째
안톤이 있었다. 심지어 리하르트와 안톤은 생일도 얼마 차이
가 나지 않았다.

"이상하네? 어떻게 된 거야?"

이 집안에서 이런 화제는 별달리 금기도 아니었다.

"이상할 거 뭐 있냐. 인류애에 불타는 아버지가 어디선가
주워 왔다. 앙앙 우는 갓난애를 그럼 데리고 살아야지 어떡하
냐?"

물론 그 갓난아이를 다섯 살이 되도록 키운 건 아버지가 아
니라 막시민이었다. 그렇지 않아도 가난한 집안에 군식구를
늘린 아버지는 얼마 후 켈티카로 떠나 돌아오지 않았다. 들
리는 소문엔 공화당원이라는데 중책이라도 맡아서 오지 않는
건지, 아니면 왕당파의 손에 걸려 일찌감치 죽은 건지 알 방
법은 없었다.

아버지가 사라진 후로 할아버지는 막시민과 동생들에게 꽤
신경을 써줬다. 특히 막시민을 귀여워한 모양이었다. 막시민
의 안경을 세 번이나 사줬다고 하니까. 이런 이야기는 막시민

이 아니라 동생들이 해주었는데, 기이한 소리이긴 하지만 예순이 넘은 할아버지와 열 살도 안 된 막시민은 마치 친구 같았다고 했다!

하긴, 막시민에게 뛰어난 점이 많긴 했다. 청산유수로 쏟아지는 궤변, 기상천외한 비유가 들어간 욕, 잔머리, 임기응변 등등. 게다가 막시민은 할아버지와 자신이 그냥 친구가 아니라 '술친구'였다고 말해서 조슈아를 무척 놀라게 했다.

"술이라니? 네가 그런 걸 어떻게 마셔? 너, 나하고 나이도 비슷하잖아?"

"아, 넌 물론 못 마시겠지만 그게 내가 마시는 것과 직접적 연관이 있다고는 생각 안 해."

조슈아는 못 믿겠다는 듯 고개를 젓긴 했지만 저 녀석이라면 사실일지도 모른다고 속으로 뇌까렸다.

그간 막시민도 조슈아가 어쩌다가 이곳으로 오게 됐는지 사정을 대강 들었다. 처음에 막시민은 고개를 갸웃거리며 말했다.

"켈티카에 부모님이 있어? 그런데 왜 할아버지한테 온 거냐?"

"여름 한철 휴가 삼아 지내고 오라고 하신 거지."

조슈아는 오랜만에 예전의 자신을 되살려 거기까지만 말했다.

"그런데 어째서 그 노인네는 네가 오는 줄도 모르고 딴 데 가서 헤매고 있냐?"

"그것까지는 모르겠어."

그러자 막시민은 알았다는 듯 손가락을 딱 울렸다.

"야! 내가 보기에 너네 부모는 널 버린 거야! 떼어놓을 방법이 없을까 궁리하다가 할아버지 핑계 대고 보내버린 거라고. 그러니까 서로 연락이 안 된 거 아니겠냐? 나중에 돌아가 봤자 그 양반들은 다 도망가고 없을걸. 텅 빈 집만 남아 있거나, 아니면 이미 그 집엔 딴 사람들이 들어와 살고 있겠지. 나중에 노인네가 돌아오면 널 보고 무척 놀랄 거다. 자기가 짐을 떠맡은 걸 알면 아마 화가 나서 펄쩍 뛸걸?"

조슈아는 웃으며 듣고 있었지만 마지막에는 얼굴이 조금 창백해졌다.

"그럴 거라고는 생각하지 않아."

"너처럼 세상 물정 모르는 꼬마 말고는 누구나 그렇게 생각할걸?"

"아니라니까!"

조슈아가 신경질을 내자 막시민은 어깨를 으쓱하며 물러났다.

"내 말 못 믿겠으면 말고. 하지만 난 경험으로 말한 거야. 부모란 작자들은 그다지 믿을 만한 부류가 못 된다고. 자기

썩은 목장의 여름

사정만 생각하고 애들은 안중에도 없지."

조슈아의 부모는 물론 그렇지 않았다. 하지만 그렇다면 왜 부모님은 할아버지도 없는 이곳에 조슈아를 보낸 것일까?

아니, 조슈아를 여기로 데려와 내버리다시피 하고 가버린 사람은 할아버지의 비서였지 아버지나 어머니가 아니었다. 하지만 할아버지가 이곳을 떠난 지 오래임은 명백했고, 그런 곳에 조슈아가 혼자 떨어진 이유는 설명할 방법이 없었다.

부모님은 이걸 몰랐을까? 할아버지에게 속았을까? 시간 약속이 잘못되어 엇갈렸을까? 그런 정도라면 기다리고 있으면 할아버지는 와야 했다. 그러나 벌써 열흘이나 기다렸다.

조슈아의 표정 변화를 보고 있던 막시민은 이윽고 다가와 등을 토닥거렸다. 형이라도 된 듯한 태도였다.

"됐어. 너희 부모가 우리 아버지 같다는 법은 없지. 방금 한 말은 취소할게. 그러니까 그런 고민은 그만하고 내일은 뭘 할지나 생각해보자. 어쨌든 뭐라도 하면서 기다리다 보면 그 노인네가 돌아오긴 할 거 아냐? 여기가 집인데 영영 안 오진 않겠지, 뭐."

조슈아의 기분이 나아지는 기색이 아니자 막시민은 머리를 굴리더니 다시 말했다.

"오늘 저녁은 마을에 가서 먹을까나."

코츠볼트에 온 이래로 마을도 처음이었고 마을 안의 식당도 처음이었다. 마치 옛날이야기에 나오는 음침한 술집처럼 생긴 곳이었다. 그곳에 조슈아와 막시민 같은 아이는 한 명도 없었다. 게다가 두 소년을 둘러싸고 떠들어대고 있는 막시민의 동생들까지 합치니 이상하다 못해 뭔가 잘못된 듯한 풍경이 돼버렸다. 하지만 사람들은 그들을 흘끔대지 않았다. 이곳 사람들은 막시민과 동생들을 잘 알고 있는 모양이었다. 심지어 이 녀석들이 무슨 짓을 하든 신경쓸 필요가 없다는 것까지도.

"자, 먹자!"

성에서 먹던 것과는 많이 달랐지만 나름대로 성찬이었다. 조슈아가 신기해하며 두리번대는 동안 막시민이 멋대로 시켜놓은 요리들이었다. 조금 후 막시민은 조슈아의 어깨를 툭툭 쳤다.

"야, 그렇게 멍청히 있다가는 감자 한 조각까지 내 동생들한테 모조리 뺏기고 말걸."

토마토, 호박, 가지, 버섯 등을 듬뿍 넣고 푹 끓인 양고기 스튜가 주 요리였는데 처음 보는 음식에 망설이던 조슈아도 이내 잘 먹게 되었다. 둥근 빵을 양젖에 적셔 먹는 요령도 금방 익혔다. 익숙해지자 무척 즐거운 식사가 됐다.

"정말 잘 먹었어. 그런데 막시민, 이 음식은 무슨 돈으로 산 거야?"

막시민은 멀뚱한 표정으로 조슈아를 봤다.

"그 노인네 집에서 내가 돈 꺼낼 때 너도 옆에 있지 않았냐? 뻔히 봐놓고 웬 딴소리야?"

"뭐?"

그때 옆에서 막시민의 동생들이 조슈아를 향해 "잘 먹었어!"를 합창했다. 막시민이 피식 웃었다.

"저 자식들은 자기 역할을 너무 잘 안다니까."

조슈아가 시골에서 지낸 지 어느새 한 달이 되어갔다. 하루 사냥해 그날 먹을거리를 마련하는 들짐승처럼 날마다 먹을 것이 없는 두 아이는 오늘은 무슨 짓을 해서 끼니를 때울까 궁리하다가 갑자기 중대한 사실을 깨달았다.

"오늘은 고기를 먹어야지 안 되겠어. 어제는 콩, 그제도 콩, 그 전날엔 깍지콩이었잖아. 이러다간 우리 모두 콩이 되고 말 거야."

심각한 얼굴로 현 상황을 진단한 막시민은 '여우 놀이'를 하자고 말했다. 맏형 격인 막시민과 조슈아, 그리고 둘째 일마를 넣어 원정대를 짰다. 일마는 막시민네 남매 중 유일한 여자아이였는데 달리기가 아주 빨랐고, 결정적으로 고양이 흉내를 실제와 흡사할 정도로 잘 냈다. 막시민은 고양이 흉내가 무척 중요하다고 말했다.

원정대는 저녁이 되기를 기다려 출발했다. 반시간 정도 걷다가 주변이 캄캄해졌을 때 어느 커다란 농가로 접근했다. 조슈아가 귀를 기울여보니 근처에서 꼬꼬댁대는 소리가 요란했다. 막시민이 뒤뜰 울타리 모퉁이에서 원정대를 멈춰 서게 하더니 말했다.

"일마는 여기서 돌을 몇 개 주워가지고 망을 봐. 누가 이쪽으로 오는 것 같으면 얌전한 고양이 울음소리를 내. 그 사람이 더 가까이 오면 돌 한 개를 저기 풀숲 쪽으로 던져. 이걸로 대부분은 해결될 거야. 그러다가 누군가가 우릴 눈치챈 것 같으면 화난 고양이 울음소릴 내. 그리고 돌을 여러 개 한꺼번에 던져버려. 그게 신호야. 그다음에 너는 도망가. 늘 만나는 장소에서 기다리면 돼."

조슈아는 자기한테 하는 말도 아닌데 열심히 들었다. 뭘 하려는지는 몰랐지만 무척 흥미진진했던 것이다. 일마는 이런 일이 익숙한지 씩 웃으며 고개를 끄덕였다.

"자, 그럼 우리 일을 하러 가자, 조."

막시민은 별명 짓기를 좋아해서 언제부터인가 조슈아를 조라고 불렀다. 그런데 조슈아는 뭘 하러 가는지 몰랐으므로 반문할 수밖에 없었다.

"우린 뭘 해야 되는데?"

"잠자코 따라오기나 해. 이제부터 내가 가르쳐줄 테니까."

둘은 살금살금 울타리 안쪽으로 들어갔다. 어느새 닭들은 닭장 안에 들어가 잠들어 있었다. 닭장 문은 닫혀 있었는데 한쪽에 보니 닭 한 마리가 드나들 법한 구멍이 나 있었다. 물론 사람이 들어가라는 구멍은 아니었다.

막시민이 등을 떠밀었다.

"자."

"자아…… 라니, 뭘 어쩌란 거야?"

"가서 닭을 꺼내 와야 할 거 아냐."

"내가?"

"저 구멍으로 내가 들어갈 수 있을 거라고 생각하냐?"

막시민은 못 먹고 자란 아이답지 않게 조슈아보다 키도 크고 그 또래다운 체격이어서 구멍에 들어가는 건 어려울 듯싶었다. 하지만 두 살은 어리게 보일 정도로 깡마르고 빈약한 조슈아는 적격이었다.

그렇지만 조슈아는 자기가 들어가야 할 줄은 생각도 못 하고 있었다. 여우 놀이가 뭔지 몰랐음은 물론이었다.

"난 싫어. 닭을 잡을 수도 없을 거야."

"녀석들은 자고 있어. 어렵지 않아. 네가 번쩍 들고 올 만한 조그마한 놈으로 하나 데려오라고."

"하지만, 닭이…… 싫다고 하면?"

"그럼, 네 녀석들도 우리 할아버지의 땅에서 자란 풀을 먹

242
—
데모닉 1

고 자란 양들의 고기와 젖을 먹고 살아가는 너희 주인이 준 모이를 얻어먹지 않았느냐고 설득해."

"……."

결국 조슈아는 떠밀리다시피 닭장 안으로 기어 들어갔다. 막시민의 눈썰미는 정확해서 조슈아는 아슬아슬하게 구멍을 통과했다. 그러나 막시민의 계획은 당사자인 닭들의 의견을 전혀 고려하지 않은 것이었음이 곧 밝혀졌다.

푸드드드득! 꼬꼬꼬!

한 마리가 깨어나자 연달아 잠에서 깬 닭들이 소란을 떨어대어 조슈아는 닭을 설득하고 말고 할 여유도 없었다. 울타리 밖에서는 고양이 소리와, 돌 던지는 소리와, 화난 고양이 소리가 거의 동시다발적으로 들려왔다. 이어서 여러 개의 돌이 날아가 뭔가를 박살내는 소리, 그리고 어이쿠 하고 비명을 지르는 소리까지 들렸다.

조슈아는 자신이 절체절명의 위기에 몰렸다는 판단이 섰다.

막시민과 일마가 아직도 울타리 밖에서 기다리고 있으리란 기대는 하기 힘들었다. 혼자 뒤늦게 뛰어나가봤자 달려온 주인 가족에게 붙들리기 딱 좋을 테니 독 안에 든 쥐는 이런 신세를 보고 하는 말일 것이다. 붙잡힌다면 창피를 당하는 건 물론이고 할아버지의, 그리고 부모님의 체면까지 구기게 될지 모른다.

그렇게 생각하는 순간, 시골로 온 후 한 번도 제대로 사용하지 않았던 조슈아의 머리가 단번에 감각을 되찾았다. 조슈아는 즉시 닭장 문을 건 빗장을 풀고 문을 열어젖혔다. 그리고 안에서 가름대를 하나 뽑아 들고 냅다 닭들을 밖으로 몰아댔다.

꼬꼬댁! 푸드덕!

수십 마리의 닭들이 깜짝 놀라, 또는 잠에서 덜 깬 상태로 뒤뜰로 몰려가기 시작했다. 말 그대로 대탈주였다. 닭들이 막시민이 도망칠 때 열어놓고 간 울타리 밖으로 뛰어나가기 시작하자 주인 가족들은 닭들을 잡아들이느라 혼비백산하여 뛰어다녔다. 그 틈을 타 조슈아는 기다시피 맞은편 울타리 틈새로 빠져나갔다. 역시 몸집이 작은 것이 큰 도움이 되었다.

빈손으로 막시민과 약속한 장소에 도착한 조슈아는 곧 어이가 없어 입을 딱 벌렸다.

"어, 왔냐?"

불빛도 보이지 않는 산기슭 바위 뒤에 막시민과 일마, 그리고 다른 동생 셋까지 어느새 쫓아와 옹기종기 앉아 있었다. 그들 가운데 닭 한 마리가 포위된 채 오도 가도 못하고 푸덕거리는 것이 보였다.

다섯째 안톤이 작은 삽으로 열심히 땅을 파고 있었다. 땅속에 불을 피우려는 모양이었다. 안톤의 삽질은 형편없었지만 동생의 고집을 아는 막시민은 느긋하게 바라볼 따름이었다. 조슈아가 닭을 곁눈질하며 물었다.

"어디서 잡은 거야?"

"어, 아까 네가 밖으로 쫓은 닭 중에 한 마리와 협상이 성립됐지. 잘 몰아대던데."

막시민은 천연덕스럽게 대꾸하며 조슈아를 손짓으로 불렀다. 조슈아는 약간 토라진 체하며 말했다.

"자기들끼리 도망치다니 치사하잖아."

"아, 뭐 도망친 건 맞는데, 난 처음부터 널 걱정하진 않았어. 처음 계획이 틀어지긴 했지만 너라면 혼자서도 잘 빠져나올 거라고 확신했다고. 그 영감이 정말로 너네 작은할아버지라면 너도 꽤 똑똑하겠지. 안 그러냐?"

막시민은 지금껏 조슈아를 어떻게 생각하는지 한 번도 말한 일이 없었다. 할아버지를 칭찬한 일도 없었다. 그러나 무엇보다 조슈아를 흠칫하게 한 것은 할아버지가 자신과 비슷한 사람일지도 모른다는 상상이었다. 대책 없이 이런 곳에 보내진 이유를 지금껏 몰랐는데, 혹시 그래서였다면?

조슈아는 속으로 약간 떨면서 물었다.

"할아버지께서 머리가 좋으셔?"

"글쎄, 그런 것 같긴 하던데. 혹시 너도 그 뭐냐…… 아무 숫자나 순식간에 곱하고 더하고 나누고 그러냐? 뭘 읽으면

245
—
썩은 목장의 여름

저절로 외우고, 어때?"

그런 말을 아무렇지도 않게 하면서 막시민은 곁눈으로 안톤이 구멍을 다 팠나 흘끔 봤다. 대충 된 것 같자 닭 모가지를 움켜쥐었다가 생각을 바꾼 듯 조수아를 봤다.

"네가 해볼래?"

"뭘?"

"닭 잡는 거 말이야."

조수아는 질겁하며 고개를 흔들었다.

"시, 싫어, 그런 거."

"그러지 말고 한번 해봐. 모처럼 시골에 왔는데 닭 정도는 잡아봐야지."

옆에서 일마가 킬킬 웃었다.

"오빠가 언제 닭을 잡아봤어? 닭은커녕 덫에 걸린 참새 목도 못 누르면서. 이리 내놔, 내가 할게."

닭장 소동은 그날로 끝난 것이 아니었다. 다음날 막시민의 집에 네 소년이 들이닥쳤다. 닭 키우는 농가의 아들들과 사촌으로, 막시민 또래이거나 몇 살 나이가 많고 몸집도 좋은 아이들이었다.

그들은 이런 짓을 할 사람은 마을에서 가장 가난뱅이인데다 꼬마들끼리 사는 막시민네밖에 없다고 짐작했다. 또한 그들 모두는 잔뜩 화가 나 있었다. 소란통에 막시민이 잡아온 닭 말고도 서너 마리가 더 없어진데다, 캄캄한 밤에 닭들을 찾느라 온 가족이 동원되어 새벽녘까지 잠을 설쳤던 것이다.

물론 그들의 짐작은 맞았지만 증거가 있었던 건 아니었다. 마침 막시민은 조슈아네 집에 가고 없었고, 오빠 못지않게 입이 걸고 성질도 만만찮은 일마가 나서서 그 애들을 상대했다.

"막시민 어딨어?"

"오빠는 나가고 없어."

"도망친 거지? 우리가 온다는 걸 미리 알았지?"

일마는 픽 웃었다.

"나도 너네들이 왜 왔는지 모르는데 오빠가 그런 걸 알 리 있겠어?"

"시치미떼지 마! 어제 우리 농장에서 닭 다섯 마리를 훔쳐갔지?"

"뭐? 닭 다섯 마리? 지금 장난하니? 우리집 뒤져봐! 닭 다섯 마리가 어디서 나오냐!"

"물론 나올 리가 없지! 어젯밤에 싹 다 먹어치웠을 거 아냐?"

"그럼 우리가 일 인당 닭을 한 마리씩 먹었단 말이야? 저기 저 작고 약한 안톤이? 삶은 콩 한 접시만 먹으면 배 두드리는 리하르트가? 말도 안 되는 소리 좀 작작해라, 애."

"그…… 그런 건 상관없어! 어쨌든 너희가 가져갔을 게 틀림없으니까! 너네들 말고 그런 짓거리 할 사람은 아무도 없어!"

"우기지 말고 증거를 대, 대보라구! 우리집에서 닭털 한 개라도 나오면 내가 너네 집에 가서 무릎 꿇고 싹싹 빌게! 알았어? 지금 당장 뒤져봐, 얼른!"

일마는 대뜸 부엌에 들어가 부지깽이를 들고 나오더니 그 애들더러 집안으로 들어가라고 몰아댔다. 리하르트와 안톤은 자기들한테 주어진 역할을 금방 알아차렸다. 그들은 방구석에 나른하게 드러누워 일마가 말한 '닭 한 마리를 절대로 다 먹지 못하는' 빈약한 아이들을 연기하기 시작했다.

쳐들어온 아이들은 점점 열이 올라 얼굴이 빨개졌다. 일마가 닦달하는 바람에 형식적으로 집안을 뒤져보다가 사실상 증거를 찾아내는 것이 불가능함을 알아차리고 우르르 밖으로 나갔다. 그런 다음 저들끼리 쑥덕거리다가 닭 키우는 집 맏아들이 나서서 말했다.

"증거 따윈 너네들이 일찌감치 감췄을 테니까 당연히 없지. 막시민이나 너나 약삭빠르고 교활하니까 말이야. 하지만 너네들이 닭을 훔쳐간 건 분명해! 우리 엄마도 그렇게 말했어. 틀림없다고 말이야."

일마는 상대방의 빈약한 논리를 비웃었다.

"너네 엄마가 재판장이니? 수도원장님이니? 어째 너네 엄마가 말하면 그게 분명한 일이야? 그거참 엄청 궁금한 일이다."

"시끄러워! 하여튼 너네는 혼나야 돼. 일마 리프크네, 너는 여자니까 막시민한테 우리랑 싸우자고 전해. 저기 언덕 위에 있는 풍차간으로, 오늘 저녁 먹은 다음에 오라고 말이야. 알았어? 막시민 상대는 내가 할 거다!"

일마가 웃긴다는 듯 피식거리고 있자 다른 녀석이 거들었다.

"막시민한테, 겁나면 어제 먹은 닭털을 갖고 와서 빌라고 전해라!"

그들은 금세 신이 나서 자기들끼리 손바닥을 마주치며 좋아하더니 우우 가버렸다. 일마는 어깨를 으쓱하며 동생들에게 말했다.

"오빠가 저런 바보들을 상대하러 갈 리가 있겠어?"

"누나! 근데 이제 그만 일어나도 되지?"

일마는 키득키득 웃으며 아직까지도 바닥을 구르고 있는 동생들에게 손짓했다.

"그래. 기어 다니는 건 이제 그만둬. 그런 건 한 살 되기 전에 졸업했잖니."

그때 막시민은 조슈아와 함께 강둑에 앉아 있었다. 오늘은 물고기가 많았다. 강둑에 앉아 내려다보면 햇빛을 받은 고기

등이 빛나는 것이 보이곤 했다. 둘은 반짝임을 세었다. 한 마리가 첨벙, 하고 뛰어올랐다가 사라졌다. 조슈아가 중얼거렸다.

"쟤들은 어디로 갈까?"

"글쎄. 바다?"

막시민은 헤아리기 위해 모아놓았던 돌멩이 한 개를 강에 던져 넣었다. 서른 개 모아뒀는데 이제 열일곱 개 남았다.

여름은 평화로웠다. 시간이 먼 숲에서 나는 꿀벌 소리처럼 나른하게 흘러갔다. 졸음이 절로 쏟아졌다.

"너 바다 가봤어?"

"야, 난 아직 이 동네를 떠나본 일도 없거든?"

조슈아는 돌멩이를 다시 하나 던져 넣으며 말했다.

"나도 이번에 여기 오기 전엔 켈티카에서만 살았어."

"켈티카는 큰 도시니까 그래도 재미있겠지. 여긴 따분한 시골이잖아."

"난 여기가 더 재밌는데. 배는 좀 고프지만."

"좀 고프냐? 난 많이 고프다."

"바다에 가봤으면."

"저기 흘러가는 구름이 삶은 감자로 보인다."

"바다는 무척 멀겠지?"

연관성 없는 문답이 오갔지만 둘 다 상관하지 않았다. 조금 후 막시민이 벌렁 드러누워 팔베개를 하며 말했다.

"바다가 얼마나 먼데 거길 가냐. 모르긴 해도 이 동네에서 바다 봤다는 사람 한 명도 없을걸. 그런 거보다 좀더 실질적인 문제에 관심을 가져봐. 슬슬 배가 고파오는데 저 아래 꼬마 마스네 집에 가면 먹을 만한 게 있을까, 라든가."

"막시민, 우리 언제 같이 바다에 가지 않을래?"

동문서답도 정도가 있었다. 막시민은 얼굴을 찌푸리며 대꾸했다.

"됐어. 먹고살기도 바쁜데 가긴 어딜 간다고 그래."

"먹고살기 바쁘지 않으면 갈 수 있어?"

막시민은 도로 몸을 일으켰다. 조슈아는 다시 돌멩이 한 개를 강에 던져 넣었다.

"바다에 왜 가려는 건데?"

"누나가 거기 살아."

막시민은 조슈아에게 누나가 있다는 얘기를 처음 들었다. 하지만 반응은 시큰둥했다.

"누나가 사는 데 너나 가지, 왜 나까지 가야 되냐?"

"심심한데 좀 같이 가면 어때."

"가면 누나가 있다면서?"

"누나한텐 매형이 있어. 둘은 엄청 사이가 좋아서 나 같은 건 낄 자리도 없을걸."

"그럼 뭐하러 누나 만나러 가냐? 나 같으면 안 가고 만다."

조슈아는 돌 세 개를 한꺼번에 던져 넣었다. 막시민은 반짝임이 몇 개 지나갔는지 보지도 못했다고 생각했다.

"그래도 누나는 보고 싶어. 딱 한 번만 먼발치에서 보고, 누나가 날 알아보기 전에 도망쳐서 다른 데로 갈 거야. 그냥한 번만 봤으면. 변장을 하고 가면 들키지 않을 거야."

"너네 누나가 바보냐? 변장한다고 못 알아보게."

조슈아는 잠시 가만히 있다가 말했다.

"못 알아봐. 누나 바보야."

둘은 한동안 말이 없었다. 첨벙, 첨벙, 돌멩이가 수면을 가르는 소리만이 다섯 번 연속해서 들렸다. 갑자기 막시민이 벌떡 일어났다.

"가자!"

조슈아는 영문도 모른 채 끌려 일어나 강 맞은편 둑으로 내려갔다. 둘이 간 곳은 막시민이 아까 말한 꼬마 마스네 집이었다. 막시민은 늘 그렇듯 바로 집으로 들어가지 않고 약간 떨어져 세워진 저장고 쪽으로 돌았다. 주변에 사람이 없는 것을 확인한 다음 저장고 문을 슬쩍 열고 들어갔다가 무언가를 쥐고 나왔다.

"자, 저기까지 가서 먹자."

막시민이 꺼내 온 것은 불그레하고 딱딱한, 이상스러운 음식이었다. 조슈아는 약간 거부감을 느끼며 물었다.

"이게 뭐야?"

"말린 쇠고기야. 맛있어."

쇠고기라는 말에 마음이 놓여 한입 뜯어봤다. 질깃질깃했지만 짭짤한 게 꽤 맛있었다. 둘은 풀밭에 마주앉아 말린 쇠고기 세 조각을 금세 먹어치웠다. 비취반지 성의 요리장이 이 광경을 보았더라면 무척 억울했을지도 모른다. 오늘은 무엇을 만들어야 도련님이 잘 드실까 날마다 얼마나 고심했던가. 그 입맛 까다롭던 조슈아 도련님은 짜고 맵고 딱딱한 쇠고기를 싹 먹고는 손가락까지 싹싹 빨며 더 먹고 싶다고 했지만 막시민이 고개를 저었다.

"이 정도가 넘어가주는 한계야. 더 가져오면 마스네 엄마도 눈치채고 싫어한다고."

보호자 없이 아이들끼리 사는 막시민네 남매가 이것저것 '서리'를 하며 끼니를 이어가는 비결이 거기에 있었다. 마을 사람들은 자기들도 살림이 빠듯하다 보니 대놓고 도와주진 않았지만, 지나치지 않는 선에서 이 아이들의 생존법을 어느 정도 눈감아주었다. 모든 사람이 너그럽진 않아도 불쌍한 아이들한테 지나치게 야박하게 군다면 이웃의 빈축을 사게 된다. 물론 가장 이상적인 방법은 뭘 손댔는지 모를 정도로 요령 좋게 조금씩 뜯어내는 것임을 막시민과 동생들은 잘 알고 있었다.

그런데 조금 지나자 목이 몹시 말라왔다. 그들이 먹은 쇠고기는 맨입에 먹기엔 지나치게 짰다.

"목마르다. 우리 강물 마시러 갈래?"

막시민은 고개를 저으며 다른 쪽을 손가락질했다.

"그럴 줄 알았지. 따라와. 더 좋은 게 있어."

막시민은 처음부터 조슈아를 데려가고 싶은 곳이 있었던 것 같았다. 두리번대지도 않고 강둑을 따라 걸어서, 먼발치로 조슈아네 집이 보이는 풀밭을 지나고, 야트막한 언덕을 올라갔다가 내려갔다. 조슈아는 목이 바짝 말랐지만 일단 따라가보자는 생각으로 열심히 뒤를 쫓아갔다.

둘은 이윽고 산기슭에 세워진 수도원에 도착했다. 코츠볼트 사람들은 흔치 않게 신을 믿어서 이 수도원이 그들의 교당 역할을 하고 있었다. 좌우로 늘어선 붉은 지붕들을 지나 앞을 가로막다시피 뻗은 열주회랑列柱回廊을 에둘러 따라갔다. 수도원 본당 뒤로 돌아가니 곧 허브밭이 나왔다.

"아인트 수도사님!"

막시민의 외침에 허브밭을 돌보던 수도사 가운데 한 명이 돌아보았다. 그는 반색을 하며 옷에 묻은 흙을 털고 밭 밖으로 나왔다. 막시민이 빙그레 웃어 보였다.

"목이 말라요."

그러자 수도사가 조슈아를 흘끔 봤다.

"쟤도?"

조슈아는 물을 찾으러 여기까지 왔나 싶어 고개를 갸웃했다. 늙수그레한 아인트 수도사는 아이들처럼 싱글거리며 둘에게 따라오라고 손짓했다. 수도원 한쪽에 선 둥근 탑으로 들어갔던 그는 잔 두 개를 갖고 나타났다.

"자, 마셔라."

조슈아는 목이 마른 나머지 맛도 보지 않고 서너 모금 들이켜다가 그만 도로 뱉을 뻔했다. 씁쓸하고, 시큼하고, 삼킨 목구멍이 따끔거리는 이상한 음료였다. 막시민을 보니 녀석은 금방 다 마셔버리는 것이 아닌가.

막시민은 입맛을 다시다 말고 반쯤 남은 컵을 들고 있는 조슈아를 보더니 큰 소리로 웃어댔다.

"왜, 못 마시겠어? 맛이 이상해?"

"이게 뭐야? 물은 아니잖아?"

"먹다 보면 무척 맛있는 거야. 처음 먹을 때만 맛없지."

"이게 맛있다고?"

"그럼. 이리 줘봐."

막시민은 조슈아가 남긴 것도 다 마셔버리고는 수도사에게 더 달라고 졸라댔지만 수도사는 고개를 저으며 "그 이상은 안 돼. 어르신과 약속했잖아"라고 잘라 말했다.

"뭐, 할 수 없죠. 그럼 그만 갈까."

조금 전에 온 길을 되짚어 나오는데 무언가 이상했다. 주변 풍경이 달라진 것 같기도 하고, 자기 자신이 달라진 것 같기도 하고……

"저, 막시민."

"왜?"

"저기 말이야, 저 나무가 왜 움직이지? 구불구불 뱀 같은데."

"아, 그거?"

막시민은 아무것도 아니라는 듯 키득 웃고는 대꾸했다.

"본래 그래. 이 수도원의 명물이지."

"그럼 저기 튀어나온…… 흙더미들은? 올 때는 길이 고르던 것 같은데 왜 이래?"

"땅바닥이 구불거리냐? 뭐, 그것도 이 길의 특징이야. 뭐랄까, 잘 가라는 작별의 춤인가 보다 하면 돼."

"이상한 수도원이네?"

"응, 그래. 혹시 빨간 지붕들이 허공을 떠다니거나 하지는 않냐?"

"음…… 그렇진 않고, 자꾸 자기들끼리 연결되고 있어."

"어, 그렇구나. 그거 새로운 현상인데."

그때 조슈아가 갑자기 막시민의 팔을 와락 잡아당기며 외쳤다.

"조심해!"

막시민은 앞으로 자빠질 뻔했다가 겨우 자세를 바로잡으며 신경질적으로 물었다.

"왜 또 그래?"

"저 바위가 너한테 굴러오는 것 같았는데……. 어, 그런데 지금은 괜찮네?"

"……괜찮은 게 당연하단 말이다."

수도원을 나와 지평선을 향해 뻗은 목양지를 한동안 걸어갔다. 조슈아는 점점 눈앞이 돈다고, 또는 흙바닥이 자기에게 덤벼든다고 횡설수설 지껄이더니 결국 풀밭에 누워버렸다. 막시민이 물었다.

"기분이 어때?"

"좋은 것 같아."

"그럼 됐지, 뭐."

둘은 나란히 누워 하늘을 봤다. 머리 위로 날벌레들이 흩날려갔다. 머리 흰 풀들이 쌍곡선과 호와 직각을 그리며 엉켜 돌아갔다. 흑갈색 설탕처럼 단내 나는 흙속에 여기서 반짝, 저기서 반짝 하는 것들은 석영 조각일까, 덜 마른 이슬일까, 죽은 딱정벌레의 껍질 조각일까.

"막시민."

"말해."

"내가 먹은 그거…… 술이지?"

"그래. 이제 알았냐?"

"그런 거 먹어도 될까?"

"네가 생각하기 나름이지. 솔직히 바람직하다고 하긴 어렵지."

"그런데 넌 왜 마시는 거야?"

"글쎄. 너네 작은할아버지께서 말씀하시는 대로라면 '인생이 힘들어서'가 아닐까."

술을 마신 막시민은 평소와 달리 보통 사람 같은 말투로 중얼거렸다. 조슈아는 하늘이 빙글빙글 도는 게 신기하다고 생각하면서 물었다.

"왜 인생이 힘든데?"

"먹고살기가 너무 힘들어."

막시민과 동생들의 생활이 힘든 것은 사실이었지만 막시민이 그런 말을 입 밖에 낸 적은 없었다. 늘 자신만만하게 굴었기에 조슈아는 막시민이 자기와 어울려 놀듯이 생활을 즐기고 있는 줄로만 알았다.

"돈이 많으면 좀 편해질까?"

"글쎄. 돈으로 해결되는 것도 있고, 아닌 것도 있겠고. 넌어때?"

"나?"

258
—
데모닉 1

"삶이 평화롭냐고."

구름들이 서로 손을 잡고 윤무를 추기 시작했다. 눈을 감았다 떴다 반복해봤지만 윤무는 점점 더 빨라질 뿐이었다.

"별로 힘들다고는…… 생각하지 않았어."

"거짓말하지 마. 아니 뭐, 거짓말이 아닐 수도 있겠지. 몰라서 그럴 수도 있으니까."

"내가 뭘 모르는데?"

"결혼했다는 너네 누나, 그 사람에 대해 부담스럽게 생각하고 있잖아. 그 사람한테 빚진 기분인 것 같던데."

"내가?"

"그리고 부모님의 기대가 큰 거지? 이것저것 잘해내라고 강요하거나, 여러 명의 가정교사한테 둘러싸여 공부에 시달렸다거나 그런 거 아니야?"

조슈아는 별 생소한 얘기를 다 듣겠다는 것처럼 고개를 절레절레 저었다.

"전혀. 우리 부모님의 절대적 희망은 내가 놀기만 하는 거야. 아무것도 안 외우고, 아무것도 안 배우고. 내가 너무 많이 알면 일찍 죽을지도 모른다고 생각하시는 것 같더라고……."

막시민은 갑자기 벌떡 일어나 앉더니 안경을 고쳐 썼다. 기분이 나빠진 모양이었다.

"아니라고? 지금 내 추리가 틀렸다는 거야?"

그즈음 조슈아는 구름들이 팽글팽글 돈다고 느껴져 도저히
눈을 뜨고 있을 수가 없었다. 막시민이 옆에서 화난 목소리로
뭐라고 떠들어댔지만 대답을 할 상태가 아니었다. 겨우 이 한
마디만 했다.

"졸음이 오는 것…… 같아."

하늘엔 한 번도 빙빙 돈 일이 없는 구름이 흐르고, 두 꼬마
가 감당하기엔 지나치게 유쾌한 여름 또한 흐르고 있었다.

풍차간의 악마

내가 네 친구인 걸 후회하지 않게 해줘. 진심으로, 후회하고 싶지 않아.

아니, 넌 틀림없이 후회하게 될 거야. 물론 그후로도 여전히 내 친구겠지.

❧

막시민이 결투 신청을 전해 들은 것은 저녁 무렵이 다 되어서였다. 이즈음 조슈아는 머리가 지끈거리고 아파서 양미간을 싸쥐고 있었다. 생전 처음 마신 서너 모금의 술이 머릿속을 삼 년쯤 정리 안 한 장롱처럼 뒤죽박죽으로 만들어놓았다.

막시민이라고 상태가 좋지는 않았다. 조슈아 앞에서 잘난 체하느라 좀 무리했던 것이다. 어쨌든 막시민은 둘이 쓸데없는 객기를 부리게 된 책임을 모조리 술, 술 만드는 곳으로 데려간 본인, 그 본인에게 술을 준 수도사에게 돌려야 한다고 떠들어대다가 일마에게 싸움 얘기를 듣더니 낄낄대며 말했다.

"뭐, 싸움? 그 자식들이 웃기네. 내가 가서 풍차 날개로 몇 대 때려주고 올게."

"풍차 날개는 어떻게 뽑는데?"

"응, 일단 풍차간을 번쩍 들어 눕힌 다음, 이쪽 발로 밟고서 한 개씩 차례대로 떼면……."

"오빠! 무슨 소릴 하는 거야? 풍차간에 가긴 왜 가? 뭘 그런 것에 일일이 대응하려고 해?"

"놈들을 무시하면 뽑아놓은 풍차 날개는 어쩌란 말이냐? 아, 괜스레 풍차 날개는 뽑아가지고 본의 아니게 싸움질을 하게 되었구나. 이 일을 어쩐단 말인가. 오호통재라. 아까 풍차 날개 뽑자고 한 놈이 누구야?"

머리가 아플 뿐 정신은 돌아온 조슈아가 말했다.

"너야."

일마는 술냄새를 맡은 듯 이미 좋은 표정이 아니었다.

"빌어먹을 오빠야, 웬만하면 정신 좀 차려줄래?"

"지금 내가 정신이 없다고 생각되냐, 사랑하는 동생아?"

남매는 한참 툭탁거렸지만 결국 꼬마 술꾼의 고집이 입심 좋은 누이동생을 이겼다. 사실 이기고 지고는 별 의미도 없었다. 일마는 혀를 차며 잘해보라고 한마디 던지고는 밖에 널어놓은 이불을 걷으러 가버렸다.

막시민은 실실 웃으며 검지를 허공으로 쳐들더니 외쳤다.

"가자, 조!"

"……머리가 더 아파진다."

막시민이 남은 술기운 때문에 무모한 싸움에 덤벼든 것은 아니었다. 싸움으로 말할 것 같으면 막시민은 그럭저럭 동네 골목대장 정도는 됐다. 안 그랬다면 지금 같은 방식으로 동생들을 데리고 살아올 수도 없었을 것이다.

저녁 바람을 받으며 언덕을 올랐다. 큰 손가락 같은 바람이 풀을 휘저어댔다. 저만치 풍차 날개가 석양에 단 쇠처럼 발갛게 빛나고 있었다. 막시민은 올라가면서 이 풍차간이 밀 수확철에만 돌아가고 평소엔 멈춰 있는 경우가 많다고 말해주었다. 근방에 목양지는 많아도 밀 경작지는 적기 때문이었다. 오늘도 풍차간 제분소에는 어른 한 명 없었다.

조슈아는 들어가기 전에 무심코 풍차간의 모양새를 살펴봤다. 좁고 높다란 건물이었다. 벽은 석양 아래 붉은 진줏빛이 감도는 이 지방 특유의 거칠거칠한 돌, 코츠볼트석으로 만들어졌다. 주변에는 봄밀을 탈곡하고 남은 밀짚 묶음이 아직 쌓

여 있었다. 입구는 두 군데였다. 정면의 문, 그리고 뒷벽에 작
은 문이 하나 더 있었다.

안으로 들어가보니 풍차간 안에도 짚단이 수북했다. 빈 밀
가루 포대들도 한쪽에 쌓여 있었다. 조슈아는 들고 온 램프를
구석에 놓았다. 짚에 불이 붙었다간 큰일이었다.

"야, 저 자식 왔네."

"저기 있다."

풍차 날개와 연결된 가로대에 올라앉아 있던 애들이 슬슬
내려왔다. 닭장 소동을 일으킨 장본인은 사실 조슈아였지만
이 싸움에서 그런 점은 중요하지 않았다. 저쪽에서는 조슈아
가 한 일을 몰랐고, 조슈아는 막시민이 싸운다니까 그냥 그런
줄로만 알고 아무 생각 없이 밀짚 더미 위에 앉아 있었다.

막시민은 겉저고리 주머니에 손을 찌른 채 특유의 껄렁한
태도로 애들을 맞았다.

"오, 넷이나 왔네?"

"닭 도둑놈아, 준비는 됐냐?"

성큼성큼 다가온 몸집 큰 녀석이 멧돼지처럼 들이받으며
선제공격을 날렸다. 먼지가 풀풀 날리는 가운데 두 녀석이 뒤
엉켜 몇 바퀴 구르고, 다시 일어났다. 막시민은 여유작작하게
손끝을 펴서 까딱거려 보이며 말했다.

"좀더 나은 걸 보여주라고."

다시 부딪쳐왔다. 막시민은 상대 아이보다 날래서 잘 피했지만 자기도 발을 헛디뎌 한쪽 다리를 들며 중심을 잡아야 했다. 달려온 녀석에게 나름대로 주먹을 한 대 먹였고, 상대는 멱살을 움켜쥐려고 두 손 다 동원해 헛손질을 해댔다. 이리저리 밀리고 피하다 보니 어느새 두 녀석은 조슈아와 멀찍이 떨어졌다. 곧 킬킬거리는 웃음소리가 들려왔다. 막시민이었다.

"잡아봐, 얼른."

조슈아는 어려서 아버지가 기사들과 연습 대결을 벌이는 광경을 구경하곤 했다. 조슈아의 아버지는 신체 단련을 게을리하지 않아서 검이나 창은 물론 맨손 싸움에도 뛰어났다. 기사들은 대부분 아버지에게 졌다. 기사들이 일부러 져준 것이 아니라 실제로 아버지가 더 뛰어났다.

반면 조슈아는 싸움을 전혀 몰랐다. 배워보지도 않았고, 하고 싶다고 생각한 적도 없었다. 그런데 어둠 속에서 들려오는 소리와 언뜻언뜻 비치는 움직임을 보고 있자니 그들의 몸놀림을 대략 알 것 같은 느낌이 들었다. 어려서 보았던 장면들이 부분적으로 겹쳐지면서 소리와 움직임이 이어지기 시작했다. 마치 모나 시드의 음악실 앞에서 그랬던 것처럼.

그러나 같을 리가 없다. 엉터리 상상이겠지. 그는 마음속에서 심상을 지워버리고는 짚더미에 비스듬히 기대 팔베개를 했다.

"아, 방금은 제법이었는데."

막시민이 웃으면서 말했지만, 이어 콜록거리며 침을 뱉는 소리가 들려왔다. 그런데 조금 후 나지막이 으르렁거리는 소리가 겹쳐졌다. 조슈아는 불현듯 깨달았다. 저건 사람의 소리가 아닌데?

한 소년이 씩씩거리며 외쳤다.

"자, 가서 물어!"

그르르…… 컹!

어둠 속에서 거무스름한 네발짐승이 튀어나왔다. 조슈아는 눈을 크게 떴다. 말리고 어쩌고 할 틈도 없었다. 막시민이 소리를 질렀다.

"젠장, 이건 무슨 짓이야!"

"쉿! 물어! 물어뜯어!"

"네 옷으로 훈련시켰으니까 네 냄새라면 환장을 할걸?"

개였다. 아이들 몸집만큼이나 크고 사나운 검정개였다. 어느새 멀찌감치 떨어진 소년들은 저마다 소리를 지르며 개를 부추기느라 신이 났다. 반면 조슈아는 얼굴이 새파래졌다. 어둠 속에서 개와 한덩어리가 된 막시민이 어떻게 됐는지 알아내기란 불가능했다. 하지만 비명 소리조차 들리지 않는 걸로 보아 이만저만 위험한 상태가 아니었다.

"그만둬! 죽는단 말이야!"

조슈아는 짚단에서 뛰어내렸다. 소년들은 조슈아의 말을 들은 척도 하지 않았다. 이런 어둠 속에서 무슨 일이 벌어질지 모르는데, 단지 개가 막시민을 혼내주기만 할 거라고 생각하는 모양이었다.

"그만두라니까!"

조슈아는 달려들려다가 멈칫했다. 자신의 조건을 판단했던 것이다. 막시민보다 훨씬 작고 빈약한 자신이 힘으로 개를 떼어놓을 가능성은 전혀 없었다. 조슈아는 한 번 더 비명에 가까운 외침을 울렸다.

"당장 멈추란 말이야!"

합창단 솔리스트로 단련된 고음이 풍차간 전체를 공명시켰다. 모두 놀라 조슈아를 쳐다보고 개조차도 잠시 움직임을 멈췄다. 짧은 침묵 뒤에 한 명이 대꾸했다.

"왜 우리가 네 말을 들어야 해? 그나저나 넌 누구야? 참견 말고 썩 꺼져."

조슈아는 숨을 몰아쉬다가 몸을 홱 돌렸다. 한쪽 구석에 두었던 램프가 눈에 띄었다. 당장 달려가 램프를 집어 쳐들며 소리쳤다.

"멈추지 않으면 풍차간에 불을 질러버리겠어!"

소년들은 곧이듣지 않고 웃어댔다.

"불을 질러? 할 수 있으면 어디 한번 해봐!"

"괜히 큰소리쳐보는 거지? 병신……."

그때 소리 한번 지르지 않던 막시민이 몸을 빼서 일어나려 했다. 조슈아의 외침 때문에 막시민을 잠시 놓았던 개가 펄쩍 뛰어오르며 다시 그를 쓰러뜨렸다. 으르렁거리는 소리와 함께 개와 사람이 바닥을 뒹굴었다. 소년들은 여전히 조슈아가 불을 지를 리 없다고 생각하는지 웃음소리만 냈다.

그리고 조슈아는 짚단 위에 램프를 내던졌다.

화르륵…….

벽에 부딪혀 등갓이 깨지면서 기름 묻은 심지 전체로 불이 옮겨갔다. 기름이 쏟아지고 곧 짚더미는 불덩이로 변했다.

"저, 저……."

소년들은 할말을 잃었다. 그들은 조슈아를 무시했던 것이 아니었다. 다른 누가 그런 말을 했다 해도 곧이듣지 않았을 것이다. 짚으로 가득찬 이곳에 불을 질렀다가는 금세 풍차간 전체로 번질 것이고, 그 불길은 마을 사람들이 모두 달려와도 잡기 어려웠다. 안에 있는 조슈아 본인도 위험해질 것이 뻔했다. 불을 지를 리 없다고 생각하는 것이 너무나 당연했다.

불길은 삽시간에 풍차간 내부의 3분의 1을 집어삼키며 입구 쪽을 가로막아버렸다. 소년들은 반쯤 정신 나간 표정이 됐다. 개도 막시민을 놓고 빠져나갈 곳을 찾느라 컹컹대며 뛰었다.

"야, 이 미친놈아! 우릴 다 죽일 참이야?"

그런데 조슈아만은 이상할 정도로 놀라지 않았다. 그는 이럴 줄 몰랐느냐는 것처럼 담담한 얼굴로, 심지어 미소까지 지으면서 물었다.

"난 분명 너희하고 협상하려 했잖아? 하지만 너희가 거절했어. 내가 불을 지르지 않았으면 너희는 끝까지 막시민을 놓아주지 않았겠지. 내가 막시민 한 명이 죽도록 놔두겠니, 아니면 너희까지 다 죽도록 하겠니?"

소년들이 무슨 의미인지 몰라 서로 마주보는 가운데, 조슈아는 불길 때문에 언뜻 무시무시하게 보이는 얼굴로 말을 맺었다.

"협상이 결렬됐으니 당연히 다 죽어야겠지?"

소년들은 넋이 나갔다. 저 녀석은 정말로 미친놈이었다. 한 명이 떨면서 소리쳤다.

"악마!"

조슈아가 태연하게 말을 받았다.

"그 말 맞아. 난 악마야. 어려서부터 그 말을 들었어."

그 말과 함께 조슈아는 자신 속에 숨겨뒀던 가면을 하나 꺼내들고 자연스럽게 새로운 배역에 적응하는 자신을 발견했다. 그는 곧 누워 있는 막시민에게 다가갔다. 막시민은 피를 많이 흘렸지만 아직 정신이 있었다. 물론 그도 어이없는 표정이었다.

"야, 지금 이걸 고맙다고 해야 되는 거냐?"

막시민이 올려다본 조슈아는 괴물처럼 침착한 표정이었다.

"조용히 해. 일어날 수 있어?"

"글쎄다."

막시민은 한쪽 다리를 심하게 물렸다. 걷기는 힘들 것 같았다. 조슈아의 힘으로는 부축해서 움직이기도 쉽지 않았다. 조슈아는 눈으로 뒷문을 찾았다. 어디였더라?

불이 타오를수록 주위는 아수라장이 됐다. 이제 불길은 나무로 된 곳까지 옮겨 붙었다. 벽도 나무였으면 무너지기라도 했을 텐데, 돌로 된 벽은 내부만 지옥으로 만들었다.

개가 제일 먼저 불길을 뚫고 탈출했다. 다른 아이들도 머뭇대다가 개가 나간 쪽으로 하나둘 뛰어나갔다. 불붙은 문짝이 넘어지는 것을 본 조슈아가 다시 막시민을 봤다.

"내 어깨를 잡고 일어나봐."

"그런 소릴 하려면 일단 어깨부터 낮춰봐."

둘은 누가 누구에게 기댄 건지 모를 자세로 뒷문을 통해 밖으로 나왔다. 질식하지 않고 나온 것만 해도 기적이었다. 막시민은 풀밭에 누워 기절한 것처럼 눈을 감아버렸다. 검댕이 곳곳에 묻었는데도 불구하고 얼굴빛이 백지장 같았다.

그즈음 풍차간은 불길에 휩싸여 검은 연기를 엄청나게 뿜고 있었다. 마을 사람들 수십 명이 언덕 위로 뛰어 올라오는 중이었다. 풍차 언덕은 곧 수많은 사람들로 가득찼다. 그러나 불은 사람의 힘으로 잡힐 단계를 넘었다. 태울 것을 다 태우고 제풀에 꺼질 때까지 기다릴 도리밖에 없었다.

먼저 나간 아이들은 얼굴이 새까맣게 된 채로 콜록거리며 어른들에게 기대어 있었다. 그중 한 명이 아버지 품에 안겨 있다가 조슈아를 보더니 손가락질하며 외쳤다.

"쟤예요! 쟤가 불을 질렀어!"

막시민의 상처를 살피고 있던 조슈아가 비척거리는 다리를 세우며 일어났다. 모든 사람들이 그를 보고 있었다. 그들의 눈에 비친 아이는 어떤 나쁜 일도 저지르지 못할 것처럼 생긴 꼬마였다. 그러나 조금 후, 사람들을 오만하게 쏘아보며 명령하는 눈빛은 더이상 그렇지 않았다.

"당장 의사를 불러와!"

그러나 마을에는 의사가 없었다.

개가 물어뜯은 막시민의 다리는 너덜너덜했다. 제대로 치료하지 않으면 썩어 들어갈 것이 뻔했다. 더구나 피를 많이 흘려 도무지 정신을 차리지 못했다. 그나마 수도사들이 의술에 약간의 지식이 있기에 사람들은 막시민을 수도원으로 데려갔다. 수도사들이 상처를 닦아내고 지혈을 했지만 잠들었느지 기절했는지 모를 막시민은 여전히 눈을 뜨지 않았다.

다음은 조슈아 차례였다. 이미 한밤중이었지만 수도원까지 온 사람들은 집으로 돌아갈 생각을 하지 않고 조슈아를 신문하려 덤벼들었다. 조슈아도 지칠 대로 지쳐 막시민 못지않게 파리했지만 아무도 신경쓰지 않았다.

조슈아가 코츠볼트에서 지낸 지도 한 달 가까이 됐다. 그러나 외따로 떨어진 파란 지붕 집에 살며 만나는 사람도 막시민네 가족뿐이었기 때문에 마을 사람 대부분에게 조슈아는 생소한 아이였다. 누구네 집 아이인지 모른다는 것, 즉 보호해줄 방패막이가 없다는 점이 사람들을 더욱 거칠게 만들었다.

작은 방 한가운데 놓인 의자에 앉혀진 조슈아는 십수 명의 어른들에게 둘러싸였다. 먼저 늙은 수도사가 물었다.

"네가 불을 질렀다는 얘기가 정말이냐?"

부인해봤자 소용도 없거니와 부인할 생각도 없었다. 조슈아가 고개를 끄덕이자 다들 분개하여 혀를 찼다. 대부분 농부나 목동인 주민들은 솔직하지만 거친 사람들이었다. 한 남자가 주먹을 쥐었다 폈다 하며 소리 질렀다.

"지금 무슨 짓을 한 건지 알기나 해? 너 제정신이야?"

조그맣고 예쁜 꼬마인 조슈아가 겁먹어 떨고 있었더라면 실수로 큰일을 저질렀나보다 싶어 동정심이라도 샀을 텐데, 꼬마답지 않게 의연한 태도가 오히려 화를 돋우었다. 모두 사납게 웅성대는 가운데 늙은 수도사가 다시 물었다.

"왜 그런 짓을 했지?"

"그 애들이 친구를 죽일 것 같아서요."

조슈아는 '친구'라는 단어를 입 밖에 내면서 기분이 이상했다. 낯선 단어일 리가 없는데, 입술에 닿는 느낌이 무척 특별했다. 뜻 모르는 단어를 처음 발음해보는 것 같았다. 그가 누군가를 그런 말로 불러본 적이 있었던가?

"아니, 어린애들이 무슨 사람을 죽인다고 그래! 듣자 하니 못 하는 소리가 없구만! 어허, 흠!"

개를 데려온 아이의 아버지가 목소리를 높였다. 중년 부인도 화를 누를 수가 없는지 삿대질을 하며 을러댔다.

"그런다고 풍차간에 불을 질러? 이 꼬마가 정신이 나갔나? 그 풍차간이 얼마나 중요한 건지 알기나 해?"

작은 의자에 앉아 있던 조슈아가 그쪽으로 고개를 돌렸다.

"사람 목숨이 더 중하다고 생각해서 그랬어요."

"죽은 사람이 아무도 없는데 무슨 딴소리야!"

"하지만 제가 그렇게 안 했더라면……."

"뭐야? 그래서 지금 네가 잘했다는 거야? 당연히 할 일을 했다 그거야?"

"어쩔 수 없었던 선택에 잘했고 못했고를 따질 순 없어요."

조슈아가 대답하는 것이 영 마음에 안 들었는지 한 사람이 조슈아의 머리를 연달아 쥐어박으며 소리쳤다.

"이 꼬마 놈 좀 봐라. 얼마나 막돼먹은 부모 밑에서 자랐으면 이런 일을 저질러놓고 잘못한 줄도 몰라? 뭘 잘했다고 말대답이야!"

"어느 집 자식이야? 너 어디서 왔어?"

"철모르는 애한테 무슨 들을 얘기가 있다고 여기서 이러고들 있소? 가서 애 부모를 데려옵시다. 너 부모 없어? 어디서 갑자기 나타난 거야?"

부모 이야기가 나오자 조슈아는 눈을 내리깔며 작게 말했다.

"제 문제는 부모님과 상관없고요."

"저 녀석 말하는 것 좀 보게? 도토리만 한 놈이 잘못했다고 빌지는 않고 꼬박꼬박 말대답은!"

"거참, 막시민인가 하는 애는 멀쩡하게 살아 있구만, 뭐가 어쨌다고 불을 지르고 난리를 피운 게야?"

그 말을 한 사람은 막시민과 싸우던 아이의 작은아버지였다. 그런데 그때까지 비교적 얌전하게 대답하던 조슈아가 갑자기 눈을 치뜨며 그를 쏘아봤다.

"멀쩡하게 살아 있다고요? 아저씬 막시민의 다리가 어떻게 됐는지 보셨나요? 그 개가 얼마나 큰 개인지, 얼마나 사납게 물었는지, 아저씨가 보고서 하는 말씀이세요?"

조슈아가 대들자 상대는 당황했지만 곧 더 크게 화를 냈다.

"이런 못된 놈을 봤나! 지금 그런 소리가 가당키나 하다고 생각하는 거냐? 풍차간이 없으면 밀 농사 짓는 사람들이 어떻게 되는지 알기나 해? 네 부모가 집을 팔아서라도 지어놔야 된다는 걸 알아야지! 그깟 부랑자 같은 애 녀석이 뭘 어쨌다고 그 난리를 벌여? 세상에 중요하고 안 중요한 것도 구별 못 하나!"

마지막 말에 얼굴이 확 달아오른 조슈아가 발딱 일어났다.

"중요하고 안 중요한 걸 잘 구별해야 할 사람은 제가 아니고 아저씨예요! 사람 목숨보다 풍차간이 중요하단 말인가요? 막시민은 부랑자 같은 애라서 죽어도 눈물 한번 짜면 그만이고, 풍차간은 새로 짓는 데 돈이 많이 든다 그건가요?"

갑작스러운 항변에 상대는 말문이 막힌 듯 더듬거리다가 호통을 쳤다.

"아니, 그건 무슨…… 헛소리하지 말고 입다물어!"

"막시민한테는 동생이 넷이나 있어요. 막시민이 없으면 그 애들은 어떡하지요? 다행히 막시민이 살아났지만 만약에 개한테 물린 다리가 잘못되면? 다리 하나를 못 쓰게 되면 그 책임은 개를 데려온 애들이 지나요? 그 애들이 평생 막시민을 업고 다닐 건가요? 왜 이게 시시한 일이라고 생각하세요? 자기 일이 아니니까? 자기 자식이 아니니까?"

"조용히 하라니까! 뭘 잘했다고 떠들어!"

사람들이 일제히 소란을 피우기 시작하자 늙은 수도사가 조용히 시키려 해도 소용이 없었다. 한 사람이 "그런 부랑아 녀석을 위해 풍차간을 태우다니, 헛간 하나도 아깝다"고 폭언하자 조슈아가 그쪽을 돌아보며 소리를 빽 질렀다.

"헛간? 풍차간? 이 수도원인들 못 태울 것 같아요? 싹 다 태우는 것쯤 조금도 겁나지 않아!"

"뭐야? 지금 그걸 말이라고 해?"

"저런 천하의 후레자식이 있나!"

늙은 수도사가 감싸주지 않았더라면 조슈아는 몰매를 맞고도 남았을 것이다. 방안이 벌집처럼 들끓고 있을 때 문이 열리고 수도사복을 입은 두 사람이 나타났다. 흥분한 사람들은 누가 들어왔는지도 몰랐다.

"다들 조용히 하게."

둘 중 먼저 입을 연 사람은 다름 아닌 이곳의 수도원장이었다. 낮고 점잖은 목소리가 얼른 사람들을 가라앉히지 못하자 다른 한 사람이 입을 열었다.

"조용히 하라는 말이 들리지 않소?"

그는 예순 줄의 사내였는데 목소리의 울림이 대단해서 작은 방을 가득 채우다시피 했다. 사람들은 그제야 누가 나타났나 싶어 뒤를 돌아보고 깜짝 놀랐다.

"아니, 수도원장님!"

사람들은 수도원장이 나타난 줄도 모르고 떠들어댄 것이 창피해 기세가 수그러들었다. 소란이 진정되자 늙은 수도사가 나서서 물었다.

"이런 시각에 어쩐 일이십니까?"

"저 아이인가?"

묻는 말에는 대답하지 않고 수도원장은 조슈아를 가리켰다. 조슈아가 수도원장을 쳐다보니 엄숙한 표정이긴 한데 자세히 보니 입가가 우스운 일이라도 있는 것처럼 실룩거리고 있었다.

수도원장은 늙은 수도사와 귀엣말을 몇 마디 나누더니 조슈아에게 손짓했다.

"나를 따라오너라."

사람들이 영문을 몰라 웅성대는 가운데 조슈아는 수도원장을 따라 나갔다. 정체 모를 늙은이도 뒤따라 나가자 뒤에 남은 늙은 수도사가 사람들에게 말했다.

"곧 날이 밝소이다. 아침까지 이러고 있을 수야 없지 않소? 수도원장님께서 시비를 가려주겠다고 하셨으니 듣고 싶은 사람은 모두 따라오시오."

수도원장의 응접실은 수도원의 다른 곳과 마찬가지로 장식하나 없이 질박했다. 빈 벽에 마른 풀꽃으로 만든 리스가 하나 걸려 있었지만 그것도 어느 시골 부인이 엮어 보냈을 법한 소박한 물건이었다.

창 너머로 등성이를 오르는 산비탈이 불그레해지는 중이었다. 의자가 부족해서 등받이 없는 걸상을 여럿 들여놓고서야 마을 사람들이 겨우 다 둘러앉았다. 수도원장은 팔걸이 달린 큰 의자에 앉아 있었다. 그는 몸집이 농부들보다 훨씬 커서 작은 의자에는 앉을 수가 없었다.

좀 전에 함께 왔던 낯선 늙은이는 창가에 서서 산등성이를 바라보다가 불경스럽게도 나지막이 휘파람을 불었다. 농부들은 신경이 쓰이는지 자꾸 늙은이 쪽을 흘끔거렸다. 수도사복을 입고 있긴 했지만 이런 수도사를 본 적도 없거니와, 예순 줄의 이 사내는 한번 보면 잊기 힘든 인상적인 분위기를 갖고 있었다. 어떻게 봐도 농부나 목동은 아니었다. 그렇다고 귀족이나 학자 같지도 않았다.

"자, 그럼 마을 분들부터 먼저 말씀을 해볼까? 앞뒤 사정을 차례로 들어봅시다."

농부보다 더 농부처럼 생긴 수도원장은 의자에 기대앉아 벗겨진 머리를 자꾸 긁고 연신 귀도 후볐다. 그런 모습인데도 사람들은 수도원장을 무척 존경하여 한마디 할 때마다 고개를 꾸벅댔다.

"저 애는 우리 동네 아이도 아니고, 어디서 왔는지는 아무도 모른답니다. 근데 그, 리프크네 집안이라고 아시지요? 거시기, 부모 없이 애들끼리 어울려 사는 집 말입니다. 그 집 맏이인 막시민이란 애가 지난밤에 샐믹 씨네 닭을 훔쳤다고 그래요. 그래서 그 집 아들들하고 사촌들끼리 해서, 한번 혼내주자고 모의를 했답니다. 밤중에 풍차간으로 나오라고 한 거지요. 아, 왜, 아시잖습니까? 그냥 애들끼리 몇 대 치고 받고 하려고 그런 거죠, 네."

수도원장은 '뭐, 그럴 수도 있지'라고 말하는 것처럼 어깨를 으쓱했다. 다른 사람이 말을 받았다.

"그래서 풍차간에 갔더니 처음부터 저 낯선 애가 같이 와 있더랍니다. 하여간에 샐믹 씨네 큰애인 디만고하고 막시민하고 어울려 싸우는데, 아, 싸우다 보면 좀 때리고 그럴 수도 있지 않습니까? 그런데 구경하던 저 애가 막시민이 불리한 것 같으니까 싸움을 멈추겠답시고 글쎄 짚가리에 불을 질러버렸다는 겁니다!"

"아주 막돼먹은 놈이에요!"

"얼른 저 애 부모를 찾아주십쇼!"

"풍차간을 새로 짓게 해야 됩니다! 손해 배상을 받아야 돼요!"

"풍차간이 없으면 가을밀 농사는 어쩝니까?"

수도원장 옆에 인형처럼 앉아 있던 조슈아가 갑자기 음악적인 웃음을 흘려서 사람들은 흠칫했다.

"아저씨, 하나만 묻겠는데요. 그럼 막시민 다리에 난 큰 상처는 디만고라는 애가 물어서 난 거군요?"

"뭐, 뭐라고?"

"커다란 이빨 자국 말이에요. 디만고는 입이 이만하군요?"

조슈아는 두 손바닥을 붙여 벌렸다가 몇 번 딱딱 다물리는 시늉을 했다. 결국 누군가가 이렇게 말했다.

"그게…… 풍차간 안에 개가 있었던가 봅니다. 그 개한테 물린 게죠. 아, 뭐…… 개가 짚가리 속에서 자다가 불을 지르니까 튀어나왔겠죠."

조슈아의 웃음이 한차례 높아졌다가 낮아졌다.

"요샌 개가 불을 보면 도망가지 않고 엉켜서 싸우고 있는 두 명 중에서 한 명만 골라 다리를 물고 가나 보죠?"

"조, 조용히 하지 못해!"

한 사람이 소리를 지르자 옆에서 늙은 수도사가 주의를 주었다.

"수도원장님께서 친히 시비를 가려주시는데 당신이 아이를 윽박질러선 아니 되오."

"음, 크흠! 어쨌든 간에 저 애가 불을 지른 건 틀림없어요! 그 개는…… 그다지 큰 개도 아니었소!"

조슈아는 이제 웃지 않고 상대를 쏘아봤다.

"그 개는 어른도 물어 죽일 만큼 크고 사나웠어요. 우선 막시민 다리에 난 이빨 자국의 크기를 보면 알 수 있고, 둘째로 샐믹 씨네 집에서 키우던 개에 대해 알아보면 더 잘 알 수 있고."

"개에 물린다고 사람이 죽진 않아!"

조슈아가 불쾌한 눈빛을 보냈다.

"죽는지 안 죽는지 실험해보고 싶으면 당신 아들한테나 해보지 그래요?"

"뭐, 뭐야! 이런 죽일 놈의 자식이 다 있어!"

얼굴이 시뻘게진 농부가 벌떡 일어나 조슈아가 있는 쪽으로 한 발짝 내딛는데 또다시 늙은 수도사가 엄한 얼굴로 막아서며 도로 앉게 했다. 그러면서 조슈아에게도 함부로 말하지 말라고 주의를 주었다. 조슈아는 태엽 인형처럼 귀여운 미소를 지었다.

"알았어요."

사람들은 점점 헷갈리기 시작했다. 이곳에 문제의 아이들은 없었지만, 그 애들은 풍차간 안에서 조슈아가 다 죽여버리겠다고 말하는 표정이 미친 사람처럼 무서웠다고 증언했다. 그런데 미친 것 같다는 애를 데려다 놓고 보니 도토리처럼 작고 귀엽게 생겨서 도저히 그런 얘기가 어울리지도 않았고, 태도도 빽 소리를 지르다가, 슬슬 화를 돋우다가, 금방 귀엽게 굴다가 하는 것이 너무 변화무쌍해서 어느 것이 진짜인지 파악할 수가 없었다. 결국 한 사람이 모두의 심정을 대변하여 말했다.

"어쨌든 막시민이란 애가 죽은 것도 아닌데, 풍차간은 다 타버렸잖습니까! 그런데 저 애는 뉘우치는 기색 하나 없으니 이게 미칠 노릇 아닙니까? 얼른 부모를 데려다주십쇼! 저런 어린애하고 실랑이하자니 지쳐 죽겠습니다!"

그제야 수도원장이 느릿하게 말했다.

"애야, 네가 불을 지른 건 맞단 말이지?"

조슈아는 착한 아이 같은 얼굴로 대답했다.

"네, 그건 맞아요."

"왜 그랬지?"

"어쩔 수가 없었어요. 처음에는 아저씨들이 말한 것처럼 애들끼리 주먹 대결 같은 걸 하려는 줄 알고 가만히 있었어요. 그런데 디만고라는 애가 막시민한테 질 것 같으니까 미리 데려왔던 개를 풀었죠. 물린 자국을 보면 아시겠지만 그 개는 막시민보다도 몸집이 컸고 굴다가 온 것처럼 엄청나게 사나웠어요. 안이 캄캄해서 아무것도 보이지 않는데 막시민이 개와 뒤엉켜 쓰러지니 저는 무척 위험하다는 생각이 들어서 그만두라고 소리를 질렀어요."

"이것 봐! 그 개를 애들이 데려왔는지 네가 어떻게 알아!"

조슈아는 표정을 싹 바꾸며 말한 사람을 노려봤다.

"자기 개가 아닌데 '물어!' '물어뜯어!' 하고 뒤에서 부추기나요? 그것도 애들이 전부 합세해서?"

상대 남자가 대꾸하려 하자 수도사가 가로막았다. 수도원장이 졸릴 정도로 느린 말투로 다시 물었다.

"그런데 애들이 그만두지 않았단 말이냐?"

"그만두기는커녕 저를 비웃었어요. 저는 마음이 급한 나머지 그만두지 않으면 불을 지르겠다고 했는데…… 애들이 질러보라고 하더라고요."

그러더니 조슈아는 갑자기 눈물을 글썽거렸다. 응접실 안에 있던 사람들은 다 놀랐다. 아까 수도원도 모조리 태워버릴 수 있다고 소리치던 아이의 모습은 온데간데없었기 때문이다.

"전 정말…… 어쩔 수가 없었어요. 친구가 개한테 물려서 죽을 것 같은데, 그 악마 같은 애들은 좋아하면서 물어뜯으라고 외쳐대고 있었죠! 제가 뭘 할 수 있었겠어요? 친구가 죽게 놔두고 도망갈 수는 없잖아요?"

악마는 상대 아이들로 뒤바뀌어버렸다. 사람들 몇이 가증스럽다는 듯 혀를 찼다. 그들의 눈에도 눈물을 글썽이며 말하는 조슈아가 정말로 불쌍하고 죄 없는 꼬마처럼 보였던 것이다. 어린애가 저러는데 저게 연기일까? 어떤 사람은 정말로 조슈아의 말을 믿기 시작해서 한쪽에서 언쟁을 벌이기도 했다.

"그래서 불을 질렀느냐?"

"결국 제가 램프를 집어던져서 불을 냈죠. 그건 제 잘못이에요. 거짓말로 발뺌할 생각은 없어요."

"저 사람들이 너더러 풍차간 짓는 값을 물어내라고 하면 어쩔 참이지? 돈을 내놓을 부모가 있느냐?"

조슈아는 눈도 깜빡 않고 대꾸했다.

"그 대답은 막시민의 다리가 깨끗이 나은 다음에 할 생각이에요. 만약 막시민이 잘못된다면, 절대로 그냥 넘어가지 않을 거거든요. 그 애들이 어떻게 보상할지 정말 궁금하네요."

이로써 가장 곤란한 대답도 영리하게 빠져나갔다. 여전히 험악한 얼굴로 화를 누르지 못하는 사람도 있었지만, 꼬마의 태도가 어이없어 헛웃음을 흘리는 사람도 생겨났다.

그때 창가에 서 있던 늙은이가 불쑥 말했다.

"막시민 녀석이라면 곧 괜찮아져."

조슈아가 뒤를 돌아봤다.

"어떻게 아세요?"

"그놈은 괴물처럼 잘 회복돼."

조슈아가 무슨 소린가 싶어 상대를 쏘아보고 있는데 늙은이가 너털웃음을 터뜨리더니 말했다.

"그러니 어쩔 셈이지? 막시민이 아무 일 없이 나으면 풍차간 새로 짓는 비용을 네가 마련할 셈이냐? 어떤 식으로?"

조슈아는 순간 당황했으나 곧 얼굴빛을 바꾸며 말했다.

"그런 문젠 그렇게 된 다음에 얘기해도 늦지 않죠."

곁에서 짜증스러운 목소리가 들려왔다.

"애한테 무슨 돈이 있소? 어린애 붙들고 이런 소리 하고 있는 것도 우습소이다. 너, 이름이 뭐야?"

"조슈아예요."

"그것 말고 성을 말해봐! 부모 이름이 뭐야?"

"그건요……."

눈을 한 바퀴 굴리던 조슈아는 낯선 늙은이와 다시 시선이 마주쳤다. 자기가 뭐라고 대답할지 상대가 기대하고 있음을 알아차린 조슈아가 입 끝을 살짝 올렸다.

"그것도 막시민이 낫고 나서 말하겠어요."

늙은이가 또다시 웃음을 터뜨렸다. 온 응접실을 울리는 웃음이었다.

"네 수작이 가소롭다. 부모의 명예도 더럽히기 싫고, 그렇다고 풍차간을 세워줄 돈도 네 주머니에는 없다는 거겠지. 있다면 지금처럼 변명만 하고 있을 까닭이 없지 않겠나. 아니 그러하냐? 그런데 해결책이 하나 있다면, 다름 아닌 네 친구가 다리병신이 되어주는 것이야! 넌 그 녀석의 다리가 낫지 않아야만 궁지를 모면할 수가 생기는데, 친구가 나았다간 큰일나겠다. 아니 그러하냐? 허허허!"

"그런 게 아니에요!"

조슈아가 항변하려 했지만 노인은 킬킬거리며 말을 이어 갔다.

"조금 전에 사람들한테 듣기로 너는 친구를 위해서라면 수도원도 태워버릴 수 있다고 큰소리쳤다는데, 방금 네가 한 말을 듣고 보니 전부 거짓말 같구나. 친구의 다리가 못쓰게 되길 바라면서 빠져나갈 구멍을 만드는 네가, 친구를 위해 풍차간에 불을 질렀다는 말이 도저히 믿어지지 않는데 어찌 생각하느냐?"

조슈아는 말문이 막혀 창백해졌다. 터무니없는 오해를 받게 됐는데 말을 잘못한 탓에 항변할 도리가 없었다.

"자, 어쩔 참이지? 막시민이 나으면 네 힘으로 풍차간 짓는 비용을 마련할 테냐?"

"……."

마지막 보루는 물론 켈티카였다. 그러나 아버지 어머니가 이런 소식을 듣고 무슨 표정을 지을까 생각하자 등허리에 차가운 얼음을 갖다 대는 기분이었다. 여기에서라면 막시민과 더불어 개구쟁이 짓을 하고 한심하게 굴어도 창피하지 않았지만, 비취반지 성의 어린 데모닉을 떠올리는 순간은 달랐다. 그곳엔 자칫 건드렸다가 부서지고 말 유리 인형이 여전히 남아 있었다. 투명하게, 속 모를 미소를 지으면서.

아직은 아니었다. 유리 인형을 부숴버릴 자신이 없었다. 비취반지 성의 사람들이 조슈아라고 생각하는 그 유리 인형은 지금도 자신과 매우 비슷했다.

그렇다면 남은 선택은 무엇일까.

조슈아는 자신을 궁지로 몰아넣은 노인을 똑바로 올려다봤다. 순간, 마음속에서 이 노인이 지적하지 않았어도 언젠가는 해결해야 할 문제라는 생각이 떠올랐다. 노인의 말이 맞았다. 말재주로 유예해봤자 며칠일 뿐이다. 막시민이 회복되어야만 한다고 믿는 자신에게 그건 아무 의미 없는 말장난에 불과했다. 노인은 왜 그것을 지적해줬을까? 단지 조슈아를 궁지로 몰기 위해서?

거기까지 생각했을 때 조슈아의 머릿속에서 무언가가 반짝 빛났다. 본질이었다.

"이 얘기는 처음부터 잘못되었어요. 막시민이 낫는지 아닌지는 이 문제와 아무 관계가 없었던 거군요. 제 착각이었어요."

조슈아는 의자에서 뛰어내려 사람들 가운데로 걸어나왔다. 사람들이 마음만 먹으면 얼마든지 조슈아에게 손을 대고도 남을 위치로 가서 섰다. 자기가 하려는 말에 책임을 지겠다는 표시였다.

"전 풍차간을 위해 아무것도 하지 않겠어요."

"뭐라고?"

어른들로 둘러싸인 조슈아는 조금 전보다 훨씬 작아 보였다. 그러나 몸에 익은 침착하고 태연한 태도가 되살아났다. 유리 인형이 그렇듯, 그도 그랬다.

"처음부터 정당하다고 믿었기에 한 행동이었어요. 잘못이 아니니 보상은 하지 않아요. 당신들이 나를 어떻게 하든, 나는 내 정의에 따라 행동했으니 내게 돈이 있다 해도 한 푼도 내놓지 않아요."

"……."

사람들은 당황했고, 술렁였다. 당연히 분개한 사람들도 있었다. 그러나 수도원장 앞이었고, 무엇보다 어린아이가 폭력을 겁내지 않고 사람들 가운데로 나와 똑똑히 말한 것이 그들을 주저하게 만들었다. 그러나 조슈아는 한마디를 덧붙여 사람들의 주저를 한 방에 날려버리고 말았다.

"오히려 막시민의 다리가 회복되지 않는다면, 그 애들에게 보상을 받아낼 작정이에요."

"뭐가 어쩌고 어째!"

"이런 분수 모르는 놈을 봤나!"

한 사람이 주먹을 올리며 조슈아의 어깨를 움켜쥐고, 반대쪽에서도 팔을 낚아채어 잡아당겼다. 순식간에 뭇매를 맞을 입장에 처했지만 조슈아는 비틀대면서도 반항하지 않았다. 단지 바르게 서 있으려 애쓸 뿐이었다.

그때 노인이 성큼 다가오더니 사람들의 손을 강하게 밀어냈다. 그리고 조슈아의 작은 몸을 번쩍 들어올렸다.

"정말 다루기 힘든 녀석이로군."

그렇게 말한 노인은 조슈아를 가볍게 제 어깨 위에 올려놓았다. 사람들은 어리둥절해졌다.

"어…… 뭐가 어떻게 된 거야?"

"저 어르신은 누구지?"

사람들이 수군대는 가운데 노인이 입을 열었다.

"요 못된 개구쟁이는 내 형님의 손자요. 그런 고로 여러분의 손해는 벽돌과 밀알 하나에 이르기까지 내가 모두 갚아주겠소. 내가 누구인지 궁금하오? 나는 당신들이 가끔 들은 바 있을 파란 지붕 집의 주인이오이다."

파란 지붕 집은 낡은 농가에 불과했지만 사람들은 그 집 주인이 누구인지에 큰 관심이 있었다. 그것은 막시민이 조슈아에게 말한 대로 근처의 목초지 전체가 그 집에 속해 있는 까닭이었다. 양을 키우는 사람치고 막시민이 '썩은 목장'이라고 부르는 그곳에 들락거리지 않는 사람은 없었다. 노인은 나직이 한숨을 내쉬더니 어깨 위의 조슈아를 흘끔 보며 뇌까렸다.

"고작 한 달 풀어났다고 사고 치는 수준 봐라. 몇 달 더 놔뒀다간 정말로 수도원도 태워먹을 놈일세."

"네?"

"조슈아."

노인은 한 손을 펴서 사람들을 가리키더니 말을 이었다.

"막시민이 당한 일에 책임이 있는 사람들에게는 네 정의가 옳겠지. 하지만 아무 짓도 안 했는데 하루아침에 풍차간을 쓰지 못하게 된 사람들은 죄가 없겠지? 그러니 그들이 간접적으로 입은 피해는 네가 보상하지 않으면 안 된다."

"⋯⋯."

조슈아는 얼른 대답하지 않았다. 갑자기 나타난 이 사람이 처음에 그토록 찾던 작은할아버지라는 사실이 얼른 실감나지 않았다.

"그러니 새 풍차간은 네가 설계하도록 해라."

사람들은 어린아이에게 뭘 시키는 건지 이해하지 못해 눈을 껌뻑거렸다. 그러나 두 데모닉은 아니었다. 조슈아는 할아버지의 얼굴을 빤히 보고 있더니 이윽고 대답했다.

"막시민만 다 낫는다면요. 전보다 훨씬 낫게 만들어드리죠."

뒤늦은 하객

네가 준비한 독약이 날 죽이진 못했지만, 네 그림자는 확
실히 죽인 것 같군.

∽

조슈아가 날마다 새벽같이 풍차간 언덕으로 쫓아 올라가
설계도를 무시하고 제멋대로 하려는 인부들에게 잔소리를 퍼
부으며 남은 여름을 보내던 그때, 테오와 이브노아는 하이아
칸의 아름다운 섬에 세워진 별장에 머물렀다.

평화로운 밀월이었다. 하이아칸에는 이브노아의 육촌들이
살고 있기도 해서 처음에는 주변 별장에서 인사차 손님들이 찾

아왔다. 그러나 안주인 노릇을 할 사람이 없다 보니 곧 다 끊어지고 하루하루가 고요해졌다. 날씨조차도 늘 비슷했다. 애니스탄과 또 한 사람이 찾아온 날도 아침부터 하늘은 짙푸르렀고, 화단으로 둘러싸인 입구에는 꽃과 꿀의 냄새가 흘렀다.

"주인님께서 안에서 기다리고 계십니다."

비취반지 성의 하인들은 테오를 아르님 일가로 대접하는 데 인색했지만, 이곳 별장의 하인들은 아니었다. 정중한 안내를 받아 들어가자 응접실에 앉아 있는 테오가 보였다. 미리 다과도 차려져 있었다. 애니스탄을 향해 한 손을 들어 보이던 테오가 뒤따라 들어온 한 사람을 보더니 얼른 일어나며 반색을 했다.

"이모님! 이게 얼마만입니까?"

이모님이라고 불린 사람은 쉰 살 안팎의 여자였는데 입가에 삐딱한 웃음을 머금고 있었다. 테오가 어려서부터 보아오던 표정 그대로였다. 아넬리 로어로엔. 애니스탄의 이모이자 어린 테오가 절대로 가질 수 없었던 '다정한 친척' 역할을 맡아주었던 사람이었다.

그 시절의 테오는 몰랐지만 아넬리는 마법사이기도 했다. 이 더운 날씨에도 여름 드레스 위에 녹색 단망토를 걸치고 지팡이까지 짚은 모습은 오는 동안 무척 눈에 띄었을 것 같았다. 테오와 뺨에 키스를 나누고 나서 아넬리가 말했다.

"난 그런 질문에 늘 대답을 준비해놓지 않던? 사 년 하고 두 달 사흘 지났단다. 먼저, 마침내 결혼한 걸 축하한다. 넌 정말 놀라운 아이야. 나한테 너 같은 인내심이 있었으면 지금쯤 어딘가의 백작부인이 됐거나 네냐플 학장이라도 됐거나 적어도 둘 중 하나겠지."

"백작부인 같은 고리타분한 직업보다야 후자 쪽이 훨씬 어울리네요."

"그래. 백작가의 아들 주제에 제 영지의 마을 이름도 다 못 외우는 멍청이를 참는 능력이 나한텐 없었지. 지금이라도 네가 비결을 알려주렴. 나도 슬슬 노후 준비를 해야 하니까."

애니스탄이 찻잔을 들려던 손을 멈칫하며 아넬리 이모를 보았다. 듣기에 따라 불쾌할 수도 있는 말이었다. 하지만 테오는 아무렇지도 않게 눈썹만 올려 보았다.

"무슨 소릴 하든 그냥 들어 넘기면 돼요. 그렇게 생긴 세상에 사는가 보다 하면서. 네모도 동그랗게 보이나 보다, 파란 것도 빨갛게 보이나 보다……."

아넬리가 손을 휘휘 내저었다.

"노후 준비하려면 난 아직 멀었네. 그냥 이 모양 이 꼴로 계속 살아야 하려나 봐. 나 같은 여자한테 먹여 살릴 애라도 없길 다행이지. 그나저나 너희는 도와주는 어른도 없이 참 잘 컸어."

"그럴 리가요. 어려서 이모님이 많이 돌봐주셨잖아요."

"너희는 돌보기에 아주 편했어. 난 너희 같은 애들이 좋아. 똑똑하잖니."

아넬리가 손가락으로 둘을 번갈아 가리키며 킥킥 웃더니 테이블 위에 놓인 이름 모를 과일 조각을 손가락으로 집어 한 입 베어 물었다. 바로 옆에 포크가 놓여 있었지만 개의치 않았다. 예전에 애니스탄네가 살던 마을의 사람들은 점잖은 듯하다 불쑥 일반적인 예법과 벗어난 행동을 하곤 했다. 몇 년이나 그들과 어울려 지냈던 테오도 처음 아르님 가문에 들어왔을 때 그것 때문에 약간 고생을 했다.

"이거 맛있다, 얘. 이게 나무 감자던가? 그나저나 너, 애니한테 마법 관련된 거 물어봤다면서? 이제 갓 졸업한 애가 알면 얼마나 안다고 얘를 붙들고 그런 소릴 했어? 나한테 먼저 얘길 했어야지."

"그야 이모님께서 결혼식에 안 오셨잖아요."

"그런 골치 아픈 자리는 딱 질색이다. 게다가 내가 무슨 사고를 칠 줄 알고? 알아서 안 간 걸 천만다행으로 알아라."

애니스탄이 겨우 첫마디를 뗐다.

"결혼식은 훌륭했어요. 다양한 손님들을 골고루 배려해주셨고요. 저더러도 며칠 머물다 가라고 권하시던데요."

"테오의 십이 년간의 감옥 생활을 며칠 대리 체험할 뻔했네. 친구를 이해하기 위해서는 좋은 시도겠지만 나라면 절대 반나절도 못 있는다. 귀족이랍시고 치렁치렁하게 차려입고 포크 집는 순서까지 신경쓰면서 입에 들어가는 빵 맛은 아는 거야? 대체 공작이란 것이 다 뭐야? 아참, 이젠 공작도 아니라고 했나? 아니지, 결국 다시 공작이 되려나? 하긴 알 게 뭐니. 우리 같은 사람들하고는 아무 상관이 없어요."

아넬리가 말하는 '우리 같은 사람'이란 그들이 살던 마을, 벨베데르의 주민들을 가리켰다. 대륙 정세에 어둡고, 남들의 유행에도 관심이 없고, 그대로 놔두면 백 년이든 천 년이든 살던 모습 그대로 자급자족하며 살 것만 같은 그들이었다.

테오는 아르님 가문에 들어온 후로 그 마을에 돌아가보지 못했지만 여전히 한집에 양 다섯 마리 이상 갖지 않고, 아이가 태어나면 바로 바깥바람을 쐬게 하고, 한두 살부터 아기들을 한집에 모아서 돌보고, 집집마다 꿀벌과 누에를 치며 살고 있을 것만 같다고 상상했다. 하지만 마을을 나와 왕국 곳곳을 떠돈 지 오래된 아넬리의 세련된 드레스나 머리 모양은 어슷비슷한 회갈색 옷만 돌려 입던 그 마을 사람들과 많이 달랐다. 이제 대륙 관습도 알 만큼 알 텐데 일부러 고집을 부린다는 느낌도 들었다.

애니스탄이 어설프게 웃으며 말을 돌렸다.

"그나저나 오면서 보니까 섬 풍경이 근사하더라. 이런 생활이라니 정말 부럽다."

테오가 싱긋 웃었다.

"애니 너야 푸른 바다나 반들반들한 집보다는 뒤뜰의 이름도 모르는 풀떼기 때문에 그러겠지."

"정말, 아까 오다 보니까 길목에 검정박쥐꽃이 잔뜩 있던데. 앵무새튤립도 보이고. 이따가 갈 때 토양 표본 좀 갖고 가야지."

"얼마든지. 난 그 꽃들 이름도 몰랐어. 원한다면 다 뽑아가라."

"정말 그래도 돼? 이렇게 따뜻한 데서나 피는 꽃이라 워낙보기 힘들어서. 아, 여기 정말 좋다. 실험실 묵은 냉기에 날마다 덜덜 떨다가 화창한 휴양지에 왔더니 이런 게 천국인가 싶잖아."

둘이 잡담을 주고받는 사이 아넬리는 다시 과일 한 조각을 손으로 집어먹고, 손가방에서 외알 안경을 꺼내 썼다. 그리고 종이봉투를 테이블에 올려놓았다. 테오가 애니스탄에게 주었던 그것이었다. 테오의 시선이 따라오자 아넬리가 손끝으로 봉투를 톡톡 두드리며 말했다.

"자, 각설하고 이것 말인데, 테오 네가 뭘 하고 싶은지는모르지만 결론부터 말하자면 안 돼. 불가능해."

테오의 표정이 살짝 변하는 것을 놓치지 않고 애니스탄이 얼른 말했다.

"이모님 말씀이 맞아. 사람을, 음…… 조종한다는 것이 윤리적이지도 않지만……."

아넬리가 말을 막았다.

"난 윤리 어쩌고 그런 얘길 하는 게 아냐. 난 대륙 사람들이 좋아하는 시시한 관념들에 관심이 없잖니. 내 말은, 한 사람을 잠깐씩 조종할 수 있을지는 몰라도 지속적으로 하려면 엄청난 마력이 든다는 거야. 그런 마력을 조달할 수 있는 사람도 어딘가 있겠지만 애니는 안 될 거고, 나도 안 된단다. 네냐플 학장한테 부탁하러 간다면 말리진 않겠지만, 알다시피 그치들은 윤리를 좋아하잖니."

아넬리가 봉투에서 마력식$_{\vphantom{x}}$을 적은 종이를 꺼내 펼쳤다. 인간의 평균적 의식이 가진 저항력과, 그걸 잠재우는 데 드는 힘과, 그 위에 새로운 인격을 덮는 데 드는 힘과, 그 인격의 완성도와, 깨어날 때 드는 부작용을 계산해 해당 마법을 시전하려는 자가 필요로 하는 힘을 구한 수식이 세 가지 색 잉크를 써서 날아갈 듯한 필치로 펼쳐져 있었다. 시전 시간을 무한으로 늘리지 않아도, 단지 한두 달 정도만 하려 해도 필요한 마력의 수치가 천문학적이었다. 아넬리가 손가락으로 한군데를 짚으며 말했다.

"여길 봐. 보통 쓸 만한 마법이면 이 부분에 드는 마력을 압축할 방법을 누군가가 찾아내거든. 그런데 인간이란 게 참, 별거 아닌 듯해도 한없이 에너지가 드는 존재야. 무엇보다 인간은 기분이나 상황에 따라 의지력이 전혀 달라지거든? 그래서 오차 없이 평균적인 결과를 얻으려면 쓸데없이 큰 힘으로 지속적으로 누르는 수밖에 없어. 그러니 이런 말도 안 되는 숫자가 나오지. 한마디로 이건, 전혀 효율이 없는 짓이야. 그러니 부분 압축을 연구한 사람도 없지 않았겠니?"

테오는 종이를 슥 훑어보기만 하고는 애니스탄을 봤다.

"애니, 네 의견도 그래?"

애니스탄은 순간 어쩔 줄 몰라 하며 아넬리를 보았다. 아넬리는 둘을 흘끔 보더니 특유의 삐딱한 웃음을 머금었다.

"얘 좀 봐라. 내가 어딘가 틀렸을 거다, 그 소리잖아?"

테오도 마찬가지로 한쪽 입가만 올렸다.

"설마요. 다만 돌파법이 정말로 없을까 싶어서요."

그 말을 들은 아넬리가 천천히 고개를 돌려 애니스탄을 쏘아봤다. 조금 전과 달리 매서운 눈빛이었다. 애니스탄의 표정이 불안정해지다 못해 무슨 말인가를 내뱉기 직전까지 가고 나서야 시선을 거두고 다시 테오를 봤다.

"좋아. 그럼 문제의 근본부터 다시 훑어보자. 테오 너, 이런 마법이 필요한 이유가 뭐야? 누굴 조종할 건데? 설마 못한다고 했으니까 알려줄 수 없다든가, 그런 헛소릴하려는 건 아니길 바란다."

테오는 그러지 않았다. 오히려 미소를 머금었다.

"그럴 리가 있나요. 우리 얘긴 이제 시작일 뿐인데. 제가 조종하려는 사람은 아르님 가문의 열 살 먹은 꼬맹이입니다."

조금쯤은 예상했지만 너무 쉽게 튀어나온 말에 애니스탄의 눈빛이 흔들렸다. 테오는 비스듬히 기대어 앉은 그대로, 어조도 변하지 않고 말을 이었다.

"나이가 어리면 좀 쉽지는 않은지 궁금하군요."

아넬리가 과일을 하나 더 먹으려던 손을 멈칫했다.

"그 집 아들이라면, 데모닉이잖아?"

"어라, 알고 계시네요."

아넬리가 인상을 찡그리더니 갑자기 마력식을 적은 종이를 신경질적으로 걷어 구겨버렸다.

"뭐가 어쩌고 어째? 미리 말을 했어야 할 것 아냐! 상대가 데모닉이면 이런 계산 따위 아무 소용도 없어. 애초에 포기해. 네냐플 학장이 와도 안 될 테니까. 주제를 알아야지."

테오는 아넬리가 종이와 봉투를 가방 속에 쑤셔박는 모습을 가만히 지켜보았다. 눈썹이 미세하게 경련했다. 이윽고 다시 눈이 마주쳤을 때 테오가 말했다.

"데모닉은 왜 안 된다는 겁니까?"

"넌 십 몇 년씩이나 옆에서 봐놓고도 모르니? 그놈들이 어떤지? 인간의 정신을 조종한다는 건, 본래의 의식을 잠재우고 최소한의 기능을 가진 새 인격을 잠시 쑤셔넣는 거란다. 우리가 조종하는 건 그 새 인격이고. 그게 되는 이유는 인간이 두 가지 의식을 동시에 조종하지는 못하기 때문이야. 아, 물론 아주 드물게 되는 사람도 있지만 보통은 두 인격이 왔다 갔다 교대를 하지 자연스럽게 공존하지는 못하니까. 그런데 말이야, 데모닉은 그게 돼! 둘뿐 아니라 열이든 스물이든! 데모닉은 주로 천재로 알려져 있지만 그보다 훨씬 끔찍한 특징은 바로 의식의 넓이란다. 보통 인간의 수천 배나 돼! 그 속에 새 인격 하나쯤 넣어봤자 데모닉은 아무렇지도 않게 그것과 대화라도 하기 시작할걸? 그런 데모닉을 마법으로 조종해? 어림도 없는 소리야!"

말하다가 제풀에 흥분한 아넬리는 더운지 손부채질을 하다가 식은 차를 한숨에 마셨다. 그때 테오가 말했다.

"그런데요, 이모님은 데모닉에 대해서 어떻게 그리 잘 아시죠?"

"이 세상에 수백 년 전부터 데모닉이 있었는데 알 사람은 다 알지, 그게 이상해?"

아넬리는 그렇게 대꾸하면서 몇 번 빠르게 눈을 깜빡거렸다. 테오가 태연하게 말을 받았다.

"네. 이상하네요. 데모닉의 의식의 넓이라든가, 그런 건 아

300
—
데모닉 1

르넘 가문의 일원인 저조차도 처음 듣는 이야기거든요.”

“그야 뭐, 그 집에선 데모닉을 장애로 생각하니까 당연한 일일지도. 하지만 마법을 공부하는 사람들 중에는 데모닉에 큰 관심을 가진 사람들도 있었더란다. 우리는 늘 능력 부족에 시달리니까 가끔은 그 괴물들이 좀 부럽거든.”

테오가 애니스탄을 보니 그는 어느새 눈을 내리깐 채 아무 말도 하지 않았다. 테오가 눈썹을 올렸다.

“뭐, 그럴 수도 있겠네요. 여하튼 데모닉을 조종하는 건 불가능하다는 얘긴데, 그럼 다른 방법을 생각해봐야 하겠네요. 안 된다니까 알았습니다, 하고 포기할 문제가 아니거든요. 장애물을 치워야 앞으로 나아갈 수가 있으니까.”

아넬리가 팔짱을 끼고 테오를 빤히 봤다.

“장애물이라고? 네가 가려는 ‘앞’이 뭔데? 그 집 재산? 작위? 그걸로 뭘 할 건데? 잘 먹고 잘 살려고? 지금도 그러고 있잖니? 이 집 봐라. 내 눈엔 이게 왕궁인가 싶다. 그리고 재산도, 하나뿐인 딸한테 호의호식할 정도로는 나눠주지 않겠어? 물론 넌 돌대가리 시중이나 들면서 일생을 보내기엔 똑똑하고 잘났지만 그 능력으로 죽을 때까지 일해도 지금 가진 것만큼 벌기가 쉽겠니?”

신랄하다 못해 독설이나 다름없는 소리에 당황한 애니스탄이 몇 번이나 그만두라고 팔을 잡았지만 아넬리는 까딱도 하지 않았다.

"혹시 출세가 하고 싶어? 켈티카 귀족들 앞에서 큰소리치며 으스대고 싶니? 안됐지만 그러려면 네가 처음부터 아르님 성을 갖고 태어났어야지. 네가 아무리 공작이 되어 근사하게 차리고 다녀도 성탑 꼭대기에서 태어난 귀족님들이 보기엔 그냥 벼락출세한 가짜란다. 네 아버지가 어떤 사람이었는가 돌이켜보렴. 그런 사람 밑에서 태어난 것치고 이보다 잘 풀리기가 쉽겠니? 아직도 네 아버지가 살아 있었다면 이 집 현관에서 기절해서 죽었을지도 모르지. 너무 신나서."

아넬리는 예전부터 어디서든 속시원하게 할말을 다 했다. 그리고 테오의 아버지, 테오스티드 다 모로 1세를 구제불능의 쓰레기로 여겼다.

테오의 아버지는 테오를 아르님 가문에 팔아넘긴 돈을 누가 한 푼이라도 달랄까 걱정됐는지 즉시 고향에서 자취를 감췄다. 그리고 다시는 아들을 찾아가지 않았다. 죽고 나서야 겨우 연락이 왔는데 공작이 줬던 그 많은 돈을 모조리 탕진해서 장례식 치를 푼돈도 남지 않았고, 심지어 거액의 빚까지 진 상태였다. 당시 소식을 들은 아르님 공작은 기꺼이 빚을 갚아주고 장례비도 보내주었다. 테오에게도 장례식에 가보라고 했지만 테오 쪽에서 거절했다. 그런 작자가 아버지라니, 그보다 없으니만 못한 존재가 또 있을까.

테오는 아넬리의 말을 침착하게 듣고 있다가 희미하게 웃었다.

"그러니까 이보다 많은 것을 원하는 제가 주제넘다, 그 말씀이시군요."

"아니. 그거야 원할 수도 있지. 인간의 욕심은 무한하잖아. 하지만 난, 네가 열 살짜리를 죽도록 괴롭힐 만큼 화가 난 이유는 잘 모르겠다는 거야."

테오가 고개를 끄덕였다.

"그러시군요. 이해가 안 간다고 하시니 설명해드려야죠. 아르님 가문에서는 저를 들여놓고, 제가 마음에 들지 않는다고 뒤늦게 아들을 낳았죠. 그래놓고 약혼을 취소하지도 않고, 그렇다고 결혼을 시켜주지도 않고, 십이 년이나 질질 끌었죠. 왜 그랬을까요? 그야 저울질을 해야 하니까. 그 아들이 데모닉이 아니었으면, 어려서 그렇게 허약하고 입도 짧고 자주 앓지 않았으면 일찌감치 저를 쫓아냈겠지만 혹시나 또 모르겠으니까, 그렇다고 결혼을 시켜 진짜로 가문의 일원으로 만들자니 어딘가 마음에 딱 차지 않으니까, 장장 십이 년이나 약혼 상태로 내버려둔 거라고요. 제일 웃긴 부분은 그들은 이브가 얼마나 살지도 잘 몰랐다는 거예요. 갑자기 딸이 죽어버리면 약혼자는 돈 몇 푼 쥐여주고 쫓아내면 되지만 사위는 그럴 수도 없고, 줬던 걸 도로 뺏을 수도 없고, 천하에 그런 쓸데

없는 군식구가 또 없겠죠? 그런 크나큰 손해를 볼까 봐 십이 년이나 눈치를 보는 그들이 제 눈에 어떻게 보였길 바라십니 까?"

"그야 물론 치졸한 짓이지. 그간의 네 인내심을 낮게 평가 하는 건 아니야. 하지만 넌 결국 결혼을 했잖아? 이 집도 받 았고, 왕국 시대가 돌아오면 시시한 작위라도 생길 거 아냐?"

"이 집요? 여긴 그냥 아르닌 가문의 별장일 뿐이에요. 재 산요? 전 이 집에 이 년 정도 머물 것 같군요. 딱 그 정도에 맞춘 생활비를 받았으니까요. 이렇게 깔끔한 분들입니다. 이 년 뒤에 무슨 일이 생길지 모르니 한 푼도 미리 낭비하지 않 죠. 오직 아르닌 성을 타고난 고귀하신 남매가 죽느냐 사느냐 미치느냐 제정신이냐, 여기에 저라는 불쌍한 놈의 하루살이 인생이 달렸죠. 이를테면 여벌이랄까? 여벌의 촛대, 여벌의 접시, 상황에 따라 꺼내 쓸 수도 있고, 아닐 수도 있고."

아넬리는 조금씩 테오 쪽으로 몸을 기울였다. 입가에서도 신랄함이 사라졌다.

"네 말이 맞다면, 결혼은 왜 시킨 거야?"

"쇼가 필요해서. 앞으로 켈티카에 피바람이 몰아칠 것 같 은데 공화정부의 눈을 속여 자식들을 안전한 데로 보내려 무슨 중대한 사정이 있어 보여야죠. 아픈 딸이 그토록 바라던 결혼을 시켜서, 생애 마지막일지도 모를 여행을 보내준다, 뭐 그 정도 사연은 되어야 공화정부의 멍청이들도 뇌물 좀 받고 통행증을 써주겠죠? 저야말로 공화정부에 절이라도 해야겠네요. 그분들이 아니었으면 이십 년간 약혼이라든가 하는 대기록을 세울 뻔했잖아요?"

그런 말을 하고 있는 테오는 흡사 남의 이야기를 하듯 유쾌해 보였는데 말을 맺고 입을 꽉 다물자마자 입술이 파르르 떨렸다. 그 모습을 지켜보던 애니스탄은 저도 모르게 미간을 움찔했다. 어려서부터 자존심 강하던 테오가 줄곧 억눌러왔을 경멸이 전염되는 듯해서였다.

"앞으로의 제 역할은 뭔지 아시나요? 데모닉 조슈아는 언제든 죽거나 광인으로 돌변할 수가 있죠. 저는 기다리고, 기다리고, 또 기다리다가 혹시라도 그런 일이 벌어지면 그 자리를 메우고, 그런 일이 안 일어나면 하던 보모 노릇이나 끝까지 해야죠. 이만하면 공정한 계약인가요? 테오스티드 다 모로의 아들은 이 정도로 만족해야 한다고요? 제가 잘되면 그런 아버지의 아들치고 감지덕지고, 잘 안 되면 그런 아버지의 아들이니 당연한 일인가요? 대체 그 인간과 제가 무슨 상관이 있기에?"

여전히 테오는 미소를 짓고 있었다. 하지만 동시에 앞을 노려보고 있었다. 테이블 한쪽, 아무것도 없는 그곳을 향해 실체 없는 무언가를 노려보며 미소를 짓고 있었다.

"테오."

아넬리가 부르자 테오는 고개를 빠르게 흔들고 나서 아넬리를 봤다.

"네 말이 맞다면 그런 곳에서 뭘 하니? 지금이라도 떠나. 돈 되는 것 좀 집어서 자취를 감추라고. 여긴 외국이잖아. 누가 널 찾아내겠어?"

테오가 고개를 저었다.

"아뇨. 그럴 순 없습니다."

"왜 못 해? 쫓길까 봐? 내가 도와줄게. 그 정도는 내 힘으로도 어렵지 않아. 아니면 혹시 백치한테 미련이 있니?"

테오의 표정이 기묘해졌다. 그러더니 갑자기 웃음을 터뜨렸다.

"이모님, 말씀은 감사하지만 전 이대로 도망치지 않습니다. 그러기엔 여기에 갈아 넣은 제 인생이 아깝습니다. 조수아가 태어나고부터 바뀐 계약에 대해 아무도 제게 양해를 구하지 않았지만, 저라고 모르겠습니까? 도망치려면 그때 도망쳤어야죠. 하지만 전 줄곧 기다려왔어요. 제 차례를."

"네 차례라니?"

"계약이란 상호적이죠. 한쪽에서 멋대로 파기했다고 제가 받아들여야 합니까? 전 아직 받아들이지 않았습니다. 그리고 그들만 그런 짓을 하라는 법은 없거든요. 박살난 그릇의 파편은 어디로 튈지 모른다는 걸 그들도 알 필요가 있죠."

아넬리가 목을 이리저리 풀면서 생각을 하더니 말했다.

"뭐, 네 말이 틀린 건 아닌데, 그래서 뭘 할 수가 있을까? 넌 그 조슈아라는 꼬맹이를 조종해서 집이라도 나가게 하고 싶었던 모양인데 말했다시피 그건 불가능해. 그럼 죽이기라도 해야 할까? 미리 말해두지만 난 그런 일에 손 안 대."

테오가 쓴웃음을 지었다.

"네. 그럴 일은 없을 겁니다. 그 애를 너무 사랑해서 그런 건 아니고요. 만약 조슈아가 누군가에게 살해당하고 범인을 못 찾는다면, 제가 진짜로 그랬든 아니든 범인은 저로 정해져 있거든요."

아넬리가 미간을 찡그리며 애니스탄을 돌아봤다가 고개를 끄덕거렸다.

"네 말이 맞다 쳐. 그럼 어쩔 거니?"

"할 일은 간단하죠. 이번 결혼으로 저는 딱 절반 지점까지 왔습니다. 남은 건 조슈아가 아르님 가문을 떠나게 하고, 제가 그 가문을 차지하는 거죠."

"그러니까 어떻게?"

"이모님과 애니가 무슨 수를 써서든 도와주겠죠. 아닌가요?"

아넬리가 눈을 동그랗게 뜨더니 웃음을 터뜨렸다.

"너 정말 웃긴다. 무슨 근거로 그렇게 생각하니?"

"저한테 좋은 제안이 있거든요."

"그래? 그것참 흥미롭네. 뭔지 몰라도 거절할 리가 없는 끝내주는 조건인가 봐?"

아넬리가 놀리는 것처럼 싱글싱글 웃었지만 테오는 지체 없이 대꾸했다.

"그런 셈이죠. 말씀드렸다시피 제가 지금까지 절반을 해놨고 나머지 절반을 해주시는 거니까, 이 문제를 해결해주신다면 제가 손에 넣는 것의 정확히 반을 드리죠."

아넬리가 움찔, 하더니 테오를 쏘아봤다. 애니스탄도 마찬가지였지만 이유는 조금 달랐다. 잠시 침묵이 흐른 끝에 아넬리가 말했다.

"너 진심인 것 같다."

"농담할 문제가 아니죠."

"아냐. 이건 농담이어야 해. 난 범죄에 손을 빌려줄 생각이 없어."

"생각을 달리 해보시죠. 이건 마법 실험이기도 해요. 도전이라고 볼 수도 있죠. 누가 봐도 불가능한 문제가 있고, 그걸 해결하면 어마어마한 보상이 생기니까."

"말했잖아. 그건 아무도 해결 못 해. 상대는 데모닉이야."

"제게 필요한 건 말을 잘 듣는 열 살 꼬맹이예요. 그 녀석이 데모닉이든 아니든 저한테는 상관이 없다고요. 어차피 기다리고 있으면 저절로 해결될지도 모를 문제지만, 계기를 줘서 조금 시기를 당기려는 것뿐이죠. 전 더 기다리고 싶지가 않거든요. 이미 충분히 기다렸으니까."

테오의 말을 듣고 있던 애니스탄의 시선이 문득 흔들렸다. 그때 테오가 공기를 통해 애니스탄의 감정을 느끼기라도 한 것처럼 돌아봤다. 둘의 눈이 마주쳤다.

"……."

이윽고 시선을 피한 애니스탄이 물었다.

"그 애가 집을 떠나주기만 하면 된다는 거지? 그 이상은 필요 없지?"

"그래, 그뿐이야. 그런 녀석한테는 공작 가문 따위보다 더 나은 곳이 얼마든지 있을 거야. 오히려 자유로워졌다고 좋아할지도 모르지."

"그 애를 죽이지도, 괴롭히지도 않을 거고?"

"날 귀찮게 하지 않는다면 내가 그럴 필요가 어디 있겠어?"

듣고 있던 아넬리가 고개를 흔들며 참견했다.

"이것 봐, 똑똑한 젊은이들. 집을 나가게 할 방법이야 잔뜩 있겠지만 어린애가 멋대로 사라지면 부모가 찾으려 할 거라고 생각 안 해? 못 찾는다 해도 쉽사리 포기할까? 핵심은 집을 나가는 게 아니라 부모가 그 애를 포기하는 거 아니니? 이런 망나니한테는 가문을 못 물려준다고 생각해야 끝이 나잖아. 그리고 그런 결론이야말로 애가 좀 커야 나지 않겠어? 스무 살도 안 된 애가 대체 무슨 짓을 하면 부모가 포기할 거라고 생각하는 거야?"

그때 애니스탄이 말했다.

"그럴 필요는 없어요. 우리가 그 애를 조종할 수 없다면, 주위 사람을 속이면 되거든요."

테오와 아넬리의 시선이 애니스탄에게 꽂혔다. 아넬리가 곧 어처구니없어하며 미간을 찡그렸다.

"너 미쳤니? 그 많은 사람을 어떻게 다 속여? 데모닉보다야 쉽다 쳐도 보통 사람을 수십 명씩이나 조종한다고?"

"아뇨. 그런 뜻이 아니에요."

"그럼?"

"꼭 닮은 모습의 가짜를 만들면 되죠."

아넬리가 순간 당황한 듯하다가 곧 고개를 내저었다.

"물론 만들 순 있지만 그게 사람처럼 행동하진 않을 텐데? 그리고 재료를 뭘로 하려고? 마력을 강하게 반영하는 재료는 대부분 질량이 낮은 것들인데 그런 건 인간처럼 의자에 앉고, 포크만 집어 올리게 하려고 해도 엄청난 에너지가 들잖아. 반대로 질량이 높은 걸 쓰면 마력 반영도가 낮아서 그야말로 돌을 깎아 만든 인형 같은 상태일 테고. 하여튼 어느 쪽을 택하든 어마어마한 마법을 쏟아붓지 않는 이상 사람으로 믿게 하는 건 무리야. 너도 다 알면서."

애니스탄이 겸연쩍은 표정을 짓더니 말했다.

"최근에 제가 해본 게 있는데요."

애니스탄이 허공으로 손을 내밀어 천천히 저었다. 얼마 후 희미한 파문이 나타나더니 반투명한 덩어리가 뭉쳐지고, 이어 둘로 나눠졌다. 첫 번째 덩어리는 작은 사람의 형태를 띠더니 테오 곁의 의자에 앉았다. 나머지 하나는 테이블 위에 그대로 떠 있었다.

"먼저 둘로 나누고, 이 둘을 이렇게 해서, 연결하면……."

애니스탄이 허공에 손가락을 긋자 빛나는 줄이 나타나 둘을 연결했다. 이어 덩어리를 향해 악수라도 하자는 것처럼 손을 내밀었다. 그러자 덩어리 대신, 의자에 앉아 있던 사람 모양의 형태가 손을 내밀었다.

"기초적인 반응 연결이죠. 이제 이렇게 해보면……."

애니스탄이 잠시 눈을 감고 입속으로 주문을 외우자 테오 곁에 있던 사람 형태가 비록 반투명하지만 테오를 닮은 모습으로 바뀌었다. 테오가 흘끗 보더니 어깨를 움찔했다. 애니스탄이 말을 이었다.

"이건 임시로 만든 눈속임 변성이지만, 어쨌든 반영을 하면 이렇게 되겠죠."

애니스탄이 덩어리를 향해 "걸어"라고 말하자 테오를 닮은 인간 형상이 일어나 앞으로 걸어갔다. 형상은 의자나 테이블 따위를 그대로 통과해 나아가다가 "멈춰"라고 말하자 멈췄다.

"집 밖으로 나가버리면 안 되니까. 어쨌든 보다시피 편의상 이쪽을 본체, 저쪽을 반영체라고 부른다면 본체는 명령을 수행하고, 반영체는 형태를 갖추죠. 그렇게 역할을 나누면 재료 선택이 자유롭고 마력도 훨씬 덜 들어요."

아넬리는 잠시 생각하는 기색이더니 눈빛이 달라졌다.

"반영 주문을 써서, 마력을 쓸 곳을 둘로 나눈다? 그거 참신하다. 어쩌면 뭔가 될지도 모르겠는데."

"아직은 시작 단계죠. 둘 이상으로 나누는 게 나은지도 확인해볼 필요가 있고……."

"그야 그렇겠지만 이건 대단하다. 완성도를 획기적으로 올릴 수가 있겠어. 넌 뭘 보고 이런 생각을 해냈니? 그런 건 아직껏 네냐플에서도…… 잠깐, 그거 혹시 가나폴리에서 쓰던 방법 아니야?"

애니스탄이 눈을 크게 뜨더니 고개를 흔들었다.

"네? 아, 아뇨. 제가 그런 걸 알 리가 없잖아요."

"아니, 아니야. 가만히 있어봐. 어디선가 분명히 봤는데."

아넬리는 기억을 더듬느라 잠시 허공을 쳐다보고 있다가

미간을 찌푸리며 말했다.

"그렇구나. 잠깐, 이거 생각을 많이 해야 되겠는데. 너 정말로 이거 너 혼자 생각해낸 거야?"

애니스탄은 어리둥절한 표정으로 되물었다.

"아직 착상일 뿐이라서 그렇게 대단한 건 아닌걸요. 이모님은 지금 무슨 생각을 하고 계신 건데요?"

애니스탄이 생각을 표정에서 잘 감추지 못한다는 것을 아는 아넬리는 곧 고개를 끄덕거리더니 말했다.

"그래. 그럴 수도 있겠지. 예전부터 넌 좀 범상치가 않았으니까. 연구를 해보자고. 시간과 돈을 들여보자고. 우리가 가나폴리 사람들보다 더 나은 걸 만들어낼지 누가 알겠어?"

아넬리가 혼자 킥킥 웃어대고 있자 테오가 말했다.

"그거 좋은 말씀이네요. 그럼 이것부터 받으시죠."

테오가 테이블 위에 꺼내놓은 주머니가 묵직했다. 안을 들여다본 애니스탄이 깜짝 놀란 표정을 지었다.

"이게 뭐야?"

"착수금. 재료도 구하고 실험도 하려면 돈이 필요할 것 아냐."

"그렇지만 아직은……"

"받아둬. 실패한다고 돌려달라고 하진 않을 테니까. 내가 다른 사람도 아닌 너와 이모님한테 이런 일을 부탁하면서 돈을 아낄 것 같아?"

애니스탄은 여전히 머뭇거렸다. 대신 아넬리가 냉큼 돈주머니를 집어 들었다.

"네 말대로라면 이건 투자금이지? 사양치 않을게. 하긴 우리가 사양해도 네가 억지로 떠맡길 거잖아. 그렇지?"

돈주머니가 아넬리의 가방 속으로 사라지고 나자 테오가 애니스탄을 보며 말했다.

"슬슬 이브가 낮잠에서 깰 때가 됐어. 마주치지 않는 편이 낫겠지. 두 달쯤 있다가 연락 보낼게."

돈 덕택인지 기분이 좋아진 아넬리가 대꾸했다.

"좋아. 기대해. 근사한 게 나올 것 같으니까."

"그 말씀, 믿죠. 그럼."

테오가 일어나자 아넬리가 모자챙을 까딱인 뒤 먼저 입구 쪽으로 나갔다. 애니스탄은 뒤따라 일어났지만 발을 끌며 망설이다가 테오를 돌아봤다.

"테오. 오늘 네 얘기를 듣고서 널 꼭 도와야겠다고 생각했고, 네가 이걸로 행복해진다면 난 최선을 다할 거야. 하지만 이것만은 알아줘. 이 길은 그리 아름답지 않아. 그리고 한번 시작하면 쉽게 그만둘 수도 없어."

"난 각오가 돼 있어."

"난 마법사야. 그래서 이 길의 끝이 너보다 잘 보여. 아니,

어쩌면 나조차도 전부 다는 모를 거야. 하지만 한 가지는 분명해. 이런 마법은 대가 없이 끝나지 않아."

"넌 걱정하지 마. 대가는 내가 치를 테니까."

"테오……."

애니스탄은 입술을 깨물었다가, 돌아서려다가, 한 번 더 말했다.

"네가 사는 곳을 봐. 이 아름다운 섬을. 난 여기가 마음에 들어. 나라면 아무데도 가고 싶지 않을 거야. 사랑하는 아내하고 바닷가나 산책하면서 그냥 평화롭게 살 거야."

테오는 아무렇지도 않게 웃었다.

"나중에 결혼하면 너 여기에 집 얻어야 되겠다. 집세가 꽤 비싸니까 많이 벌어야겠는데."

애니스탄이 고개를 흔들었다.

"나 말고 너 말이야. 넌 여기가 좋지 않아? 사람들은 여기서 살고 싶어서 한 해에 몇 달밖에 못 머무는 주제에 별장까지 짓잖아. 넌 많은 걸 가졌어. 물론 지금까지 열심히 노력했기 때문이지. 여기서 널 괴롭힐 사람은 없어, 너 자신 말고는."

테오는 얼른 대답하지 않았다. 애니스탄은 친구의 표정을 조용히 살폈다. 이윽고 테오가 말했다.

"이 세상에는 제 자식들이 뭘 고를지 모르니 앞길에 일곱 색 비단을 모조리 깔아주는 부모도 있지만, 나한텐 없었단 말이지. 오히려 남의 자식들 발밑에 깔아주라고 팔아버렸단 말이야. 나는 그런 운명을 당연히 받아들여야 하나? 아버지가 나를 깔개로 보면, 깔개가 되어야 하나?"

애니스탄은 대답하지 못한 채 시선을 돌렸다. 창밖으로 희고 붉은 꽃들이 흔들리고 있었다. 테오의 목소리가 속삭이듯 낮아졌다.

"아니야, 난 아버지와 달라. 난 나를 포기하지 않을 거야."

남쪽 섬의 루비

몇 해나 끈질기게 찾아가도 이루지 못하더니,

그예 이듬해부터는 찾아오지 아니하더군.

찾는 자에게는 찾고자 마음 정한 것만 보이는가?

처음 만난 바다에서 아직 기다리고 있는 줄을 모르고.

파랑이 붉어지더니 곧 서녘을 뒤덮었다. 지평선 언저리에 저녁별이 두 개 떠서 깜빡거렸다. 이곳에서만 볼 수 있는 고요하고 장려한 저녁이 왔다.

"파란 셔츠를 입고 빨간 바지를 입는다면 세상에서 가장 촌스러울 텐데."

언덕에 팔베개를 하고 누운 조슈아가 중얼거렸다.

"그런데?"

"하늘은 그렇지 않잖아."

"그런가."

늘 그렇듯, 당장 손에 쥐어지는 것이 없는 화제로 막시민에게 신통한 대답을 끌어낼 순 없었다. 정수리를 맞댄 채 맞은편으로 다리를 뻗고 누운 두 소년은 이 년 전보다 훌쩍 자라 있었다. 조슈아는 열한 살부터 키가 부쩍 컸다. 하지만 체질 탓인지 여전히 호리호리했고, 게으름을 인생철학으로 삼고 있는 막시민이 오히려 더 소년다운 체격이었다.

조슈아가 벌떡 일어나 앉자 심드렁하게 묻는 소리가 들렸다.

"그럼 그리게?"

"아, 글쎄."

조슈아는 머리를 긁적이다가 대답했다.

"그러기엔 너무 어두워진 것 같다."

누워 있는 막시민으로부터 별다른 대답은 없었다. 조슈아는 소리 없이 웃었다. 드물게 지금처럼 막시민이 말이 없을 때면 평소 역설하는 현실적 사고방식과는 거리가 먼 공상에 빠져 있음을 알게 됐던 것이다. 언젠가 조슈아가 뭘 생각하느냐고 꼬치꼬치 캐물었더니 막시민은 '시시한 상념'에 불과하다며 화를 냈다. 그후로 조슈아는 혼자 웃을 뿐 막시민의 상념을 방해하지 않았다. 떼부자가 되어 평생 먹고 노는 것 정도가 장래 희망인 녀석이니 가끔 덜 실질적인 생각에 빠져 있더라도 해로울 건 없다 싶었다.

처음 만났을 때 잔소리 많은 맏형 같던 막시민은 알고 보니 조슈아보다 나이가 적었다. 그래봤자 고작 한 살이라 평소에는 둘 다 잊어버리고 지냈다. 나이야 어떻든 막시민이 훨씬 어른스럽기도 했다. 다가올 6월에 막시민이 한 살 더 먹을 때까지는 조슈아가 막시민보다 두 살이 많았으므로 요즘 조슈아는 막시민에게 형이라고 부르라며 놀려대는 데 재미를 붙였다. 물론 막시민은 무시했고, 궤변을 늘어놓았고, 그러다가 수틀리면 얼굴을 붉히며 신경질을 내곤 했다. 어차피 이 녀석 입에서 형 소리 듣는 것이 무리한 희망임을 조슈아도 잘 알거니와 놀리는 것 외에 다른 목적도 없었다.

"저기 할아버지께서 오시는데."

언덕 밑을 보던 조슈아가 말하자, 안경까지 풀밭에 벗어 던져놓고 눈을 감고 있던 막시민이 한숨을 푹 내쉬었다.

"한잠 자볼까 했더니."

조슈아는 물론 막시민이 자고 있지 않았다는 걸 알았다. 도대체 무슨 생각을 하는 걸까. 언젠가 다시 물어봐야지.

"영감, 올라오는 게 아니잖아."

안경을 집어 쓴 막시민이 언덕 밑을 자세히 보다가 말했다. 히스파니에는 언덕바지에 선 채로 그들에게 손짓으로 무어라 신호하고 있었다.

"우리한테 오라는 것 같은데?"

"저쪽을 가리키니까…… 강변으로 가라는 건가?"

그렇게 말한 조슈아가 강변 쪽을 돌아봤다.

"강변에 모닥불 피워놓은 것이 보이네. 오늘은 밖에서 저녁 먹을 건가 봐."

"그거 잘됐군. 집까지 걸어가기 귀찮았어."

"넌 귀찮은 게 너무 많아."

"삶은 본래 귀찮지. 너처럼 한번 본 것을 다시 볼 필요가 없다면 얼마나 편할까."

"넌 그런 나를 데리고 다녀서 번거로움을 해결하잖아."

"맞아. 넌 메모장 대신으로 제격이야."

"주판 대용으로도 쓸 수 있지. 자, 가자."

식사가 끝난 후 세 사람은 꺼져가는 모닥불에 마른 가지를 던져 넣으며 불평을 주고받았다.

"아, 고기 씹다가 턱 빠지겠네. 노인네, 이보다 잘할 수 있을 거 아니에요."

"난 그만하면 괜찮았는데?"

"아냐, 양고기가 너무 질겼어."

"양고기는 다 그래."

"아냐, 영감이 한 것만 그래."

비취반지 성의 절대 미각이었던 조슈아가 군말 없이 먹은 음식을 막시민이 불평하는 일은 흔치 않……지가 않고 실은 꽤 자주 있었다. 하지만 어디까지나 말이 그럴 뿐 막시민이 고기 한 점이라도 남긴 것은 아니었다. 히스파니에가 말했다.

"막군 네놈은 다 먹고 나서 불평하는 것이 아주 고질적이야. 일찌감치 말하면 접시째 뺏어버릴 텐데."

'막군'이라는 말은 히스파니에가 '막시민 군'을 줄여서 부르는 별명이었는데, 비슷하게 조슈아도 '조군'이라고 부르곤 했다. 히스파니에의 영향 때문에 두 소년도 가끔 서로를 그렇게 불렀다.

"그러지 말고 날카로운 비평에 의지해서 끝내주는 요리사로 거듭나보시죠. 저 같은 인간들이 이 세상을 발전시켜온 거거든요?"

"그 말이 옳구나. 나도 이 세상까진 무리지만 네놈의 바이올린 실력쯤은 발전시킬 수 있을 것 같다. 이렇게 빨리 포기하다니 그게 될 말이냐?"

"아니, 그 무슨 무리한 말씀을. 세계 발전과 평화는 젊은이들에게 맡기시고 이제 그만 안락의자에서 쉬실 때입니다."

"왜, 아예 관짝에 들어가실 때라고 하지?"

"바이올린은 제가 책임지고 같이 넣어드립니다."

그 말을 하자마자 막시민은 벌떡 일어나 조슈아 뒤에 숨었다. 히스파니에는 등짝을 때리려던 손을 거두며 어깨를 으쓱했다.

"본데없는 망할 자식이라 어쩔 수가 없지."

본심은 아니었다. 두 사람은 험한 말을 잘 주고받는 편이어서 적당히 말해서는 농담도 되지 않았다.

"아시다시피 망할 자식들은 잘해줘도 기억을 못 하거든요?"

"내가 그런 놈한테 양이나 잡아 해 먹이고 앉았다."

"아…… 그게, 그나저나 이 동네 양들은 먹고 뜀박질만 했나. 허벅지 보니까 말도 따돌리겠네."

어두컴컴한 들판을 두리번대는 척하며 막시민은 슬슬 제자리로 돌아와 앉았다. 조슈아는 긴 작대기로 재를 흩어 불씨가 살아나게 하면서 빙그레 웃었다. 그는 여기가 좋았다. 곁에서 시시한 언쟁을 주고받는 두 사람마저 그렇게 편안할 수가 없었다.

해가 가면서 비취반지 성에 남겨둔 '유리 인형'도 그리 생각하지 않게 되었다. 그것은 자신과 합쳐졌거나, 완전히 분리되었다. 어느 쪽이었든 지금의 자신은 꽤 괜찮았다. 이 년 전, 카드를 뒤집어놓던 순간에는 그리 오래가리라고 생각하지 않았는데. 그러나 이제는 뒷면이 그립지 않았다. 그곳에는 정교하고 빼어나고 예술성 높은 무늬가 있고 지금의 면에는 손 가는 대로 그은 무딘 붓자국뿐이었지만 상관없었다. 이제 그는 눈을 게슴츠레하게 뜨고 세상을 바라볼 필요가 없었다. 코츠볼트의 조슈아는 다소 별나지만 멍청한 꼬마라서 이런 건 잘하지만 저런 건 서투르다. 뭐 어떤가? 다시는 뒷면을 볼 일이 없더라도 상관없다는 생각마저 들었다. 어차피 이 세상에는 그의 능력이 필요할 만큼 대단한 일도 별로 없지 않던가?

"예전에 조군이 설계한 풍차 말이야. 근방에서 모양을 본따 갔다더군. 비슷한 것이 몇 개 생겼다는 소릴 들었다."

조슈아는 히스파니에가 자신을 군이 조군이라고 부르는 까닭을 알고 있었다. 조슈아는 형의 손자이지만 막시민과는 핏줄이 닿지 않는다. 그런 차이를 무시하고 둘을 동등하게 대하려고 그러는 것이다.

"그거 별나게 생겨서 경관을 좀 해칠 텐데."

뻔히 알면서도 막시민이 한마디 거들자 히스파니에가 들고 있던 막대로 바닥을 땅땅 두드렸다.

"탈곡해본 사람만이 차이를 안다고 하더군. 그러니 네 녀석이 뭐가 좋은지 모르는 것도 당연해."

"그러는 영감은 탈곡해보셨나요?"

두 사람이 티격태격하는 소리를 듣고 있던 조슈아는 문득 생각했다. 할아버지는 어땠을까? 데모닉의 능력이 필요할 만한 일을 찾아냈을까? 그랬다면 그건 뭐였을까?

빛과 그늘이 일렁이는 옆얼굴을 물끄러미 보았다. 한때는 깃펜으로 그린 듯했을 선이 조각칼로 파낸 듯 깊어졌지만 예기는 사라지지 않았다. 모닥불이 드리운 그림자는 주름을 생생하게 했지만 동시에 노쇠의 흔적을 지우며 옛 윤곽을 일부 되살렸다. 미술품을 보듯 관찰하고 있자니 여러 가지가 떠올랐다. 단호함, 난폭함, 계략, 술수, 농담, 아름다움, 대담함, 오만.

무엇보다 히스파니에의 얼굴에는 노인들에게 흔한 후회나 초연함이 없었다. 할아버지가 그들에게 이토록 너그러운데도, 너그러움조차 본질적으로 그의 것은 아닌 것 같았다.

평화롭게 앉아 있는 지금도 저런데 젊어서는 더 보통이 아니었을 것이다. 평범한 목장 주인이었을 리는 없다. 과거를 자세히 이야기해준 적이 없으니 추측만 할 뿐이지만 세상 곳곳을 돌아다니며 온갖 일에 뛰어들었을 것 같았다. 그 모습을 상상해보려다가 조수아는 성에 걸려 있던 초상화를 생각해냈다.

"할아버지, 성에 걸린 초상화 말이에요."

"초상화?"

히스파니에는 고개를 갸웃거리다가 말했다.

"내가 집에서 나올 때 다 태워버렸을 텐데."

"한 장은 남았나 봐요. 지금도 비취반지 성에 걸려 있는데, 그게 어린시절의 모습이거든요. 지금의 저보다 더 어릴 때."

막시민이 끼어들었다.

"잠깐, 방금 궁금한 게 생겼는데. 초상화 밑에는 뭐라고 적혀 있냐?"

"이름이 적혀 있지, 뭐."

"그래, 그거 말이야. 본명이 뭐냐 이거지. 나뿐 아니라 이 동네에서 아무도 모르거든?"

생각해보면 코츠볼트 사람들도 '파란 지붕 댁 어르신' 정도로 부를 뿐, 이름도 가문명도 몰랐다. 가문명은 일부러 숨겼을지도 모르지만 어차피 막시민에게는 예전에 자신이 말해버린 터였다. 조슈아는 할아버지를 흘끗 쳐다본 뒤 대답했다.

"히스파니에 노엘탄트 폰 아르님."

막시민은 즉각 웃기 시작했다.

"우와, 엄청 우아하시네. 물론 전혀 안 어울려. 사람 이름 같지도 않고. 어, 거, 뭐냐, 왕실 파티에서 특별 주문한 삼단 케이크 이름 같지 않냐?"

재를 쑤시던 막대로 옆구리를 몇 번 찔렸지만 막시민은 여전히 킬킬거릴 따름이었다. 조슈아는 옛 기억을 더듬듯 허공을 바라봤다. 실은 초상화의 모든 것이 즉각 또렷이 떠올랐다.

"그 초상화 속의 아이는 천사처럼 예뻤거든요. 제가 지금껏 본 어떤 애보다도 더."

그 말을 들은 막시민은 웃다 못해 숫제 뒤로 자빠져버렸다. 물론 히스파니에에게 세 대나 연속으로 얻어맞았다.

"하, 하, 하하…… 안 웃을 수가 있어야 말이죠. 저 독수리 같은 눈이랑, 주변에 주름 좀 봐요! 아참, 직접 볼 수가 없지. 하여간 저 노인네 얼굴에 예쁜 애라니, 이거 갖고는 양이나 닭도 웃길 수 있겠는데!"

"이놈아, 입다물지 못해!"

그 와중에도 조슈아는 꿋꿋이 제 생각에 잠겨 말을 이었다.

"그런데요, 제가 초상화 속의 아이를 닮았다고 말해준 사람이 여럿 있었어요."

아까 웃느라 쓰러졌던 막시민이 일어나 조슈아의 얼굴을 뚫어져라 보고, 다시 히스파니에의 얼굴을 보았다.

"뭐 조금 닮기는 했는데. 하지만 그런 식이라면 조군 너도 늙으면 이런 얼굴이 된다는 얘기잖아. 아니, 그게 아니지. 넌 그 초상화 속의 애가 세상에서 제일 예뻤다고 그랬지? 그러면 그거 결국 자화자찬이네!"

이상한 쪽으로 예리한 막시민이 계속해서 웃을 거리를 찾아내는 동안 히스파니에는 옛일을 생각해냈는지 미간을 찌푸리며 중얼거렸다.

"그림을 꺼내다가 걸어놓으랬더니 창고를 뒤지다가 엉뚱

한 것까지 찾아냈군그래. 아니, 잠깐만. 설마 그걸 2층 회랑에 걸어놓은 건 아니겠지?"

"왜 아니겠어요? 당연히 거기 있죠."

"맙소사……."

히스파니에는 두 손으로 머리를 싸쥐었다.

"이거야 정말! 그 회랑에 걸리는 것만은 싫다고 누누이 말했는데, 거기다가 어린애 시절 그림을 떡하니 걸어놓다니!"

"뭣하시면 지금 모습으로 하나 그리시든가요."

"미쳤다고 그리냐!"

"제가 그려드려요?"

"……."

히스파니에는 이놈이나 저놈이나 다 똑같은 놈들뿐이라는 것처럼 불신의 눈빛을 보냈다. 조슈아는 킥킥 웃다가 말고 말했다.

"어쨌든 그 그림만 봤을 때 저는 할아버지가 어떤 분일지 상상할 수 없었어요. 물론 살아 계신 줄도 몰랐지만요. 그렇게 아이의 모습으로만 알고 있다가 지금의 할아버지를 뵙게 된 거죠. 그래서 궁금한 게 생겼어요."

"뭔데?"

"젊었을 때의 할아버지요. 가문을 떠난 다음에 무슨 일을 하며 지내셨던 건가요?"

"뭐라고 딱 잘라 말하기 어려울 정도로 온갖 일을 했다. 한 번 추측해볼 테냐? 몇 가지는 애들한테 공개 불가지만."

막시민이 바로 끼어들었다.

"그래요? 역시 범죄자인가?"

"네놈이 하는 상상이란 게 꼭 그렇지. 조군, 넌?"

"음…… 연주자요? 바이올린이라든가."

"이놈은 안전제일이군. 그럼 너희 둘의 예상이 겹치는 범위의 것으로 말해주지. 한때는 골동품을 사고팔았다. 그중 최고의 물건이 막군 네놈이 켜고 있는 그거고. 그걸 손에 넣을 때 약간의 사연이 있었지."

"역시 골동품이라서 이렇게 소리가 안 나는 거였어. 난 빤딱빤딱한 신제품이 좋다고요."

"그래? 그게 신제품 천 대보다도 값진 건데?"

막시민은 눈을 크게 떴다가, 곧 다시 가늘게 떴다.

"에이, 뻥치시네. 그 폐품의 어딜 봐서 그런 가치가 있어요?"

"모르는 놈한테는 폐품이겠지. 뭐, 모르면 모르는 대로 살아. 그러면 속 편해."

"아, 네. 뭐, 알았습니다."

막시민은 제 입으로 그렇게 말해놓고도 내심 미심쩍긴 한 모양이었다. 고개를 갸웃대며 생각에 잠겨 있는 동안 조수아가 다시 물었다.

"그럼 주로 장사를 하셨다는 건가요?"

이번엔 히스파니에가 눈을 가늘게 뜨더니 말했다.

"글쎄, 아주 넓은 범위로 보자면 그렇게 생각할 수도 있겠지."

마지막으로 조슈아까지 눈을 가늘게 떴다.

"그런데 가끔 찾아오는 분들을 보면 뭐랄까…… 그랬을 것 같지가 않던데요."

히스파니에가 코츠볼트에서 지내기 시작한 후로 한두 달에 한 번씩은 낯선 사람들이 찾아왔다. 매번 같은 사람도 아니었다. 심지어 공통점도 없었다. 귀족 비서처럼 각 잡힌 자도, 뒷골목을 주름잡을 듯 우락부락한 자도 있었고, 정말로 상인인 듯 유들유들한 자도, 곡마단 떠돌이인가 싶은 기묘한 자도 있었다.

그들 모두는 히스파니에와 대단히 친해 보였지만 섬길 때는 철저했고, 조슈아 앞에서도 깍듯하게 굴었다. 가끔씩은 지나친 감도 없지 않았다. 마치 어느 왕가의 후계자를 대하기라도 하는 태도였다. 물론 조슈아는 공작 가문의 후계자로 태어났지만 자라온 상황이 약간 특수했다. 생애의 대부분을 공화정부 치하의 켈티카에서 보냈던 것이다. 그러니 가문 사람들 말고 남들에게 그런 대접을 받아볼 기회는 좀처럼 없었다.

히스파니에가 피식 웃었다.

"온갖 일을 하다 보니 별의별 인간들과 알고 지내게 됐다. 그 녀석들이 나한테 가르쳐준 것도 많았지."

조슈아가 다소 머뭇거리다가 다시 물었다.

"저도 할아버지 같은 나이가 되면 그렇게 많은 사람들한테 신뢰도 주고…… 호감도 얻게 될까요?"

"왜 이 나이까지 기다려? 지금이라도 그러면 되지."

조슈아가 바로 대답하지 않자 히스파니에가 어깨를 으쓱했다.

"왜, 데모닉이라서 안 될 것 같으냐? 그건 그리 엄청난 문제가 아닌데. 집 밖에 나와보니 생각보다 아무것도 아니지 않더냐?"

조슈아는 여전히 대답하지 않았다. 긍정도 부정도 하기 힘든 얼굴이었다. 히스파니에가 짐짓 한심한 표정을 지으며 말했다.

"그러니까 너도 일찌감치 집에서 나와. 그놈의 데모닉 행렬에 끼지 않겠다고 얼마나 기를 썼던지! 밖으로 나와버리면 생각보다 간단해지는 것을."

조슈아가 눈을 깜빡거렸다.

"데모닉인 게 싫어서 집을 나오신 거라고요?"

히스파니에는 조슈아를 곁눈으로 흘끔 보더니 반문했다.

"그럼, 넌 데모닉이 좋으냐?"

"그건……."

선뜻 대답할 수가 없었다. 지난날을 돌아본다면 좋았던 적은 거의 없었다. 하지만 데모닉은 자신의 일부였다. 어쩌면 대부분일지도 모른다. 다시 말해 '나 자신을 싫어한다'는 말을 막상 뱉으려 하자 강한 거부감이 밀려왔다. 예전의 냉소적인 꼬마였다면 오히려 쉽사리 긍정했을지도 모른다. 하지만 지금 조슈아는 어느 때보다도 행복하게 지내고 있었다. 그럼에도 불구하고 다시금 자신을 싫어해야 하나?

"왜 망설여? 좋은데 좋다고 말 못 할 리는 없으니 싫은 게로구나? 하긴 정상은 아니지. 안 그래?"

떠보는 듯한 말투를 막시민도 알아차렸다. 그러자 즉각 끼어들었다.

"아, 맞아요. 비정상이지. 저도 한 표."

"누가 너보고 투표하래?"

"아, 왜요. 저도 투표권 생길 만큼은 봤거든요? 살아 있는 메모장이자 사전이고 주판이라서 편리하고 좋지만, 평범한 인간은 아니잖아요? 할배나 조군 자식이나. 그런 인간은 살아생전 한 명 만나기도 힘든 건데, 제 잘난 맛에 우쭐대야 할 어린시절을 그런 인간들한테 둘러싸여 보내다니. 나도 참 정상이라서 애처롭네, 쳇."

조슈아가 막시민을 보았다.

"나 때문에 힘들었단 말이야?"

"아, 그렇고말고. 정상인이 하기엔 너무 힘든 일이었어. 누가 일당이라도 줬으면 좀 덜 힘들었을 텐데, 네 녀석의 한가한 공상 잡담 말고는 빵 한 조각 안 생기는 일이라 유감이었지."

잠시 후 조슈아가 뇌까렸다.

"그렇게 보자면 우린 잘못 만난 거네."

막시민이 킥킥댔다.

"네가 그런 소리 한다고 내가 '아니, 난 그런 뜻으로 한 말이 아니고' 이럴 것 같냐? 웃기지 마! 물론 잘못 만났지! 그런데 가만히 보면 비정상들이 유난히 날 좋아하는 것 같아. 나한테 뭔가 잘못된 매력이 있는 모양이야. 그게 뭔 거 같냐? 넌 알 거 아냐? 말해봐. 빨리 고쳐야지."

조슈아가 얼른 대답하지 않자 막시민은 미간을 찡그리며 손가락을 빼들었다.

"야, 내가 지금 너한테 욕이라도 했다고 생각하는 것 같은데, 아니거든? 정상인이 뭐 신나는 일이겠냐? '축하합니다! 정상인에 당첨되셨습니다!' 하고 누가 용돈이라도 주는 줄 알아? 내가 정상인 오래해봐서 아는데 아무 좋은 점 없거든?"

조슈아 대신 히스파니에가 대꾸했다.

"막군, 잘 생각해봐라. 너도 정상 아니야. 게을러서 살기 싫은데 귀찮아서 죽지도 못하겠다는 놈이. 입만 열면 늘어놓는 궤변에, 노인 공경 따윈 뒷간에서 나올 때 깜빡했지?"

"잠깐, 할배. 지금 그게 주제가 아닌 것 같은데?"

히스파니에는 다시 조슈아를 흘끔 봤다. 의기소침한 기색을 눈치채자 어처구니가 없는 표정이 됐다.

"조슈아."

히스파니에가 부르자 조슈아는 흠칫 생각에서 깨어나 그쪽을 봤다. 하지만 그쪽에서도 좋은 말이 나오진 않았다.

"이 한심한 놈아, 네 아버지는 어쩌자고 이 지경을 만들어놔서. 그때 하자는 대로 놔두는 게 아닌데. 시간을 너무 많이 줬어."

조슈아는 영문을 몰랐지만 히스파니에가 정말로 한심해하는 표정이어서 한층 상처를 입었다. 아니, 조슈아는 항변했다.

"할아버지까지 왜 그러세요? 저랑 똑같은 처지시잖아요."

"나하고 네가 어디가 똑같아? 데모닉이라고 다 같은 줄 알아?"

"그럼 할아버지는 비정상이어서 좋으셨어요?"

히스파니에가 들고 있던 작대기를 바닥에 내리꽂더니 소리쳤다.

"좋았냐고? 내가 왜? 그럼 싫었냐고? 그건 또 왜? 정상이니 비정상이니 하는 따위는 누가 정했느냐? 난 나여서 만족했다. 네 나이에는 집 나갈 준비를 깔끔하게 끝내놓고 시기만 재고 있었지. 그래도 되는지 아무한테도 물어보지 않았어. 내가 세상에서 가장 뛰어난데 누구한테 물어봐? 그 시절 사람들은 나와 의례적 인사 외에는 한마디라도 섞기를 겁냈다. 모임에서 나한테 말을 거는 짓은 '다섯 마디로 멍청이 되기'라고 불렸지. 화를 못 참고 열네 살짜리한테 결투를 신청한 얼간이도 있었지만 향후 수십 년간 웃음거리가 됐을 뿐이야. 미안할 건 없었어. 제 녀석이 멍청한 것을 날더러 어쩌란 말이야, 이렇게 생각했지."

조슈아는 어안이 벙벙해졌고 막시민은 키들거리기 시작했다.

"우와 영감, 어려서 최악의 재수똥이었구나. 게다가 기회를 놓치지 않고 잘난 척하는 거 봐. 역시 정상인의 범주가 아니야."

"시끄러워. 돌이켜보면 치기가 폭발한 어린 녀석이었지만 어쨌든 자신을 부끄러워한 적은 없었다는 말이다. 정상이 아니라서 정말로 유감이냐? 이 세상이 멍청이로 가득찬 것이 유감일 뿐이지."

"우왓, 멋지네. 겸손이란 역시 멍청이들의 미덕인 거죠? 영감 같은 사람들이 흉내냈다간 보는 사람 토할 것 같아지니까?"

이즈음 막시민의 등짝은 또 한 번의 위기를 아슬아슬 비켜갔다. 뒤이어 치명적 위기를 맞아 막 좌초되려는 참인데 히스파니에가 문득 손을 멈추고 조슈아를 돌아봤다.

"방금 뭐랬느냐?"

두 데모닉은 서로를 마주보았다. 그 틈을 타 멀찍이 도망친 막시민은 위기를 벗어난 기쁨을 조촐하게 표현하고자 우리로 돌아가는 양떼를 향해 풍작 기원 댄스를 선보였다.

"그래서, 어디로 가셨느냐고요."

"그때?"

히스파니에가 어깨를 으쓱해 보였다.

"아무도 내가 누구인지 모르고, 내가 나다워서 나를 사랑하는 사람들로 가득한 곳."

"거기가 어딘데요?"

"왜, 너도 가게?"

바로 대답이 나오지 않았다. 그사이 히스파니에는 조슈아가 양손을 맞잡았다 놓았다 하는 것을 곁눈으로 보고 있었다. 이윽고 조슈아가 고개를 끄덕였다.

"꼭 가고 싶네요."

"거기 가려면 네가 지금 가진 것들은 전부 놔두고 가야 하는데? 한번 가면 쉽게 돌아올 수도 없다."

조슈아는 왜 그런지 따져 묻는 대신 희미하게 웃었다.

"더 좋네요."

풍작에 아무 관심이 없는 상대들에게 올해 풍작이 들어야 하는 이유를 납득시킨 막시민이 돌아오며 물었다.

"그래? 내일 가냐? 가기 전에 전 재산을 나한테 상속한다는 유언장은 꼭 써놓고 가라. 참, 수도원장님 서명도 받아놔야 돼. 근데 그러려면 내일 가면 안 되겠네. 모레 어때?"

"나 물려줄 재산 없어."

"넌 신경쓰지 마. 너희 아버지가 네 앞으로 시골 땅 3000뙈기쯤은 틀림없이 사뒀을 테니까."

조슈아는 할말을 잃고 땅바닥을 내려다보며 당혹스럽게 웃었다. 곁에서 히스파니에가 헛웃음 소리를 내자 막시민이 히스파니에에게 '혹시?' 하는 눈빛을 보냈다. 그러자 히스파니에가 대꾸했다.

"땅은 뭘 하려고? 게으른 네놈이 밭을 갈겠냐, 양을 치겠냐?"

"넵, 양 오백 마리랑 양치기 개 열 마리를 고용해서 서로 돕게 하겠습니다."

"양털은 개가 깎고 개밥은 양이 주고 그러냐? 내가 바닷물 3000뙈기 물려줄 테니 물고기 농사나 지어."

"그야 물론 물고기 씨를 뿌리면 물고기가 알아서 자라는 그런 거겠죠? 바다니까 물도 안 줘도 되고. 앗싸, 괜찮은데."

히스파니에가 조슈아를 돌아봤다.

"너도 갈 테냐?"

"바닷물 농사요?"

조슈아는 막시민과 달리 히스파니에가 농담을 한다고 생각하지 않았기에 미심쩍은 표정이 됐다. 히스파니에가 눈썹을 올렸다 내렸다.

"내가 갔던 데는 다른 곳이지만 너한테는 권하기가 어렵다. 가서 막군하고 바닷물 농사나 십 년쯤 짓다 보면 물고기하고 말이 안 통한다는 자신의 크나큰 약점을 알아채고 겸손을 배우게 될 게야. 물은 아주 짭짤하니 좋은 걸로 마련해놨다."

농담인지 진담인지 모를 말이 계속되자 조슈아가 대꾸할 말을 찾지 못하고 있는데 막시민이 끼어들었다.

"잠깐, 조군은 할배와 달리 잘난 척하는 문제가 없는데요? 오히려 의기소침한데?"

"아냐, 있어. 네 눈에는 안 보이겠지만."

"아니, 이 할배가. 사람을 눈뜬 장님으로 보네."

"어쩔 수 없어. 너도 세상에서 제일 잘나봐라. 그땐 보이지."

막시민은 드디어 참지 못하고 토하는 시늉을 하기 시작했다. 히스파니에는 못 본 체하고 조슈아를 다시 봤다.

"그래서, 갈 테냐? 일단 가면 십 년은 못 돌아오는 조건이야."

조슈아는 바로 대답하지 못했다. 슬슬 감이 왔다. 이것은 생각보다 진지한 제안이다. 우화의 외피를 썼을 뿐이다. 히스파니에는 오래전부터 조슈아의 미래에 대해 이런 저런 구상을 해왔던 것 같았다. 이곳에서 이렇게 지내게 된 것까지 포함해서.

상상해보았다. 히스파니에는 세상 모든 사람들 가운데 조슈아와 가장 근사치의 닮은꼴이었다. 히스파니에가 알아낸 삶의 비밀들, 그걸 조슈아보다 필요로 할 사람이 있을까? 어촌이라면 몸으로 하는 일이 주력이니 데모닉도 그저 기억력이 약간 좋은 초보자에 불과할 것이다. 아무도 데모닉을 알아보지 못할 곳을 마련한 건 히스파니에가 구상한 최선의 유년기일지도 모른다. 그 계획을 따른다면 히스파니에가 저질렀을지도 모를 실수를 피해, 히스파니에가 갔으면 좋았으리라고 생각한 안전한 미래로 가게 될지도 모른다.

그렇다면 받아들여야 할까?

동시에 조슈아는 생각했다. 히스파니에에게는 그런 도움을 줄 사람이 있었을까?

아니.

히스파니에는 어느 날 집을 나가야겠다고 결심하고, 실행했다. 가문의 도움도 없이 갈 길을 찾아냈고, 무엇보다 지금까지 살아남았다. 그러면서 조슈아에게는 자신이 마련한 안전한 곳, 즉 '자아를 보호할 요람'으로 보내주겠다고 제안하고 있다.

마음 깊은 곳에서 히스파니에의 판단이 옳으리라는 생각과, 그걸 인정하고 싶지 않다는 작고 단단한 감정이 일어났다. 모든 사람의 인생에는 다른 일이 일어난다. 둘 다 데모닉일지라도 같으면 얼마나 같겠는가?

"저를 배려해서 하신 제안이란 건 알겠지만……."

"어부가 되긴 싫다고?"

"그게 아니라……."

둘의 눈이 마주쳤다. 히스파니에가 웃음을 터뜨렸다.

"처음 말했을 땐 꼭 가고 싶다더니 왜, 비린내 나는 일은 하기가 싫으냐?"

"아뇨. 그건 아니고요."

조슈아는 잠시 생각을 정리하더니 말했다.

"'아무도 내가 누구인지 모르고, 내가 나다워서 나를 사랑하는 사람들로 가득한 곳', 그런 곳에 꼭 가고 싶다고 했죠. 하지만 다시 생각해보니 제가 찾게 될 그곳이 할아버지가 고른 곳과 같을 리는 없다는 생각이 들었어요. 다시 말해 그런 곳은 할아버지도, 다른 누구도 저한테 줄 수가 없는 거죠. 스스로 찾아내기 전에는."

히스파니에는 바로 대답하지 않았다. 표정이 없어서 무슨 생각을 하고 있는지 몰랐다. 이윽고 히스파니에가 말했다.

"그런 곳을 찾아낼 마음이 생겼단 말이냐? 그러면 됐다.

어딘가에는 있을 테지. 그까짓 것, 대륙 한 바퀴 돌면 설마 못 찾겠느냐?"

"기껏 돌아왔는데 어쩌면 할아버지와 같은 곳일지도 모르지만요."

"그렇다면 그것대로 좋겠지. 한번 기대해볼까."

그제야 토하는 시늉을 멈춘 막시민이 말했다.

"아, 뭐야. 그래서 바닷물 농사는 시작도 하기 전에 망했어? 둘이 어디 일곱 빛깔 무지개 끄트머리에서 삼천 년 뒤에 돗자리 깔고 만나기로 했냐? 그럼 내 취직자리는? 두 천재님께서 근사한 약속 하시는 자리에 잘못 끼어 토하고 있는 나한테도 뭐 부스러기라도 남겨줘야 되는 거 아니냐?"

이런 말을 들었을 때가 두 데모닉의 반응이 가장 갈리는 순간이었다. 조슈아는 다소 민망해했지만 히스파니에는 '네가 뭘 알겠느냐?' 하는 것처럼 당당한 표정으로 내려다봤다. 그러더니 말했다.

"부스러기? 내가 왜 그런 걸 주겠느냐? 주려면 제대로 된 걸 주지."

막시민이 미심쩍은 눈빛을 하자 한마디 더 얹었다.

"보물 얘기 어때?"

막시민은 즉각 자세를 바로잡고 안경을 고쳐 쓰더니 말했다.

"한말씀 내려주시지요, 스승님."

"막군은 이럴 때만 스승님이래."

조슈아가 슬쩍 놀려도 막시민은 아랑곳 않았다. 히스파니에가 첫마디를 꺼냈다.

"초대 아르님 공작, 데모닉 이카본의 이야기야."

조슈아는 고개를 갸웃했다. 이카본에 관련된 이야기라면 거의 다 안다고 생각했다. 하지만 특별한 보물은 떠오르지 않는데?

"이카본 시절의 아르님 가문은 지금 같은 꼴이 아니었지. 켈티카에 성 하나가 다 뭐냐? 부와 명예를 모두 거머쥔, 왕가와 맞먹는 가문이었다. 시시한 보물 따윈 이름도 다 기억 못 할 정도로 많이 갖고 있었지. 하지만 이제부터 할 얘긴 이카본이 공작이 되기 전, 그러니까 아노마라드 대신 켈티카 왕국이 있던 시절의 얘기가 되겠다."

히스파니에는 담배를 찾으려 주섬주섬 주머니를 뒤지다가 실패하고 다시 말을 이었다.

"조군, 너도 아버지로부터 들었겠지만 당시 아르님 가문의 근거지는 켈티카가 아니라 남쪽 바다였다. 너도 페리윙클섬을 들어보았겠지."

조슈아가 고개를 끄덕였다.

"남쪽 바다에서 유일하게 눈이 내리는 산이 있고, 무척 아름다운 파란 꽃이 핀다던……."

"나도 어렸을 땐 그 섬에서 살았다."

"할아버지도요?"

조수아가 눈을 동그랗게 떴지만 막시민은 보물 얘기가 얼른 안 나온다 싶은지 나른한 표정을 지었다.

"네 말대로 페리윙클은 아름답지. 남쪽 바다에서 가장 큰 섬이고, 그러니 아르님 가문 이전에도 다스리는 자가 없진 않았어. 그러다가 갑자기 나타난 이카본이 페리윙클을 손에 넣고 뒤이어 주변 섬들을 평정했다. 그후로 그 일대의 섬을 이카본 군도群島라고 부르게 됐지. 처음 듣는 이름일지도 모르겠군. 이미 지도에도 나오지 않는 곳이 됐으니 말이야."

"어째서 지워버렸죠?"

히스파니에는 어깨를 으쓱했다.

"이젠 아노마라드 땅도 아니야. 건국왕 리샤르 1세와 이카본이 손을 잡고 지금의 아노마라드를 일으켰을 당시 왕국과 합쳐졌지만, 왕가와 사이가 틀어져 후손들이 군도로 돌아가고 나자 도로 독립 왕국이나 다름없는 곳이 됐지. 그럴 법도 한 것이 그 시절만 해도 군도 전체의 힘을 합치면 왕국과도 맞붙을 만했다고 하니까. 그런데 지금은 이 이야기를 하려는 것이 아닌데……. 하여튼 세월이 흐르며 점점 인구가 줄어들어서 이제 사람이 사는 곳은 페리윙클섬뿐이고, 다른 섬들은 버려지다시피 했어. 그렇게 잊힌 섬 가운데 노을섬이라는 곳이 있다."

노을섬은 페리윙클의 4분의 1에도 못 미치는 작은 섬이라 했다. 하지만 당시에는 남쪽 바다에서 가장 두려움을 자아내던 곳이었다. 이카본이 군도를 통일하던 당시에는 여러 섬의 가문들이 거미줄처럼 복잡하게 얽혀 세력 다툼을 하고 있었는데 그중에서도 가장 콧대 높고, 가장 대적하기 어려웠던 곳이 노을섬이었다.

"노을섬에는 주술사들이 살았지. 마술사들이라고 해야 할지, 좀 불분명하긴 하지만 대륙의 마법사들과는 조금 달랐다는데 어쨌든 그들은 무척 강했어. 그들의 힘으로 노을섬 주변에는 강력한 마법 폭풍이 몰아치고 있어서 어떤 배도 뚫고 들어갈 수가 없었지. 다른 섬에서 침략하려다가 잃은 배만도 수십 척이었다."

그때까지 '폰 아르님'이라는 성도 없었던 섬 소년 이카본은 이십 대에 이미 페리윙클섬의 지배자가 되었다. 새로운 강자로 떠오른 이카본이 노을섬을 어떻게 다룰 것인지 사람들은 궁금해했다. 일찌감치 천재적 전략가라고 불리고 있었기에 다들 이카본이 노을섬을 상대로 해전을 벌일 줄로만 알았다.

"하지만 아니었지. 이카본은 작고 튼튼한 돛배 하나에 친구 한 명만 태우고서 노을섬으로 갔어. 그리고 자신만의 항해술로 마법 폭풍을 뚫고 섬 안으로 들어갔지. 나중에 알려진 거지만, 이카본은 노을섬의 그치지 않는 마법 폭풍이 전투가 가능한 큰 배들만을 부순다고 판단하고 모험을 걸었던 거야. 그렇지 않다면 노을섬 사람들은 자기네 섬 밖으로 평생 나올 수가 없었지 않겠나?"

시큰둥하던 막시민도 어느새 귀를 기울이고 있었다. 조수아는 이카본이 아르님 공작이 된 후의 업적들만 들어왔기에 이처럼 젊은 시절의 이야기는 처음이었다.

"그렇게 노을섬으로 들어간 이카본은 무력이 아닌 대화로 노을섬의 주술사들과 강력한 동맹을 맺었어. 그리고 그곳에서, 흠…… 지금 막군이 궁금해서 어쩔 줄 몰라 하는 바로 그걸 받아 나왔지."

"보물요?"

반응이 무척 빨랐다.

"그래. 이카본의 손에 들어온 후로 '남쪽 바다의 루비'라고 불렸지."

"루비? 고작 보석 한 개?"

"어허, 고작이라니."

막시민은 뒤통수를 때리려는 히스파니에의 손을 익숙하게 피했다.

"나라를 세울 정도의 부를 쌓았던 초대 공작이다. 보물이라면 발에 차일 정도로 가졌던 사람이야. 그런 이카본이 평생

토록 얻은 것들 중에서 가장 귀한 보물이라고 했어. 황홀한 노을빛 보석…… 모두 그렇게 불렀지. '남쪽 바다의 루비'라는 이름만으로는 모를 뭔가가 깃든 물건이었을 게다. 하지만 이카본은 끝내 그 루비를 잃어버리고 말았어."

"잃어버렸어요?"

조슈아가 놀라며 묻자 히스파니에가 고개를 끄덕였다.

"아르님 공작이 된 후의 일이지. 이카본은 그걸 무척 아까워해서 몇 번이나 노을섬에 다시 갔었다고 해. 하지만 결국 죽을 때까지 되찾지 못했지. 그후로 누구도 그 루비를 보지 못했다."

시들어가던 모닥불이 마침내 불씨 몇 개만을 남기고 꺼졌다. 막시민은 아쉬울 것도 없는 재 속을 막대로 몇 번 휘저었다. 조슈아는 친구가 생각에 잠겨 있음을 알았다.

"루비는 아직도 노을섬에 있으리라고, 전설처럼 그렇게 말해지더군. 나도 페리윙클섬에서 자랄 당시에 들었던 이야기야. 찾고 싶다고 생각했는데 뭐랄까, 보물을 손에 넣고 싶다는 것보다 그 루비가 무척 아름답지 않을까…… 그런 생각이 들더군."

그렇게 말하는 히스파니에는 평소와 어딘가 달랐다. 열 살 이전의 꿈을 기억해내듯, 멀리 있는 아름다움을 뒤쫓는 눈이었다. 할아버지는 그 보석을 찾아내고 싶어서 집을 나섰던 걸까?

조슈아는 노인의 눈에 감화되어 말했다.

"무척 아름다울 것 같아요. 손바닥 안의 노을처럼, 물속의 붉은 조약돌처럼."

"아예 시를 써라."

조슈아의 말에 퉁명스러운 반응을 보이는 막시민도 눈빛은 그렇지 않았다. 조슈아는 막시민이 놓은 막대기를 집어 한 번 더 재를 뒤집었다. 회색 가루 속에서 불씨들이 푸르르 날려 검은 허공으로 올라갔다.

불씨가 날아 별이 되는 밤이었다.

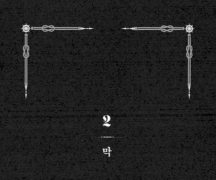

2

막

BAREFOOT

누이

춤추지 마, 그렇게 아름답게 춤추지 마, 이브.

네가 꽃처럼 져버리고도, 널 기억하고 싶지 않아.

네 하얀 발로, 대리석 바닥에서 낙엽 정원에 이르기까지,

종탑의 지붕에서 마침내 하늘에 이르기까지

춤추지 마, 이브.

내게 미소 짓지 마, 이브.

⁓

켈티카는 수백 년의 역사를 품고 있었다. 나라가 바뀌고 왕
조가 뒤집히고 수많은 사람들이 새로운 정의를 외치며 달려

왔다가 사라진 뒤에도 그대로 있었다.

수도보다 유서 깊은 곳도 있었다. 왕의 관리가 참수형을 집행하거나, 참수형이 없는 날이면 포고를 내리곤 하던 큰 광장이었다. 지난 몇 년간 숨 끊기기 직전의 환자처럼 버텨오던 공화국이 끝내 무너졌을 때, 새 국왕이 내린 제복을 입은 1300명의 군인들이 그 넓은 곳을 가득 메웠다. 빵과 달걀을 담은 바구니를 들고 지나가다가 걸음을 멈춘 사람들이 어리둥절하게 구경하는 가운데 무언가 거창한 의식이 치러졌고, 사람들은 버릇이 되어버린 열렬한 갈채를 보낸 뒤 흩어졌다.

켈티카에 다시 왕이 존재하게 됐다는 사실이 널리 알려진 것은 이튿날이나 되어서였다. 화려하게 꾸민 누대 위에서 얼굴도 보이지 않는 왕의 행렬은 꽃과 동전을 뿌렸다. 피곤한 일꾼들이 그걸 주워 집으로 돌아가서는 식구들에게 동전에 그려진 옆얼굴이 그들의 새 왕이라는 소식을 전해주었다.

동전을 유심히 뜯어본 사람들이 공동우물에서 "새 왕은 젊고 잘생겼더라"는 소문을 퍼뜨렸고, 아이들은 금세 노인들로부터 '우리 폐하'에 대한 옛 노래를 배워 부르며 골목골목을 누볐다. 노래 가사에 다른 왕들의 치적治績이 뒤섞여 있어도 상관없었다. 그래서 즉위한 지 한 달도 되지 않은 새 왕은 렘므 왕국과 싸워 세 번이나 이기고, 붉은 머리 미녀인 비올리타 공주와 결혼하고, 남쪽 바다의 지배자와 손을 잡아 서쪽 바다를 제패한 왕이 되고 말았다(세 왕은 각각 다른 사람이었다).

대륙에서 가장 큰 왕국이 반란으로 뒤집혀 공화국이 되었던 것도, 십 년 뒤 새 정복자가 공화국을 밀어버리고 스스로 왕임을 칭한 것도, 결코 작은 사건은 아니었다. 그러나 어찌 된 셈인지 격변을 현실 그대로 받아들이려는 사람은 적었다. 아무 일도 없었던 것처럼 자연스러운 일상을 가장하는 것이 그즈음의 유행이라면 유행이었다.

그후 수십 일 동안, 광장에서는 날마다 구경거리가 있었다. 켈티카 사람들은 어느새 하루 한 번씩 그곳에 들러 기웃대는 버릇이 생겼다. 뭔지 모를 임명식, 이런저런 명목의 축일, 기념식, 축제, 그리고 사형 집행이 돌아가며 열렸다. 실은 사형 집행이 가장 잦았지만 그것조차 만만찮은 구경거리였다. 시민들이 이름과 얼굴을 잘 알고 있는 죄수가 많았던 것이다. 공화국의 고위 관리들, 그리고 그자들에게 협력했던 귀족들이었다. 한때 사람들 위에서 군림하던 자들, 똑똑하고 근사해 보였던 자들이 죄수복을 입고 끌려 나와 두려움에 떠는 모습은 어떤 의미로든 구경거리가 아닐 수 없었다.

아무것도 없을 때는 하다못해 서커스라도 열렸다. 어제 흐른 피가 검게 얼룩진 광장 위로 알록달록한 옷을 입은 곡예사들이 재주넘기를 하는 광경은 깊이 생각한다면 대단히 기묘한 풍경이었다. 그래서 사람들은 깊이 생각하고 싶어 하지 않았다. 그저 별일 없이 살고 있다고 믿으려 했다.

광기 어린 사형은 한 달쯤 흐르자 겨우 진정되었다. 사흘거리로 수십 명씩 죽였으니 이젠 사형수도 부족했다. 아무 행사가 없는 날에도 광장에 와서 얼씬대는 자들이 많았으므로 구경거리는 좀더 계속될 필요가 있어 보였다.

흥행을 위해 오랜만에 시골 어딘가에서 공화주의자들을 몇명 구해다가 처형했던 날, 땅거미가 내리기 시작한 광장에는 하얀 종 모양의 스노벨꽃이 잔뜩 떨어져 있었다. 어젯밤부터 아침까지 요란한 비가 쏟아졌던 까닭이었다. 그해는 계절의 흐름이 묘하게 늦었다. 그래서 한여름이 되도록 남아 있던 꽃은 그 비와 함께 깨끗이 씻겨나갔다.

다섯 대의 마차가 광장 한쪽으로 접어들더니 멈추어 섰다. 그중 세 대에서 그럴싸한 여행복을 차려입은 남녀가 우르르 내렸다. 타지에 피신해 있다가 소문을 듣고 수도로 돌아온 귀족들이었다.

"어머, 다 끝나버렸네."

한 귀부인이 광장을 바라보며 아쉬운 듯 말했다. 광장에서는 막 처형대를 치우는 중이었다. 수레에는 시체들이 아무렇게나 실려 있었다. 바닥에 흘러내린 붉은 얼룩 위로 짓이겨진 꽃이 굴러다녔다. 구경꾼들은 대부분 흩어지고 없었다.

"그러기에 거기 들러서 점심을 먹으면 안 된다고 했잖아. 세 시간이나 노닥거렸으니 이렇게 돼버렸지 뭐."

"뭐 어때. 며칠 있으면 또 하겠지. 죽일 사람은 널렸을 텐데."

"아닐걸. 듣기로는 벌써 꽤 많이 죽였더라고. 악독한 놈들부터 죽였을 테니 괜찮은 구경거리는 다 놓친 셈이지."

"일찌감치 달아난 놈들도 한둘이 아닌가 보더라. 공화정부인지 뭔지, 세상에서 제일 정의로운 척은 다 하더니 막상 들어가보니까 굵직한 놈들은 다 내빼고 조무래기밖에 없었다더라고."

"뭐야, 정말? 그럼 당스부르크는?"

조금 늦게, 네 번째 마차에서 혼자 내린 검은 사냥복 차림의 여자는 그들이 떠드는 것을 듣고만 있다가 한마디 던졌다.

"당스부르크는 공화정부보다 먼저 죽어버렸는데."

"어머, 그랬던가요? 그런 식으로 도망치다니 약았네."

당스부르크의 죽음을 기회로 삼아 새 국왕 체첼 다 아노마라드가 켈티카 공략전을 벌였고, 그래서 공화국이 무너진 것이었지만 이들은 자세한 사정을 몰랐고 큰 관심도 없었다. 어찌됐든 켈티카를 되찾았으면 된 거였다.

검은 사냥복의 여자, 로랭 후작부인은 어깨만 으쓱했다. 후작부인은 지금은 죽은 왕당파의 거두 아미센 대공의 조카손녀로 일찌감치, 그러니까 켈티카 공략전이 끝난 직후부터 수도에 들어와 있었다. 그 덕택에 십 년 전 막 공화정부가 들어섰을 때처럼 켈티카에 부는 미친 피바람을 질리도록 구경하고 있었다. 나머지는 부인의 친척들로 본래 켈티카 근교에 살다가 공화 반란 때문에 중부까지 달아나 십 년이나 남의 성에서 더부살이를 했다. 그러다가 뒤늦게 켈티카 함락 소식을 듣고 돌아오면서 수도 구경을 하겠다고 들른 참이었다.

다른 남자가 말했다.

"왜, 죽었으면 목을 못 치나? 무덤에서 도로 파내면 되잖아. 저기 보여? 당스부르크 같은 작자는 저런 데다가 잘 보이게 목을 매달아놨어야 할 거 아냐. 우리 같은 사람들이 보러 올 때까지."

그는 광장 맞은편 성벽을 가리켰다. 과연 거기에는 몇 번 목을 매달았던 듯 핏자국이 말라붙어 있었다. 하지만 최근에는 그 정도로 이름난 목이 없었는지 벽은 비어 있었다.

"그러게 말이야. 무덤에서 끌어내서 갈기갈기 찢어도 시원치 않은데. 그런데 당스부르크한테 자식들이 있지 않던가?"

"셋 있을걸요? 다 잡아 죽였나 몰라. 본보기를 보여야 하는데."

"그럼. 자식의 자식들까지 싹 다 죽여서 저기다가 매달아야 하고말고."

그들은 귀족이었지만 옛날처럼 우아하게 말을 삼가며 대

화하지 않았다. 누가 더 공화파를 증오하는지 경쟁이라도 하려는 것처럼 난폭한 단어를 소리 높여 떠들었다. 한참 듣고만 있던 로랭 후작부인이 이윽고 한마디 던졌다.

"그만들 해둬. 저녁 초대에 늦겠어."

그러자 그들도 얼른 하던 말을 접고 마차에 올라탔다. 젊어서 사교계의 총아였던 후작부인은 그들을 켈티카로 불러준 장본인이었으니 비위를 잘 맞출 필요가 있는 상대였다.

귀족들이 광장을 구경하는 동안 마차 안에서 기다리고 있던 자들이 있었다. 함께 탄 것으로 보아 언뜻 그들의 아이들인가 싶은 소년 소녀들이었다. 하지만 자세히 보았다면 알았을 것이다. 꽤 깔끔하긴 해도 그들의 복장이 하인에 가깝다는 것을.

그중 한 소년의 시선이 줄곧 광장 맞은편 벽에 꽂혀 있었다. 의아함도, 두려움도, 역겨움도 아닌 그저 담담한 눈빛이었다. 마차에 들어와 소년 곁에 앉은 로랭 후작부인이 소년이 바라보는 쪽을 흘끗 보더니 말했다.

"그래도 저 벽에 걸어놨던 꼴사나운 건 치웠네. 아르님 공작이 뭐라고 했다더니. 그런 것 보면 참 재미있는 사람이야, 공작도. 하여튼 잘 봐둬, 요제프. 준비 없이 일을 저지르면 결국 이런 꼴이 되는 거야."

소년은 대답하지 않았다. 그것도 하인치고 특이한 일이었다. 후작부인은 개의치 않고 제 아들이라도 되는 것처럼 소년의 머리를 가볍게 쓰다듬었다. 하지만 열한두 살쯤 되어 보이는 소년을 아들로 보기에는 후작부인의 나이가 다소 많았고, 외모도 닮지 않았다. 후작부인은 후리후리한 키에 눈썹과 광대뼈가 도드라진 강인한 인상이었다. 반면 소년은 도자기 인형인가 싶을 정도로 고운 얼굴에 보기 드문 옅푸른 색 머리였다.

소년은 여전히 아무 반응도 보이지 않았다. 후작부인이 다시 뇌까렸다.

"다음 기회가 오려면 아주 오래 기다려야 할 거야. 멍청이들이 이렇게 많으니까 말이지. 어쩌면 영영 기회가 없을지도 모르지. 그런들 어쩌겠어? 자업자득이지. 마르틴은 이 꼴을 보고 있을까? 귀신이 있다면 소감을 물어보고 싶을 정도네."

마르틴은 죽은 당스부르크의 이름이었다. 켈티카로 돌아온 모든 귀족들이 이를 가는 그자의 이름을 후작부인은 단순히 친구라도 되는 양 언급했다. 이 마차 안에는 후작부인과 소년뿐이었으니 달리 놀랄 사람은 없었다. 심지어 후작부인의 입가에는 희미한 비웃음이 떠올라 있었다. 제 패거리가 그럴싸하게 꾸며놓은 켈티카의 모든 분위기가 가소롭다는 것처럼.

반면 소년은 감정이라는 것이 없는 것처럼 무표정했다. 너무 표정 변화가 없어서 살짝 넋이 나간 것 같기도 했다. 다만 그런 채로도 창밖의 풍경에서 시선을 떼지는 않았다. 모든 것을 기억하려는 것처럼 눈에 담고 있었다.

다른 마차는 분위기가 달랐다.

"내일은 여기서 음악제가 열린다나 봐. 요새 수도에 재밌는 일이 되게 많다는데."

"그거 재밌겠는데? 공화파 놈들의 피를 밟으면서 한바탕 춤을 추는 거야. 예전부터 꼭 해보고 싶었어."

"새 구두나 맞출까? 피와 어울리는 새빨간 색깔로 말이야."

왁자지껄하게 깔깔거리는 소리와 함께 마차들은 광장을 등지고 스노벨꽃을 밟으며 떠나갔다. 그들만이 특이한 정신세계를 가졌던 것은 아니었다. 이즈음 켈티카로 돌아온 귀족들은 고생한 만큼 악에 받쳐 있었다. 그래서 사형수의 목이 달아나고 피보라가 뿌려지는 꼴을 보고도 음악회라도 온 듯 갈채를 보내는 것을 조금도 어려워하지 않았다.

아르님 공작은 이 광기의 시기가 끝나기를 조용히 기다리고 있었다. 수도로 돌아온 귀족들이 요란하게 축하 파티를 열어가며 서로의 생사를 확인하느라 분주했지만 공작은 연회를 열지도 않았고, 그들이 많이 모이는 자리에 가지도 않았다. 친분이 있던 사람들이 찾아와 인사하며 소공작은 언제 돌아오느냐고 물었지만 공작은 "아직"이라고만 답했다.

조슈아가 돌아오려면 켈티카가 이런 곳이어서는 곤란했다.

조금 더 시간이 지나 사람들이 제정신을 되찾아야 했다. 어린 아들이 제 손으로 스케치했던 이 전쟁의 최종 결과물을 너무 자세히 아는 것은 좋지 않다……. 그것이 아르님 공작의 생각이었다. 아직 열두 살이니까, 열두 살에게 목이 부러진 인형보다 잔인한 것을 보여줄 생각은 없었다. 그 아이가 데모닉이더라도, 거기에 어떤 희생이 뒤따르는지 생각보다 또렷하게 예상했을지라도, 그걸 제 눈으로 직접 보는 것은 분명히 다르니까.

거기까지는 아버지가 해줄 수 있는 일이었다. 데모닉은 감당하지 못했을지라도 어쨌든 열두 살 아들은 그의 보호를 받아야 한다. 손이 닿는 데까지는 최선을 다해 그렇게 하리라. 그러나 비록 유예가 필요하다 한들 조슈아는 결국 돌아와야 했다. 공작인 자신의 곁으로, 소공작이 되어서.

두 달 뒤.

조슈아는 이 년 넘게 떠나 있었던 비취반지 성의 높다란 정문을 올려다보았다. 막 마차에서 내린 참이었다.

"조슈아 도련님이 드디어 오셨군요!"

문지기 노인은 주인댁 도련님만 아니라면 덥석 안아 올리기라도 할 것 같은 태도로 조슈아를 맞았다. 조슈아는 노인의 얼굴을 물끄러미 보다가 말했다.

"할아버지는 예전하고 똑같으시네요."

"저야 다 늙었으니 새삼 달라질 것이 있겠습니까? 도련님은 정말 많이 변하셨군요. 시골이 좋긴 한가 봅니다. 그 작던 도련님이 이만큼이나 자라시다니."

그 말은 정말이었다. 집안 곳곳이 예전보다 작아지거나, 낮아져 있었다. 그새 한 뼘 넘게 키가 자랐던 것이다. 조슈아는 이상한 곳에 온 기분으로 천천히 홀을 가로질렀다. 문득 '유리 인형'을 생각해내자 정말로 그가 자기 대신 이 집에 있을 것 같은 기분이 들었다.

2층으로 오르는 계단 앞에 이르자 떠나던 날처럼 아버지가 서 있었다.

"조슈아, 아니, 우리 소공작."

아르닝 공작은 반가움보다 위엄이 앞선 얼굴로 조슈아를 내려다보았다. 이제는 공화국 시민 아르닝 씨가 아니었다. 초대 공작 이카본처럼, 프란츠 폰 아르닝은 스스로의 힘으로 다시 공작이 된 것이다.

"다녀왔어요."

조슈아가 짧게 말하자 아버지의 얼굴에도 서서히 미소가 퍼졌다. 조슈아는 아버지가 어떤 사람인지 잘 기억하고 있다고 생각했다. 기억이 왜곡된 걸까. 아니면 자신이 자라서일까. 아버지는 전처럼 따뜻하기만 한 얼굴로 웃지 않았다.

"어서 오너라. 네가 어찌 지내고 있을지 늘 걱정했단다."

조슈아가 히스파니에의 보호를 받고 있었음을 아버지도 알 테지만, 공공연히 꺼낼 이야기는 아니었다.

조슈아가 가까이 가자 아버지가 손을 잡아주었다. 예전에는 조슈아의 조그마한 손을 남김없이 덮어버리곤 하던 손이 었다. 그러나 이제 맞잡아보니 손가락이 두 마디나 밖으로 드러났다.

"모두 이루어졌구나. 네가 말한 대로. 그래, 우리 소공작은 이제 아르모리크 경이 되어야지. 네게 그 이름을 줄 수 있어서 얼마나 기쁜지 모르겠구나."

"……."

조슈아는 마음속에서 흠칫하며 한 발짝 물러나는 기분으로 그 말을 들었다. 아르모리크 경. 그 칭호를 처음 안 것은 아니었다. 아버지가 작위를 되찾고 나면 그 칭호를 갖게 되리라는 것을 모르지도 않았다. 그런데 어쩐지 지금 그런 이야기를 듣는 것이 온당치 않은 느낌이었다.

"올라가자."

아버지와 손을 맞잡은 채 계단을 올라갔다. 예전에 주저앉아 난간의 무늬를 세곤 하던 널찍한 계단은 늙은 나무처럼 작아져 있었다.

아르모리크 경은 아르님 공작의 후계자가 대대로 이어받는 칭호로 바다에서 왔다는 의미를 갖고 있었다. 이카본이 남쪽 바다에서 일어났음을 기억하고자 붙여진 이름이었다. 공화 혁명, 아니 반란이 아니었다면 일찌감치 그렇게 불리고 있었을 것이다.

"언제가 좋을까. 내년 생일이면 열셋이 되니 그해 생일에 칭호를 받는 것도 좋겠지만, 좀더 서두르는 것도 나쁘지 않다고 생각한단다."

무어라 대답해야 좋을지 몰라 머뭇대다가 겨우 이렇게 말했다.

"아버지 좋으실 대로 하세요."

서재 입구에 다다르자 하인이 문을 열어주었다. 조슈아는 예전보다 집안에 하인이 많아졌다고 느꼈다.

"네 의견도 중요해. 사람들에게 알리지는 못하지만, 너는 우리 집안이 다시 영광을 찾게 된 큰 계획의 첫 번째 입안자였으니까 말이다. 모든 영광의 첫 주인이 될 자격이 있지."

이상하게 머리가 어지러웠다. 그날 아버지와 이야기하던 정치 다툼이며 전략 따위는 모두 까마득한 옛날에 죽어버린 그림자처럼 생각되었다. 다시 한번 '유리 인형'이 어디 있는지 궁금해졌다. 숨어 있다면 얼른 나오지 않고 뭘 하는 걸까.

"들어오지 않고 뭘 하느냐?"

정신을 차리고 보니 아버지는 이미 서재 안에 앉아 있었다.

조슈아가 따라 들어가자 뒤에서 문이 닫혔다.

보는 사람이 없어지자 아르님 공작은 조슈아를 가까이 오게 해서 안아주었다. 아버지의 품속은 예전과 같구나 싶어서 조슈아는 조금 안도했다.

"네가 쓸 방은 아직 치우고 있을 게다. 그동안은 예전 방에서 잠시 지내도록 해라."

다시 한번 낯선 기분을 느끼며 조슈아는 물었다.

"제 방이 바뀌나요?"

"그럼. 이제는 꼬마가 아닌걸. 아버지 방 옆에 있는 거실 딸린 큰 방을 쓰도록 해라."

그간 조슈아의 방은 성의 날개 끝에 해당하는 구석진 탑에 있었다. 아들을 왜 그런 곳에서 지내게 하는지 사람들이 의아해하곤 했지만 정작 조슈아 자신은 불편하다고 생각한 적이 없었다.

"굳이 그러실 필요는 없었는데. 오래 머물 것도 아닌데요."

아르님 공작의 얼굴에 의아한 빛이 떠올랐다.

"오래 머물지 않을 거라니?"

"너무 오래 돌아가지 않으면 할아버지께서 기다리실 텐데요?"

무언가 잘못되고 있다는 느낌이 왔다. 조슈아의 대답을 들은 공작의 얼굴에 어이없어하는 미소가 떠올랐다.

"저런. 네가 왜 시골로 다시 돌아가겠느냐? 켈티카는 수복되고 공화국은 사라졌어. 그리고 아버지는 네가 말한 대로 힘을 갖게 됐단다. 넌 이곳에서 아버지를 도와주고, 소공작다운 위엄을 갖추며 살아가게 될 거야. 어쩔 수 없이 헤어져야 했던 때를 생각하면 얼마나 잘된 일이냐?"

"저, 하지만…… 편지에서는……."

이게 아니었다. 조슈아는 여기서 살 작정으로 돌아온 것이 아니었다. 공화정부가 무너져서 켈티카를 마음대로 방문할 수 있게 됐으니 그동안 못 뵌 부모님을 뵈러 온 것일 뿐이었다. 자신의 삶은 저 코츠볼트의 들판에 있었다. 비취반지 성은 '유리 인형'의 것이지 그의 집이 아니었다.

떠나올 때 히스파니에도 말했다. 곧 돌아오라고. 너무 오래 머물지 말라고 다짐까지 두었다. 아버지와 할아버지 사이에 서로 착오라도 생긴 것일까? 하지만 나흘 전에 받았던 편지 두 통 중 하나는 할아버지 앞으로 왔었는데?

조슈아의 표정을 본 공작이 빙그레 웃었다.

"뭘 걱정하느냐? 그곳에서는 있을 만큼 있었다. 가문의 후계자가 더 오래 성을 비워서야 되겠느냐? 숙부님께서도 충분히 납득하실 게다. 내가 편지를 쓰마. 무엇보다 너는 내 아들이 아니냐?"

이상했다. 아버지는 조슈아를 여느 평범한 아들처럼 대하

363
—
누이

려 했다. 이 년 전 겨울, 아들이 데모닉임을 깨달은 순간을 잊기라도 한 것처럼.

갑자기 무언가를 생각해낸 듯 공작이 다시 싱긋 웃었다.

"그래. 좋은 소식이 또 있다. 며칠 있으면 이브와 테오도 하이아칸에서 돌아온단다. 어때, 그동안 누나 보고 싶었지?"

또 한 번의 충격이었다. 조슈아는 정신을 추스르지 못한 채 멍한 목소리로 되물었다.

"누나가…… 돌아와요?"

여름이 끝나갈 무렵, 코츠볼트에는 바람이 많았다.

근방의 들판은 여름내 양들이 뜯어 곳곳에 흙바닥이 드러났다. 그러나 히스파니에 노인의 썩은 목장에는 여전히 머리털 같은 풀이 휘날리고 있었다. 여전히 이웃의 양들이 드나들긴 했지만 주인이 집을 비우지 않다 보니 예전보다는 조심하는 사람이 많아졌다.

비가 올 것 같다.

낡은 그물 침대에 누워 있던 막시민은 하늘과 땅이 맞닿은 곳에서 일어나는 불안정한 구름을 보며 그렇게 생각했다. 비가 오면 빨래를 걷어야 할 텐데 늘 그렇듯 만사가 귀찮았다. 그는 저도 모르게 '조슈아! 빨래 좀 걷어!'라고 외치려다가 아차, 하며 입을 다물었다.

켈티카에서 공화정부가 무너졌다고 했다. 조슈아의 아버지는…… 그렇다, 저 영감이 항상 말하는 대로 무척 훌륭한 가문인 조슈아네 집은 이제 공작이 되었다고 했다. 이제라기보다는 '다시'라고 하는 편이 맞겠지만 말이다.

본래 귀족하고 거리가 먼 막시민한테는 어느 쪽이든 똑같았다. 하지만 그 소식과 함께 조슈아에게 집으로 돌아오라는 편지가 날아들었다.

"하긴 이제 돌아가서 소공작이 되어야지. 안 그래?"

아무렇지도 않게 말하자 조슈아는 우울한 기색이었다. 그 자식은 본래 별것 아닌 일로 마음이 잘 상해서 그렇다.

"금방 돌아올 거야."

"뭘 하러 돌아오냐? 대귀족이 되어서, 떵떵거리며 살아야지. 이런 시골구석에 무슨 영화榮華를 볼 게 있다고."

진실이긴 한데, 진심인지는 잘 모르겠다고 생각하면서도 큰 소리로 말해버렸다. 그러자 조슈아는 고개를 저으며 완강히 부인했다.

"아냐. 난 여기가 좋아. 돌아가서 전처럼 살라고 하면 도저히 못 그럴 것 같아. 그리고 편지에도 잠시 다녀가라고만 씌어 있었어. 가서 딱 며칠만 있다가 올 거야."

"뭘. 나 같으면 이런 데로 안 돌아온다. 날마다 저녁 때울 일이나 걱정하고, 잔소리 늘어놓는 영감이나 상대해주는 게

365
—
누이

재밌냐?"

조슈아는 싱긋 웃었다.

"너는 나와 다르니까. 난 냄새나는 양고기 스튜만 매일 먹어도 여기 사는 게 좋겠네."

"그러니까 넌 세상 물정 모르는 어린애야."

물론 막시민은 조슈아가 아무것도 모르는 어린애가 아니란 걸 알고 있었다. 그런 취급을 받기엔 지나치게 뛰어난 녀석인 것이다. 하지만 마음만은 어린애가 맞았다. 시골에 묻혀 살고 싶어 하다니, 막시민이 같은 입장이라면 절대 그렇게 하지 않을 것이다.

떠나려고 파란 지붕 집의 마당을 나서던 때, 조슈아는 굳은 결심이라도 한 얼굴로 말했다.

"금방 돌아올게. 음…… 길어도 열흘 정도면 올 거야."

"뭘 자꾸 온다고 우겨대냐? 오지 말라니까."

"아냐. 올 거야."

녀석의 표정은 단호했다. 그래……. 정말 올지도 모른다고 생각하고 말았단 말이지. 그 표정을 보고서.

후두둑, 투둑.

바람이 거세어지고, 빗방울이 듣는 소리가 나기 시작했다. 푸르스름해진 공기가 습기로 빠르게 부풀었다. 흰 빨랫감들이 청색 하늘 귀퉁이에서 깃발처럼 나부꼈다. 기실에 물이 새는 곳이 있으니 그릇도 갖다 놔야 하고, 무엇보다 시트를 얼른 걷어 들여놔야 할 것이다. 영감은 어디론가 나가고 없으니, 언제나처럼…….

"조수아, 빨래 좀 걷어봐."

대답은 없었다.

반드시 돌아올 거라고, 자기 입으로 우기던 녀석이 떠난 지 꼭 열흘째 되던 날이었다.

첫 번째 마차의 마부가 다 모로 님의 마차라고 말하자 하인들은 고개를 갸웃거리며 그게 누군가 생각하는 눈치였다. 비취반지 성을 지키는 하인은 예전의 두 배로 불어났다. 그만큼 집안 사정을 모르는 하인이 많아졌다는 의미였다.

그때 두 번째 마차의 문이 열리며 눈부시게 아리따운 스물 남짓의 아가씨가 뛰어내렸다. 조심성이 전혀 없어서 풍성한 치맛자락이 바로 문에 걸렸고, 막 찢어지기 직전에 마차 안 누군가의 손이 얼른 벗겨냈다. 아가씨는 성을 바라보더니 활짝 웃으며 외쳤다.

"집에 왔어!"

하인들은 아가씨를 자세히 보았다. 틀어 올린 머리 모양을 보니 미혼은 아닌 듯했다. 늙은 하인이 다가와 눈을 비비다가 갑자기 외쳤다.

"아니, 이브노아 아가씨!"

비취반지의 성에서 나고 자란, 아르님 공작의 외동딸 이브노아 폰 아르님을 못 알아보다니 이만저만한 불찰이 아니었다. 하인들은 몇 년 전 이브노아와 결혼하여 떠난 남자의 성이 다 모로였다는 걸 기억해내고 자기들의 이마를 쳤다. 백배사죄와 더불어 마차는 순식간에 통과되었다.

방문객의 내방을 예비하는 절차가 필요할 리 없었으나 이미 몇 명이나 저택으로 달음질쳐 갔다. 공작이 요 며칠 고대해마지않던 아가씨의 도착이었기에 다들 그 소식을 자기가 알리고 싶어 안달이었다.

마차에 도로 올라 정원을 가로지르던 이브노아가 밖을 내다보다가 문득 눈을 크게 떴다.

"저게 뭐야?"

푸른 잔디가 펼쳐진 정원에 기묘한 구조물이 있었다. 하얗고 네모진 상자들이 일견 제멋대로인가 싶도록 혼란스럽게 쌓여 있었다. 이브노아의 곁에 앉은 브와주 부인도 밖을 내다보고 의아한 표정이 되었다. 정교한 정원을 구경하느라 넋을 놓고 있던 보모도 마찬가지였다.

하이아칸에서부터 이브노아를 돌봐온 브와주 부인은 현실적인 성격이라 짐짝을 이상스럽게 부려놓았나 보다 생각했다. 공작 가문의 정원에 누가 감히 멋대로 상자를 던져놓았는지는 여전히 이해되지 않았지만. 물론 브와주 부인은 이브노아의 동생이 어떤 사람인지 전혀 몰랐다. 잠시 후 이브노아가 외쳤다.

"저건 집이잖아?"

그러더니 킥킥대며 웃기 시작했다.

"조슈아가 저래났구나! 나 내릴래! 내려줘! 저기 갈래!"

브와주 부인은 다시 한번 골똘히 생각하며 상자 더미를 봤지만 여전히 집처럼 보이진 않았다. 규칙과 불규칙이 섞여 기묘한 균형을 이룬 이 구조물을 이해할 만한 시야가 그녀에게는 없었다. 장차 작은 궁전으로 자라려는 것처럼, 상자들은 엉망이면서도 조화롭게 쌓여 미완성인 귀퉁이로 이어져 있었다.

마부가 마차를 멈추자 이브노아는 한달음에 뛰어내려 구조물을 향해 달려갔다. 발소리를 들은 것일까, 미완의 궁전에서 소년 건축가가 고개를 내밀었다. 짧은 순간 망설임이 스치더니 곧 얼굴이 밝아졌다.

"누나!"

이브노아가 눈치챈 대로 그것은 조슈아가 만든 거대한 블록 놀이였다. 이브노아가 하얀 상자 아치를 지나 달려 들어가자 조슈아도 위험천만한 상자 망루에서 뛰어내려 누나를 얼싸안았다.

이브노아가 한참 동안 놔주지 않고 얼굴을 비벼댔으므로

조슈아가 누나의 얼굴을 바로 보기까지는 꽤 시간이 걸렸다. 얼굴을 뗀 이브노아는 조슈아가 눈물을 글썽이는 걸 보고 깜짝 놀랐다.

"왜 울어? 아파? 나 때문에?"

"아니. 누나를 오랜만에 보니 좋아서."

"좋은데 왜 울어?"

아. 조슈아는 갑자기 생각했다. 그랬다.

조슈아를 열 살에서 열두 살로 키운 두 해가 흘러갔지만 누나는 변하지 않았다. 자신이 그리워하던 시절의 모습과 한 치도 달라지지 않았다. 무심코 이브노아가 저절로 철이 들기를 기대했던 걸까. 평생토록 고칠 수 없는 선천적 뇌 손상이 감기처럼 나을 줄 알았던 모양이다.

조슈아는 예전이나 다름없이 어린애 같은 질문을 하는 이브노아를 보며 마음을 가다듬었다. 안 돼. 누나와 똑같이 분별없이 행동할 수는 없어. 그런 생각을 하는 것과 함께 가슴을 꽉 채웠던 감격이 착 가라앉았다. 놀랄 만큼 침착해지며 눈물조차 말끔히 말랐다.

"오랜만에 보니까, 그동안 못 만났다는 사실이 떠올라서 그 생각을 하고 운 거야. 하지만 이렇게 만났으니까 금방 괜찮아져."

"아……."

이브노아는 이해를 했는지 못 했는지 모를 얼굴로 눈동자를 굴렸다. 조슈아는 다시 생각해냈다. 예전에도 누나는 대화가 길어지면 절반은 못 알아들었다.

그때 앞장선 마차의 문이 열리고 테오가 내려 남매에게 다가왔다. 그 나이 젊은이에게 이 년은 얼굴이 달라질 정도의 세월은 아니었다. 그런데 조슈아가 보기에는 무언가가 달라졌다. 어려서 조슈아가 테오 형이라고 부르던, 차분하고 조심스럽던 소년의 눈빛에 스물다섯 살다운 여유와 자신감이 생겨났다. 무엇보다 예전에 조슈아 앞에서 기묘하게 예의를 차리면서 뭔가를 가장하는 듯하던 느낌이 사라지고 훨씬 자연스러워졌다.

테오는 의례적인 인사로 시작했다.

"조슈아, 오랜만이야. 정말 많이 자랐는데?"

"테오 형, 아…… 반가워요."

조슈아는 어쩐지 말문이 막혔다. 달라지지 않은 누나가 불편한 만큼 달라진 매형도 낯설기 이를 데 없었다. 어떻게 된 걸까.

앞뒤가 맞지 않는 생각이다. 그들은 모두 달라지거나, 달라지지 않아야 했다. 그러나 자신이 무엇을 원했는지 혼란스러웠다. 다만 조슈아가 기억하는, 기대했던 모습들은 은밀히 사라지고 어디선가 새로 만들어 보낸 짝이 나타난 기분이었다. 손때 묻은 애장품을 수선하려 맡겼다가 훨씬 훌륭한 새 물건을 대신 받게 된 황망함이랄까.

그런 느낌은 보모가 안고 내린 아기를 보았을 때 최고조에 달했다. 이브노아가 자랑스럽게 외쳤다.

"우리 아기야!"

조슈아는 예의도 잊고 눈을 크게 뜬 채로 아기를 바라봤다. 설명하기 힘들지만, 갑자기 머리가 돌 것 같다고, 그렇게 생각됐다. 저건 이브노아의 방에 늘 놓여 있던 수많은 인형들 중 한 개가 아니었다. 살아 있는, 누나가 낳았다는 아기였다.

설마, 진짜일까?

진짜가 아닐 리 없지 않은가?

누나가 아기를 낳을 수 없다고 생각했다면 왜 변하지 않은 누나에게 실망했던 것인지, 누나가 달라져서 오길 바랐다면 왜 저 어린애가 이상하게 생각되는지, 어느 쪽도 앞뒤가 맞지 않아 머릿속이 엉망이었다.

테오가 가까이 오라고 손짓했다. 조슈아는 애써 정신을 차리고 아기에게 다가가 얼굴을 들여다봤다. 환한 금빛 머리가 먼저 눈에 들어왔다. 아이의 부모는 둘 다 금발이었지만 굳이 말하자면 이브노아에 가까운 듯했다.

"이름은 이브 아버님의 이름을 따서 프란츠라고 지었어. 어차피 아르님 성을 따르기로 했잖아. 잘 봐, 아버님과 닮지 않았어? 특히 눈썹."

　테오의 말을 듣고 있자니 감정은 더욱 뒤죽박죽이 됐다. 조
슈아는 얼결에 고개를 끄덕이고 아기가 예쁘다고 기계적으로
중얼거렸다. 조슈아의 그런 혼란을 예상한 것처럼 테오는 곁
에서 조용히, 미소를 머금고 있었다.

　이윽고 이브노아가 마차에 같이 타고 집까지 가자고 졸라댔
지만 조슈아는 단 한 가지 이유로, 그 아이의 얼굴을 계속 보
기가 어려운 나머지 조금 후에 가겠다고 말할 수밖에 없었다.

　이튿날 해가 뜰 무렵 조슈아는 이미 일어나 있었다.

　동쪽 탑 꼭대기에 마련된 방은 조슈아 혼자 쓰는 연습실이
었다. 예전에, 그러니까 모나 시드 학교에 가기 전부터 사용
하던 곳이었다. 넓었지만 가구는 전혀 없고 조슈아가 갖고 노
는 악기 몇 가지가 한쪽에 아무렇게나 놓여 있을 뿐이었다.
텅 빈 사면 벽에 별다른 것이라곤 딱 하나, 드나드는 문뿐이
었다.

　대신 천장이 탑 꼭대기를 향해 솟구쳐 올라갔다. 올려다보
면 뾰족한 지붕 끝까지, 경사면이 마침내 한 점으로 모이는
광경을 반쯤 압도당하며 감상할 수 있었다. 높다란 창에서 햇
살이 쏟아졌다. 속삭이듯 내리다가, 불타오르듯 빛났다.

　어렸을 때 조슈아는 연습실 바닥에 누워 천장을 올려다보

는 걸 좋아했다. 올려다보다가, 올려다보다가, 자신의 기분도 그렇게 한 점으로 모인다 싶으면 벌떡 일어나 노래를 불렀다.

저것은 돌아오는 사람의 배다
돌아오는 사람의 발소리다
긴 세월 떠난 귓가를 울리던
잊지 못할 사람의 목소리다

집에서도, 모나 시드에서도 노래는 쉽사리 사람들을 움직이고 압도했다. 어떤 사람들은 그의 노래를 너무 사랑해, 그를 미워하는 것을 깜빡 잊기도 했다. 때로는 자신조차 그런 괴리에 빠져들어 조소를 머금고 자신을 바라봤다. 천사 같은 노래를 하는 악마 같은 어린아이.

하지만 코츠볼트에서 지낼 때는 달랐다. 조슈아가 노래를 불러봤자 칭찬하는 사람은 한 명도 없었다. 막시민은 시큰둥한 얼굴로 귀를 후비거나 듣지도 못한 것처럼 딴 짓을 할 뿐이고, 할아버지는 그게 뭐 별거냐는 듯 어깨를 으쓱할 따름이었다. 사람들보다 들판의 까마귀들이 더 적극적으로 반응하며 푸드득 날아갔다.

칭찬 없는 노래라……. 처음에는 적응이 되지 않기도 했다. 그러나 곧 훨씬 편안해졌다. 찬사도 두려움도 모두 남의 생각일 뿐이었다. 그들이 어떻게 생각하는지 모두 알 필요는 없다는 걸 배웠다. 스스로 만족한다면.

돌아가고 싶다.

비취반지 성에서 지낸 지도 한 달이 넘었다. 돌아가기로 한 약속은 점점 밀려나, 나중에는 조슈아가 비슷한 말만 꺼내도 아버지는 말을 막아버렸다. 어머니는 더더욱 얼굴이 새파래졌다. 조슈아가 부득부득 가겠다고 우기며 문밖까지 나갔던 날, 쫓아 나온 어머니는 하인들이 보는 것도 아랑곳 않고 눈물을 쏟았다. 코츠볼트를 떠나온 지 열흘째 되던 날이었다.

어머니는 조슈아를 낳기 위해 목숨을 걸었던 사람이었다. 목숨을 보장 못 한다는 경고를 물리치고 아이를 가졌고, 산모와 아이가 다 죽을 거라는 소리를 무시하고 조슈아를 낳았다. 그래서 조슈아의 어릴 때 별명이 '기적의 아이'였다. 힘들게 태어나서인지 조슈아도 건강한 아이가 아니었지만 어머니는 더 심했다. 세월이 흘러 많이 회복되었는데도 하루 중 반나절은 잠으로 보냈다. 이브노아와 조슈아가 곁을 떠나 있던 이 년 동안에는 더욱 쇠약해지더니 마침내 혼자 걷기도 힘들어져서 부축하는 하녀가 늘 따라다녔다.

그런 어머니를 뿌리치고 가는 것만은 차마 못 할 일이었다. 결국 발걸음을 돌려 다시 성으로 들어가는데 이번에는 조슈아의 눈이 흐려졌다. 돌아오지 말란 말에, 금방 간다고 우긴 건 자신이었는데. 약속을 지키지 못하게 됐다고 편지라도 써야 할 테지만, 조슈아는 그것조차 하지 못했다. 누구보다도 자신이 이 상황을 기정사실로 받아들이기가 싫었다. 마치 이러고 있다가 어느 날 불쑥 돌아갈 수 있다고 믿는 것처럼, 그는 몇 번이나 편지 서두를 썼다가 구겨버리고는 끝내 아무것도 보내지 않았다.

기온이 올라가자 관자놀이에 땀이 엷게 서렸다. 노래를 끝내고 바닥에 앉았다가 누워버렸을 때 소리 없이 문을 열려고 무척 노력하는 누군가의 기척이 느껴졌다. 딱 짐작이 갔다.

"내 동생!"

예상대로 이브노아가 문을 와락 밀고 들어왔다. 주위가 조용한 곳이라면 어려서부터 예민한 조슈아의 귀를 속일 수는 없었다. 그러나 경험을 통해 무언가를 배울 수 없는 그녀는 실패하든 말든 늘 같은 장난을 되풀이할 뿐이었다.

오늘 이브노아는 어깨를 드러낸 분홍빛 드레스 차림이었다. 저녁의 파티를 위해 준비된 드레스를 멋대로 입었을 것이다. 이브노아의 스무 번째 생일을 축하하는 파티다. 이날에 맞춰 돌아오기로 일찌감치 약속이 되어 있었다고 했다. 켈티카와 하이아칸 사이를 심부름꾼이 부지런히 오간 결과였다.

아르님 공작은 오늘로서 성인답게 자란 딸 이브노아와 손색없는 사위 테오, 그리고 어린 손자로 이루어진 가족을 켈티카 사교계에 소개할 예정이었다. 따라서 오랜만에 많은 손님이 초대된 성대한 연회가 준비되어 있었다. 그런 날이면 이브노아가 아침부터 드레스를 입고 설치는 것 또한 낯선 풍경이 아니었다.

조슈아는 일어나 앉았다. 누나……. 그렇지, 누나였다. 어려서부터 조슈아에게 일방적인 애정을 퍼붓던, 정원 뒤뜰의 나무처럼 하던 생각을 계속하는 것밖에 모르던, 그래서 오히려 변치 않았던 누나다. 그러니 누나 역시 동생의 변화에 전혀 대비가 되지 않았으리라.

이브노아는 소녀 시절처럼 드레스 자락을 잔뜩 치켜들고 달려왔다. 그리고 상체만 일으킨 동생을 와락 끌어안으며 말했다.

"내 귀여운 동생! 네 노래는 정말로 좋았어!"

이브노아가 옛 버릇대로 고개를 숙여 뺨을 맞비비려다가 멈칫하는 것이 느껴졌다. 이브노아는 그제야 동생의 키가 한 뼘 가까이 자란 것을 눈치챈 모양이었다. 조슈아는 씁쓸하게 웃었다. 누나는 아직도 작달막한 꼬마를 찾고 있는데 자신은 내년 2월이면 열세 살이었다.

"놀랐어? 누나가 없어도 동생은 자란다구."

그러자 이브노아가 정색하며 소리 질렀다.

"안 돼! 너는 계속 꼬마로 있어야 돼! 안 그러면 너를 안 좋아할 거야!"

조슈아는 대답 없이 웃기만 했다. 즐거워서 웃는 것은 아니었다. 누나가 떠나던 날은 아직도 기억이 났다. 아쉽고 안타까워서, 다시 만나는 날은 얼마나 기쁠까, 그런 생각으로 가슴 두근거린 때도 있었다. 그런데 재회하자마자 정체 모를 답답함이 가슴을 옥죄고 들더니 풀릴 생각을 하지 않았다.

그러면서도 조슈아는 최대한 누나의 기억 속 동생으로 행동하려 애썼다. 이 년 전의 자신이 어떠했더라…….

"그 노래, 아주 옛날에 유모가 불러준 노래지? 빨래 널면서, 여름에…….'

조슈아는 고개를 끄덕거렸다. 하던 생각밖에 할 줄 모르는 사람이라서일까, 이브노아는 때로 묘하게 정확한 기억력을 발휘했다. 다섯 살에서 지능의 성장이 멈춰버린 그녀가 다른 사람은 다 잊어버린 어느 날 밤의 대화를 시를 외우듯 되풀이해 보이고, 자기 방의 물건 배치가 조금만 바뀌어도 알아챘다. 언뜻 지나친 사람을 몇 년 뒤 단번에 알아본 일도 있었다.

그러면서도 책 읽기나 편지 쓰기 등은 고사하고 '이브노아 아일첸브리스 폰 아르님'이라는 자신의 이름조차 단 한 번도 제대로 써내지 못하는 누나다. 조슈아는 이브노아가 그림 한 폭을 보듯 상황을 기억하는 건 아닐까 생각하기도 했다. 글자나 숫자처럼 추상 능력이 필요한 것은 전혀 배우지 못하니까.

이브노아가 그런 기억력을 보일 때면 사람들은 놀랐지만, 가족들은 얼굴이 굳어졌다. 차라리 그런 것도 없었더라면 지금의 모습도 어쩔 수 없는 운명이겠거니 할 터인데, 어둠 속 불빛처럼 한 번씩 반짝이는 재능이 오히려 부족함을 더욱 의식하도록 만들었다. 이게 아닌데, 이렇게 될 것이 아니었는데 하고.

"노래하는 건 누가 가르쳐줬어?"

"학교 갔잖아. 집에도 오랫동안 안 오구. 생각 안 나?"

이브노아는 잠시 머리를 갸웃거리다가 백 년쯤 전의 얘기를 들은 사람처럼 말했다.

"노래 배우러 학교 갔구나."

"그래. 누나도 보러 왔었으면서."

"왜 지금은 안 해?"

"그만뒀잖아. 그것도 생각 안 나?"

"왜 그만했어?"

"그냥, 하기 싫어서."

"재미없어?"

"그건 아니고. 그냥 좀 힘들어서. 사람들도 별로고."

이브노아는 조슈아의 말을 듣지도 못한 것처럼 불쑥 외쳤다.

"사람들은 다 너를 좋아했을 텐데! 너의 노래는 천사 같고 듣고 있으면 행복해져. 얼마나 좋은지 몰라. 정말로 좋아."

조슈아는 쓴웃음을 지었다. 누나는 정말로 잊어버린 것이다. 그 나이 아이들은 매 해가 새로운 만큼 매 해가 순식간에 사라져버리니까.

"아참, 생일 축하해."

문득 생각나서 말했다. 이브노아는 천진하게 미소 지었다.

"고마워."

조슈아는 미소 짓는 누나의 얼굴을 처음 보기라도 한 듯 한참 동안 바라봤다. 이브노아는 상대가 자신을 빤히 보는 것도 느낄 줄 몰랐다. 그냥 자기가 기쁘니까 동생의 뺨에 키스를 세 번이나 퍼부었다. 그러더니 노래를 다시 해달라고 졸라댔다. 조슈아는 어려서 늘 그랬듯 못 이기는 체하며 일어났다.

조슈아가 옆에 서자 이브노아는 조슈아의 자란 키에 다시 놀랐다. 조금 전에 놀랐던 것은 싹 다 잊어버린 것처럼.

"체, 이젠 꼬마가 아니잖아. 도로 작아졌으면 좋겠다."

"앞으로도 더 커질걸."

"얼마나?"

"누나보다 더."

그 말을 하며 조슈아는 이브노아가 동생이라면 어땠을까 생각했다. 글쎄, 어떨까. 자신은 꼬마 이브를 지극정성으로 돌보는 오빠 노릇을 잘해냈을까? 그런데 왜 예전에는 하지 않던 이런 생각이 자꾸 떠오르는 걸까?

"싫은데. 싫은데에. 크지 마라, 내 동생, 응?"

조슈아는 못 들은 체하며 물었다.

"무슨 노래 할까?"

"뭐든 해. 전부 다."

"전부 다 했다간 생일 파티는 구경도 못 하게 될걸."

"그래? 그럼 조금만 해. 열 개만."

이브노아는 아이처럼 손가락을 쫙 펼쳐 보였다. 그 모습을
본 조슈아는 명치를 뭔가에 찔리기라도 한 듯 얼굴을 찡그렸
다. 이브노아가 눈을 동그랗게 떴다.

"왜 그래? 아파?"

"아냐."

"아프면 노래하지 마. 어디가 아픈데?"

"안 아프다니까."

조슈아는 마음속 무방비하던 곳이 찔렸다고 생각했다. 이
브노아가 다섯 살답게 천진하게 펼친 손가락, 그걸 보는 순간
자신이 오래전에 누나를 잃었다는 것, 아니면 처음부터 가진
적도 없었다는 것, 또한 그런 누나를 이 년 동안 잊으려 애써
서 거의 성공할 뻔했다는 것까지 한꺼번에 명백해졌다. 심장
밑바닥에서 잠자던 마음이 갑자기 햇빛 아래로 끌어내어진
것 같았다.

"그래도 노래하지 마. 또 아프면 어떡해."

조슈아는 순순히 이브노아의 말에 따랐다. 그리고 어려서 자신이 누나의 분별없는 애정 때문에 질식할 지경이었다는 걸 기억해냈다. 어쩌면 이브노아가 본 조슈아는 세상에서 가장 예쁜 인형이었는지도 몰랐다. 어린시절의 조슈아는 정말로 천사 같은 꼬마였으니까.

"내려가자. 아침을 먹으면 좋아질 거야. 꼭."

하지만 인형을 두고 저렇게 끈질기게 걱정하는 다섯 살 꼬마는 없다……. 그렇게 생각하며 조슈아는 누나가 원하는 대로 연습실을 나섰다. 그러면서도 누나가 보이는 애정에 일말의 의문을 가졌다. 지능이 부족하다는 이유로 사랑하는 능력마저 의심했던 것이다. 진심의 존재마저도.

이후 이날 아침을 기억할 때마다 조슈아는 가슴 한쪽에 지금과 똑같은 통증을 느끼게 되었다. 그건 누나가 가져가버린 그의 마음속 동그란 빈자리였다. 그곳은 작았지만 완전히 텅 비어 있었다.

재

모두가 춤추고 있어. 이 세상도, 나도, 너도, 운명도.

하지만 음악이 멈췄을 때, 마지막 의자를 차지하는 사람은
나일 거야.

✺

그날 연회장 공기 속을 빙글빙글 돌다가 사람에서 사람으
로 옮겨가던 작고 검은 것이 있었다.

물 위에 뜬 재처럼 잘 보이지 않았다. 우연히, 고개를 돌리
던 무심한 시선에 한순간 붙잡힐 때도 있었다. 뭘 봤을까 생
각하려 하면 착시처럼 사라졌다가 잊었다 싶을 때 다시 사람

들의 입과 손을 통해 건너고 또 건너갔다.

어느 귀부인의 부풀린 소매 아래에서, 부채와 잔과 입술을 거쳐 한 남자의 눈 속으로 들어갔다. 남자가 이물질을 느끼고 눈을 비비자 그것은 은밀히 바닥에 떨어졌다. 다른 치맛자락이 쓸고 지나가자 되살아나 날아올라 은쟁반 바닥에 붙었다가 사뿐히 음식 속으로 들어갔다. 누군가가 김이 오르는 고기 조각을 썰어 입으로 가져갔다.

그런 식으로 그곳에 모인 백여 명의 사람들을 모두 거쳤을지도 몰랐다. 그러나 아무도 알아보지 못했다. 언뜻 뭘 봤다고 느낀 자들도 어느새 잊었다. 그러나 한 명만은 그렇지 않았다.

그는 처음부터 자기에게 다가온 그것을 똑바로 쏘아보았다. 젊고 잘생기고 총명하고 야심찬 자, 많은 걸 가졌지만 더 많은 것을 얻기 위해 무슨 일이든 할 준비가 되어 있는 그의 눈앞에 그것이 왔다. 바라보는 그의 눈은 흡사 소우주小宇宙같았다. 그는 다른 사람이 눈치채지 못하게 손을 내밀었다. 그것이 내려앉자, 움켜쥐었다.

그것은 손에 잡히는 것이 아니었다. 그 또한 손을 펴서 확인하지 않았다. 자신의 손에서 사라졌으되 사라지지 않은 그것이 마음에 단단히 달라붙고, 한동안 쉴 것을 알았다. 그러나 영원히 머물지 않을 것도 알았다. 그것이 힘을 주는 동안 그는 어떤 일이든 해낼 것이다.

이브노아가 아기를 안고 나타나자 사람들은 한숨을 내쉬거나 낮은 탄성을 질렀다. 겉보기로는 균형 잡힌 그림처럼 그럴싸한 풍경이었다. 스무 살이 된 이브노아는 나무랄 데 없이 아름다웠고 어디에도 문제의 징후는 보이지 않았다. 물론 이브노아는 아기를 오래 안고 있지 않았다. 사람들 앞에 나와 짧게 인사하자마자 뒤에 서 있던 보모가 얼른 받아 안았다.

"저 젊은 부인이 그 반백치라던 딸……?"

"이젠 멀쩡해 보이는데?"

"그새 나은 것 아닐까요?"

"그게 무슨 낫는 병인 줄 알아요?"

"잠자코 계세요. 어쨌든 알 거 없잖아요? 몇 년이나 됐는데 차도가 생겼을지도 모르지, 뭘."

사람들은 조슈아가 이브노아를 처음 보았을 때와 같은 착각을 하고 있었다. 그날 아르님 가문의 일원 중 가장 눈에 띄지 않는 자리에 머물던 조슈아는 떠도는 속삭임에 냉소했다. 어쨌든 아버지의 공들인 연출에 사람들이 조금쯤은 속아줄 모양이었다.

이브노아의 곁에 선 테오에게는 그리 시선이 쏠리지 않았다. 손님들은 아버지와 오랜 친분이 있는 집안들이었고 따라서 어려서부터 보아온 이브노아의 달라진 모습에 열중했다. 실은 이브노아가 언제 실수를 저지를까 기다리고 있었다는 쪽이 옳았다. 그들이 보기에 테오는 보잘것없는 집안 출신으로 돈을 바라고 결혼한 존중하기 힘든 인물이었다. 다만 대놓고 적대시할 수 없기에 그냥 무시하고 있을 따름이었다.

조슈아는 그늘진 곳에서 나와 테오에게 말을 건넸다.

"여행 끝이라 이런 자리가 힘드시죠? 그래도 좋아 보여 다행이에요."

테오의 입가에 난처해하는 미소가 떠올랐다. 조슈아가 기억하는 매형은 보기 드물게 주의깊고 신중한 소년이었다. 그런 신중함으로 늘 누나를 조심스럽게, 그리고 따뜻하게 돌봤다. 함께 지내던 시절에 이브노아의 어리석은 변덕을 가장 오래, 가장 사려깊게 참아주던 사람은 부모나 동생이 아니라 테오였다. 돌이켜보면 조슈아는 오히려 이브노아 쪽에서 돌보고 감싸려 들었다. 물론 이브노아가 그런 인내심을 발휘한 상대도 동생뿐이었다.

"걱정해주니 고맙군."

"아뇨."

조슈아는 가만히 있다가 조그맣게 이어 말했다.

"누나를 이렇게 잘 돌봐줘서 고마운걸요."

"당연한 일에 고맙다는 말을 들을 순 없지."

그렇게 말하는 테오의 얼굴에 큰 변화는 없었다. 여전히 엷은 미소를 띠고 있을 따름이었다.

매형은 열 살 무렵부터 모든 나날을 이브노아와 함께 보냈다. 반드시 그것 때문은 아니라 해도 조슈아는 매형이 누나를 사랑한다는 것을 의심하지 않았다. 동정심일지도 모른다. 또는 인내심일지도 모른다. 그러나 어쨌든 견딘다는 것만으로도 매형은 누구도 해내지 못한 일을 하고 있었다. 조슈아는 비록, 진심으로 매형을 좋아할 수 없었음에도 불구하고 집안에서 테오에게 부당한 여론이 일어날 때면 곧잘 맞서곤 했다. 그건 자신이 하지 못한 일을 해내고 있는 매형에게 그가 표현한 최대한의 감사였다.

파티가 무르익자 아르님 공작은 공들여 쌓아 올린 샴페인 잔의 탑에 다가서며 유쾌하게 웃었다. 그는 오늘의 파티에 만족했다. 딸은 실수를 저지르지 않았고, 손님들은 모두 감탄한 눈치였다. 그들 중엔 성급하게 이브노아가 이제 정상인으로 돌아왔다고 믿는 사람들도 있었다. 공작은 맨 위의 잔을 집어 높이 들었다.

"자, 국왕 폐하와 모두의 건강을 위해서!"

신 아노마라드 왕국에서 왕족이 아닌 두 공작, 아르님과 폰티나는 이제 이름뿐이 아니라 명실상부한 국왕의 양팔이 되었다. 두 사람은 체첼 다 아노마라드가 전쟁에서 승리하도록 무대를 꾸미고 마침내 왕좌로 밀어올린 장본인들이었다. 최근 아르님 공작 주위에 모여든 귀족들은 공작의 업적이 초대 아르님 공작 이카본의 위업에 버금가는 것이라고 추어올리기에 여념이 없었다.

손님들도 자신들의 잔을 들어올렸다. 가벼운 찰랑임, 즐거운 웅성거림이 퍼져나가고 그들의 입술에 잔이 닿으면서 잠시 말소리가 잦아들던 순간이었다. 아르님 공작은 자신이 들었던 잔의 샴페인을 마시지 않고 조슈아에게 건네주었다. 작위를 물려받을 사람을 확실히 하기 위해 일부러 준비한 장면이었다.

오래전, 조슈아가 없고 공작부인이 병석에 누워 있던 때, 아르님 공작은 자신이 곧 죽게 되리라고 생각하는 아내를 위해 미래에 이브노아가 낳는 아이로 집안을 잇겠다고 약속한 일이 있었다. 그래서 이브노아와 테오의 약혼이 급하게 이루어졌다. 그러나 몸이 회복된 공작부인이 무리하여 조슈아를 낳은 후로 테오와 관련된 약속은 저절로 사라진 셈이 되었다.

오늘의 손님들도 그런 점을 모르지 않을 테지만 어찌됐든 가문의 주인이 했던 약속이었고 당사자인 테오도 한집안 사람이 되어 있으니 이번에 작위를 되찾은 것을 기회로 자연스럽게 공작의 뜻을 보이는 것도 나쁘지 않은 연출이었다. 이날 초대된 사람들은 대부분 잔을 넘겨주는 장면이 있을 것임을 들어 알고 있었다. 조슈아가 잔을 받자 박수가 터져 나왔다.

조슈아도 아버지의 생각을 알고 있었다. 아버지가 시종이 받쳐 든 쟁반에서 새 잔을 집는 걸 보며, 그의 관점으로는 좀 과하다 싶은 아버지의 의지를 받아들이려 애썼다. 그러나 멀지 않은 곳에 서 있는 테오의 얼굴을 흘끗 보고 나자 그나마도 맥없이 흐려져버렸다.

테오는 한때 집안의 후계자가 되리라고 믿었을 것이다. 조슈아는 단지 태어났을 뿐이지만 그 때문에 테오가 밀려난 것은 분명한 사실이었다. 더구나 오늘의 연회는 이브의 생일과 귀환을 축하하기 위한 자리였다. 파티의 주인공은 자신이 아니었고, 그리고…….

만약 누나가 평범한 성인으로 자라 이 자리에 왔더라면 아마도 이 술, 파티의 주인공을 위한 맨 꼭대기의 잔이 오늘 같은 날조차 동생에게 가는 것을 보고 별로 기뻐하지 않았을지도 모른다.

"나는? 나한테도 줘! 나한테도 그거 줘!"

아기를 안은 보모와 함께 멀찍이 있다가 어느새 다가온 이브노아의 목소리가 들렸다. 아버지가 조슈아에게 뭔가 주는 모습을, 그리고 사람들이 모두 술잔을 든 광경을 본 모양이었다. 아버지는 오늘만은 이브노아가 어린애처럼 칭얼거리는 것을 원치 않을 것이다. 이브노아는 이미 특유의 고집스러운 눈으로 조슈아를 빤히 바라보았다.

　다른 잔을 가져다줘도 상관없겠지만, 조슈아의 손에는 이미 마시기 껄끄러운 한 잔의 음료가 들려 있었다. 이브노아는 평소 술을 마시지 않았지만 약한 샴페인이라면 괜찮을 것 같았다. 새 잔을 가져오는 짧은 틈에 이브노아가 소란을 피울지도 몰랐다. 무엇보다도 그렇게 하면 자신은 마시지 않아도 되니까, 적어도 이 자리를 피할 수 있으니까, 자기만족일지 몰라도 누나를 위해서 그러고 싶다, 라고.

　그렇게 생각했다.

　"누나한테 줄게. 오늘은 누나 생일이잖아."

　잠시 잦아들었던 말소리가 번잡한 소음으로 번질 무렵이라 조슈아가 자기 잔을 이브노아에게 주는 장면을 본 사람은 몇 되지 않았다. 아르님 공작은 보았지만 조금 이맛살을 찌푸리면서도 이제는 주목하는 사람들도 없고, 굳이 말리다가 오히려 이목을 끌 듯하여 못 본 체했다.

　조슈아가 본 누나는 못내 만족스러운 듯 환하게 웃고 있었다. 저렇게까지 좋을까 싶을 정도로, 또는 조슈아가 모르는 다른 비밀을 알기에 기쁜 것처럼.

　"응, 좋아."

　매끄러운 유리 표면이 손가락에서 떨어질 때, 놓으면 안 되는 것을 놓은 듯 기분이 이상했다. 이브노아가 잔을 입가로

가져갈 때는 잘못된 분기를 택하는 연극의 주인공을 보듯 일
순 가슴이 답답해왔다. 아니, 일시적인 기분일 뿐이었다. 심
지어 조슈아는 저 보잘것없는 한낱 유리잔에 자신이 이렇게
나 집착하고 있었던가 싶어 스스로가 꼴사납다고 생각하기까
지 했다.

"에엑, 맛이 없잖아!"

늘 달콤한 음료만 마셨던 이브노아는 주스 마시듯 샴페인
을 들이켰다가 곧 입술을 일그러뜨리며 소리를 질렀다. 입에
남은 걸 뱉었지만 이미 절반이나 마셔버린 뒤였다. 곁에 있던
브와주 부인이 이브노아가 뱉어낸 음료를 닦아주려고 손수건
을 꺼내며 다가왔다.

누군가가 사람들을 헤치며 황급히 다가오는 것 같다…….

그런 생각은 순식간에 잊히고 조슈아는 눈을 크게 떴다. 아
까 연극 같다고 느꼈던가? 그건 정말로 연극이 되었다. 자기
앞에서 모든 사람들이 갑자기 배우가 된 양 연극을 벌이기 시
작했다. 어찌된 일일까? 다들 미리 짜고 있었던 것일까? 나
를 놀리려고? 재밌게 해주려고?

이브……까지도?

"누나?"

툭, 유리잔이 두툼한 융단에 떨어져 깨지지도 않고 조금 구
르다 멈췄다.

조슈아는 인지를 벗어난 상황 속에서, 자신도 모르는 사이에 이브노아의 무너지는 어깨를 붙들어 일으키려 했다. 영문 모를 이 연극에 서둘러 동참하려 했다. 그와 동시에 그의 손에, 팔꿈치까지 새빨간 액체가 왈칵 쏟아졌고 조슈아는 자신의 손을 보았다.

주위가 고요했다.

그 빨간색은 숨쉬듯 얼마간 떨다가 멈추기를 되풀이했다. 미세한 손금을 따라 번져간 흔적이 붉은 잎사귀에 그려진 잎맥 같았다. 자기 손이 아닌 듯 맥동하는 이상한 손을 넋 나간 듯 바라보는데 머리가 어지럽고, 쓰러질 것처럼 몸과 마음이 다 떨렸다.

이게 무엇일까.

이게 무엇이더라.

무언가 말하고 싶은 것처럼, 조슈아의 팔에 안긴 이브노아의 비틀린 입술이 떨리다가 조금 움직였다. 그러나 사람들의 소음이 귓가에서 지워져버렸듯 이브노아의 목소리도 들리지 않았다.

들리지 않았다고 생각했다.

누군가가 조슈아의 품에서 이브노아를 빼앗아 갔다. 사람들에게 둘러싸인 채 바닥에 누운 누나의 치마는 연한 분홍빛이었다. 거기에 누가 어울리는 그림을 그리려 했던 것처럼 빨간 무늬가 도드라져 흩어졌다. 정말 이상하지만 아름답다는 생각에 사로잡혔다. 미칠 듯 그 생각에 자신을 옭아매는 마음 속 손이 있었다.

막 꺾은 장미 꽃잎 흩뿌린 듯이,

돌아버릴 것처럼 아름다운 누이.

두 데모닉

그는 가진 것 없이도 강한 자였네.

그는 무기 없이도 이기는 자라네.

그는 날개 없이도 날아갈 것이며

즈믄 다리를 건너 다다를 것이라.

아르님 공작이 세 번 만에 고개를 끄덕이자 하인은 손님을
부르러 갔다. 하인이 한숨을 내쉬며 문을 닫고 나자 서재 안
에는 두 사람만이 남았다.

공작은 책상 너머 의자에 앉아 유리잔 하나를 만지작거리

고 있었다. 떨어져도 웬만해서는 깨어지지 않을 정도로 두툼하고 좋은 잔이었다. 그런 잔이 조금 전 연회장에 수십 개나 쌓여 있었다.

그 가운데, 하필 이 잔이다.

공작이 오랫동안 침묵하자 손님이 책상 앞으로 다가갔다. 그는 공작의 의견도 묻지 않고 의자를 하나 당겨 앉았다.

"공작."

공작은 듣지 못한 듯 계속 유리잔만 들여다보았다. 깨끗이 닦여 얼룩 하나 보이지 않는 유리 속에서 한때 있었을 비밀을 꿰뚫어 보려 했다.

"프란츠."

공작을 이렇게 부를 사람은 이 세상에 단 두 명뿐이었다. 그 목소리가 프란츠를 오래전, 폭풍우 몰아치던 밤에 다다랐던 섬으로 이끌어 갔다. 프란츠의 얼굴에 경련이 일어났다. 그날의 약속은 어떻게 되었던가?

프란츠가 고개를 쳐들자 눈앞에 푸르고 형형한 눈이 보였다. 아르님 가문에서 유일하게 푸른 눈을 가진 사람, 가문을 떠난 뒤 한 번도 성으로 돌아오지 않았던 데모닉 히스파니에가 그곳에 있었다.

"용서하십시오."

첫마디가 떨어지고도 두 사람은 오랫동안 서로를 응시하기만 했다. 이윽고 히스파니에가 짓씹듯 내뱉었다.

"내 너를 진실로 용서하고 싶지 않다."

그 목소리에 든 실망을, 질책을, 그리고 고통을 프란츠도 알았다. 오늘의 일에는 원인이 있었다. 직접적 원인은 아닐지 모르지만 결국 그 선택이 거대하게 부풀어 오늘에 다다랐다.

십일 년 전, 프란츠는 히스파니에를 찾아갔었다. 흔적 없이 사라졌다고 알려졌던, 그러나 실은 바다에 자신만의 영지를 세우고 있던 숙부를 찾아가 물었다. 데모닉으로 태어난 어린 아들을 어떻게 해야 살려낼 수 있겠느냐고. 그때 히스파니에는 말했다. 아이를 자신에게 보내어 부모도 가문도 모른 채, 스스로가 누구인지도 모른 채 자라게 하라고.

그리고 프란츠는 거절했다.

"……"

그 선택이 첫 번째였을까. 결국 히스파니에는 프란츠에게 십 년간 조슈아를 키울 기회를 주었다. 그리고 조슈아가 열 살이 되던 해, 프란츠는 데모닉을 감당할 수 없음을 인정하고 히스파니에에게 편지를 띄웠다. 처음 약속한 대로라면 그렇게 보내고 나서 다시는 조슈아의 미래에 관여하지 말았어야 했다. 그러나 이 년 뒤, 공화국을 무너뜨리고 신왕가의 양대 공작 중 하나로 올라선 공작은 극적인 성공에 고무된 나머지 십일 년 전에 품었던 두려움을 잠시 잊었다. 영광 속에는 후계자가 필요했다. 이제 자신에게는 그 아이를 지켜줄 힘이 있었다. 그렇다고 생각했다.

조슈아는 문제없이 열두 살까지 살아남았다. 정신적 문제는 조금도 없어 보였다. 그렇다면 계속해서 잘해나가리라 믿지 못할 건 뭐겠는가? 언제까지 아들이 미쳐버릴까 봐 의심하며 전전긍긍해야 한단 말인가?

그때 조슈아를 도로 데려오는 것은 아들에 대한 사랑을 증명하는 일로 보였다. 세상 모든 사람이 데모닉을 의심해도 아버지인 자신은 그러지 않아야 하니까, 더이상 두려워하지 않고 아들을 후계자로 공인하겠다고 생각했다. 성공이 부풀려놓은 자부심이 위기에 대한 감각을 마비시켰다. 취한 것처럼 밀어붙였다. 그가 원하는 가장 근사한 그림을 그려내겠다고.

그 결과가 이것이었다.

"저는…… 그러지 말았어야 했습니다."

프란츠가 조슈아를 돌려보내지 않겠다는 편지를 부친 뒤, 숙부에게서 답장은 오지 않았다. 어느 정도 예상했던 일이기도 했다. 숙부가 무언의 질책을 보내는 듯해 마음에 걸렸지만 그때는 지금의 그림을 완전하게 그리는 일이 급했다. 처음부터 완성될 수 없는 그림이었음이 지금에야 보였다. 그건 썰물갯가에 그린 그림이었다. 파도 한 번이면 사라질 붓질이었다.

"다 제 욕심 때문이었습니다. 조슈아를 사랑해서 한 일이 아니었습니다. 저는 후계자를 원했습니다. 제게도 자격이 있다고 생각했습니다. 마치 기다리기만 하면 생일 선물을 받을 수 있는 어린애처럼 굴었습니다. 아이들을 지켜야 하는 아비인 주제에. 뼈저리게 사죄합니다. 이브에게, 숙부님께, 조슈아에게……."

말을 맺지 못한 채 프란츠는 두 손으로 얼굴을 감쌌다. 침묵이 흘렀다. 흐느낌도, 위로도 없이 단지 침묵뿐이었다.

이윽고 히스파니에의 목소리가 들렸다.

"오늘 같은 날, 내 어찌 너를 분노로 대하겠느냐. 아무것도 되돌리지 못할 용서 따위를 어찌 아끼겠느냐. 그러나 내 너를 위로하지는 않을 것이다. 그런 것은 필요하지가 않다. 단 하나, 복수 말고는 무엇도 필요하지가 않다."

프란츠가 고개를 쳐들었다. 히스파니에와 맞닿은 시선에서 핏방울이 배어 나오는 듯했다.

"숙부님, 부탁이 있습니다."

"내가 할 수 있는 일이라면."

"이곳에 머물러주십시오."

히스파니에는 거의 느껴지지도 않을 정도로 짧게 생각한 뒤 고개를 내저었다.

"아니 된다고요?"

프란츠는 몸을 돌려 책상 위에 놓인 유리잔을 가리켰다.

"저 잔, 오직 저기에만 독이 발라져 있었습니다."

탑 모양으로 쌓았던 샴페인 잔들은 모조리 조사되었다. 그 중 독이 검출된 잔은 이브노아가 마신 잔 하나뿐이었다. 그렇다면 독은 술이 아니라 잔에 발라져 있었다는 말이 된다.

주방 하인이 아닌, 일손이 모자라 접시를 나르러 왔던 정원지기 가운데 한 명이 자취를 감추었다. 다른 하인들의 말로는 그자가 최근 도박 빚에 시달렸다고 했다. 수배를 지시해놓았지만 만약 배후가 있어 도주를 도왔다면 쉽게 찾지는 못할 것이다. 어쩌면 죽였을지도 모를 일이다. 이런 일을 저지를 자라면 충분히 그러고도 남는다.

"저의 영지 안에서, 비취반지 성에서, 누군가가 제 아들을 독살하려 했습니다. 있을 수 없는 일이 벌어졌건만 저는 범인을 짐작조차 못 하겠습니다. 어둠 속에서 그자가 저를 쏘아보는 느낌이 생생합니다. 그 때문에 이브를 마음껏 애도할 수조차 없습니다. 위협은 그대로이되 표적은 하나로 줄었습니다."

짙은 눈썹과 굴곡 깊은 윤곽 때문에 귀족이라기보다 바다 사나이 같은 인상을 한 프란츠였다. 대하는 자가 시종이었든, 왕이었든, 늘 같은 얼굴로 대하는 강인하면서 부드러운 사람이기도 했다. 공화파의 수뇌 앞에서도, 낫자루를 든 폭도들 앞에서도 두려움조차 보인 일 없던 그가 오늘만은 패배감으로 일그러진 처참한 얼굴로 유리잔을 쏘아보고 있었다. 저 안에 든 죽음을 아이들에게 건네준 사람은 바로 자신이었다.

히스파니에가 말했다.

"확신하고 있군. 조수아를 쏜 화살에, 죄 없는 이브가 맞았다고 말이야."

"이브를 독살하려 획책할 자가 있으리라 보십니까? 그 아이가 없어져도 세상에는 어떤 변화도 일어나지 않습니다."

프란츠가 손안에 든 유리꽃처럼 아끼던 첫딸이었다. 향기가 없어도, 햇빛만 받으면 세상 어느 꽃보다도 찬란한 광채를 내뿜던 이브노아를 그가 얼마나 사랑했던가. 그러나 프란츠는 검은 눈썹을 움직이지도 않고 가차 없이 딸의 존재 가치를 일축했다. 누군가가 암살하려 들 이유조차도 없다, 그건 사실이었다.

"네가 이브를 얼마나 애틋하게 여겨왔는지 잘 안다. 너무 그리 아프게 말하지는 마라."

프란츠는 잠시 허공에 눈길을 주고 있다가 말했다.

"지금쯤은 이브도 알지 않을까요. 이제는 아비를 이해할 수 있는 딸일 테니."

이브노아는 무조건적인 애정으로 감싸던 부모보다 말이 통하지 않는 누나를 곧잘 귀찮아하던 동생을 더 사랑한 아이였다. 그 다정하던 아이가 지금쯤 그 마음씀씀이다운 통찰력을 얻었다면, 이 순간 목전에 닥친 위협을 위해 딸에 대한 마음을 추스르는 아버지를 이해해줄 것이다. 살아생전 한 번도 이브노아에게 이해나 배려를 기대해본 일이 없지만 지금만은 그래주길 바랐다.

"이 정도로 흔적 없이 침입하여 독살을 기도할 수 있는 자라면, 분명히 제가 오늘 샴페인 탑의 맨 윗 잔으로 건배하고 그것을 조슈아에게 넘겨준다는 사실 또한 알았을 것입니다. 그렇지만 조슈아가 그걸 이브에게 건네줄 줄은 꿈에도 몰랐겠지요. 그것이야말로 순전한 우연이 빚은 결과였으니. 스무 살 생일이었는데, 고작 며칠 전에 돌아왔는데……."

프란츠는 문득 말을 맺지 못하고 입을 다물었으나 온갖 난관을 버티어온 사내답게 곧 감정을 억눌렀다. 이브노아는 되찾을 수 없다. 남은 것만은 지켜야 한다.

"누가, 어째서 조슈아를 노리는지 전 모릅니다. 범인을 찾자면 동기를 찾는 것이 가장 빠를 텐데 지금은 짐작조차 안 됩니다."

"조슈아가 사라질 경우 작위 계승자로 고려될 첫 번째 인물이 누구인지 알 것 아닌가."

프란츠가 고개를 흔들었다.

"아닙니다. 테오 녀석은 아닙니다."

"조슈아가 사라져서 이득을 볼 자가 그 외에 또 있기라도 하단 말인가?"

아직 어린 조슈아가 누군가의 원한을 샀으리라고 짐작하기보다 작위를 노렸다고 생각하는 쪽이 논리적이었다. 그러나 프란츠는 완강했다.

"하지만 지금처럼 음모가 잘못되어 대신 이브가 희생될 경우 가장 큰 손해를 보는 사람은 누구입니까? 테오가 아닙니까. 이브가 없다면 그 애가 우리 가문에서 무슨 의미가 있겠습니까?"

히스파니에는 대답하지 않았다. 말을 잇는 프란츠의 목소리가 격해졌다.

"오늘, 테오는 조슈아와 이브로부터 고작 몇 발짝 떨어져서 있었습니다. 잔이 이브에게 건네지는 모습을 분명히 봤지만 아무런 동요도 보이지 않았습니다. 제 눈으로 똑똑히 본 일입니다. 만일 그 애가 잔에 든 독을 알고 있었다면 어찌 그럴 수가 있습니까!"

이 순간 프란츠는 이브노아를 죽게 한 책임이 사위에게 있기라도 한 것처럼 목소리에 힘을 주었으나 본질과 거리가 먼 분노임을 스스로도 알고 있었다. 자신의 어리석음을 받아들이기 힘들었기에, 분노의 화살을 누구에게든 돌리고 싶었을 따름이었다. 그러나 곧 마음을 추스르며 고개를 저었다. 잘못된 분노는 빨리 걷어내야 했다.

"테오가 그간 아무리 이브를 잘 돌봐왔다 한들 제가 직접 그 모습을 보지 못했더라면 저도 의심을 접지 않았을 것입니다. 테오는 아닙니다."

"그렇다면?"

"제 추측도 거기까지입니다. 공화국이 무너진 일로 제게 원한을 품은 자일까요? 아니면 질투심을 품은 다른 귀족일까요? 어떤 생각에도 근거는 없습니다. 저의 통찰 밖에, 제가 짜놓은 그물 밖에 있는 것이 틀림없습니다. 그래서 숙부님께 머물러달라고 부탁드린 것입니다."

"내가 있다 한들 달라질 것은 없다."

프란츠가 허탈한 미소를 지었다.

"그런 말씀 마십시오. 이제 숙부님의 옛일을 기억하는 사람도 많지 않겠지만 저는 잊지 못합니다. 숙부님께서 이 성에 머무르신다면 어떤 음모인들 숙부님의 눈을 피하겠습니까?"

"지나친 기대로군."

"제가 군이 옛날얘기를 꺼내야 하겠습니까?"

"그건 정말로 오래된 이야기야."

둘은 말없이 서로를 바라보았다. 둘 다 서로가 무슨 생각을 하고 있는지 알았다.

데모닉들의 능력은 방향성이 모두 달랐는데 히스파니에는 그중에서도 비밀을 꿰뚫어 보는 능력이 탁월했다. 그래서 그는 자신이 아버지의 자식이되, 어머니의 자식이 아님을 일찌감치 알아차렸다. 그리고 어머니가 누구인지도 알아냈다. 조슈아의 증조부인 전대 공작 아르투가 그토록 완벽하게 감추고자 했던 비밀이었지만 소용없었다.

히스파니에는 친어머니를 찾아가 만나겠다고 했으나, 전대 공작은 그런 짓을 하면 내 아들이기를 포기한 것으로 알라고 통보했다. 그때 아르투도 나름대로 그래야만 하는 이유가 있었으나 새파랗게 젊었던 히스파니에는 아버지의 입장을 이해하려 하지 않았다. 그후로 부자간의 관계는 다시는 회복되지 못했다.

히스파니에가 끝내 아버지의 명을 어기고 큰 파란을 일으키며 가문을 떠나자 아르투는 가문에서 막내아들의 이름을 지우고 다시는 성에 들이지 말 것을 명했다. 수십 년의 세월이 흘러 아르투가 죽고 맏아들 프리드리크가 작위를 물려받은 후로도 겉으로는 그랬다.

그러던 어느 날, 프란츠는 아버지에게 온 편지를 머리글자만 보고 자신에게 온 것으로 착각하여 뜯어보는 바람에 죽었다던 막내숙부가 아직 살아 있음을 알게 되었다. 그는 편지를 면밀히 연구한 끝에 정말로 히스파니에가 머물던 작은 항구, 이벨란드까지 찾아가 히스파니에를 만났다. 히스파니에조차 깜짝 놀랐던 일이었다.

프란츠의 과감한 모험 덕택에 편지 한 통만 두고 집을 나간 아들을 찾아 프리드리크 폰 아르님 공작이 은밀히 행차하는 소동이 벌어졌고, 결과적으로 아버지와 숙부가 수십 년 만에 다시 만나는 결과를 불렀다. 돌이켜 생각해봐도 무척이나 잘한 일이었다. 그날 밤의 만남이 두 형제가 살아생전 마지막으로 얼굴을 마주한 날이었다. 하지만 존경하는 아버지가 새롭게 존경하게 된 숙부와 대화하는 광경은 무척 뜻밖이었다. 둘은 정반대의 성격이었지만 놀랄 만큼 서로를 잘 알아서 매우 정밀하게 서로를 짜증나게 만드는 능력이 있었다. 동시에 누구보다도 서로가 해주는 칭찬에 민감했다. 둘의 대화를 십 분쯤 듣고 있자니 히스파니에가 집을 나간 이유가 형 때문은 아닐까 미심쩍어질 정도였다.

프리드리크는 이렇듯 세상에서 제일 잘난 동생을 점잖게 도발하는 데 전문가였지만 거기에서 그치지 않았다. 그는 만난 김에 당시 성안에서 반복되던 도난 사건, 언제부터인가 사라진 미술품의 행방, 가신 두 명이 최근 신경전을 벌이는 원인, 그리고 새로 인수한 임야의 권리 관계 문제까지 한꺼번에 물어보고 답을 얻은 다음 '아, 원래 이렇게 편했었는데' 하고 뇌까리며 돌아갔다.

그날의 일을 계기로 히스파니에와 가문의 연결은 프란츠의 몫으로 넘어갔다. 프리드리크도 그 상황을 내심 반겼던 듯했다. 동생이 형에게는 삐딱하게 비아냥댈지 몰라도 조카에게는 의외로 성실한 어른 노릇을 하려 한다는 걸 금세 눈치챘던 것이다. 그리고 프란츠도 결국, 복잡하게 꼬인 문제가 발생할 때면 숙부에게 편지를 써 보내는 것이 꽤 빠른 해결책임을 인정할 수밖에 없었다. 편지가 오가는 도중에 분실될 우려를 포함하고서라도 말이다. 히스파니에는 답신 말미에 가끔 이렇게 쓰곤 했다. "답을 들었으니 네 아버지의 무덤에 포도주 한 잔 바치고 와라."

그런 편지 교환은 히스파니에가 이벨란드를 떠난 뒤 한동안 끊어졌고, 히스파니에가 왕의 섬에 머물던 당시 잠깐 재개되었다가 또다시 끊겼다. 하지만 조슈아를 맡기겠다는 편지에 빨리 답신이 왔던 걸 생각하면 그전의 편지를 의도적으로 무시했던 것일 수도 있었다.

히스파니에가 고개를 가로저으며 자리에서 일어나더니 말했다.

"알다시피 나는 이곳에 머물 수 없는 사람이야."

"이제는 상관없지 않습니까, 숙부님? 할아버지께선 돌아가신 지 오래입니다. 아버지께서도 숙부님을 미워하시지 않았고, 떠나야 했던 이유 또한 숙부의 잘못이 아닌데 아직까지 그 명을 지켜야 할 까닭이 무엇입니까?"

"아니, 안 돼. 이건 고리타분한 규칙의 문제가 아니야. 옛 왕가는 이제 없지만, 지금도 규칙을 깨뜨려보았자 하등 좋을 것은 없을 것이야."

"왜요? 세월이 흘렀습니다. 이제 가문의 주인은 돌아가신 할아버지도, 아버지도 아닌 저입니다. 제 앞에서 숙부님을 두고…… 그 말을 꺼낼 자가 또 있을 거라 보십니까?"

프란츠는 중간에 어떤 말을 입 밖에 내는 것을 피했다. 방안을 오가던 히스파니에는 다 알고 있는 것처럼 희미한 미소를 머금었다.

"굳이 애쓸 필요 없다. 내게 아버지가 있었듯 어머니도 있었던 거지. 그리고 아버지가 나를 내쳐야 했던 건 누구의 잘못도 아니야. 어리석은 건 나뿐이었다."

숙부의 자조적인 말투에 프란츠는 조금 분개한 듯 잘라 말했다.

"숙부님께 어리석다는 말을 할 수 있는 사람은 아노마라드 왕국에 없습니다."

"아니, 난 어리석었다. 초대 아르님 공작도 데모닉이었고, 그 힘으로 이 가문을 일으켰어. 그때는 참으로 빛나는 이름이었지. 후손들이 진흙탕에 내던지기 전에는 말이야. 나는 네 살이 채 되기 전에 이미 데모닉으로 불렸어. 그런 내가 어려서부터 그분을 얼마나 의식했을지 짐작할 수 있겠나? 그분처럼, 때로는 그분보다 더 훌륭해지고 싶었지. 그러나 결국 그분이 일으킨 귀한 가문에 해만 끼치는 존재가 되어 도망치고 말았어. 가문을 위해 할 수 있는 일이라곤 그것밖에 없었으니 말이야."

"하지만, 그때 숙부님은 그럴 수밖에 없었습니다. 그건 너무나 자연스러운 일이었습니다!"

그 순간, 히스파니에가 정색을 하며 눈을 치켜떴다.

"프란츠, 아들을 지킨다면서 집안에 나 같은 재앙의 불씨를 불러들일 참인가? 체첼 국왕에게 내 존재가 어떤 위협이 될지 정녕 모르겠나? 조슈아가 무사히 자란들 국왕의 눈 밖에 난다면 미래가 평온하리라 보는가? 네 손으로 옹립한 국왕의 손에, 가문이 조각나는 꼴을 보고 싶나?"

'조각난다'는 말의 의미를 너무나 잘 알았기에 프란츠는 안타깝지만 대꾸할 말이 없었다. 그러나 조금 후 프란츠는 다시 눈썹을 모으며 고개를 저었다.

"그건 먼 미래의 일입니다. 눈앞에 닥친 위협을 없애고 나서 뒷일을 생각하겠습니다. 지금 숙부님을 붙잡는 제 선택이 옳다는 것을 추호도 의심하지 않습니다. 물론 숙부님께서 거절하신다면 제가 어찌할 도리는 없지요. 그러나 이렇게까지 말씀드리는데도 힘을 빌려주지 않으시겠습니까?"

"내가 여기 남아 있는 것이 정말로 도움이 될 거라 보는가?"

프란츠는 당혹스러운 눈으로 히스파니에를 보다가 답했다.

"제 말을 믿지 않으시는군요."

"아니야. 그런 뜻이 아니야. 자, 아르님 공작은 딸을 잃었다. 그 광경을 본 사람이 수십 명이 넘지. 다들 놀라서 소문을 퍼뜨릴 게다. 비취반지 성에서 공작의 딸이, 수많은 사람들이 보는 앞에서 독살당했다고. 조금 통찰력이 있는 자라면 실제로 노린 것은 조슈아였다고 떠들 것이 틀림없다. 뒷일은 누구나 짐작할 수 있겠지. 아르님 공작이 분노하고 상심하여 성을 샅샅이 뒤지고 수많은 사람들을 의심하며, 아들을 지키기 위해 수단 방법을 가리지 않을 거라고 말이지. 거기에 나까지 나타나면 어떨까? 그런 상황에서 독살범이 다시 얼굴을 내밀까? 숨을 죽이고 지하로 숨어버리지 않을까?"

"그렇게 영영 꼬리를 빼준다면 좋지요. 조슈아는 안전해질 테니까 말입니다."

히스파니에의 눈매가 가늘어졌다. 그가 재차 다그쳐 물었다.

"그렇다면 이브는? 그 애는 어쩔 셈이지?"

프란츠의 얼굴이 일그러졌다.

"그 애는 이미 잃어버렸습니다……."

"알아. 죽은 애를 살릴 방법 따윈 없어. 그러나 그대로 내버려둘 텐가? 죽었다고 해서 더이상 자식이 아니란 말인가? 아니, 먼저 묻자. 조슈아를 지키고자 하는 까닭은 뭔가? 후계자를 잃을까 봐서인가, 아들을 잃을까 봐서인가?"

프란츠는 무언가를 느낀 듯 눈을 내리깔았다가 대답했다.

"말씀이 이상합니다. 당연히 둘 다가 아닙니까."

"둘 다라는 말은 쓸데없어! 후계자가 먼저라면 나를 끌어들이고 집안을 들쑤셔서 독살범이 대륙 끝까지 달아나게 만들어. 그러나 아들이 먼저라면, 아들이 먼저라면 말이지……."

성큼성큼 다가온 히스파니에가 갑자기 허리 뒤쪽에서 무언가를 빼내 책상에 탁, 내리 꽂았다. 그것은 단도도 아니고 마치 송곳처럼 생긴 짧은 무기, 스틸레토stiletto였다. 얼마나 예리한지 손가락 두 마디 길이나 푹 들어가고도 부르르 떨렸다.

"본보기를 보여라. 누구도 아르님에게 바늘 끝 하나라도 대고선 살아남지 못한다는 걸 보여줘. 이브를 해친 놈을 찾아내. 놈을 짓이겨 죽여버려."

스틸레토의 손잡이에는 가문을 떠난 지 몇십 년이나 됐는데도 여전히 지워지지 않은, 범선의 키 모양이 새겨져 있었다. 초대 아르님 공작의 맹우盟友였던 스초안 오블리비언이 그렸다는 가문의 문장이다.

"그것이야말로 조슈아를 지키는 가장 적극적인 방법이다. 놈을 공격해라, 아르님의 방식대로."

"숙부님."

프란츠의 눈가는 어두웠다. 그는 스틸레토의 진동이 멎는 것을 지켜보며 나직이 말했다.

"저는 경거망동할 수가 없습니다. 이브를 잃은 것은 피눈물 나도록 분합니다. 그러나 조슈아를 생각하면 어쩔 수 없이 방어를 우선하게 됩니다. 그 애를 잃으면 아무것도 남지 않습니다. 공화 혁명의 난국 속에서 이토록 힘들여 이룩한 가문의 명예도 어리석은 싸움으로 뒤흔들리게 됩니다."

"남는 것은, '아르님'이다."

히스파니에의 민첩한 손이 다시 다가와 스틸레토의 자루를 짚었다.

"힘들여 이룩한 명예였지. 그러나 언제부터 아르님이 공작이었다고 생각하나? 언제부터 잘난 귀족 나부랭이였단 말이냐? 일껏 쌓아올린 명성이며, 재물이며, 공작의 지위 따위가 다 무어냐?"

손을 떼자 스틸레토가 다시 드르르, 하고 울렸다. 키는 파도 속에서도 뱃사람을 이끄는 힘이자 상징이었다. 그것은 아르님 가문이 본래 바다에서 시작했음을 보여주는 표지였다.

"불명예가 두렵나? 정말로 두려운 건, 가문의 심장에서 저런 공격을 당하고도 침묵하며 숨을 곳만 찾는 비겁자가 되는 것이야. 그래, 불명예스럽지 않나? 딸을 잃고도 복수하지 못하는 것이 창피하지 않나? 비취반지 장원은 아르님의 성이다. 아르님 공작이 자신의 성안에서 숨을 곳을 찾고 있나? 적은 쥐새끼처럼 살금살금 걷고 있는데!"

두 사람의 눈이 모두 스틸레토에 못박혀 있었다. 거기에 새겨진 키가 방향을 보여주길 바라는 것처럼 뚫어져라 보았다.

"나라면, 소문을 가라앉히고 평온을 가장하여 적이 방심하고 기어나오기를 기다리겠다. 조슈아를 노리고 다시 움직이기를 바랄 것이야. 놈이 제 힘으로 조슈아를 어찌할 수 있겠다는 헛된 확신을 갖도록 유도해서, 결정적인 순간을 노릴 테다. 그래서 오늘 이브가 흘린 피를 놈의 피로 씻도록 하고야 말 것이다."

프란츠는 답답한 듯 목을 죄는 크라바트를 당겨 내렸다.

"그러다가…… 조슈아까지 희생된다면……."

"조슈아를 불러 물어볼 텐가? 죽은 누나쯤은 없었던 걸로 치자고 말해볼까? 희생된다고? 그래, 희생될 수도 있는 거지! 심장에 칼을 맞고도 비굴하게 고개 숙이는 치욕에 비하면 자식쯤은 아무것도 아냐! 조슈아가 없어도, 공작이 아니어도, 그 주인이 명예롭다면 페리윙클섬에서 시작된 아르님은 그대로다. 이카본 군도의 위명도 사라지지 않아. 조슈아가 누나를 죽인 놈이 도망쳤는데도 자신은 살아남아서 다행이라고 생각한다면, 아르님의 후계자가 될 자격쯤은 애당초 없는 것 아닌가?"

프란츠는 무척 오래 침묵했다. 대답이 없자 히스파니에가 돌아서서 창가 쪽으로 몇 걸음 가며 불쑥 물었다.

"조슈아가 그토록 귀한가?"

갑자기 뚱딴지같은 질문을 받은 프란츠는 아연해하며 답했다.

"이브가 없는 지금, 세상에서 단 하나뿐인 귀한 아이죠."

"그렇다면 귀한 아이답게 키워야 할 것 아닌가?"

프란츠는 무슨 말인지 이해하지 못해 눈을 조금 크게 떴다.

"제가 그 아이를 부당하게 대하고 있단 말씀입니까?"

"지금껏 넌 내 능력을 높이 평가해서 도와달라고 했어. 그런데 왜 날 인정하듯이 그 아이는 인정하지 않나? 아버지들에게 흔한 근시안 같은 건가?"

"숙부님과 조슈아가 어찌 같습니까? 그 앤 고작 열두 살입니다."

히스파니에가 프란츠를 향해 돌아섰다. 역광 때문에 표정이 보이지 않는 그가 씹어뱉듯 말하는 소리가 들렸다.

"둘 다 데모닉이다. 아르님 이름을 가진 자로서 데모닉이 어떤 자들인지 잊진 않았을 테지?"

프란츠는 오랫동안 그 사실을 피하려 했다. 어려서부터 아무도 조슈아를 데모닉이라 부르지 못하게 했다. 그렇게 최면을 건 끝에 아들이 데모닉인 채로도 평범하게 살 수 있다고 잠시 착각하기도 했다.

"그 아이가 데모닉이라고 해도…… 숙부님과는 비교할 수 없습니다. 제가 조슈아에게 뭘 기대해야 합니까?"

"잊었나? 공화국을 무너뜨린 계략이 어디에서 나왔는지를? 그 애는 학자이고, 전략가이고, 음악가이며, 성악가이고, 그리고 화가이자 시인이다. 데모닉은 말이지, 데모닉의 운명이란 건……."

말을 잇는 히스파니에의 눈에 빛이 어렸다. 프란츠는 그 빛을 알고 있었다. 그가 숙부로부터 빌리고 싶어 하는 바로 그것이었다.

"스스로 자멸할지언정 남의 손에 파괴되지는 않아."

프란츠의 눈썹이 다시금 치켜 올라갔다.

"저더러 그 아이의 미래를 운명에 내맡기란 말씀입니까?"

"데모닉은 그 잘난 천재성으로 자신만 부수는 게 아니라 휘말린 타인들도 조각내버리지. 운명이라는 관점에서 볼 때 데모닉은 회오리에 휘감긴 기둥과 같아. 그만큼 억제하기 힘든 강운이다. 데모닉들은 형제들의 평탄한 운명마저 수없이 뒤집고 짓밟아버리곤 했어."

"저더러 믿으라고 하시는 말씀인가요? 숙부님께서 역대 데모닉들의 행적을 연구하셨다는 건 압니다. 그들은 그랬을지도 모르지요. 하지만 저는 운 같은 것을 믿지 않습니다. 저라면 그 아이를 보호하기 위해 운보다는 강력한 수단을 강구할 겁니다. 그 아이가 강보에 싸여 있는지 철갑에 싸여 있는지 제 눈에는 보이지 않으니 말입니다."

히스파니에는 뒷걸음질로 창가에 이르러 창턱을 짚더니 다른 손으로 창문을 톡톡 치며 말했다.

"별난 이야기를 들어보겠나?"

"네?"

히스파니에는 어둠 속에서 빙긋 웃는 것 같기도 했다.

"이 년 전, 네가 내게 조슈아를 맡겼을 때, 난 그 애를 일부러 한 달 가까이 빈집에 내버려두었어. 혼자 어떤 식으로 얼마나 잘해나가는지 보고 싶었단 말이야. 내가 그 애에 대해 얼마나 궁금해하고 있었는지 넌 알겠나? 지금껏 서너 대에 한 번 데모닉이라고 불리는 자가 태어나곤 했지만 다들 수명이 너무 짧았어. 지금처럼 두 데모닉이 동시대에 생존한 건 가문 역사상 최초고, 데모닉이 어린 데모닉이 자라는 모습을 지켜보는 것도 처음 있는 일이란 말이야."

프란츠가 침묵을 지키는 가운데 히스파니에의 말이 이어졌다.

"그런데 데모닉은 참 묘해. 과거 모든 데모닉 가운데 성공한 자라고는 단 하나, 가문의 위대한 첫 공작 이카본뿐이었다. 나머지는 모두 패하거나, 자멸하거나, 또는 스스로 가문을 뛰쳐나가고 말았지. 그런고로, 모든 데모닉은 직계의 피에 한 번도 영향을 끼치지 못했어. 단 한 명, 데모닉 이카본의 피만이 지금까지 이어지고 있지. 나에게, 그리고 조슈아에게."

"……."

"이처럼 괴이한 대차대조표가 또 있을까? 최고와 최악, 둘 사이에 별처럼 많은 선택의 가짓수를 생각해봐라. 그러나 결국 단 하나의 최고와, 지옥에 떨어질 최악들뿐이었어. 조슈아의 이야기로 돌아가볼까? 이브를 잃었으니 네겐 조슈아뿐이다. 아르모리크 경이 되어 작위를 물려받을 자식이라고는 단하나란 말이야. 하지만 장담컨대, 사람들은 아르님 가문이 곧 망할 것처럼 수군댈 것이다. 데모닉은 믿을 수 없으니까. 죽어버릴지, 미쳐버릴지, 제멋대로 뛰쳐나가버릴지 누가 알겠는가? 기묘한 가문이지. 공작의 단 하나뿐인 아들인데 그것만으로는 부족하다는 거야. 자, 조슈아는 어찌될까? 그자들의 기대를 보기 좋게 부숴버릴 수가 있을까?"

"제게…… 무슨 말씀을 하고 싶으십니까? 저는 자식이 죽으면 새로 낳아 채우면 된다고 생각하는, 그런 부류가 아닙니다."

히스파니에는 왼손만 움직여 등뒤의 커튼을 묶은 끈을 풀었다. 돌아보지 않았지만 매듭의 모양을 보고 있기라도 한 듯한 손놀림이었다. 커튼 자락이 스륵 떨어지자 방이 한층 어두워졌다.

"그래. 안타깝게도 손孫이 귀한 가문이기도 하지, 아르님은. 잊지 마라, 프란츠. 나도 데모닉이다. 누가 가문의 역사에서 데모닉을 배제하라고 정해놓았는가? 데모닉이 가문에 도움이 되지 않는다고 단정지을 자 누구인가? 그런 자는 '데모닉 이카본'이 연 이 가문에 있을 자격이 없는 사람이다. 그러나 프란츠."

프란츠는 피로한 듯 한 손으로 이마를 감싼 채 잠시 눈을 감았다.

"네가 조슈아를 어찌 생각하는지 잘 알아. 내 말이 잔인하게 들렸을 테지. 하지만 이 상황은 큰 위기다. 이브를 잃었기 때문에 아르님의 명예와 위엄 모두가 실추될 위기에 처한 거야. 조슈아를 지킨답시고 겁먹은 수탉처럼 소란을 피운다면 이브를 독살한 자만이 아니라 기회를 엿보던 다른 무리들도 아르님을 얕보고 침을 흘리며 달려들 게다."

"그러니 어찌하면 좋습니까? 숙부님이라면 어찌하시겠습니까?"

"이 말은 전에도 한 것 같군. 내가 말하면 그대로 지킬 수 있나?"

프란츠는 얼른 대답하지 않았다. 히스파니에는 기다리지 않고 말을 이었다.

"조슈아 주변에 호위병 따위는 붙이지 마라. 병사도 늘리지 마라. 성의 분위기도 예전대로, 새로운 조치 없이 동요만 다잡는 거다. 그렇다고 이브의 죽음이 별일 아닌 것처럼 굴어선 안 되지. 수많은 손님 앞에서 장례를 성대하게 치르고 그들 앞에서 복수를 천명해라. 아르님 가문에 서툰 수작을 건 자를 어떤 식으로 응징하는지 보여주겠다고 맹세해라. 그러나 네가 복수를 위해 어떤 계획을 갖고 있는지 아무도 알지 못하게 해라. 일 년 동안은 연회를 금하고, 이브의 초상화를 새로 크게 그려서 홀의 잘 보이는 곳에 달 것이며, 이브의 생일이자 기일인 오늘이 돌아오면 반드시 추도회를 갖도록 해라. 사위에게는 삼 년간 상복을 입게 해라. 동시에 집안의 행사나 모임에서 사위와 손자가 반드시 빠지지 않게 해라."

프란츠가 말했다.

"그런 것들은 어렵지 않습니다. 하지만 조슈아가 정말 괜찮을 거라고 생각하시는 겁니까?"

"암살자는 적어도 반년, 그리고 네 눈치를 보아가며 최대 삼 년 정도는 숨어 있을 게다. 그 뒤는 네가 어떻게 하느냐에 달린 거야. 만일 조슈아를 죽이더라도 그 과정에서 자신의 정체가 드러나면 아무 소용이 없다는 것쯤은 놈도 알고 있겠지. 그러니 그동안은 적어도 안전해. 오히려 걱정할 것은 데모닉으로서의 조슈아다. 실패한 데모닉이 되어버리면 살아남은 의미도 없지 않겠나?"

"숙부님."

프란츠가 자리에서 일어나 창가로 다가섰다. 무언가 결심한 듯한 목소리에 히스파니에가 눈꺼풀을 조금 실룩였다.

"뭔가?"

"조슈아를 숙부께서 도로 데려가시면 어떻습니까?"

히스파니에는 고개를 저었다.

"그건 안 돼."

"제가 지난 약속을 끝내 어겨서입니까?"

"그렇다고도, 아니라고도 할 수 있겠지. 지난번 일로 내가 확실히 안 건 공작 자네는, 후계자를 포기할 마음이 없다는 거야. 아이를 내게 보내면서도 내가 몇 년 가르쳐 단단하게 만든 다음에 돌려보내려니 생각했던 게지. 난 네게 실망했고, 이런 위기 상황에서는 널 돕겠지만 다시 조슈아를 데려다가 키울 일은 없을 것이다."

프란츠는 답하지 못한 채 눈을 내리깔았다. 히스파니에가 말을 이었다.

"내가 착각했던 건, 데모닉이 아닌 네가 데모닉에게 닥쳐올 운명을 이해하리라 여겼던 것이다. 그건 아비일지라도, 그 누구도 할 수 없는 일이었거늘. 이제는 알았으니 네가 해낼 수 있는 숙제를 주는 게다. 도망치지 마라. 숨어선 안 된다. 그런 식으로 위엄이 무너지면 걷잡을 수가 없다."

프란츠는 책상 뒤로 돌아가 앉았다. 여전히 책상에 박혀 있는 스틸레토를 응시하며, 혼잣말처럼 말했다.

"그렇군요. 도망치는 것은 안 되지요. 저도, 조슈아도. 압니다. 잘 알고 있지만 숙부님처럼 냉철해지기가 어렵습니다. 이럴 때면 데모닉인 숙부님이 조금 두렵습니다. 가장 선택하고 싶지 않은, 어려운 길만이 옳다고 말하시고 저는 알면서도 쉽게 미련을 버리지 못합니다."

"분명히 말하지만."

히스파니에가 책상으로 다가와 스틸레토를 도로 뽑았다.

"난, 내가 실패한 만큼 그 애가 성공하길 바란다. 이상하게 들리겠지만 데모닉 조슈아가 타고난 폭풍 같은 운을 믿어야 해. 네가 방관해도 그 애는 죽지 않아. 밤낮으로 따라다니며 돌보지 않아도 스스로 자신의 운을 휘어잡을 거야. 그 애는 귀해, 아주 귀해. 그러니 귀한 아이답게 키우게. 데모닉은 데모닉답게 내버려두게."

스틸레토는 히스파니에의 옷깃 속으로 사라졌다. 프란츠가 들은 말을 되씹고 있는 가운데 히스파니에가 낮게 소리 내어 웃더니 말했다.

"설마 내가 그 애가 죽든 말든, 실패하든 말든 그냥 내버려둘 것 같은가?"

같은 날 새벽, 비취반지 성 동쪽 아르크노이에 거리의 맨션 3층에는 그때까지도 불이 밝혀져 있었다.

맨션의 모든 창은 닫혀 있었다. 덧창에 걸쇠까지 걸린 거실에 두 사람이 마주앉아 있었다. 정확히는 한 사람, 애니스탄 만 앉아 있었다. 아넬리는 초조한 나머지 계속해서 앉았다 일 어났다를 반복했다.

"기가 막혀. 기막힌 노릇이야. 이럴 수는 없어. 이럴 줄은 전혀 몰랐어."

조금 전에 심부름꾼 한 명이 쪽지를 갖다 주고 갔다. 그들 은 새벽까지 기다린 끝에 그 쪽지를 막 읽었다. 그리고 도저 히 잘 수 없는 상태가 돼버렸다.

"이제 우리 어쩌지?"

마침내 아넬리는 정신을 차리고, 마치 공동 책임이라는 것 처럼 그렇게 물었다.

"……."

애니스탄은 대답하지 않았다. 일부러 그런 것은 아니었다. 그는 심부름꾼이 다녀간 뒤로 반쯤 넋이 나가 있었다. 얼굴이 하얗게 굳어진 채로 풀릴 줄을 몰랐다.

아넬리는 다시 천장을 올려다봤다. 그리고 조카의 얼굴을 봤다. 반시간 전까지는 자신도 저런 얼굴이었겠지 싶었다. 하 지만 누구든 현실로 돌아와 다음 대책을 세워야 했다. 그건 심약한 조카가 해낼 수 없는 그녀만의 몫이었다.

"애니, 그만 정신 차려. 이제 어쩔지 생각을 해야지."

애니스탄의 시선은 초점이 맞았다 안 맞았다 했다. 그런 채로 말했다.

"우리가…… 죽었어요."

아넬리는 '우리'라는 말 때문에 얼른 고개를 끄덕였다. 그
녀에게 꼭 필요한 말이었던 까닭이다. 사실 이 사건에 애니스
탄이 손댄 것은 없었다. 있다면, 아주 간접적인 책임만이 있
을 것이다. 적극적으로 막지 않았다는 정도의.

두 사람은 이 년 전, 테오의 부탁을 받은 후로 '가짜'를 만
들기 위해 노력했지만 결국 마력 부족 문제를 해결하지 못했
다. 수십 가지 시도가 하나하나 실패로 돌아가자 아넬리는 답
답하고 울화가 치민 나머지 처음에 자신이 했던 말을 스스로
뒤엎고 말았다. 차라리, 그냥 죽이는 편이 낫겠다고.

애니스탄은 반대했다. 그런 일은 돕지 않겠다고도 했다.
하지만 그 정도의 일에 애니스탄의 도움까지 필요하지는 않
았다. 애니스탄은 네냐플 출신답게 윤리를 지키도록 놔두고
그런 것에 구애받지 않는 자신이 슬쩍 건드려주면 끝날 일이
었다.

아넬리는 독을 만들었다. 밀랍 덩어리처럼 생겼지만 슬쩍
발라놓기만 하면 정해진 시간이 지난 뒤 녹아내린다. 잔 테두
리에서 술잔 바닥으로. 무색무취의, 아무런 맛도 없는 독이
다. 그런 뒤 음식 접시를 나르느라 같은 경로를 반복해서 오
가는 하인들 중 한 명을 딱 오 분만 정신 조종했다. 테오가 연

회 홀에 놓인 화분 자갈 위에 얹어둔, 하얀 밀랍 덩어리처럼 생긴 독약을 집어 주방에 차곡차곡 쌓아둔 샴페인 잔 테두리를 긋고 다시 화분에 되돌려놓는 동안만.

사라진 정원지기는 이 일과 상관이 없었다. 그자는 자신이 도박 빚을 졌다는 걸 공작이 알게 됐다는 말을 전해 듣고 겁먹은 나머지 도망쳤을 뿐이다. 왜냐하면 그 빚 때문에 값비싼 종자를 조금씩 훔쳐 판 지 오래되었으므로. 그자의 비밀을 미리 알고 있다가 하필 연회 날 도망치도록 상황을 짜는 정도는 어렵지 않았다.

그런 교란책을 써야 했던 건 마법사가 손을 썼음을 숨겨야 했기 때문이다. 네냐플 같은 정식 기관에서 공부한 마법사라면 자신의 신상과 마력 패턴이 기록에 남아 있기 때문에 절대로 이런 일에 끼어들지 않았다. 십여 일 안에 다른 마법사가 와서 마력의 흔적을 감식하면 그 과정에서 누가 한 짓인지 거의 밝혀지기 때문이다. 암살 같은 짓에 마법을 빌려줬음이 밝혀지면 마법사들의 세계에서 사실상 사형 선고나 다름없는 제명을 당하게 되었다. 제명되면 마법사로서 받던 보호가 사라지기 때문에 왕국의 법으로 고발당하는 즉시 추적당해 감옥으로 보내졌다.

그러나 아넬리는 정식 기관에서 공부한 적이 없었기에 기록이 남아 있지 않았다. 그걸 믿고 이런 짓을 벌인 것이었지만 그렇더라도 아주 뛰어난 마법사가 오면 정체가 밝혀질 가능성이 전혀 없지는 않았다. 그러므로 처음부터 마법사가 끼어들었다는 추측을 차단하는 편이 안전했다. 정원지기가 보름 정도만 숨어 있어주면 마법의 흔적은 완전히 사라질 것이다.

그렇게 많은 준비를 했건만 조슈아가 마셔야 할 독잔을 이브노아가 마셨다.

아넬리도, 그리고 애니스탄도 상상하지 못했던 결과였다. 아르님 공작가에 변고가 생겼다는 소문이 퍼졌을 때까지만 해도 당연히 조슈아가 죽었을 줄로만 알고 침착하게 테오의 다음 연락을 기다리고 있었다. 새벽녘에 쪽지를 받고서야 왜 테오가 바로 연락을 보내지 않았는지 알게 되었다.

"당장 여길 떠야 해. 테오는 공작에게 의심을 받고 있을 게 뻔하고, 가능성은 낮지만 혹시라도 공작이 마법사가 끼어들었다고 의심할지도 모르니까. 적어도 반년은 잠적해서 연락을 끊는 게 좋겠어."

애니스탄은 그렇게 말하는 아넬리를 쳐다보다가 고개를 세차게 흔들었다.

"테오는…… 엄청난 충격을 받았을 텐데, 아무도 곁에 있어주지 않으면……."

아넬리가 기가 막혀 고개를 젖히며 하, 하는 소리를 냈다.

"너 미쳤니? 무슨 소릴 하는 거야? 왜, 테오가 자살 시도라도 할까 봐? 정신 차려. 그런 일은 없어. 넌 테오를 그렇게 몰라? 죽은 건 백치야. 그것도 십 몇 년 동안 테오를 아주아주 귀찮게 하던 애였지. 그런 애가 죽었다 한들 테오가 눈 하나 깜짝할 애니? 다만 그 가문에서 십이 년이나 버틴 의미가 사라졌으니 엄청나게 화가 났겠지. 우리가 잠시 없어져주는 거야말로 그 애를 돕는 거야."

"그런 다음에는……."

"다음?"

아넬리의 표정이 단호해졌다. 실은 그녀도 이 계획이 치명적으로 실패했음을 납득하고 있었다. 비록 테오가 최종 결정을 하긴 했지만 그냥 죽여버리자는 말을 맨 먼저 꺼낸 사람은 자신이었다. 이제 그 말에 책임을 져야 했다. 아넬리는 정 많은 성격은 아니었지만 무책임한 자를 늘 경멸해왔다.

"우리 일은 안 끝났어. 없애주기로 했던 아르님 가문의 후계자가 멀쩡히 살아 있으니까. 하지만 일이 이렇게 됐으니 다신 손댈 기회가 없을 거고, 계획은 원점으로 돌아가는 거지."

애니스탄의 얼굴이 기묘하게 일그러졌다.

"원점이라니요?"

"잊었어? 가짜를 만들 거야."

"하지만……."

이 년 내내 노력해도 안 되던 일을 어떻게 갑자기 반전시킨

단 말인가? 그때 아넬리가 말을 이었다.

"최후의 수단을 써야지."

애니스탄은 아넬리의 말뜻을 알아차리고 눈을 크게 떴다.

"하지만 예전부터 이모님께서 그것만은 절대로 건드려선 안 된다고……."

"그랬지. 일을 이 정도로 그르치지 않았더라면 나도 금기를 깨려 하진 않았을 거야. 그게 왜 수백 년 동안 금기였는지 너보다는 내가 훨씬 잘 알지. 처음엔 네가 그걸 써먹을 작정으로 테오의 부탁을 받아들였나 싶어 어처구니가 없었는데. 하지만 이제 어쩌겠니? 우린 테오한테 아주 큰 빚을 졌단다. 그 애가 온갖 굴욕을 참으며 버틴 십 이 년을 싹 날린 거야. 이걸 갚아주지 않고는 그냥 죽지도 못할 정도라고. 알았어?"

아넬리가 벌떡 일어나더니 손가방을 끌어당겨 그 안에 들어 있던 종잇조각을 폈다. 마력식의 한 부분을 손가락으로 톡톡 치며 눈을 부라렸다.

"이 부분을 열 배 정도만 증폭하면 돼. 아주 살짝만 건드리자는 거지. 벨베데르로 가자. 밖으로 갖고 나올 필요도 없을 테니까 사람들도 무슨 일이 있었는지 모를 거야."

아넬리가 손가방을 닫아 움켜쥐고는 허공을 노려봤다.

"조금만 기다려라. 내가 반드시 완성시켜서 이 빚을 갚아줄 테니까."

그림 속에서 온 남자

무엇도 용서받을 수 없으리라 생각했던 때, 그가 와주었네.

나는 그에게 고백하고, 죄 사함받았네. 그가 진실로 사제임을 알았네.

그는 내 친구이자 인도자였고 항해를 이끄는 램프였네.

그가 언제까지나 나를 지켜주리라 믿었기에, 내 가슴이 이리도 찢어지는 게 아닌가.

～

조수아는 누군가가 흔들어 깨우기라도 한 것처럼 흠칫하며 눈을 떴다.

익숙한 천장에 걸린 램프가 흔들거렸다. 창도 문도 닫혔고 바람 한 점 들어올 곳이 없는데 어째서인지 몰랐다. 그는 램프를 주시했다. 한 번, 또 한 번, 한 번……. 그리고 멈췄다.

고개를 돌리자 한 사람이 눈에 띄었다. 그 사람은 침대 곁에 놓인 의자에 앉아 조슈아를 물끄러미 보고 있었다. 의사인가 했지만 처음 보는 얼굴이었다. 주치의한테 사정이 생겨서 다른 의사가 왔나?

하지만 뭔가 이상했다. 남자는 깨어난 조슈아를 조금도 의식하지 않았다. 눈이 마주쳤는데도 개의치 않았다. 마치 조슈아에게 자신이 보이지 않을 거라고 믿는 것처럼.

남자는 수도사 같은 헐렁한 달마티카Dalmatica 위에 짧은 반원형 망토를 걸쳤는데, 이즈음에는 흔한 복장이 아니었다. 하나로 묶은 긴 머리는 붉은 기 도는 금색이고, 얼굴은 조금 볼품이 없다 싶을 정도로 말랐다. 침착한 남색 눈은 마법사 같기도 하고 학자 같기도 했다. 입가엔 재미있는 것을 연구하는 사람처럼 미묘한 미소가 떠올라 있었다.

"당신은 누구죠?"

조슈아가 입을 열자, 상대가 갑자기 눈을 크게 떴다. 얼굴 가득 놀라움이 번져갔다. 고작 한마디 말에 왜 이렇게 놀라는 걸까?

"너……."

남자가 말문이 막힌 사이 조슈아는 몸을 일으켰다. 침대에서 내려와 슬리퍼를 발에 꿰었다. 조슈아가 자신을 피해 움직이는 모습을 본 남자는 이윽고 나지막이 말했다.

"정말…… 내가 보이는 거로구나."

"무슨 말씀인지 모르겠네요. 어머니께서 저를 돌봐주라고 보낸 분인가요?"

남자는 미소를 지었다. 그와 동시에 남자의 미간에서 엷은 빛이 좌우로 퍼져나갔다. 우윳빛 베일이 걷히듯 주위가 밝아졌다.

"아니. 하지만 널 보러 온 것은 사실이지."

"지금 몇 시죠?"

남자는 당황한 얼굴을 했다.

"모르겠어."

조슈아는 다시 의심쩍은 눈으로 남자를 보았다. 남자가 일어나 조슈아를 가로막듯 서며 말했다.

"그나저나 한창 클 나이잖아. 사흘 밤낮을 내리 잤는데 허기지지도 않아?"

"사흘 밤낮을 자다뇨? 제가요?"

대꾸하던 조슈아는 문득 뱃속이 뒤틀리는 느낌이 들어 휘청, 하다가 자세를 바로잡았다. 사흘 밤낮인지 아닌지 몰라도 배고픈 것만은 확실했다. 이마에 손을 대보니 미열이 남아 있

429

429

그림 속에서 온 남자

었다. 앓다가 일어난 것처럼 온몸에 맥이 없었다. 내가 아팠던가?

조슈아는 천천히 심호흡을 하며 중얼거렸다.

"당신 얼굴이 낯선데……. 우리집에는 손님이 쉽게 들어올 수 없거든요. 파티 같은 거 할 때 빼면……."

거기까지 말하던 조슈아가 입을 벌린 채 말을 멈췄다.

"……누나는?"

사흘 밤낮이라고 했던가.

피 묻은 소매와 꽃잎, 사람들과 술잔이 떨어지는 툭, 소리 같은 것들이 한꺼번에 휘감겨 돌아갔다. 무슨 일이 일어났지? 무엇이었더라? 무엇이었지?

"이브노아를 말하는 거지?"

남자가 묻자 조슈아는 그를 쏘아봤다. 그러나 초점도 잘 맞지 않는 불안정한 눈빛이었다. 남자가 다시 물었다.

"누나가 어떻게 됐는지 알고 싶어?"

"어디로…… 갔죠?"

스스로 생각해도 이상한 물음이었다. 그러나 동시에 본질이기도 했다.

"없어."

"없다고요?"

"그래. 이제 이 세상엔."

조슈아의 눈에서 초점이 잠시 흐려지다가 돌아왔다.

"없다고요?"

이상했다. 마치 거짓말 같았다. 또는 참말인데도 종잇장처럼 가벼워 금방이라도 날아가버릴 것만 같았다. 남자는 그런 조슈아를 끈기 있게 바라봤다. 소년의 얼굴이 시시각각 변하는 것을 지켜보며 기다렸다.

"꿈이 아니었군요."

뜻밖으로 무미건조하게 툭 튀어나온 말이었다. 조슈아는 가로막은 남자를 빙 돌아 문을 열고 복도로 나갔다. 드문드문 밝혀진 복도를 지나 계단 앞에 이르렀다. 휘어지며 뻗은 계단과 뻥 뚫린 아래층 홀이 흡사 심연처럼 보였다. 조슈아는 계단을 내려가기 시작했다. 그러다가 주위를 둘러보더니 말했다.

"아무도 없네."

조슈아는 내려가다 말고 계단에 앉았다. 연갈색 줄이 계단 표면에 불규칙한 무늬를 이루고 있어서 손가락으로 따라가보았다. 어렸을 때 하던 놀이였다. 몇 살 후로 하지 않았더라. 다섯 살 여름이다.

줄은 금방 흐릿해지다가 끊어졌다. 어려서 이미 다 찾아본 거지만 이 계단 전체에 나타나는 연갈색 줄무늬 중에서 세 뼘 이상 가는 것은 없었다. 가장 긴 것은 두 뼘 하고 엄지손가락

두 마디만 한 것으로 아래에서 스무 번째 계단에 있었다.

덩굴풀이 조각된 난간 쪽으로 다가갔다. 산 나무가 아니니 어제 보고 오늘 봐도 변할 리가 없지만, 그래도 살펴보니 덩굴풀에 달린 잎사귀는 기억 그대로 백열네 개였다. 그중 겹치지 않고 완벽한 윤곽을 가진 잎은 서른아홉 개였다. 덩굴풀은 위쪽으로 스물한 번, 아래쪽으로 스물일곱 번 휘어졌다. 덩굴풀이 그려낸 온갖 모양의 틈새들 중에서 완벽한 하트 모양을 여섯 개, 클로버 모양을 두 개 찾을 수 있었다. 다이아몬드 모양은 셀 수가 없다고 생각했지만 어느 날엔가 찾아보니 열한 개밖에 되지 않았다.

모든 것이 완벽히 기억났다. 어린시절에 다 끝난 놀이였다. 왜 다시 떠올리고 있는 걸까. 계단 구석에 쪼그려 앉아 그걸 세고 있던 자신의 모습 너머로 우당탕대는 구두 소리, 깔깔대며 웃는 소리가 겹쳐져왔다. 그때 자신은 누나가 제발 자신을 발견하지 못한 채 계단을 내려가길 빌었고…….

벌떡 일어난 조슈아는 계단을 마저 내려갔다. 홀에 걸린 오래된 그림 앞으로 다가가 얼굴을 바싹 들이댔다. 그 그림 속에 누나를 닮은 얼굴이 있다는 걸 알고 있었다. 물론 누나는 아니다. 수백 년은 된 그림이니까. 성에는 이브노아를 그린 진짜 초상화도 있었지만 조슈아가 보기엔 그다지 닮지 않았다. 화가들은 누나를 오래 관찰할 수 없었다. 한자리에 가만히 앉아 있지 않으니까. 그래서 언뜻 본 인상만으로 적당히 그리게 되는데 의뢰인의 마음에 들게 하려다 보니 언제나 우아하고 차분한 소녀의 초상이 탄생하게 됐다. 조슈아가 보기에 그런 초상화는 누군지 모를 이웃 아가씨를 그린 것과 다를 바 없었다. 누나라면 역시 이 그림 안의 소녀처럼…….

헤벌쭉, 조심성 없는 웃음을 머금어야 하는 것이다.

그 소녀는 백 명 가까운 사람들이 등장하는 이 그림의 주인공이 아니었다. 주인공은 한가운데에 선 화려하게 차려입은 남자와 여자였다. 초대 아르님 공작, 그리고 그의 부인이다.

몇 걸음 물러났다. 멀리서 보니 누나를 닮은 소녀는 군중 속에 묻혀 알아보기 힘들 정도로 흐려져 있었다. 아니, 눈이 흐려진 걸까.

"조슈아."

조슈아는 돌아보았다. 조금 전의 남자가 계단 위에서 천천히 내려와 조슈아 곁으로 왔다. 펄럭이는 망토 자락 틈새에 나무로 된 큼직한 십자가가 걸려 있는 것이 눈에 띄었다. 십자 중심에 작은 원이 들어 있는 모양이었다.

그는 조슈아로부터 한 발짝 떨어진 곳에 멈춰 서더니 고개를 저었다.

"그러지 마."

조슈아는 대답 없이 남자를 빤히 보았다. 남자의 얼굴에 안타까워하는 표정이 떠올랐다.

"지금 그들을 만나선 네가 감당할 수 없어. 마음을 가라앉혀. 내가 네 앞에 나타난 것만도 이미 특별한 일이야."

"……."

남자가 하는 말을 조슈아는 이해할 수 없었다. 그들이란 누구인가? 그런데 문득 계단 위쪽으로 눈길을 돌리자 거무스름한 그림자 비슷한 것이 여럿 어른거렸다. 발소리 하나 없이, 점점 더 많은 그림자들이 움직이고 있었다.

"저기……."

조슈아가 가리키려 하자 남자가 움직여 앞을 막아섰다.

"봐선 안 돼. 그림에서 떨어져. 이리 와."

남자가 자세를 낮추더니 두 팔을 벌렸다. 그때 가까운 곳에서도 그림자들이 움직이는 것을 느낀 조슈아는 오싹해져서 저도 모르게 남자의 곁으로 다가가 앉았다. 남자는 조슈아의 귓가로 고개를 기울인 채 나직이 말했다.

네 마음이
어두운 구석에서 울고 있을 때
나는 네 손을 빌려
가장 푸른 실을 잣는다

네 마음이

풀 푸른 곳을 뒹굴며 뛸 때

나는 네 팔을 빌려

가장 슬픈 꽃을 안는다

네 마음이여

가지 못할 곳 없는 마음이여

너는 검은 언덕 위의 빛이고

심해 속 고요이고

자작나무의 햇살

네 마음이 일어나

비탈과 평원을 내달아

돌아올 때까지

나는 기다리네

　노래는 아니었다. 그보다 주문 같기도 하고, 다정한 다독거림 같기도 했다. 남자는 조슈아에게 속삭임을 주었다. 아니, 기도해주었다. 귓가로부터 머릿속이, 곧 온몸이 서늘한 물로 씻기는 듯했다. 단지 착각일까? 기분이 이상했다. 마음속의 비꼬인 매듭이 툭 풀린 것만 같았다.

"지금 뭘 한 거죠?"

남자는 대답하기 전에 조슈아의 눈을 주의깊게 들여다보고, 다시 주위를 둘러봤다. 조슈아도 계단 위쪽을 올려다보았다. 떠돌던 그림자는 사라지고 없었다.

"조금 전 그건 뭐였죠?"

과거형으로 말하자 남자가 안도 섞인 미소를 지었다.

"모르는 편이 좋아."

"뭔가 있긴 했군요? 그렇죠?"

"아직은 몰라도 돼. 자, 두려워하지 말고 마음을 편히 가져."

남자가 목에 걸린 십자가를 잡더니 조슈아를 향해 천천히 고개를 끄덕여 보였다. 그걸 보고 있자니 놀랐던 마음도 스르르 가라앉았다. 남자에게는 특별한 힘이 있는 것이 분명했다.

"당신은 누구인가요?"

남자는 한 번 더 주위를 살펴 아무것도 없음을 확인하고는 말했다.

"이제 됐어. 내가 누구냐고? 난 얼음 강의 일곱 아들을 섬기는, 나무와 같은 자야."

조슈아는 코츠볼트의 수도원을 기억해내고 물었다.

"당신은 수도사인가요?"

남자는 고개를 저었다.

"그보다는 사제가 아닐까?"

"사제가 어떤 것인지 잘 모르지만, 당신은 이상한 힘을 가진 것 같아요. 이름을 말해주면 안 될까요?"

"켈스니티 미드라고 해. 켈스라고 부르면 돼. 이상한 사람은 아냐."

"하지만 이상해요. 당신이 한 말, 마법의 말 같은 건가요?"

"글쎄. 그건 기도야. 난 마법사가 아니니까 마법은 못 써."

켈스가 몸을 일으키더니 조슈아를 내려다봤다.

"네가 어째서 나를 보게 됐을까? 네 마음속에 빈자리가 생겼기 때문일 거야. 네가 죽은 사람을 안타까워하고 갈망하면서…… 너와 나 사이의 경계가 엷어졌어."

"그게 무슨 뜻이에요? 경계라니요?"

"우리는 또 만나게 될 거야."

조슈아는 말뜻을 생각하느라 미간을 찌푸리다가 물었다.

"당신이 이제부터 사라질 거란 말인가요?"

켈스는 대답 대신 고개를 좌우로 까딱거렸다.

"우리가 다시 만날 때까지는 나를 만난 일을 아무에게도 이야기하지 말렴. 그리고 저들은 여기 걸린 그림들을 좋아해. 그러니까 되도록 그 앞에 서 있지 마. 앞으로 또다시 나처럼 낯선 사람이 너를 빤히 바라보거든 나한테 한 것처럼 말을 걸면 안 되고, 그쪽에서 말을 걸더라도 대답하지 말고 못 본 체해야 해. 이 집에서 얼마간 떠나 있는 것도 좋겠어."

그림 속에서 온 남자

"무슨 소린지 모르겠지만 난 당신이 누구인지 알아야겠어요!"

"머지않아 알게 되겠지만 지금은 아니야. 서두를 필요는 없어."

켈스의 발이 도로 계단을 오르기 시작했다. 조슈아는 문득 이상한 예감에 사로잡혀 물었다.

"당신은 누나가 지금 어디에 있는지 알아요?"

남자가 잠깐 멈췄다.

"네 누이는 내가 이제부터 가려는 곳에 있어."

"그게 어딘데요?"

남자는 대답하지 않았다. 그는 2층 홀에 이르러 왼쪽 복도의 어둠 속으로 모습을 감추기 전 한 손을 가볍게 들어 인사했다.

조슈아는 계단을 뛰어 올라갔다. 남자가 가버린 복도 너머를 보았다. 한참 말없이 서 있다가 조그맣게 "아무도 없네" 하고 속삭였다. 누군가가 들을지도 모른다고 생각하는 것처럼.

켈스니티는 분명 낯선 사람이었다. 하지만 어디선가 본 것 같다는 느낌이 강하게 들었다. 어디였더라. 오래전, 또는 방금 전에.

조슈아는 다시 계단을 내려와 그림 앞으로 갔다. 그리고 곧 찾아냈다. 초대 아르님 공작 바로 옆에, 조금 전보다 훨씬 화려하지만 여전히 수도사복 비슷한 옷을 입은 남자가 있었다.

지금보다 조금 젊어 보일 뿐 너무나 똑같은 얼굴이었다.

사자좌 소녀

태양의 별자리를 타고난 사람은 천진난만할 정도로 자신이 우주의 중심이라고 믿고 있는데, 아니라고 가르쳐주지 않는 편이 좋아.

태양에게 불타지 말라고 명령해보았자 손해 보는 건 우리니까 말이야.

∽

오 년 뒤.

하이아칸 왕국에서 솜씨 좋기로 이름난 고급 의상실 '미랭게트'에는 새로 주문받은 의상의 스케치 뭉치가 막 도착한 참이었다. 그걸 첫 번째로 펼쳐본 사람은 탄복하여 눈을 크게 떴다. 두 번째로 건네받은 사람은 몇 부분을 제 스케치북에 베끼기까지 하며 칭찬을 아끼지 않았다. 그렇게 훌륭한 스케치였지만 세 번째 사람의 손으로 건너가자 대접이 달라졌다.

"이런 걸 일곱 벌이나 만들라고? 젠장, 이건 농담이 아냐!"

스케치를 펼쳐 든 리체 아브릴의 표정이 워낙 서슬 퍼래서 나이든 직원들도 잠시 입을 다물고 눈치를 봤다. 2층에 올라온 손님들까지 다 같이 숨을 죽이는 순간이었다.

"안 해! 그 빌어먹을 카르디인지 뭔지가 직접 와서 해보라지! 바느질 한 땀 못 뜨는 주제에 이딴 스케치가 다 뭐야!"

스케치를 바닥으로 밀쳐버린 리체는 화난 걸음 그대로 아래층으로 내려가기 시작했다. 막 1층에 다다랐을 때 익숙한 목소리가 들려왔다.

"어딜 가니, 리체 아브릴?"

자클린느 미랭게트 선생이 그럴 줄 알았다는 것처럼 현관 앞에서 기다리고 있었다. 2층에서 귀를 기울이던 직원들이 일제히 키득거렸다.

"아, 그건…… 저……."

대답이 궁해 말을 더듬으면서도 화를 누르지 못한 숨소리가 위층까지 잘 들려왔다. 미랭게트 선생이라고 리체가 화난 것을 모를 리 없건만 전혀 눈치채지 못한 것처럼 말을 이어갔다.

"기분이 안 좋은 모양이구나. 어디 아픈 데라도?"

"……없습니다, 물론."

"응, 건강하다니 다행이구나. 그럼 그만 올라가서 오늘 주문을 마저 살펴보겠니?"

오늘따라 고양이가 가르릉거리듯 우아하게 말하고 있는 미랭게트 선생의 의도가 뻔해서, 2층에서는 웃음소리가 새어 나가지 않도록 끅끅대며 입을 막았다. 미랭게트 선생은 리체를 다루는 법을 잘 알고 있었다. 상대방이 아무 눈치도 채지 못한 것처럼 상냥하게 물으면, 다혈질 소녀 리체도 성질을 터뜨리지 못했다.

"주문이…… 너무 복잡하기 때문에 도저히…….."

"아아, 어렵니? 그러면 기간을 더 늘려달라고 손님한테 부탁해야겠구나?"

은근 슬쩍 당근도 던져준다. 리체는 상기된 얼굴로 고개를 끄덕이다 말고 다시 말했다.

"하지만 데브랭 은사銀絲 같은 건 재고가 없고…….."

"그래? 특별편으로 주문하지, 뭐. 알다시피 사흘 하고 반나절이면 온단다."

"……네."

리체가 터덜터덜 2층으로 돌아오는 소리가 들리자 웃던 사람들은 재빨리 아무렇지도 않은 표정으로 돌아갔다. 작업 테이블 앞으로 돌아온 리체는 입을 꾹 다문 채 바닥에 내던진 스케치를 주워 들었다. 테이블에 엎어놓고, 의자를 당겨 앉더니 엎드려 얼굴을 묻었다. 허리까지 오는 장밋빛 머리가 풀썩 날아 어깨 위에 내려앉았다.

리체가 저럴 때는 건드리지 않는 편이 좋다는 것을 아는 사람들은 흘끔흘끔 곁눈질하면서도 다들 자기 일로 돌아갔다. 리체가 왜 저렇게 화를 내는지 그들은 잘 알고 있었다. 열다섯 살 먹은 리체는 미랭게트 의상실의 막내였다. 막내이면서도 가장 까다로운 재봉은 도맡다시피 했다. 처음이라 잘하고 싶은 마음에 첫 단추를 잘못 꿰었던 탓이다. 결과물도 좋은데다 연달아 어떻게든 해내니까 무리한 주문이 계속됐다. 리체가 없었던 작년에는 일정이 촉박하다 싶으면 처음부터 거절했던 것을 다들 기억하고 있었다. 다들 이 의상실에 목줄이 매인 처지라 함부로 말은 못 하지만 미랭게트 선생이 어린 리체를 무리하게 쥐어짠다는 것이 공통된 의견이었다.

잠시 후, 심부름 갔다가 돌아온 밀라르가 놀란 얼굴로 리체의 어깨에 손을 얹었다.

"리체, 왜 그래? 미랭게트 선생님한테 혼났어?"

얼른 대답이 없자 밀라르는 고개를 갸웃거리다가 리체 앞에 놓인 스케치를 집어 들었다. 그녀의 입에서 즉각 탄성이 터져 나왔다.

"아, 이거 막스 카르디가 주문한 거구나! 어쩌면 스케치도 이렇게 완벽하니? 자기가 입을 옷이 어때야 하는지 너무나 잘 알고 있는 사람이라니까. 그 사람한테 딱 어울리는 의상 아니겠어?"

주변의 직원들이 다시 슬금슬금 고개를 뺐다. 밀라르의 집나간 눈치는 언제쯤 돌아오는 걸까?

밀라르는 다른 스케치도 일일이 집어 살펴보더니 연신 감탄하며 리체의 신경을 긁어댔다.

"색상 쓴 것 좀 봐. 어쩌면 이렇게 우아하면서도 화려할까? 또 과감하고! 카르디가 아니고서야 이 옷을 누가 감히 소화해? 이거 전부 다 카르디가 직접 그려 보낸다는 거 진짜지? 어쩜, 예술가 아니니? 얘, 리체, 그만 일어나서 이것 좀 봐. 이거 네가 만들 거지? 정말 좋겠다. 나도 너처럼 카르디의 옷을 만들 실력이 있다면 소원이 없을 텐데. 내가 만든 옷을 카르디가 입는다고 생각하면 떨려서 잠도 안 올 거야. 작년 '바이올린 연주자' 공연 때 앞자리에서 봤는데, 리체 네가 만든 옷을 입은 막스는⋯⋯."

고개를 빼고 있던 사람들은 카운트다운중이었다. 셋, 둘, 하나, 폭발한다!

"언니는 모르는 소리 좀 작작해요!"

발딱 일어난 리체가 스케치를 뺏으며 소리치자 밀라르도

444
—
데모닉 1

눈을 크게 떴다.

"애, 왜 그래? 내가 뭘 어쨌다고 소리를 지르는 거야?"

"그렇게 만들고 싶으면 언니가 만들면 되잖아! 이런 말도 안 되는 디자인이나 해 오는 인간 따위, 정말 싫어죽겠어!"

"이게 왜 말도 안 되는 디자인이니? 좀 복잡할 뿐이지 얼마나 아름다운데!"

"그런 걸 일곱 벌이나 만들라고 주문하는 인간의 대가리에 양심이란 게 들었겠어? 까칠한 데브랭 은사로 손끝이 터져라 복잡한 수를 놔야 되고…… 생각만 해도 죽고 싶은데! 조금만 단순하게 고쳐도 일하는 사람이 편할 거 아냐? 자기만 완벽주의자면 다야?"

이럴 때 끼어들 사람은 한 명뿐이었다.

"리체 아브릴, 밀라르 쥬시탕트. 이곳이 어디지?"

군기반장 마틸드 언니가 왔다. 미랭게트 의상실의 원년 직원인 그녀는 재주가 시원찮아 의상실이 인기를 얻을 무렵부터 일찌감치 관리 직원이 됐는데, 재봉사들을 유난히 괴롭혀서 악명이 높았다. 그중에서도 마틸드가 가장 싫어하는 사람은 리체였다. 막내 주제에 실력이 최고여서 미랭게트 선생이 편애를 한다고 굳게 믿고 있는 까닭이었다.

"말해봐. 여기가 시장 바닥이야? 얼른 여기가 어딘지 말해봐!"

밀라르가 얼른 대답했다.

"하이아칸에서 가장 훌륭한 옷을 만드는 미랭게트 의상실이죠."

"그런 줄 알면서 떠들어대니? 손님들이 들으면 뭐라고 하겠어?"

2층에는 어느새 손님이 한 명도 없었지만 어쨌든 밀라르는 잘못했다고 몇 번이나 고개를 숙였다. 곧 마틸드가 리체를 쳐다봤다.

"리체 아브릴, 넌 왜 아무 말이 없어? 잘했다는 거야?"

리체는 눈을 내리깐 채 빠르게 대꾸했다.

"잘한 게 없어서 죄송해요."

"그걸 지금 대답이라고 하는 거야?"

"그럼 뭐라고 대답할까요?"

반항적인 눈동자와 마주치자 마틸드가 버럭 소리를 질렀다.

"네가 나한테 지금 대드는 거야? 요걸 바늘도 못 잡게 손모가지를 똑똑 분질러놔야 정신을 차리지!"

"말로만 그러지 말고 한번 해봐요! 그러면 나도 이런 정신 나간 옷 안 만들고 편안하게 한 달은 놀겠네!"

말은 그렇게 했지만 리체는 마음 편히 놀 입장이 아니었다. 생활력 없는 어머니와 남동생을 자기 벌이만으로 부양하고 있어서 하루 일당도 아쉬운 처지였다.

"요게 아직 정신 못 차려!"

뺨 한 대 때릴 분위기인데 갑자기 주위가 조용해지며 모두가 자세를 가다듬었다. 미랭게트 선생이 올라왔던 것이다.

"마틸드, 네가 왜 재봉사들을 건드리지? 넌 가서 네 할 일이나 잘해."

저런 식이니 마틸드가 재봉사들을 더욱 미워할 수밖에 없었다. 미랭게트 선생의 입장에서야 재봉사들이 자기 의상실의 돈줄이니 무엇보다 소중할 수밖에 없었다.

"리체 아브릴, 밀라르 쥬시탕트, 다들 제자리로 가서 일해요."

미랭게트 선생은 이름과 성을 모두 부르는 버릇이 있었는데 그것도 재봉사들에게만 해당됐다. 예전에는 마틸드도 '마틸드 베르메르'라고 불러줬던 것이다.

"……알았습니다."

마틸드가 분을 누르며 물러가자 미랭게트 선생은 리체에게 정다운 목소리로 말을 걸었다.

"리체 아브릴, 조금 전에 심부름꾼에게 기한을 늘리라고 말해서 보냈단다. 그러니 오늘은 옷감만 골라놓고 퇴근해도 좋아요. 피곤해 보이니 좀 쉬도록 하렴."

리체도 자기가 편애받고 있다는 것을 모르지 않았다. 그러나 편애의 대가라고 해봐야 엄청나게 쏟아지는 일감뿐이니

조금도 반갑지 않았다. 사랑스러운 눈길 따윈 사양할 테니 일
당이나 올려주면 좋을 텐데, 그런 점에서는 매정하게 평등 원
칙을 고수하는 선생이었다.

"그럼 저는 옷감 고르러 가겠습니다."

리체는 얼른 대답하고 불편한 자리를 피해 달아나버렸다.
미랭게트 선생도 내려가고 나자 밀라르가 다른 직원에게 속
삭였다.

"리체도 어려서 그런지 세상 물정을 너무 몰라. 나 같으면
선생님한테 딸기잼처럼 쫙 붙어서 떨어지지 않을 텐데. 선생
님도 늙어서 힘들어지고 나면 마음에 드는 직원을 골라 의상
실을 물려줄 거 아냐. 그러려면 당연히 디자인을 가르쳐야지.
리체는 손님들이 일부러 찾을 정도로 얼굴도 예쁘겠다, 나이
도 어리고 하니 가르치기 딱 좋잖아?"

얘기를 듣던 직원이 고개를 흔들며 말했다.

"글쎄. 리체를 찾는 손님은 얼굴이 아니라 실력 때문인 거
아니니? 그리고 선생님 나이가 고작 마흔인데 벌써 그런 생각
을 할 것 같진 않은데. 내가 보기에 선생님은 지금 리체가 솜
씨 좋을 때 아예 국물까지 빨아먹으려는 심산인 것 같아. 거기
끌려다니다가 지쳐서 손끝이 무뎌지면 바로 자르고 말걸."

소녀 재봉사 리체가 일하는 곳은 미랭게트 의상실만이 아

니었다. 그날은 괜히 의상실에서 일찍 나오는 바람에 집에 들렀다가 두 번째 직장 출근 시각에 늦고 말았다. 바쁘게 달려가 문을 밀고 들어선 리체는 순간적으로 자세를 바로잡으며 인사했다.

"늦어서 죄송합니다!"

남동쪽 따뜻한 바다로 뻗은 반도와 수많은 작은 섬들로 이루어진 하이아칸 왕국은 세 계절 동안 화창하고 쾌적했다. 대륙의 귀족이라면 누구나 별장 하나쯤 갖고 싶어 하는 그곳에서도 리체가 태어나 자란 블루코럴섬은 유난히 고급 별장들이 즐비한 곳이었다. 다른 섬들도 못지않게 아름다웠지만 하이아칸의 왕도인 소드-라-샤펠과 해협 하나를 사이에 두고 맞붙어 있다는 지리적 이점의 승리였다.

하이아칸 사람들 대부분이 그렇지만, 블루코럴섬의 주민들도 외국 귀족들이 뿌리는 돈 덕택에 살았다. 그러니 그들의 돈을 조금이라도 더 우려내기 위해 다른 나라에는 없는 온갖 시설이 생겨났다. 무용수들을 불러 댄스파티를 여는 홀이 있었고, 관객들이 밤새워 줄을 서는 극장이 있었다. 잔잔한 앞바다를 돌며 포도주까지 마실 수 있는 유람선이 있었고, 바다를 바라보며 각국의 진미를 즐기는 식당이 있었다. 타국이라면 수도에나 있을 법한 최고급 의상실도 여럿이어서 리체처럼 어린 소녀 가장이 이만큼이나 돈을 벌며 살도록 해주었다.

리체는 놀고먹으면서 하이아칸 원주민을 무시하는 외국 귀족들을 좋아하지 않았지만, 따지고 보면 리체도 그 돈을 먹으며 사는 셈이었다.

"뭘, 됐어. 손님도 아직 한 명밖에 없거든."

리체는 의상실이 끝난 저녁 시간에 '코럴리'라는 이름의 해변 식당에서 급사 일을 했다. 아직은 본격적으로 바쁜 시기가 아니지만, 한여름만 되면 돈을 갈퀴로 긁어모을 정도인지라 지금 같은 때에도 종업원을 넉넉히 쓰는 곳이었다. 머리가 희끗희끗한 지배인은 리체가 곧바른 성격 때문에 몇 번 사고를 쳤는데도 주인에게 이르지 않고 손녀처럼 봐주곤 했다.

"고맙습니다. 얼른 옷 갈아입고 올게요."

탈의실로 달려간 리체는 낡은 바지를 서둘러 벗고 제복을 꺼냈다. 소매를 봉긋하게 부풀린 자줏빛 포플린 블라우스, 그리고 같은 빛깔의 치마였다. 블라우스 여밈과 소매에는 까맣고 무늬 없는 단추가 촘촘하게 달려 있어서 하나하나 잠그려면 상당한 인내심이 필요했다. 일전에 서두르느라 단추를 빼먹어서 홀에서 손님에게 지적받은 일도 있었다. 이번에는 차근차근 다 잠갔다.

치마는 발목까지 오지만 통이 좁아서 걷기가 힘들기 때문에 무릎까지 트임이 있는 모양이었다. 검고 반짝거리는 구두를 신고, 긴 머리를 풀어 빗질했다. 리체의 장밋빛 머리는 타

450
—
데모닉 1

고난 광택이 있어 근사했지만 가늘고 숱이 많아 잘 엉켰으므로 빗질을 잘해야 했다. 리체의 급한 성격에는 영 맞지 않았지만 이 머리 덕택에 급사 자리를 얻은 거나 마찬가지여서 자를 수도 없었다.

다 빗어 내린 후 정수리 근처에서 양 갈래로 조금씩만 잡아 리본으로 묶고 다른 머리와 함께 늘어뜨렸다. 이것으로 코럴리의 주인이 원하는 머리 모양은 완성이다. 마지막으로 발목까지 오는 앞치마를 둘렀다. 민무늬에 검은색이지만 제복과 썩 잘 어울린다. 거울을 봤다.

"완성!"

탈의실에서 뛰어나간 리체는 조금 후 커다란 쟁반을 들고 불이 환하게 밝혀진 홀을 걷고 있었다. 성질머리 사나운 재봉사의 모습은 소라게의 껍질처럼 잠시 벗어놓고, 최대한 정중한 표정과 우아한 동작으로 한 명뿐인 손님에게 저녁 식사를 가져다주려는 참이었다.

다른 손님이 없어서인지, 개별 테이블을 마다하고 하필 주방과 가까운 바에 앉은 남자는 뒷모습으로 보아 스물 몇 살쯤으로 보였다. 젊은 나이에 이런 식당에 오는 걸 보면 부자에 아마도 귀족일 텐데 옷차림은 어쩐지 후줄근했다. 좁은 지역안에 가장 많은 세련된 멋쟁이가 있다는 곳인지라 그런 모습이 오히려 눈에 띄었다. 턱을 괸 채 밤바다 풍경에 푹 빠져 있는 걸 보면 여기 온 지 얼마 안 된 것이 아닐까?

"손님, 식사 가져왔습니다."

주위에 보는 사람도 없고 해서, 리체는 혼자 예술이라도 만드는 기분에 빠져 상냥하게 웃으며 접시를 내려놨다. 입가를 둥그렇게 둘러싸는 모양으로 수염을 기르고 앞머리를 내려 눈가를 다 덮은 남자는 그녀를 한번 쳐다보더니 말없이 고개를 끄덕였다.

주방으로 돌아가자 할 일이 없었다. 다른 급사들도 조리대에 기대어 한가하게 잡담이나 하고 있었다. 코릴리의 급사들은 모두 젊어서 관심사도 얼추 비슷했다.

"여느 해 같으면 5월이나 되어야 바빠질 텐데, 올해는 4월부터 정신없으려나."

"소드-라-샤펠의 축제 때문에?"

"분명 전야제부터 보러 오는 사람들이 잔뜩 있을 테니까. 요즘처럼 한가한 날도 얼마 남지 않았지 뭐야."

"사람들 몰리는 거야 다 마지막날 막스 카르디 공연 때문일 텐데, 뭐. 그때는 보나마나 식당 미어터지겠지. 어떻게 휴가 내고 도망 못 가나?"

"언니가 휴가 가버리면 남은 우리들은 어쩌라고요? 하긴 저도 그 공연 보러 가고 싶긴 하지만, 티켓이 여간 비싸야 말이죠."

"너도 생각 있구나?"

"앗, 저도 보러 갈 거예요. 저번 달부터 티켓 살 돈 모으고 있다고요. 경쟁이 심해서 손에 넣을 수 있을지 모르겠지만 못 구해도 공연장 밖에서 막스가 나올 때까지 기다릴 거예요. 그러니 전 그날 꼭 쉬어야 돼요. 미리 말해두는 거예요."

"다들 난리네. 성수기에 주인이 식당 문을 닫아줄 리도 없고, 천생 그날 식당은 우리 리체가……."

주방 입구에 기대어 서 있던 리체가 깜짝 놀라 고개를 들었다.

"왜 하필 저예요?"

"넌 막스 카르디 그 사람 싫어하잖아. 그것도 죽도록."

그때 바에서 식사하고 있던 손님이 고개를 들어 리체를 쳐다봤지만 리체는 깨닫지 못했다.

"싫어하지만, 그렇다고 그날 혼자 일할 순 없잖아요!"

급사들은 깔깔 웃으며 리체를 놀리기 시작했다.

"우리는 다 좋아하는데 어떡하니? 네가 우리 좀 도와줘라. 우린 막스 카르디의 〈아쿠아리안〉 공연을 못 보면 죽을 것 같거든."

"다들 몇 달이나 별러왔단 말이야. 난 카르디를 싫어하는 네가 이해가 안 가지만 그래도 싫어해줘서 다행일 때도 있구나. 호호호호……."

"리체 네가 카르디를 싫어하는 건 그 사람 공연을 못 봤기 때문이야. 왜 보러 가지 않니? 한 번만 보면 바로 반할 텐데. 얼마나 노래를 잘한다고."

"소년 소프라노보다도 아름다운 목소리야. 춤 솜씨도 환상 적이거든? 늘 쓰고 다니는 가면 속 얼굴도 엄청난 미남일 거 야."

"나도 얼굴이 궁금해죽겠어. 리체 너는 안 궁금하니?"

여기까지 와서 카르디인지 뭔지 하는 거지 또라이 같은 인 간을 칭찬하는 소리를 들어야 하다니 참는 데도 한도가 있었 다. 리체는 저도 모르게 성질머리 사나운 재봉사로 돌아가 소 리쳤다.

"그 사람은 짜증나는 완벽주의자예요! 남 생각은 전혀 하 지 않죠! 자기만 돋보이면 그만이라는 그런 사람 아주 질색이 에요!"

"어머, 얘가 왜 이렇게 흥분하고 그래?"

리체가 재봉사라는 것을 모르는 급사들이 리체의 기분을 이해할 리 없었다. 지배인이 잠깐 자리를 비워서 그나마 다행 이었다. 소리치는 걸 들었다면 당장 쫓아왔을 것이다.

그러나 그 소리에 귀를 기울인 사람은 따로 있었다. 화가 난 리체가 혼자 주방을 빠져나와 홀 쪽으로 걸어가는데 한 명 뿐인 손님이 손을 들어올렸다.

"잠깐만요."

리체는 흠칫했다. 바에 앉아 있었으니 급사들이 얘기하는
소리가 들렸겠지? 한 명뿐이라고 없는 사람 취급한 것이 실
수였다. 급사들이 떠들어 불쾌하다고 항의하려는 것이 분명
했다. 지배인을 부르면 골치가 아파질 터라 리체는 얼른 달려
갔다.

"아아, 죄송합니다. 시끄러우셨죠."

"아니, 그건 됐는데. 뭐 좀 물어봐도 되죠?"

손님은 리체더러 잠깐 바 옆자리에 앉아달라는 손짓을 했
다. 잘못한 처지라 어쩔 도리가 없었다.

"……네."

왜 이렇게 재수가 없을까. 하필 언니들이 짜증나는 카르디
이야기를 꺼내는 바람에!

"카르디가 싫어요?"

대뜸 나온 질문에 리체는 눈을 크게 뜨다 말고 침이 목에
걸려 심하게 기침을 했다.

"질문이 이상했나? 괜찮아요?"

"네, 네…… 괜찮습니다."

남자는 물을 한 잔 따라 리체 앞에 놓아주며 다시 물었다.

"왜 그렇게 싫어해요?"

리체는 미심쩍은 표정으로 손님을 바라보다가 이 사람이

막스 카르디의 팬인 모양이라고 판단했다.

"그냥 개인적으로 싫어할 뿐이니 마음 쓰지 마십시오."

"왜 싫어하는지 궁금해서 그래요."

리체가 한쪽 눈썹을 조금 올렸다.

"손님께서 좋아하셔도 저는 싫어할 수도 있는 것 아닌가요?"

손님이 갑자기 풋, 하고 웃음을 터뜨렸다. 리체는 영문을
몰라 미간을 찌푸리며 상대를 빤히 쳐다봤다.

"내가 좋아한다는 말은…… 물론 안 했어요. 사람들이, 음,
그러니까…… 많이들 좋아하잖아요? 당신처럼 확고하게 싫
다고 말하는 사람이라면 이유도 분명하지 않을까 싶어서 물
어본 거죠. 별 이유 없는 취향에 불과했다면 미안해요."

듣자니 아무 생각 없는 사람으로 취급당한 것 같아 기분이
썩 좋지 않았다.

"전 그를 싫어할 이유가 있는 사람이에요."

그러자 손님의 얼굴에 다시 흥미가 떠올랐다.

"이유가 뭔데요?"

"지나치게 복잡한 장식이 많은 의상을 좋아하기 때문이죠."

직접 말해놓고도 괴상하게 들렸을 것 같아 얼굴이 조금 빨
개졌다. 손님은 고개를 갸웃거렸다.

"조금 전에…… 아, 엿들은 것은 미안하지만 그냥 들려와
서. 어쨌든 카르디의 공연을 한 번도 본 일이 없다고 했잖아

요? 그런데 어떤 의상을 입는지 어떻게 알아요?"

"그건……."

리체는 말문이 막혔다. 미랭게트 선생은 일당도 짜게 주는 주제에 재봉사들의 사생활까지 참견해서 뭐는 된다, 뭐는 안 된다, 제한하는 것이 많았다. 그래서 급사로 일하는 것은 절대 비밀로 하고 있었다. 그것 때문에 식당에서는 '리체 아브릴'이 아니라 '리체 몽플레이네'라는 이름을 쓸 정도였다. '몽플레이네'라는 성이 완전한 가짜는 아니었다. 명목상 아버지인 사람이 물려준 성이니 말이다.

하지만 이 사람은 틀림없이 귀족일 테고 급사나 재봉사의 일상사 따위엔 관심이 없을 것이다. 이런 사람 입에서 소문이 퍼질 리는 없겠지, 라고 생각한 리체는 남자가 따라준 물을 한 모금 마시며 말했다.

"사실 전 막스 카르디가 의상을 주문하는 가게의 재봉사인데, 매번 바느질 때문에 죽을 지경이니까 그렇죠. 조금만 단순하게 스케치해 오면 모두가 편할 텐데. 게다가 그 사람 옷은 거의 다 제 몫으로 떨어진단 말이에요."

"미랭게트 의상실?"

"프흡!"

너무 놀란 리체는 벌떡 일어나다가 들고 있던 컵의 물을 손님 얼굴에 끼얹고 말았다.

"어머!"

갈수록 태산이었다. 의상실을 어떻게 아느냐는 질문은 둘째 문제가 돼버렸다. 그런데 물을 뒤집어쓴 손님이 화도 내지 않고 천천히 자기 얼굴을 만져보더니, 어쩔 줄 몰라 두 손을 꽉 맞잡고 있는 리체의 앞치마 주머니에서 마른 수건을 꺼내 갔다. 수건으로 얼굴을 닦으며 그가 쉿, 하고 말했다.

"아무도 못 봤으면 그냥 넘어가죠."

"……"

리체는 이해할 수가 없었다. 이만저만 실수한 게 아닌데 오히려 손님 쪽에서 조용히 하라고 하니 말이다. 그러나 조금 후 까닭을 알았다.

"어, 그 수염은……"

물 묻은 얼굴을 닦자 수염이 면도한 것처럼 깨끗이 떨어져 나갔다. 눈까지 가렸던 머리도 젖혀졌다. 그제야 자세히 보니 상대방은 고작 자기 또래의 소년이 아닌가?

"본래는 이렇다 보니……"

어설픈 웃음을 머금고 있긴 했지만 푸른 기 도는 은회색 머리칼이 흐트러진 이마는 곧고, 뺨은 화사하고, 얼굴선은 그린 듯 매끈했다. 무엇보다 마주보는 순간 저도 모르게 잠깐 숨을 멈췄을 정도로 눈매가 짙고 우아했다. 리체는 당황했다. 의상실이나 식당 같은 곳에서 일하다 보니 먼발치로 잘생긴 남자는 제법 봤지만 이 정도의 미모는 흔치도 않거니와, 이렇게 코앞에서 대뜸 마주본 적은 한 번도 없었다.

소년이 검지를 세워 제 입술에 살짝 대더니 말했다.

"못 본 걸로 해줘요."

"아니, 수염은 왜 붙이죠?"

"재미로."

"나 같으면 절대로 안 붙여요."

"당연하잖아요. 당신은 여자인걸."

"그런 뜻이 아니잖아요! 잘생긴 얼굴을 감추는 게 취미예요?"

이번에는 소년이 당황했다.

"에…… 뭐라고요?"

갑자기 리체는 분개한 어조로 빠르게 지껄였다.

"당신처럼 잘생겼으면 당연히 얼굴을 깔끔하게 드러내고 옷도 좀더 예쁘게 입어야 되는 거 아니에요? 이러고 다니다니 서비스 정신이라고는 하나도 없잖아요? 세상에 잘생긴 사람을 보기가 얼마나 힘든데, 소녀들의 즐거움은 전혀 생각 안 하는군요?"

리체의 궤변을 듣던 소년이 옛날 생각을 떠올리는 표정을 짓다가 피식 웃었다.

"내가 소녀들의 즐거움을 위해서 얼굴을 드러내고 다녀야 된단 말입니까? 그것참 별난 논리인데."

"자기가 싫으면야 할 수 없지만, 당신처럼 구는 사람들은 대륙적인 손실이거든요? 세상의 소녀들은 아름다운 것을 보면서 자랄 권리가 있단 말이에요."

리체는 자리에서 일어났다. 어이없는 상황이 연달아 닥치는 바람에 상대가 손님이고 자신이 급사라는 사실도 까맣게 잊고 있었다. 그때 소년이 말했다.

"당신 손가락 끝이 부르튼 걸 보니까 재봉사가 맞긴 한 것 같군요. 옷을 만드는 일이 그렇게 고된가요?"

리체는 눈을 크게 떴다가 목소리를 낮춰 말했다.

"아, 당신 정말로! 내가 미랭게트 의상실에서 일한다는 말, 다른 사람한테 절대 하면 안 돼요. 소문 퍼지면 쫓겨난단 말이에요! 말 안 할 거죠?"

"물론, 뭐 말할 만한 사람도 없고……."

"다행이에요! 좋은 사람이군요! 아까 의상실 이름을 말해서 얼마나 놀랐는지 몰라요. 그런데 당신, 막스 카르디가 미랭게트에서 의상을 맞춘다는 건 어떻게 알았어요?"

"아 그건, 저……."

대답을 궁리하던 소년은 갑자기 품 안에서 티켓 두 장을 꺼내더니 리체의 손에 쥐여주었다.

"당신도 아무한테도 말하지 않겠죠? 난 사실 막스 카르디의 친구인데, 그에 대한 거라면 뭐든 잘 알거든요. 〈아쿠아리안〉 공연 알죠? 이건 티켓이에요. 친구하고 보러 와요."

"어머, 이런 걸 왜 날 줘요?"

"당신이 막스의 옷을 짓느라고 손이 그렇게 됐는데, 티켓을 줬다고 하면 막스도 틀림없이 기뻐하겠죠. 난 또 얻을 수 있어요. 그러니 당신이 만든 옷을 꼭 보러 와요. 한 달 반 뒤에, 알았죠?"

후식도 안 나왔는데 소년은 일어나 나가려 했다. 티켓을 손에 쥔 채 이게 어떻게 된 상황인가 파악하려 애쓰던 리체가 정신을 차리고 물었다.

"근데 당신은 누구예요? 그러니까 당신 이름은 뭐죠?"

소년은 잠깐 생각하는 것 같더니 곧 웃으며 말했다.

"그냥 '조'라고 해둬요. 당신은?"

"리체…… 몽플레이네."

"그럼 공연장에서 봐요, 몽플레이네 양."

'조'라는 소년은 누가 자기를 쳐다볼세라 모자를 푹 눌러쓰더니 바람처럼 식당을 나가버렸다. 멍해졌던 리체는 자기 손에 쥐어진 티켓을 내려다보다가 번호를 보고 얼굴이 환해졌다.

"와아, 운도 좋아! 〈아쿠아리안〉 티켓 앞자리면 100엘소가 넘잖아!"

리체가 공연을 볼 꿈에 부풀어 그런 말을 한 것은 아니었다. 〈아쿠아리안〉 공연을 보러 가고 싶어 하는 언니들한테 웃돈을 붙여서 팔면 한 달 치 급료는 대번에 생길 테고, 공연 임박해서 암표로 팔면 더 받을지도 모르고……

그런 생각을 하던 리체는 아쉬운 얼굴로 입구 쪽을 돌아보았다.

"주는 김에 한두 장 더 주고 갈 것이지."

"나 참, 그게 말이 돼요?"

"말이 안 되면 어쩔 테냐? 그냥 변덕인 게지."

막시민은 기가 막힌 표정으로 손에 든 것을 흔들어댔다.

"영감이 보기엔 이게 변덕이에요? 가서 뒤통수를 한 대 때려줘야 되겠네. 내가 이 티켓을 받은 지 고작 닷새나 됐나 그런데, 그새 공연이 취소됐고 녀석은 켈티카에 나타나요?"

"그 녀석이 그 짓거리를 벌인 것부터가 변덕이야. 가서 바닷물 농사나 지으며 살라 했더니 싫다고 해놓고, 제멋대로 엉뚱한 곳에 가서 배우가 돼버려? 하여간 주제넘긴! 겸손을 몰라!"

불만스러운 어조로 말하고 있었지만 히스파니에의 표정은 그와 반대였다. 뿌듯함에 가깝달까. 막시민은 금세 눈치를 챘다. 막시민도 조슈아가 하이아칸에 가서 비밀리에 배우가 됐다는 얘기를 듣고 처음엔 황당해했다. 하지만 주제넘다는 감상은 어딘가 이상했다. 어쩌면 이 노인네도 예전에 비슷한 뭔가를 했던 거 아니야?

"겸손을 모르는 걸로는 대륙 최강인 영감이 뭐라는 거야? 쳇, 배우나 어부나, 공작 가문의 후계자가 할 일거리로 어처구니없는 건 똑같지. 언젠가 뭐였든 미친 짓을 할 건 예상된 사태였고 이제 얼마나 잘했나 보기만 하면 될 판이었는데."

"너, 그거 정말로 보러 갈 셈이었냐?"

히스파니에가 눈을 가느스름하게 뜨며 보자 막시민이 턱을 치켜들고 대꾸했다.

"그럼, 친구가 일껏 티켓까지 보내줬는데 가야지."

"넌 하이아칸까지 가는데 마차비만 얼마나 드는지 알아? 게다가 국경을 넘으려면 필요한 서류가 몇 가지인지 알기나 하고 떠드냐?"

"에이, 그런 것쯤은 하나뿐인 제자를 위해서 영감이 알아서 처리해줬겠지, 뭐. 어라, 아니라고 말할 참인가요?"

히스파니에가 갑자기 손을 들어서 막시민은 떠드는 것을 멈췄다. 파티의 주인공인 조슈아와 아르님 공작 부부가 홀에 들어서는 중이었다.

오 년 만이었다. 헤어질 때 열한 살, 열두 살이었던 막시민과 조슈아는 키도 훤칠해졌고 얼굴도 소년다운 윤곽으로 바

꿰었다. 무엇보다 막시민이 놀란 점은 꼬마라고 놀렸던 조슈아가 이제 자기보다 크다는 사실이었다. 빈집에서 배곯고 있던 열 살짜리 꼬마가 새삼 생각났다. 그땐 일곱 살이라 해도 그런가 보다 할 정도였는데.

그리고 또 하나, 까맣던 머리가 푸르스름한 회색이 되어 있었다. 물들인 건지, 정말로 색이 바랜 건지 모를 일이었다.

조슈아는 파티에 참석한 사람들에게 차례로 인사를 하며 돌아다녔다. 이날의 파티는 조슈아가 몇 년 만에 집으로 돌아온 것을 축하하는 자리였다. 근사하게 차려입은 조슈아를 보는 것도 막시민으로서는 처음이었다. 조금 낯선 기분이 들긴 했지만 뭐 저 자식은 본래 귀족이니까, 하고 생각했다.

한 바퀴 다 돈 조슈아는 드디어 막시민과 히스파니에 앞으로 왔다. 거의 마지막이었다. 오늘 히스파니에는 막시민의 보호자로 초대된 체하고 있었고, 조슈아도 친척들 앞에서 할아버지의 정체를 드러낼 수 없다 보니 일찍 인사하지 못한 것이긴 했다. 다 알고 있었지만 마음 한구석이 섭섭했다. 모닥불 피운 강가에서, 세 사람이 전부였던 시절도 있었는데.

조슈아는 히스파니에게 먼저 인사를 하고 곧 막시민에게 다가왔다.

"막군! 이게 얼마 만이야?"

옛 별칭으로 부르며 손을 내미는 친구를 보니 옛날의 아쉬움은 물론 조금 전 섭섭했던 마음까지 대번에 날아가버렸다.

"어이, 열다섯 전에 죽지 않고 용케 살아남았네?"

예전에 데모닉에 대해 들은 것을 생각해내고 농담을 던지자 조슈아의 얼굴에도 미소가 번졌다.

"너야말로 개한테 물린 상처가 도지지 않고 멀쩡히 걸어다니네?"

"응, 대신 그 개가 이빨이 썩어 죽었다나 봐."

"역시, 개를 위해서 좀더 일찍 불을 질렀어야 했어."

둘은 동시에 웃음을 터뜨렸다. 히스파니에는 둘이 웃는 것을 보더니 아르님 공작을 만나러 간다며 잠시 자리를 떴다.

"그나저나 어떻게 된 거야? 하이아칸에서 평생 있을 것처럼 굴더니 그새 돌아오다니."

조슈아는 장난스럽게 눈가를 찡그리더니 말했다.

"아버지께서 돌아오라고 하시기도 했고, 그곳 생활도 좀 질렸고."

"거기서 다녔다던 학교는 어쩌고?"

"일찌감치 관뒀어. 너도 알다시피 내가 학교 체질이 아니잖아. 다니는 동안에도 빼먹은 날이 간 날보다 많았을걸."

"그런 데를 뭐하러 다니냐? 수업료가 아깝다."

"사실 나도 아까웠어!"

조슈아가 킬킬거리자 막시민도 피식 웃었다. 그러면서 오

년이 너무 길었던 건가, 예전처럼 편하게 대해지지 않는다고 생각했다. 역시 귀족은 귀족이다 그건가.

조금 후 막시민은 다른 사람에게 들리지 않게 목소리를 낮춰 물었다.

"그럼 비밀로 하고 있다던 그 공연도 취소야?"

"공연?"

"그, 뭐였냐. 아쿠아…… 어쩌고라던 그거 말이야."

조수아는 조금 생각하는 것 같더니 어깨를 으쓱했다.

"아, 내가 취소해버렸어."

"준비 많이 했다고 무척 기대하는 것 같더니 일방적으로 날려버리고, 잘한다."

"안 내키는 걸 억지로 하는 건 질색이라서."

"예전엔 좋다고 난리 아니었냐? 그런 걸 티켓은 뭐하러 보냈냐? 하마터면 그거 보러 하이아칸까지 갈 뻔했네."

그러자 조수아가 의아한 표정을 지었다.

"티켓?"

"네가 편지에 넣어서 보내줬잖아. 나하고 할아버지한테 보러 오라고, 두 장."

"내가 그런 걸 보냈어? 언제 받았어?"

"받은 지 닷새 됐다. 한마디로 티켓 받고 이틀 만에 네가 켈티카에 있다는 소식이 날아온 거라고. 내가 얼마나 황당했을지 좀 느껴봐라."

조슈아는 여전히 고개를 갸웃거렸다. 막시민의 표정도 조금 묘해졌다.

"이상하네. 역시 기억이 안 나. 술이라도 마시고 보냈나."

"……."

"하긴 뭐 티켓을 한두 사람한테 보냈어야 말이지."

막시민이 말문이 막혀 있는데 사람들을 헤치고 한 남자가 나타났다. 막시민은 처음 보는 사람이었다. 그러나 조슈아가 반색을 하며 반겼다.

"테오 형! 어디 갔다가 이제 나타나요?"

"아, 밖에 나갔다가 조금 늦어져서. 방금 아버님 어머님께 인사드리고 오는 참이야."

이십 대 후반의 사내였다. 키가 조슈아만큼 크고, 흔히 미남이라고 하는 외모의 소유자였는데 푸른 눈매가 이상하게 사람의 속을 꿰뚫어 보려 하는 느낌을 주었다. 막시민은 본능적으로 평범한 표정을 지어 자신을 감추었다.

테오가 조슈아를 돌아보며 물었다.

"이쪽은 친구인가?"

"아, 네. 막시민 리프크네라고, 예전에 코츠볼트에 가 있을 때 사귄 친구예요. 막시민, 이쪽은 우리 매형이야. 테오스티드 다 모로라고 하지."

막시민은 표정을 얼른 풀지 못한 채 테오와 악수를 나누었다. 조슈아는 매형에게 무척 친근하게 굴었다. 막시민의 눈에는 그것도 조금 이상해 보였다. 예전에 조슈아는 누나와 매형에 대해 씁쓸한 감상을 얘기한 일이 있었다. 더구나 그후 누나는 죽었다고 들었는데, 그런 상황에서 오히려 친해졌단 말인가? 이듬해부터 하이아칸에 가 있었으니 그간 같이 지낸 것도 아닌데?

"조슈아, 잠시 저쪽에 가서 얘기 좀 할까? 잠깐이면 되는데."

조슈아는 즉각 고개를 끄덕이더니 막시민에게 말했다.

"금방 갔다 올게. 기다려줘."

막시민이 고개를 끄덕이자 조슈아는 바로 몸을 돌리더니 테오를 뒤따라 사람들 틈으로 사라졌다. 숨어버린 것처럼 눈으로 따라갈 수도 없었다.

막시민은 손에 든 잔을 만지작거리며 생각에 잠겼다. 깊게, 아주 깊게 생각했다.

막시민에게는 조슈아처럼 희한한 기억력이나 계산 능력, 또는 예술적 재능 따위는 없었다. 반면 조슈아에게 없는 현실감각이 있었다. 그리고 추론 능력이 뛰어났다. 무엇보다 그는 겉치레에 속지 않았다. 웬만한 일의 본질을 꿰뚫어 보는 데 남들보다 훨씬 짧은 시간밖에 걸리지 않았다.

무언가 이상했다. 확실히, 이상했다.

"막군, 무슨 생각을 그렇게 하는 게냐?"

히스파니에가 돌아와 어깨를 건드릴 때까지, 막시민은 주변조차 의식하지 못하고 있었다. 히스파니에를 보자마자 막시민이 빠른 말투로 물었다.

"영감은 조슈아가 자기가 한 일이 '기억나지 않는다'라고 말하는 상황이 상상이 가요?"

"조슈아가?"

히스파니에는 갑자기 뚱딴지같은 소리를 한다는 듯 멀뚱히 쳐다봤지만 막시민의 눈빛이 예사롭지 않은 것을 보고 대답했다.

"농담이 아니고서야 그럴 리 없지. 그 녀석 기억력은 너도 알지 않느냐."

"알죠. 저는 절대적으로 불가능하다는 생각이 드는군요."

막시민은 바지 주머니에서 조슈아가 보낸 편지를 뽑아 들더니 봉투 안에서 티켓을 꺼냈다. 거기 적힌 〈아쿠아리안〉 공연 날짜는 5월 20일, 약 한 달 반 뒤였다.

"조슈아는 아무것도 잊어버릴 수가 없는 놈입니다. 본래부터 그따위로 만들어진 자식이 아닌가요. 제가 아는 조슈아는……."

막시민은 티켓을 도로 집어넣고 히스파니에의 손을 잡더니 평생 한 번도 보인 일 없는 심각한 눈빛으로 말했다.

사자좌 소녀

"할아버지의 도움이 필요합니다. 저, 하이아칸으로 가야겠습니다. 그것도 오늘밤 당장."

(2권에 계속)

룬의 아이들 - 데모닉 1

1판 1쇄 2020년 6월 12일
1판 6쇄 2024년 7월 10일

지은이 전민희

책임편집 임지호 | **편집** 지혜림 이송 | **일러스트** UK Nakagawa
표지디자인 이혜경디자인 | **본문디자인** 이원경
저작권 박지영 형소진 최은진 서연주 오서영
마케팅 정민호 서지화 한민아 이민경 안남영 왕지경 정경주 김수인 김혜원 김하연 김예진
브랜딩 함유지 함근아 고보미 박민재 김희숙 박다솔 조다현 정승민 배진성
제작 강신은 김동욱 이순호 | **제작처** 상지사

펴낸곳 (주)문학동네 | **펴낸이** 김소영
출판등록 1993년 10월 22일 제2003-000045호

주소 10881 경기도 파주시 회동길 210
문의 031-955-8892(편집) 031-955-3578(마케팅) 031-955-8855(팩스)
전자우편 elixir@munhak.com | **홈페이지** www.elmys.co.kr
인스타그램 @elixir_mystery | **X(트위터)** @elixir_mystery

ISBN 978-89-546-7188-0 04810
     978-89-546-7187-3 (세트)